王瑶全集

卷四

中国新文学史稿（下册）

王瑶 著

河北出版传媒集团
河北教育出版社

编 辑 说 明

本卷收入《中国新文学史稿》(下册)。

《中国新文学史稿》(下册)系1953年8月由上海新文艺出版社出版,1954年3月曾再印。1982年11月上海文艺出版社修订重版。此次编入本卷即以修订版作为定本,参照初版本予以校正。对章节名称、正文、引文等变动的情况,择其要者另加编者注说明之。其中第十六章第六节"关于'主观'问题的论争",则以作者生前写就并寄出版社预备再印时录入的手稿为准,并据此对关于路翎小说的分析文字做了少量的删节。修订版下册把初版附录《新中国成立以来的文艺运动(1949年10月—1952年5月)》删去,以保持全书属于新民主主义革命时期文学史的完整面貌,今将此文移入全集第八卷的《润华集》中。

1990年12月

目　　录

第三编　在民族解放的旗帜下（1937—1942）

第十一章　抗战文艺的动向 ……………………………………5
一　新的情势与新的组织 ………………………………………5
二　"文章下乡，文章入伍" ……………………………………13
三　通俗文艺与大众化问题 ……………………………………20
四　"民族形式"的论争 …………………………………………25
五　思想斗争 ……………………………………………………32
六　创作趋向 ……………………………………………………39

第十二章　为祖国而歌 ……………………………………………45
一　战声的传播 …………………………………………………45
二　诗的主流 ……………………………………………………50
三　"七月诗丛"及其他 …………………………………………64
四　抒情与叙事 …………………………………………………69
五　"诗的艺术" …………………………………………………78

第十三章　战争与小说 ……………………………………………86
一　战时城市生活种种 …………………………………………86
二　变动中的乡镇与农村 ………………………………………96
三　新人与新事 …………………………………………………107
四　战争与人民 …………………………………………………123
五　经历与回忆 …………………………………………………132

第十四章　抗战戏剧 143
　　一　剧运与剧作 143
　　二　抗战与进步 152
　　三　敌区与后方 161
　　四　历史故事 171

第十五章　报告·杂文·散文 187
　　一　报告文学 187
　　二　杂文 195
　　三　散文随笔 201

第四编　沿着《讲话》指引的方向（1942—1949）

第十六章　新的人民文艺的成长 211
　　一　文艺界整风前后 211
　　二　《在延安文艺座谈会上的讲话》 217
　　三　工农兵群众文艺活动 221
　　四　国统区文艺运动 233
　　五　思想斗争 245
　　六　关于"主观"问题的论争 253
　　七　创作趋向 260
　　八　全国第一次文代大会 264

第十七章　人民翻身的歌唱 274
　　一　工农兵群众诗 274
　　二　长篇叙事诗 289
　　三　政治讽刺诗 303

第十八章　新型的小说 315
　　一　解放区农村面貌 315

二　减租减息与土地改革……………………………………325
　　三　部队与战争………………………………………………336
　　四　工厂与生产………………………………………………347
　　五　腐烂与新生………………………………………………355
　　六　烦闷与愤怒………………………………………………361
第十九章　歌剧与话剧………………………………………………371
　　一　新歌剧的产生……………………………………………371
　　二　新歌剧……………………………………………………378
　　三　新话剧……………………………………………………391
　　四　国统区话剧………………………………………………408
第二十章　报告·杂文·散文………………………………………420
　　一　通讯报告…………………………………………………420
　　二　杂文………………………………………………………435
　　三　散文游记…………………………………………………442
重版后记………………………………………………………………450

中国新文学史稿（下册）

第 三 编

在民族解放的旗帜下

（1937—1942）

第十一章 抗战文艺的动向

一 新的情势与新的组织

　　1937年7月7日，日本帝国主义者为了要灭亡全中国，向北平南郊卢沟桥发动了进攻，从此遂展开了八年民族革命战争的局面。在卢沟桥事变的次日，中共中央就发表了号召抗战的宣言，其中说："我们要求立刻给进攻的日军以坚决的抵抗，并立刻准备应付新的大事变。全国上下应立刻放弃任何与日寇和平苟安的打算。"7月17日国民党在中共和全国人民的督促下，也发表了庐山谈话，确定了全面抗战的方针。于是中国人民的广泛的抗日民族统一战线又在民族解放的旗帜下结成了；除了汉奸卖国者以外，全国各阶层的人民都成了盟员。8月25日中共中央又发表了《抗日救国十大纲领》，实际上领导了中国人民的抗战爱国的行动。"八一三"上海战争开始后，15日中共中央在《关于目前形势与党的任务的决定》中指出："7月7日的卢沟桥抗战，已经成了中国全国性抗战的起点。……抗战的准备阶段已经过去了。这一阶段最中心的任务是：动员一切力量争取抗战的胜利。"在武汉失守（1938年10月）前的一段时间内，由于"日本侵略者的大举进攻和全国人民民族义愤的高涨，使得国民党政府政策的重点还放在反对日本侵略者身上，这样就比较顺利地形成了全国军民抗日战争的高潮，一时出现了生气蓬勃的新气象"[1]。在这种全国人民一致进行民族革命战争的情势下，有着革命传统的文学自然必须成为教育和动员群众的武器；必须反映新的现实，和战争密切结合起来。事实上从战争一开始，就已经有许多作家投身于战时或战地的服务了。战争使他们从书房亭子间解放出来，走向了农村、部队和小城镇；使他们接近了现实，投入了新的战斗生活。到处都有作家的足迹，无论在前线或后方；而且参加了各种方式的实际工作，发生了很大的影响。这种接近人民的战斗生活对作家自己也同样起了教育作用，使他们向现实跨进了一步。但初期这些活动多半还是属于一种无组织的、散漫的、个别的、最多是小集团的活动，不足以配合抗战现实的需要，于是成立一种共同的新的组织，就成了大家普遍的要求。同时由于现实斗争的激化，新的作家和文艺青年也增多了。他们要求领导和教育，以更好地为抗战服务。这也是促使文艺界新的组织成立的一种原因。于是为了文艺工作者的广泛动员和发挥更大的力量，1938年3月27日，中华全国文艺界抗敌协会在汉口成立了。下面是当时发表的《发起旨趣》：

> 漫天轰炸，遍地烽烟，焦毁的城市，血染的山河，在日本强盗帝国主义的横暴侵略中，中华民国正燃起了争取生存与解放的神圣炮火。半年来抗战的经验，给我们宝贵的教训，一个弱国抵抗强国的侵略，要彻底打击武器兵力优势的敌人，唯有广大的激励人民的敌忾，发动大众的潜力。文艺者是人类心灵的技师，文艺正是激励人民发动大众最有力的武器。数年来为了呼号抵抗，中国文艺界无疑地尽了广大的责任。但自抗战开展以来，新的形势要求我们更千百倍的努力。而因中心都

> 市的沦陷，出版条件的困难，文艺人的流亡四散，虽一方产生了大量新型的报告、通信等文艺作品，且因抗战的内容，使新文艺消失了过去与大众间的隔阂，但在一切文化部门的对比上，文艺的基本阵营，不可讳言是显得寂寞了一点。反视敌国，则正动员大批无耻文氓，巨量滥制其所谓战争文学，尽其粉饰丑态，麻醉民众的任务。我们感到文艺抗战工作的重大，散处四方的文艺工作者有集中团结，共同参加民族解放伟业的必要。过去中国文艺界虽有过几次全国性的组织，但是因种种原因不能一致，总不能有良好的成果。现在情势已完全不同了。全国上下，已集中目的于抗敌救亡……抗战形势，日益坚强，政治上的统一战线日益巩固，除了甘心媚敌出卖民族的汉奸，已无一不为亲密的战友，无一不为民族的力量。我们应该把分散的各个战友的力量，团结起来，像前线将士用他们的枪一样，用我们的笔，来发动民众，捍卫祖国，粉碎寇敌，争取胜利。民族的命运，也将是文艺的命运，使我们的文艺战士能发挥最大的力量，把中华民族文艺伟大的光芒，照彻于全世界，照彻于全人类。这任务乃在我们全中国从事文艺工作友人们的肩上。我们大声呼号，希望大家来竖起这面中华全国文艺界抗敌协会的大旗！

这的确是"五四"以来最为广阔的包括全国所有文艺工作者的统一战线的组织。这个组织一直存在下来，不仅对促成团结和领导全国文艺青年参加抗战工作上有很大的贡献，而且使各派作家在彼此接触的过程中，加强了互相了解和影响，推动了文学本身的发展。事实证明在民族解放的旗帜下,一切进步的和自由主义倾向的作家们是完全可以团结在一起的,并且在互相影响与批评中能够彼此更加进步和发挥更大的作用与力量。以后文协不只在各地成立了许多分会和通讯处,组织遍于全国(会章规定"凡所在地有会员十人以上,方得成立分会",不足十人者暂称通讯处),而且文学各部门中的统一战线的团体也都陆续成立了。例如原来在上海的全国戏剧界救亡协会就又在汉口改组成立为中华全国戏剧界抗敌协会,而且包括话剧以外的一切剧种,在团结旧艺人为抗战服务方面也尽了很大的力量;他们的工作在抗战初期获得了极优异的成绩。剧协成立《宣言》说:

> 在首都失陷华中危迫的今日,集合于武汉的全国戏剧界同人,动于共同的要求,有中华全国戏剧界抗敌协会之组织;并在光明大戏院举行成立大会。在这样盛大的开始,敢举数点,告我全国同志:第一,我们的团结是为着抗战。……第二,只有抗敌使我们团结。……第三,我们虽不是技术至上论者,但我们相信中国戏剧艺术必因和抗敌任务结合,能摒弃过去的积弊,开拓新的境地。……第四,中国已经不是一个自给自足的"天下",也不是一个孤立现世界的荒岛。他已经是文明世界重要的一环,他的运命不仅影响其他主要国家,尤其给世界上被压迫民族,被侵略的国家以绝大的暗示。……我们不可忘记把我们的戏剧艺术作为国际宣传的工具,因为获得全世界的同情和援助而使敌人孤立,实为我们争取胜利的一个重要条件。

戏剧工作者在上海形势紧张时就编组了十二个救亡演剧队，分发到前线、大后方和敌后去工作，连六岁到十六岁的孩子们也以孩子剧团和新安旅行团的名义，团结在新的演剧活动下面了。"据抗战三周年的统计，连民间剧团计算在内，全国各战场的新演剧队伍，约有三万以上的戏剧兵之多。"[2] 1942年田汉在《关于抗战戏剧改进的报告》一文中说："中国自有戏剧以来，没有对国家民族起过这样伟大的显著的作用。抗战以前，戏剧尽了推动抗战的作用；抗战开始以后，戏剧尽了支持抗战鼓动抗战的作用。抗战到了现阶段，戏剧又尽着正视今天现实，唤起大众更坚定更勇敢争取最后胜利来到的作用。"当然，戏剧由于它本身是集体性的综合艺术，比较更容易直接为抗战服务；但别的部门的工作者也同样地卷入了抗战的洪流，大量的诗、报告和通俗文艺的制作，就说明了作家们工作的努力。而这些努力的成绩，都是和文协及其他姊妹协会的组织领导不能分的。郭沫若在纪念文协五周年时说：

> 抗战以来在中国文艺界最值得纪念的事，便是中国文艺界抗敌协会的结成。一切从事于文学艺术工作者，无论是诗人、戏剧家、小说家、批评家、文艺史学家，各种艺术部门的作家与从业员，乃至大多数的新闻记者、杂志编辑、教育家、宗教家，等等，不分派别，不分阶层，不分新旧，都一致地团结起来，为争取抗战的胜利而奔走，而呼号，而报效。这是文艺作家们的大团结，这在中国的现代史上无疑地是一个空前的现象。继着文艺界抗敌协会而起的有戏剧界、音乐界、电影界、

美术界等全国性质的姊妹协会出现，蓬蓬勃勃，风起云涌，形成了文艺行列的大进军，作家团结的豪华版。但这个高潮时代可惜只局限于武汉作战的短暂期间，其后几经迂回曲折，有些组织已在无形中匿迹销声了，而最先产生的文艺界抗敌协会却能迎接它的第五周年，成为文艺界继续团结的旗帜，这怎么也是值得令人加倍庆贺的事。[3]

为什么有些组织会销声匿迹了呢？这并不是作家们自己消极了，而主要是自武汉失陷以后，政治情况发生了许多变化，进步的活动受到了限制。自从汉奸汪精卫等公开投敌以后，国民党政府开始了政策上的变化，将其重点逐渐由对外转移到对内，"消极抗战，积极防共"，对人民的抗日进步活动施行镇压取缔的手段。1939年国民党反动政府采取了所谓"限制异党活动办法"，将抗战初期给予了人民的一些权利完全收回；接着发动了好几次反共高潮，而1941年的皖南事变，尤其是一次规模巨大的对人民的屠杀。1939年抗战二周年纪念时，中共中央发表宣言提出了这样的口号："坚持抗战，反对投降；坚持团结，反对分裂；坚持进步，反对倒退。"中国人民的民族革命战争就是在这样的英明领导下才克服了危机，走向胜利的。毛泽东同志说：

> 国民党政府所采取的对日消极作战的政策和对内积极摧残人民的反动政策，招致了战争的挫折，大部国土的沦陷，财政经济的危机，人民的被压迫，人民生活的痛苦，民族团结的破坏。这种反动政策妨碍了动员和统

——一切中国人民的抗日力量进行有效的战争，妨碍了中国人民的觉醒和团结。但是，中国人民的觉醒和团结的运动并没有停止，它是在日本侵略者和国民党政府的双重压迫之下曲折地发展着。[4]

这也同样说明了文学运动的情形，它以后也是在日本侵略者与国民党政府的双重压迫下发展着的；文协的坚持工作就是例子。1939年文协组织过作家战地访问团，由王礼锡等十三人组成，去敌后方访问；团长王礼锡即由此得病逝世。回来后还出过一套《作家战地访问团丛书》，其中有以群的《生长在战斗中》、白朗的《老夫妻》、葛一虹的《红缨枪》、宋之的的《凯歌》、罗烽的《粮食》等。虽然因为留住的时间不久，很难深入所访问区域的战地生活，但总是有一定贡献的。他们在临行前说：

> 自抗战开始以来，多少作家在南北各战地各前线使用他们的武器——笔去抗敌，也有许多作家，在放下笔，拿起枪，在战场上和他们的伙伴用血肉去保卫祖国；还有许多士兵、农民、工人等在壕沟中，在田庄上，在工厂里，用他们的笔去写他们亲身经历或目见耳闻的惨痛的或壮烈的经验，枪在今天不是士兵所专用的，笔也不是作家所专有的。在这无数的笔中，加上十三支，更不新奇，更不值得夸张。不过我们十三个人是中华全国文艺界抗敌协会第一次派出的笔部队——或者因为目的在敌后方，而叫作笔游击队——所以我们感到自己责任的重大，希望不辜负文协的重托。[5]

此外文协的理事老舍等也参加全国慰劳总会并到前方去过，这都是由文协总会主持的。到过前方的作家本来很多，但除了参加人民武装八路军、新四军的人以外，他们的活动很少不受到限制，因此也就难有很好的成绩。譬如丁玲等组织的西北战地服务团和刘白羽等组织的抗战文艺工作团就都是比较有成绩的团体，但这主要因为它们是在陕甘宁边区文化救亡协会和八战军总政治部的合力之下组织成功的；工作进行中也得到了党政方面的重要的指导与帮助，因此在推动前方及游击区的文艺运动、培养文艺干部以及作家自己的搜集材料和写作上，都有了比较好的成就。但这些经验是不可能推广到国民党军官们所指挥的战区中的，因此在相持阶段中全国性的抗战文艺运动的开展，就受到了很大的限制。在出版物方面，由于各地政治条件的差异，由于上海等大都市沦陷后出版中心和文化人自己的分散，也由于各地文化生活的不平衡状态，遂使得文艺活动自武汉陷落以后，就呈现出了各地区的分散情势。有的地区蓬勃活泼，有的在苦痛中挣扎，就比较寂寞。但以几个重要的城市作中心，彼此间的交流和沟通还是可能的；例如重庆、桂林、延安、香港等城市，就都经常发挥着文化中心的作用。而且自武汉撤退以后，作家们也逐渐由战时生活的实感中理解到持久战的意义和战争的艰苦性质，克服了初期的乐观的速胜想法或悲观的失败情绪，而国民党政治的压迫又使得一些进步的工作和活动不能不采取策略性的半地下方式，这就使文艺活动和作家们自己的感情都慢慢进入一种沉练的状态，作品也就因之受了影响。茅盾曾说：

> 作家们把自己的作品拿出来的时候，早就料到读者是不会满意的。为什么？因为他知道：被许可反映到他作品中的现实不过是读者所耳闻目击者百分之一二，至于在现实的总体中恐怕至多千分之一二；而这百分之一二或千分之一二尚受抽筋拔骨之厄，作者几乎没有勇气承认是自己的产品。[6]

但无论采取怎样曲折的方式，文学运动和创作实践仍然是在不断地努力进展中的；茅盾这些话本身就表示了一种对国民党政府压迫政策的斗争和抗议。譬如文协组织和它的会报《抗战文艺》的坚持到胜利，对于争取言论自由、援助贫病作家和培养文艺青年等工作的努力，以及许多作品中的反映现实和表现了人民的要求，作家们的社会活动和写作活动，都说明了这时期的文学是担负起了它为民族革命战争服务的使命的。

二 "文章下乡，文章入伍"

民族革命战争全面地开始以后，绝大多数的作家们都从各种角度上参加了战争，用当时流行的一句话说，就是"突进了现实生活的密林"。这对于动员当时正在觉醒着的人民和作家自己经受实际生活的教育，都有极其重大的意义；但文艺本身所应该负的时代使命和工作日程却一时被忽略了。[7]作家能够走向部队或农村，本来就文学运动说也是一大进展，因为文学本身所应负的任务也只有在作家和实际战斗生活的结合中才能有效地完成；这并不意味着文学无用或放弃文学阵地的意思；但在战争一开始时却曾有过一种否定文艺本身任务的狂热的主张。到文协成立时，在《发起旨趣》中已肯定了用笔来发动民众和捍卫祖国的重要，在成立大会中就有两个号召性的标语："文章下乡，文章入伍。"作家也在写作活动中运用了新的文学形式，报告文学、朗诵诗、街头剧以及通俗文艺等，都有大量的产生。于是文学活动和农村、部队现实生活的较为深切、广泛的接触，便逐渐在人民的要求下发展起来。更重要的，作家在和人民接触的过程中，丰富了或修正了他自己的认识，因而也就不同程度地提高了他的创作水平，这就形成了抗战初期创作上的蓬勃气象。茅盾在第一次全国文代大会上的报告中曾说：

> 从抗日战争开始到武汉陷落后一年半的时间（1937年7月—1938年底），这算是第一个时期。当抗日战争初起，全国文艺工作者都非常兴奋，立即组织了许多演剧队、抗宣队，到农村和部队中去，写出了许多短篇和小型的作品，如短篇小说、报告、活报、街头剧、报告剧、墙头诗、街头诗等。尽管这些作品还存在着严重的缺点，但没有人能够抹煞它们在抗战初期所起的宣传作用。特别是抗战歌曲，响遍穷乡僻壤，起了很大的宣传作用。而且许多文艺工作者到战地和乡村去实际工作，和人民接触的结果，不但使他们扩大了视野，丰富了题材，同时还使他们感觉到自己的作品并不适合大众的需要，因而企求追寻新的东西。在这个时期，就有大批的文艺工作者跑到解放区去，而同时，所谓旧形式利用的问题，也被认真地提出来了。[8]

以戏剧为例来说，因为它是以形象直接与观众见面的艺术，因此成绩最为显著；像《放下你的鞭子》《上前线》等戏，都是在街头广场上随时可以演出的，而且走到了全国的各个角落。例如在山东的荒僻山区，有一剧团一天演出过十八次《放下你的鞭子》。[9]并且由剧作者发动，改造了汉剧、湘剧、桂剧等地方戏和各种杂技曲艺，组织成各种形式的演剧队，在前后方经常地演出。1938年军委会政治部成立于武汉，其中第三厅在郭沫若领导下，集中了很多的进步文化工作者，曾选择战地工作较久的戏剧艺术人才编为十个抗敌演剧队和五个抗敌宣传队，队员都受了严格的军事训练，然后分发到各战区。抗敌演剧队每队人数三十，工作以演剧为主，以歌咏以及笔墨与口头的宣传（如壁报、漫画、油印简报、街头讲演、家庭访问等）为辅；抗敌宣传队每队人数十六，工作以笔墨与口头宣传为主，以演剧、歌咏为辅。下面是他们出发时由三厅发布的艺术工作者信条五项：

一、吾辈艺术工作者，以抗战建国之目的结成此铁的文化队伍，便当随时随地提高政治军事的认识与训练；为此伟大目的之实现而奋斗，一刻不容稍懈。

二、吾辈当知技术之良窳，直接影响宣传之效果。故当从工作中竭力磨练本身技术，使艺术水平因抗战之持久而愈益提高。

三、吾辈艺术工作者不仅以言语文字或其他形象接近大众，尤当直接以身为教；盖艺术风格与艺术家之人格为不可分，抗战艺术运动犹然，要求每一工作者皆为刻苦耐劳沉毅果敢之民族斗士；沉毅故能持久，果敢故能成功。

四、吾辈艺术工作者的全部努力，以广大抗战军民为对象，因而艺术大众化成为迫切之课题。必须充分忠实于大众之理解、趣味，特别是其苦痛和要求，艺术才能真正成为唤起大众、组织大众的武器。

五、吾辈艺术工作者应知协同一致，为达成战斗目的之要素，艺术工作亦然。不仅一艺术集团内应协同一致，同时应集中艺术战线之各兵种于重要之一点，使能发挥无限之力量，收到伟大之战果。

这些队员们生活待遇极清苦，长时期在各战地辛苦地巡回演出，有许多在工作当中受伤或牺牲的；直至1940年春才被国民党并编，但仍有很多人潜伏在国民党部队中坚持了革命的工作。其他部门的工作者也一样为接近民众鼓吹抗战作了很大努力，大量的通俗读物和小型作品的产生就是努力的成绩。郭沫若在《三年来的文化战》一文中说：

> 流动剧团、歌咏队、放映队，流到四方，四处都有广大的群众受着鼓舞。……抗战歌曲流传到深山中的牧童口里，拣煤渣的贫儿口里。一批又一批的文艺工作者、新闻记者，涌上前线，工作队、宣传队、漫画队、孩子剧团、慰劳队、服务队等等一队复一队地走向军队，走入乡村。兵营、战壕、广场、原野都成了课堂；抗战话剧、抗战电影特辑、救亡歌曲，成为武装同志与人民大众的日常生活的一部分。

这些成绩也都是和郭沫若自己的努力推动分不开的。

作家走到部队和农村，接近了战斗中的人民，本来是作家改造自己的好机会，因而也可以解决新文学以来的文学运动和创作实践的基本问题，即文学与人民群众的关系问题，同时作品的水平自然也可大大地提高。但这方面的收获是很不够的，主要的原因是除了在中国共产党所领导的各抗日根据地以外，文艺工作者和人民的结合是有阻碍的，而作家自己也缺乏思想上的武装，没有能明确地走上和工农结合的道路；一直到《在延安文艺座谈会上的讲话》发表以后，才明确解决了这个问题，并使许多作家走向了实践。在这一时期，只是较之抗战以前，作家的生活向现实更推进了一步，但还没有能从根本上解决这一问题。即就这一时期所获得的成绩来说，由于政治条件和人力分布的种种原因，文艺运动在各地区和各部队取得的成绩是很悬殊的。其中最有收获的自然是由中共领导的八路军和敌后抗日根据地，那里有由土地革命时代传下来的注重文艺教育的光荣传统，抗战后又集中了很多的文艺工作者，在党的领导下，文艺活动已成为人民生活中不可缺少的一部分了。下边是沙可夫所述的华北解放区的情形，可以作为一个具体的说明：

> 还在1937年八路军开赴华北前线作战，随军宣传队到哪里，哪里便掀起人民文艺的活动，歌舞、短剧、活报，短小精悍，富有战斗作风，对当地的文艺活动起了刺激和推动作用。1938年，农村剧运就开始了萌芽。农民在抗日战争中获得解放，减租减息，参军抗日的热潮涌起了，农民要求娱乐，加上太行山剧团、抗

敌剧社等职业文艺团体的帮助，晋东南创办民族革命艺术学校，继办鲁迅艺术学校、晋察冀联大文艺学院，前后训练了一批文艺工作干部，散布华北各地。华北敌后出现了许多农村剧团，农民集体的秧歌舞及各种新内容旧形式的艺术活动。1939年，太行区党委更明确地给太行山剧团的任务："开展农村戏剧运动，使农民自己来演自己的戏，服务于革命战争。"在晋察冀，同年春天开了戏剧座谈会，也决定要开展农村剧运。西北战地服务团、太行山剧团开办农民戏剧训练班，并下乡帮助村剧团工作的开展，辽县一个月中便组织起三十多个有组织有领导的农村剧团，晋察冀的北岳、冀中则组织得更多，冀中不少村剧团并有汽灯、幕布，演大戏。到年节，不少区、县、村剧团集中检阅、比赛，出现了太行的秋林滩、柏管寺、板峪，晋察冀的陈庄、柯山、漂里等较模范的剧团，有不少的作品受群众欢迎。

  1940年以后，农村剧运开始具有群众性的规模，太行成立了农村戏剧协会，"五四"曾集合了很多剧团表演。晋察冀成立了专门领导农村文化工作的文救会（冀中叫文建会）和剧协，"三八"节仅平山县的妇女大会，就有几十个村一两千人大表演，冀中规模更大，太行山剧团续办农村剧团干部训练班，西北战地服务团、联大文工团、抗敌剧协、冀中火线剧社、新世纪剧社等也都开办乡艺训练班，给各村剧团传播一些编剧、导演、化装、唱歌等常识，大大推动了农村剧运。1940年夏，太行发展到一百个有组织有领导的巩固的农村剧团（其他不太巩固的更多，约三百多个），冀中则在1942年

"五一"大"扫荡"前,约有一千七百个剧团,北岳区也有一千四百多个剧团、秧歌队、宣传队等。这些剧团在年节,在"三八""四四""五四""七一""七七"等节日,在秋后农闲时,都必然要活跃一阵,在每个中心工作布置下去以后,又必然要为中心工作的完成演出;就是在战斗中,也不断有小型演出,配合八路军上前线的游击区村庄在地道里排戏演戏的,去炮楼跟前作"政治攻势"演出的,有的村里每月开一次、两次"村民同乐会"。他们直接服务于当前的斗争,起了很大的鼓动和教育作用。农民们普遍认为村里不闹剧团,没有文化娱乐是很丢人的事。1941年,晋察冀还曾经创造了几十个模范村剧团,专业剧团编印的各种文娱材料,每年发到各村剧团的,总有数千份甚至上万份。到1942年,不仅大道集镇,就是山沟小道的村店,即便没人指导,也都有文娱活动。的确,华北敌后农村的戏剧活动,即在毛主席文艺座谈会讲话以前,就已经比较广泛深入地开展了。[10]

这里所述的情形是可以概括一切解放区和人民抗日队伍中的情形的;譬如荒煤等执笔、鲁艺文艺工作团所写的《关于敌后文艺工作的意见》中也说:"根据我们的经验,我们认为假使把文艺工作仅仅当作一个作家的为了写作而搜集材料的单纯活动,那是绝对不够的。……而应该是由文艺工作者来推动广大的工农群众和士兵,造成一个新文艺运动。"这样,虽然方向上还没有延安文艺座谈会以后那样明确,但在解放区的确已经准备好了迎接文艺的工农兵方向的条件。

但在国民党统治的区域和部队里，情形就完全不同。自从武汉撤退以后，迫害越来越严重，文艺工作者处于"困兽"状态，自然加重了与人民结合的困难和阻碍了文艺活动的广泛进行，因此一般不能不采取以一些都市为据点的活动方式。但无论如何困难和曲折，工作总是有一定的成就和进展的。后来郭沫若曾经批评这时期接近民众的运动说：

> 从外边去接近民众是不够的。你如只抱着一架照相机到乡村里或工场里，东去照一张相片，西去照一张相片，并不能变成为民众的艺术。我们从前曾经喊过"文章下乡""文章入伍""文章进工场"那样的口号，过细考究起来，其实也是错误了的。我们应该喊"文人下乡"（下字根本要不得，姑且仍旧）"文人入伍""文人进工场"，而说到文章上来呢，倒应该是"文章出乡""文章出伍""文章出工场"了。[11]

这自然就是与工农兵接触和培养工农兵群众作家的意思；这一主潮的形成虽然是毛泽东同志指出文艺方向以后的事情，但由此我们对于过去的历史也就更容易加以明确地分析和批判了。

三 通俗文艺与大众化问题

文艺大众化是贯串在新文学发展历史中的一个重要问题，但由于这问题没有足够的完全实现的条件，因此一般地只停留在作家们的愿望和努力实践的过程上面，成绩并不显著。抗战以后，由于宣传上的必要和文章必须争取广大的读者，利用旧形式的通俗文艺作品便大量产生了。老舍在《保卫武汉与文艺工作》一文中说："现在我们死心塌地地咬定牙根争取民族的自由与生存，文艺必须深入民间，现在我们一点不以降格相从为正当的手段，可是我们也确实认识了军士人民与二十年来的新文艺怎样的缺少联系。"他是当时制作通俗文艺最热心的人，所作大半收于《三四一》一书中，他自述写作经过说：

> 我开始写通俗读物，那时候，正当台儿庄大捷，"文章下乡"与"文章入伍"的口号正喊得山摇地动。我写了旧形式新内容的戏剧，写了大鼓书，写了河南坠子。甚至于写了数来宝。从表面上看起来，这是避重就轻——舍弃了创作，而去描红模子。……但是从我的学习的经验上看，这种东西并不容易作。第一是要作得对，要作得对，就必须先去学习。把旧的一套先学会，然后才能推陈出新。无论是旧剧，还是鼓词，虽然都是陈旧的东西，可是它们也还都活着。我们来写，就是想给这些还活着的东西一些新的血液，使它们前进，使它们对抗战发生作用。[12]

当时努力写作通俗文艺的作者很多，如穆木天、赵景深都写过许多鼓词，赵景深作的一首《平型关》就是歌颂八路军的胜利的。当时从小调、大鼓、皮黄，到评书、演义等形式的作品都有，譬如由张天翼、艾芜、沙汀等共同执笔的《芦沟桥演义》，也是这时完成的。1932年就开始写过大众小说的欧阳山,这时期更引起他"对于大众小说的兴趣重新高涨"[13],在《文艺阵地》、香港《申报》等刊物、报纸上发表了许多民间形式的作品。当时也有许多的社团和宣传机关有计划地推动和组织通俗文艺的写作,如抗到底社、通俗读物刊行社、教育部民众读物组,以及许多军队的政治部和各种宣传机关等,使通俗文艺创作活动的范围更扩大了。这当然首先是由于全国规模的宣传教育的急迫任务造成的,而且也在宣传鼓动上收到了一定的效果。但既已有了这个实际运动和大量创作的存在,在文学运动上和理论上就不能不联系到一向为新文学所致力的大众化问题,来给以应有的批判和估价,这就是所谓"旧瓶装新酒"的问题。延续两三年的关于民族形式的论争,也可说正是由这里出发的。实际上这些作品与其说是大众文艺,还不如把它看作是一般的宣传品;这里我们可以举洪深的一段话作说明:

> 从那乡土性浓厚的山歌、小曲、金钱板、高台曲等,到楚、汉、湘、桂、豫、陕、川、滇、粤等各类地方戏,到那集地方戏大成的平剧——在抗战开始后,都曾由爱国的从业人员,用来服务于抗战,从事宣传、慰劳、征募(寒衣鞋袜现金之类)等工作。他们宣传抗战的方法是不拘一格的;有的也曾适合当前的需要,编写新唱本新脚本;有的只是增添若干抗战的唱词与白口,或略为改动原来剧本的故事,使演出时更能赞扬爱国,斥责奸邪;有的不暇求精,索性停锣演说。[14]

其实这些通俗文艺大部分都是"不暇求精"的产物;因为在战争的强大动员力量之下,甚至佛教文学和旧诗词等都在一定的程度上反映了抗战的内容。但若把旧形式以及附带的旧意识的歪曲作用估计在内，那真正能反映了战争现实的，尽了文学之为民族解放所应负的任务的，自然还是有革命传统的新文学。而且一般地说，这个传统并没有为抗战所打断，诗和报告文学的大量产生就是证明。但在抗战初期，作家既然自己参加了抗战的工作，而通俗文艺又成了当时动员民众坚持阵地的武器之一，那自然也说明了文艺运动的最重要的一面，好像文艺大众化的问题已在战争的情势下广泛实现了。但问题还很多，这就不能不在首先肯定了通俗文艺写作运动曾对抗战有过很大的宣传教育的效果以外，再从文学的发展上去检讨当时的缺点。

首先是在作家的创作态度上，有的人把通俗文艺和新文艺完全对立起来了；主观上先就看不起旧形式，认为那是一无可取，不过为了宣传或启蒙教育的缘故，才拾起了旧形式的套子，依样画葫芦。认为那只是一种应急的利用，思想上没有超过晚清维新派的开发民智的水平，脑子里常常想着新文艺的创作计划，因而表现在通俗文艺的制作上就成了填词式的利用；里面沿用了过多的陈旧语汇，也滥用了一些新鲜的民间艺术形式。另外有一些人则又过分迷惑于旧形式，把运用旧形式理解为文艺大众化的唯一道路和单纯的技术问题，因而完全否定了新文学的成果，对旧形式无条件地投降。认为人民大众只能欣赏固定的旧形式，要文章"入伍"或"下乡"是非套用旧形式不行的。实际上大众接受新事物的能力并不如所想象的那么薄弱，譬如田间所提倡的街头诗，在敌后也很受人民欢迎。结果由于受到旧形式的限制，作品的水平和反映现实的程度就降低了。老舍叙述他运用旧

形式的经验说:

> 我当时只有这样一种感觉,旧形式是一个固定的套子,只要你学得像,就能有用处,也就是作家尽了自己的责任。这的确是当时的衷心之感。后来慢慢地把握住了形式,才又想到如何装进适当的内容去,这是原先所没有想到的。于是发生了困难。也由于作家的生活逐渐深入于战争,发现抗战的面貌并不像原先所理解的那样简单,要将这新的现实装进旧瓶里去,不是内容太多,就是根本装不进去。于是先前的诱惑变成了痛苦。等到抗战的时间愈长,对于现实的认识和理解也愈清楚,愈深刻,因此也更装不进旧瓶里去,一装进去瓶就炸碎了。[15]

这样并没有能在旧形式的利用中,很好地学习到中国人民文艺传统的优秀的一面,从而来丰富并发展新文学;而是把通俗文艺的制作和新文学的大众化看成完全对立的二元的了。我们并不是说大众化的意义就等于通俗化,那当然是不同的,但绝不是对立的。所谓大众化应该是要解决新文学运动中的两个根本的问题,一个是作品如何能反映广大人民的现实生活、斗争要求和力量,一个是如何创造那具有和这内容相适应的民族形式,使大众能够喜闻乐见。换句话说,也就是作家与大众结合和普及与提高的关系问题。因此无论就新文学的发展方向或人民的需要说,大众化是新文学运动的基本内容和中心问题;而新文学的历史就表示了这问题的发展和接近于解决。抗战以后,作家向现实生活突进了一步,战争更迫切地提出了文学必须普及的要求，因此大众化的问题是向前发展一步了，而且可以说文学运动和写作活动也是在向着这个方向前进着。抗战初期有些人认为完全套用旧形式的通俗文艺就是大众化的方向，是把问题理解得太狭隘化了；认为大众化就是写法通俗化的问题，甚至认为是为了抗战而降低内容水准的问题。这些错误的观点在经过民族形式的论争以后，就逐渐明朗化了。大众化并不是于新文艺以外另来一套通俗文艺，虽然我们也应该批判地学习和运用旧形式，但那同样是为了新文学的发展。这个问题的明确解决自然是《在延安文艺座谈会上的讲话》发表之后，因为文艺大众化的最基本的问题实在是作者取得大众立场的问题；而在这个时期，由于大部地区的实际社会条件还不容许作家密切地与工农兵结合，也由于作家自己在思想上还缺乏准备和武装，因而虽较战前向前推进了一步，而且文学运动和创作活动的主流也是沿着大众化的方向前进的，但并没有从根本上接触到问题的核心。

四 "民族形式"的论争

1938年10月毛泽东同志在中共扩大的六中全会上，作了《中国共产党在民族战争中的地位》的报告（即《论新阶段》），其中关于学习的一段中曾说："使马克思主义在中国具体化，使之在其每一表现中带着必须有的中国的特性，即是说，按照中国的特点去应用它，成为全党亟待了解并亟须解决的问题。洋八股必须废止，空洞抽象的调头必须少唱，教条主义必须休息，而代之以新鲜活泼的、为中国老百姓所喜闻乐见的中国作风和中国气派。把国际主义的内容和民族形式分离起来，是一点也不懂国际主义的人们的做法，我们则要把二者紧密地结合起来。"这话自然也适用于文学的领域，特别是因为新文学的作品一直没有能够深入到工农群众中间，为老百姓所喜闻乐见，因而立刻引起了文艺工作者的反省与检讨。那时正是制作通俗文艺的高潮刚过去，大家对于运用旧形式的意见并不完全相同，甚至可以说有的很不相同，于是在深入学习毛泽东同志的报告中，文艺界便展开了有关民族形式的论争。在1939—1940两年中，参与讨论这问题的文章很多（后来胡风收编有《民族形式讨论集》一书），范围广大，各方面的思想态度也很不同，这是抗战期间新文学运动中的一大事件。这次讨论以民族形式和大众化为讨论的中心，并由此涉及了新文学史上的各种问题，结果使问题的性质在历史的检讨和人民的要求下面，有了进一步的阐明。

毛泽东同志的报告发表以后，在延安的《文艺战线》和《中国文化》等刊物上，就有周扬、艾思奇诸人的文字，主要是讨论旧形式的运用，以及如何创造新的民族形式的问题。譬如周扬说：

> 把民族的、民间的旧有艺术形式中的优良成分吸收到新文艺中来，给新文艺以清新刚健营养，使新文艺更加民族化、大众化，更为坚实与丰富，这对于思想性艺术性较高，但还只限于知识分子读者的从前的新文艺形式，也有很大的提高的作用。……
>
> 因为民族新形式之建立，并不能单纯依靠于旧形

式，而主要的还是依靠对于自己民族现实生活的各方面的绵密认真的研究，对人民的语言、风俗、信仰、趣味等的深刻了解，而尤其是对目前民族抗日战争的实际生活的艰苦的实践。离开现实主义的方针，一切关于形式的论辩都将会成为烦琐主义与空谈。[16]

这主要表现了对于毛泽东同志论文的深入学习和体会，见解也很精辟；以后文学的各部门如诗歌、戏剧等的创作者都有讨论民族形式的文字。但到这问题在重庆等地展开了讨论以后，就有了意见很不相同的论争。

首先是由向林冰的《论民族形式的中心源泉》一文，提出了民族形式的创造应该以民间形式为中心源泉的说法，接着他又写了《民间形式的运用与民族形式的创造》《再论民族形式的中心源泉》诸文，展开了他的论点。如说：

> 新质发生于旧质的胎内，通过了旧质的自己否定过程而成为独立的存在。因此，民族形式的创造，便不能是中国文艺运动史的"外铄"的范畴，而应该以先行存在的文艺形式的自己否定为地盘。……
> 民间形式由于是大众所习见常闻的自己作风与自己气派，由于是切合文盲大众欣赏形态的口头告白的文艺形式，所以便为大众所喜闻乐见，而成为大众生活系统中所不可缺少的精神食粮。这也是无可否认的事实。这样，民间形式一方面是民族形式的对立物，另一面又是民族形式的同一物；所以所谓民间形式，本质上乃是一个矛盾的统一体，因而它也就是赋有自己否定的本性的

发展中的范畴，亦即在它的本性上具备着可能转到民族形式的胚胎。

　　……至于"五四"以来的新兴文艺形式，由于是缺乏口头告白性质的"畸形发展的都市的产物"，是"大学教授、银行经理、舞女、政客以及其他小'布尔'的适切的形式"，所以在创造民族形式的起点上，只应置于副次的地位；即以大众现阶段的欣赏力为基准，而分别地采入于民间形式中，以丰富民间形式自身。[17]

　　"五四"前后"上升期"民族布尔乔亚变革中的文艺工作者，正是所谓新兴文艺的播种人；在他们和"桐城谬种""《文选》妖孽"的斗争中，一方面移植了先进国家的新兴文艺，另方面又高扬了大众自己的民间文艺，此二者相合，便造成了当时文学革命的中心支柱。[18]

这里面包含两个主要的问题：一个是民族形式的创造是否应以民间形式为中心源泉的问题；一个是关于新文学历史传统的理解问题——是否应该因为它是"移植形式"而全面否定。这立刻引起了许多人的反对；但同意他的意见的人也有，譬如方白写过《民族形式的中心源泉不在民间形式吗？》，认为"民间文艺是内在的，新文艺是外来的，所以民间形式的变革是内部矛盾，而外来文艺与民间文艺的冲突则是外部矛盾"。黄绳写过《当前文艺运动的一考察》，认为新文艺是"畸形发展的都市的产物，是大学教授、银行经理、舞女、政客以及其他小'布尔'的适切的形式"。但反对的人却更多，"保卫五四革命文艺传统"成了当时论争中的口号。首先激烈起来反对的是葛一虹，他写过《民族遗产与人类遗产》《民族形式的中心源泉是在所谓民间形式吗？》诸文，其中说：

> 无疑，旧形式将必归于死亡，但它现在却是为大众所熟悉的一种形式。这种形式"习见常闻"，可是并不新鲜活泼，当我们已经有了比较进步与完整的新形式的时候，它仍然能拥有大量的观众和读者，这自然不是一件光荣可夸的事情。它的"不是大众生活的偶然道伴"，一方面反映着新中国未诞生以前的混乱现象，同时，又一方面正说明着人民大众文化水准的低落。……
>
> 对于"五四"以来艰苦斗争的新文艺做着这样的看法，实在是一种含有侮辱的偏见。新文艺在普遍性上不及旧形式，是不容讳言的。其原因，固然新文艺工作者不能全都卸下他的责任，但主要还是在于精神劳动与体力劳动长期分家以致造成一般人民大众的知识程度低下的缘故。[19]

这里对民族形式的提出并没有给予应有的重视，只认为它是旧事重提，而对于"五四"以来的文艺新形式则没有看到它有过于欧化的缺点，仍然是要照旧保存的。当时参与讨论的人很多，胡风还写了一本小册子《论民族形式问题》。重庆《新华日报》和《文学月报》都曾召集过民族形式问题的座谈会，许多作家都发表过意见，其中也很有一些接触到问题中心的。譬如郭沫若说：

> 问题本来是很简单的，而且也不限于文艺，但一落

到文艺上来，便立地复杂化了。"喜闻乐见"被解释为"习闻常见"，于是中国的文艺便须得由通俗文艺再出发，民间形式便成为民族形式的中心源泉。这个见解我们认为是不正确的。如以"中国老百姓所习闻常见"为标准，那末一切形式都应该回复到鸦片战争以前。小脚应该恢复，豚尾也应该恢复，就连鸦片烟和吸烟的各种形式都早已成为"中国老百姓所习闻常见"，而且是不折不扣的中国所独有的"民族形式"，也有其合理的存在，那中国岂不糟糕！……

  中国新文艺的积弊要想祛除，专靠几个空洞的口号是不济事的，主要的是要那些病源的祛除。要怎么来祛除病源呢？是要作家投入大众的当中，亲历大众的生活，学习大众的言语，体验大众的要求，表扬大众的使命。作家的生活能够办到这样，作品必能发挥反映现实机能，形式便自然能够大众化。[20]

类似这种意见可以说明我们新文学的理论和认识在这次论争中达到了怎样的高度。因为文艺的民族形式的问题实际上就是毛泽东同志所说的使文艺"中国化"的问题，而文艺的中国化又必然要联系到如何为中国的主人——工农兵服务的问题。民族形式的提出实际上正是新文学历史中的大众化这一问题在抗战期间的发展。在这次论争中，大家一般地都肯定了"五四"以来的革命文学的传统，没有在论争中拖到通俗文艺创作和旧形式改造的技巧范围中，而且检讨和批判了新文学历史上的一些缺陷，使民族形式和大众化统一了起来，成为新文学的发展方向。这些结果都使文艺工作者在接受毛泽东文艺思想的领导上，作了思想上和行动上的准备。

1949年7月全国第一次文代大会开会时，茅盾作了十年来国统区革命文艺运动的报告，其中曾对这次论争作了一段批判性的总结，这是可以当作正确的历史评价的，今录于此以为本节之结语：

> 在抗日战争一开始后，文艺大众化虽成为一般关心的问题，但当时人们所关心的多半只限于文艺形式问题。好像抗日的内容既已确定，则作家的立场观点态度等都已毫无问题了。"欧化"的文艺形式受到了怀疑，但文艺家如何建立真正的群众观点的问题却没有被重视，其结果就产生了1940年的"民族形式"问题的论争。表现在这论争中的各种思想，有的是把大众化问题简单化到只是"民间旧形式"的利用（所谓"旧瓶装新酒"），以至完全抹煞了"五四"以来的一切新文艺的形式，也有的在保卫"文艺新形式"的名义下坚守着小资产阶级文艺的小天地——其所保卫的是"形式"，实际上是深恐藏在这种形式下的内容受到损害。
>
> 这一次论争使人看出了原封不动地"利用"民间旧形式的思想与照旧地保存欧化的文艺新形式的思想，这两方面都各有其偏颇之处。以后在文艺创作的形式上展开了比较多样性的发展，这是这次论争的积极成果。在这次论争后若干年间，继续进行关于方言文艺，关于民歌民谣的研究与讨论，大体上都能发挥这次论争的积极成果，而给予创作活动以好的影响。但是另一方面，因为文艺大众化问题究竟不只是个形式问题，单就形式论

形式，也就往往难免于陷入旧形式的保守主义的偏向，也就不能从思想上克服那对于文艺大众化成为最严重障碍的小资产阶级的思想及其文艺形式。

五 思 想 斗 争

茅盾在全国第一次文代大会的报告中，叙述了这一时期文艺思想理论斗争和发展的概况，他说：

> 我们曾经驳斥了"抗战无关论"，曾经对于当时大吹大擂的国民党反动派的"文艺政策"从各种角度上加以抨击，使之体无完肤，我们曾经集中火力打击那公然鼓吹法西斯的"战国策派"，我们又经常揭露市侩主义的本质以及其他各种"挂羊头卖狗肉"的谬论。
>
> 其次，也应当指出来，国统区的文艺思想理论的发展，自来就不是直线的，而是盘旋前进，成为螺线形的。显著的特点是：我们经常在进行两条战线的斗争。我们曾经提出了和展开了若干问题，并且也在某种程度内解决了个别的问题，但是在这十年内的文艺理论上，确也曾表现出不少模糊与混乱的现象。曾经由于反对过去文艺思想上的教条主义倾向，以致抹煞了科学的文艺思想的指导作用而放纵了小资产阶级思想的泛滥。也曾出现过由于强调抗日战争中的民族观点而比较忽略了阶级观点的思想倾向。为了要广泛地把民主的爱国的作家团结起来而忘记了在团结中仍旧可以容许，而且也必须有的互相区别与互相批评，这样的现象也是存在过的。

这种种倾向和现象特别表现于抗日战争前期。

首先借对创作上"公式主义"的批判而提出"与抗战无关"论来的是梁实秋，但不久就销声匿迹；后来沈从文又认为作家努力参加抗战动员工作是"从政"，提出"反对作家从政"的说法；另外又有人提出了"文学的贫困"，希图抹杀新文学的成绩。郭沫若说：

> 自然，在这种洪涛激浪的澎湃当中总也不免有些并不微弱的逆流的声息。起先我们是听见"与抗战无关"的主张，继后又听见"反对作家从政"的高论，再后则是"文艺的贫困"的呼声——叫嚣着自抗战以来只有些田间式的诗歌与文明戏式的话剧。这种种声息，无论出于有意识或者无意识，都以说教的姿态出现，而且发出这些声息的人又都是不屑和大众生活打成一片的人。民族已经膺受着空前的浩劫，尽管国家的政策在号召着"军事第一，胜利第一"，而一二文学教员们却要高喊"与抗战无关"，究竟是何用意；真正令人难解。这声音怕终竟是因为犯了违背国策的危险吧，早已低弱下去了，然而也并未消灭，或则一改调门变而为"要直接与抗战有关"，或者缩小范围变而为"反对作家从政"。……旧时代的"八不主义"里面，早有"不做官"一条，那倒不失为清高。然而在抗战期间作家以他的文笔活动来动员大众，努力实际工作，而竟目之为"从政"，不惜鸣鼓而攻，这倒不仅是一种曲解，简直是一种诬蔑！[21]

其次也有一些主张"文学家及其作品，应以文学本身的尺度去估量，不许夹杂别的主观成见"，或主张"冷静超脱"的"观照""静观"态度，但"理论"既不新奇，在民族战争的现实中也不可能发生多大的作用，不过是些重新泛起的沉渣或泡沫而已。沈从文又在《今日评论》上有《一般或特殊》一文，强调国家应该着重于"专门研究"的具有"特殊"性的专门家的工作，而实际上却是企图抹杀当时的启蒙运动中的有着群众性教育意义的一般工作；他认为"一般"工作不是使社会进步的因素，只有"特殊"的专家才会使社会进步和民族抬头；这一理论也同样遭到了文艺界的批判。这些人所借口指摘文艺界的"浅薄"或"要不得"的现象，主要是作品"差不多"或"抗战八股"；关于这一点，张天翼说得很扼要：

> 假如说到我们的写作有点儿"差不多"，或者是害了"八股"症，那完全是另外一种意义；我们自己指出这些毛病，也完全跟艺术至上主义大爷们的用意不同。……从那几位大爷高明的美学理论说来，我们竟不妨把他们赐予我们的两个徽号原封儿奉送回去。他们把艺术从世界上所有活生生的联带一齐割断，从一切时代里硬挖出来，把它超出任何历史和任何人群。于是艺术就变成了一个绝对的东西，抽象的东西，绳之四海而皆准，亘万古而不变。这真是道地十足的"差不多"，而又兼"八股"——但决非"抗战"的。而且自从把欧洲几位美学老师所钦定的美学法律东拼西凑地搬过来，业经颁布在案，就使该"八股"更形具体化了。[22]

借口"公式主义"的清算,另外也发生了关于文学的政治性与艺术性的争论,一些作者认为艺术性低落是因为政治性太强的缘故;表面上虽不否认文艺的政治性,实际上是把艺术性看作最重要的,而对于艺术性的衡量又包含有许多小资产阶级的趣味和情调的成分。当时对这种思想批判时曾提出:"惟其是杰出的艺术创造物,才能有最深刻的宣传效果。"[23]此外因为张天翼的短篇小说《华威先生》曾被敌人用为宣传资料,说这就是我们抗日工作者的代表,于是就有人认为"暴露黑暗是帮助敌人"的,是"作者对于抗战的悲观主义的流露",这种理论也遭受到应有的批判;茅盾说:"要表现新时代曙光的典型人物,也要暴露正在那里作最后挣扎的旧时代的渣滓。"[24]这正是毛泽东同志所说的"一切危害人民群众的黑暗势力必须暴露之,一切人民群众的革命斗争必须歌颂之"[25]。事实上在国民党统治区是存在着许多危害人民群众的黑暗势力的,暴露它正是为了抗战的前途和人民的利益。

一般地说:这一时期理论批评和思想斗争的工作,是做得很不够的。第一,表现在将思想斗争与统一战线对立起来的看法,文协的"融洽"就似乎有点"君子作风";大家相互退让,甚至相互冷淡,避免彼此间的争执和批评,因而那统一的组织也就缺乏力量了。毛泽东同志说:"在抗日统一战线时期中,斗争是团结的手段,团结是斗争的目的。以斗争求团结则团结存,以退让求团结则团结亡。"[26]所谓"团结忘记了批评",是这时期的一个主要病象;假如批评工作能展开得很好,团结和进步的成绩一定更显著。而且因为避免了统一战线内部的互相批评,以致对于各种反动思想的批判和斗争也有点松懈和消沉，使得理论的战斗不够坚强和深入。第二，是团结的工作也只着重于上层，而忽略了和民众甚至文艺青年间的联系和结合。第三，最重要的，在思想上对于抗战是中国人民革命的发展，而其胜利必须依靠无产阶级的领导和坚持，是认识得很不够或很不明确的。很多人在"全民抗战"的口号下，忘记了对一向是反对人民的分子加以警惕，忘记了他们的动摇性的一面；同时自己也放弃了阶级的观点和立场，而代之以超阶级的、没有社会生活内容的民族立场。这在抗战初期特别显著，大家很少接触到那种阻碍进步、破坏团结、根本上是削弱抗战力量的黑暗面，而一致歌颂那种"民族至上"和"国家至上"的抽象的语句。忘记了"民族至上"实在是无产阶级领导的抗日民族统一战线至上，"国家至上"实在是国内各阶级联盟的政权至上。由于以上所说的这些原因，遂使这一时期的思想斗争一般地比较软弱了；但这种种病象也同样是在不断地克服和纠正中的，并非全般都是如此或简直放弃了斗争。冯雪峰综述这时期的情形说：

> 在抗战期间，在大后方，大概地说，这思想斗争就要显得软弱和低落得多。……虽然显得软弱、低落，呈现着散漫无常和回避的状态，但对于法西斯主义是反抗和攻击的；对于抗战中动摇的现象是斗争和批判的；对于倒退的社会现象和不利于团结抗战的反人民的政治企图是依然有所批判和指摘的；对于一切复古的反动思想运动和乔装偷运法西斯主义的文化活动是予以揭发的；对于社会文化上的普遍的堕落和上层社会的披靡的腐

烂，以及文艺上的一些毒害的倾向是仍有所攻击的；对于言论和思想自由的争取也是继续坚持过来的。而在文艺思想问题上也仍有过很大的论争，反映了一些思想斗争的本质。就由于还有这样一些的斗争，所以在抗战期中，我们在这一方面也仍保有了一些"五四"以来的传统精神。[27]

因此上面所说的那些病象，只是当作一种检讨中的缺点，而文学史的主流是仍然保持着一贯的思想斗争精神的。

在解放区，由于党的领导和作家在人民群众中所受的锻炼与教育，思想水平自然是比较高的。1941年在延安因为发现了托派分子王实味的荒谬理论，遂展开了对于托派思想的清算与斗争。王实味先在《论文艺民族形式》的一篇文字里，用托派的观点来荒谬地指摘了艾思奇诸人的论点，接着又发表了《野百合花》《政治家·艺术家》等文章，利用当时解放区的困难情况和一些人中间的弱点，来做破坏革命和抗战的事情，这当然引起了许多人对他的批判和斗争。周扬说：

> 反对王实味的思想，在文学领域内，就是要反对他在这领域上的托洛斯基主义，就是要为马列主义的文学理论斗争。在自我教育的意义上来说，这提供了文艺上的整顿三风一个好的材料。……
>
> 现在又出了一个王实味，一个化装了的托派，他的文学见解正和他的老祖宗托洛斯基一模一样。但值得我们注意的，是他在《政治家·艺术家》里很狡黠地捕捉了当前文艺上如下的几个问题：一、文艺与政治的关系

问题；二、文艺是反映阶级斗争，还是表现所谓人性的问题；三、今天的文艺作品应写光明，抑应写黑暗的问题。这些问题都是文艺上的根本问题，在今天的中国，尤其是在今天的延安有着迫切的意义；它们由当前现实中发生出来，却还没有获得正当的明确的解决。文艺工作者中间许多同志在理论上还存在着一些混乱和苦闷。就是这种时候，王实味看取了这个空隙，他扮装成一个艺术家之深切的理解者，真挚的同情者，出来"仗义执言"了。他是一个托派，他当然不是想要正确地来解决什么问题，而只是想将问题引到错误解决的途径上去，引到托洛斯基主义的方向去。……

王实味为了使艺术家与政治家对立，他一方面巧妙地贬损了政治家，一方面故意把艺术家捧到天上，王实味企图以此拉了艺术家跟了他走，好去反对他所憎恨的政治家——"大头子""小头子"们。

王实味真是把艺术家看得这样高吗？不，他的真实的意思还不在这里。不是艺术家"指示"政治家，而是他，王实味，在"指示"艺术家呢。你听他向艺术家发出的最后的"呼声"：

"更好地担负起改造灵魂的伟大任务吧！首先针对着自己和我们的阵营进行工作。"

可惜的是，他的这个呼声不是指示人到"纯洁和光明"，而是指示人到"肮脏和黑暗"去！他要求艺术家向政治家，向那些他在《野百合花》里所直率地称呼为"主观主义宗派主义的大师"的、"异类"的人们瞄准，实践他所主张的枪口对内论。鼓动艺术界的力量，青年的力量来反对党,反对无产阶级,反对革命,这就是浸透在王实味的每篇文章、每句话、每个字里的精神与实质。[28]

当时延安中央研究院和鲁迅艺术学院等处的许多人都郑重地考察了王实味的事件,并借此检讨了自己的文艺思想和提高了理论认识的水平,给实践正确的文艺方向作了很好的准备。

六 创 作 趋 向

抗战开始以后,绝大多数的作家们从狭窄的圈子里解放出来了,接近了广阔的现实生活,表现在初期创作上面,是大量的诗和报告文学的产生。作家在生活变动中接触到纷至沓来的新的生活形象,需要用敏捷明快的方式来迅速地反映出来,才可以有效地执行为战争服务的任务,这就是大量报告文学产生的原因。同时当作家投身于久已渴望的民族革命战争的时候,也掩饰不住地浸入到一种狂欢兴奋的状态里,觉得战争的开始就是胜利的来临,因此他不能自已地要歌唱出他所要歌颂的或所要诅咒的,这就是诗的发达的原因。同时为了战争的动员和大众的启蒙文化的要求,戏剧,特别是独幕剧,也在迅速地反映现实问题的要求下得到了数量上的丰收。其次就是前面提到过的通俗文艺的制作。比起以上这些来,由于作家在战争环境里没有立刻从事大的创作活动的余裕,小说的产量是比较少的。这些作品在抗战宣传上都发生了一定的作用,但缺点也是很多的,最显著的就是公式化和概念化的倾向。这些作者在主观上都是肯定现实主义的，在概念的理解上也很关心文学的思想性，但因为对生活深入体验得不够，遂发生了公式化的倾向。这现象的延续不到两年，以后战争的情势变了，进入了艰苦的相持阶段，同时文学界也对此提出了检讨和批评，这种倾向就逐渐克服了。作家开始深入地体验和认识新的生活现实，创作有了比较好的进展。于是短篇以及长篇小说、长篇报告文学、多幕剧、长篇叙事诗和抒情诗，都逐渐出现，而通俗文艺却减少了。在这些作品中，写出了从各种角度献身于抗战的英雄，也写出了一些动摇分子、顽固派，以及各种黑暗腐化的形象。其中表现最多的是在抗战中人民性格的变化和成长；他们为战争所激荡，从麻痹状态走向觉醒，克服了各种压迫和困难，在生活的锻炼中逐渐变成了坚强的战士。这也包括着各种各样的人物，农民和由农民出身的兵士、工人、知识分子以及妇女和儿童等等；并由此显示了人民的伟大力量和对于统治阶层及落后意识的批判。这是由于战争现实和创作上现实主义的要求，因此比较多方面地在各种文学形式上有了发展。郭沫若说：

> 随着战争的长期化，人民情绪渐渐镇定了下来，艰苦的战斗既削弱了廉价的乐观，而战果的批判与胜利条件的检讨也必然导引着作家们回复到本来的静观和反省，使得他们在现实体验既经饱满之后，不得不站在更高一段的据点来加以整理、分析、批评、提炼、构成，因而在作品方面便驯致了某种程度的广度、深度、密度的同时增加。[29]

但自从武汉失守以后，由于国民党施行对日寇妥协投降和反共反人民的反动政策，政治形势逆转，进步文艺运动开始受到迫害。一部分作家由抗战爆发时的兴奋乐观逐渐转向另一个极端，一变而为消沉悲观。于是在文艺创作上便出现了一些把小市民的"时好"凑进"抗战"主题中的抗战加恋爱的小说，也有一些以趣味为中心、充塞着庸俗描写的剧本。当然，这只是违反现实主义的一些不良倾向，就文艺创作的主流说来，尽管有这些倾向的存在，那压倒一切的趋势仍然是革命的现实主义的发展。周恩来在第一次文代大会的报告中就指出，抗日战争期间在国民党统治区成立的中华全国文艺协会，"除了很少几个反动分子被淘汰以外，那个团体的文艺工作者几乎全部都团结在新民主主义的旗帜之下"。这是从作家队伍的角度来肯定了抗战文艺的总的趋向的。

茅盾在这次文代大会的报告中也曾分析过这时期创作上的各种倾向及其根源，现摘录数节于下：

> 在抗战初期，文艺创作相当蓬勃，但其后不久，国民党反动派越来越反动，作家的处境也越来越困难，文艺创作因而也就不可想象地受着多种多样的限制。抗战初期有些作家虽然到过农村，然而由于作家没有经过改造，并未能真正和人民结合，而到了后来，由于国民党反动派的迫害，就连接近群众的可能性也很少了；因为和大众生活隔离，所以作品更失去了生气。反动派对于书报刊物的严格检查，又使得作家往往只能搁笔，而且作家常常被迫过着颠沛流离的困苦生活，更难安心写作。同时，在反动统治下，作家之间的组织不能健全，

声气不能互通，又不易接受到正确的理论领导，因而造成了各自向前摸索的状态。在这种种限制下，再加上作家本身在思想与创作方法上的一些问题，国统区文艺创作一方面固然有成就，另一方面也不免表现出许多缺点来。这也是不必讳言的事实。

现在，让我们回过来再看我们的文艺创作有些什么缺点，其中哪些是比较主要的。

我们经常看到有这样的情形：许多读者虽然津津有味地读了某些作品，但掩卷回索，却又惘然无所得；也有不少作品，虽然在读者中起了一些启导求进步的作用，但同时又无形中给了读者以低回感伤的情绪。这究竟是由于什么缘故呢？一般说来，这是由于作品不能反映出当时社会中的主要矛盾与主要斗争。这是国统区文艺创作中产生各种缺点的基本根源。由于作者本人在不同程度上脱离了直接的革命斗争，就不能把握到并正确地分析社会中的主要矛盾与主要斗争，因而作品中也就不免显得空疏，作家们用不同的方式来弥补这种空虚，就发生了各种不同的倾向。

国统区的文艺创作何以不能反映出当时社会中的基本矛盾并且表现出种种偏向来呢？除了前面提到过的种种客观条件的限制，作家主观上的原因又是我们不能不提到的。国统区的进步作家们大多数是小资产阶级知识分子；小资产阶级也属于被压迫阶级，所以有和劳动人民结合的可能，但另一方面，未经改造的小资产阶级知识分子在生活思想各方面和劳动人民是有距离的。小资产阶级的思想观点使他们在艺术上倾心于欧美资产阶级文艺的传统，小资产阶级的思想观点也妨碍了他们全面而深入地认识历史的现实。

这一报告是带着深刻检讨的总结性质的。关于解放区的作品，在我们所论的这时期，即延安文艺座谈会之前，也仍不免存在着类似的缺点；虽然程度上有所差异，但作家主观上的原因倒是一样的。这虽然是严重的缺陷，但也是历史的局限；就这些作品当时所发生的作用和新文学历史发展的实际说，革命的新文学仍然是坚持了抗战和进步的要求，有过不少的成就的。而且就其发展主流及与人民结合的程度来说，也是坚持并发展了"五四"新文学的革命现实主义的传统的。

* * *

〔1〕〔4〕毛泽东：《论联合政府》。
〔2〕阳翰笙：《国统区进步的戏剧电影运动》。
〔3〕〔21〕〔29〕郭沫若：《沸羹集·新文艺的使命》。
〔5〕《作家战地访问团告别词》。
〔6〕茅盾：《杂谈文艺现象》。
〔7〕1953年初版此处引用胡风的话，回忆当时"把战争当作了简单的机械的军事过程，几几乎完全否定了文艺的任务"，即所谓"投笔从戎""前线主义"等（《剑·文艺·人民：民族战争与我们》）。——编者注。
〔8〕茅盾：《在反动派压迫下斗争和发展的革命文艺》。
〔9〕张凌青：《山东文艺工作概况》。
〔10〕沙可夫：《华北农村戏剧运动和民间艺术改造工作》。
〔11〕郭沫若：《沸羹集·向人民大众学习》。
〔12〕老舍：《三年写作自述》。
〔13〕欧阳山：《我写大众小说的经过》。
〔14〕洪深：《抗战十年来中国的戏剧运动与教育·民间形式与地方戏》。

〔15〕《一九四一年文学趋向的展望》老舍发言记录,《抗战文艺》7卷1期。
〔16〕周扬:《对旧形式利用在文学上的一个看法》。
〔17〕向林冰:《论民族形式的中心源泉》。
〔18〕向林冰:《再论民族形式的中心源泉》。
〔19〕葛一虹:《民族形式的中心源泉是在所谓民间形式吗?》
〔20〕郭沫若:《今昔蒲剑·"民族形式"商兑》。
〔22〕张天翼:《论"无关"抗战的题材》。
〔23〕鹿地亘:《关于艺术与宣传》。
〔24〕茅盾:《八月的感想》。
〔25〕毛泽东:《在延安文艺座谈会上的讲话》。
〔26〕毛泽东:《目前抗日统一战线中的策略问题》。
〔27〕冯雪峰:《论民主革命的文艺运动》。
〔28〕周扬:《表现新的群众的时代·王实味的文艺观与我们的文艺观》。

第十二章　为祖国而歌[1]

一　战声的传播

抗战爆发以后，诗和报告文学是最先呈现了蓬勃气象，尽了文艺的战斗任务的。当长期受着束缚的作家一旦投身于战时生活后，他所感到的为战争所引起的一切可歌可泣的事实，无不激发他的兴奋的情绪；他要把这种关闭不住的热情歌唱出来，这就促成了诗的蓬勃现象。也就因为这样，因此不只歌唱的内容是雄壮热烈的，而且为了要表现那慷慨激昂的热情奔放的内容，诗的形式也解放了，一般地更趋于散文化的自由体了。诗不仅是作者个人情感的抒发，而且要求它和民众接近，担负起教育并提高民众意识的任务；诗人们也不断地找寻这种为现实斗争服务的方式，这首先就是朗诵诗的提倡。原则上说，诗本来是可以朗诵的，但为了加强宣传的效果，也为了摆脱战前的一些形式主义的束缚，于是朗诵诗运动提出来了，而且实际在推动试验着。下面一节诗可以看作是当时这一运动的宣言：

　　　　让诗歌的触手伸到街头，伸到穷乡，
　　　　让它吸收埋藏土里未经发掘的营养，
　　　　让它哑了的嗓音润泽，断了的声音重张，
　　　　让我们用活的语言作民族解放的歌唱！[2]

这运动最先在武汉推行，第一次在鲁迅先生逝世周年纪念大会中举行诗歌朗诵，效果很好；以后便在各种广大的集会中，在广播电台中，在轮渡上，以及各种小型的聚会里，都有了朗诵的节目。后来在延安、重庆以及其他各地都有了朗诵诗运动，使诗能更直接、更广泛地诉诸群众的感情。而且为了朗诵，就要求诗的内容更符合大众的感情；而形式也就必然要求减少拘束，句法明朗，用字大众化，表现简劲有力等。这些本来都是诗的发展的正当道路，但由于诗在群众中朗诵，便容易发现过去的缺点，因此也就帮助了诗人创作的进步。一般地说，朗诵诗的听众仍大半以知识分子为主，没有深入到工农群众中去；不过就诗的影响范围说，那确乎是比以前扩大多了，对知识分子的向往光明和参加抗战，起了很大的鼓动作用。武汉陷落前的一年多时间，诗人的热情和人民的兴奋情绪本来是相应的，因此诗的创作和朗诵也都容易受到欢迎；在武汉就先后发行过三种诗刊：《时调》《诗时代》和《五月》。写作的人非常多，而且许多很久不写诗的人也都歌唱起来了。到战争进入相持阶段以后，客观环境不同了，于是诗人自己的情绪也由兴奋转入了沉练的状态，从惊觉于战火之光的热情的赞礼转而为相持状态的深刻的观察；诗人不再一味狂热地高歌了，而逐渐产生了从战时生活中来的真实的抒情诗和造型的叙事诗。而且为了无负于那个时代，很多人企图描绘出庄严的史诗，于是数千行、万行的长诗也都出现了——这就是这时期诗人们努力的方向。

抗战初期，简直是一个诗的时期；许多作家都在写诗，歌颂我们的抗战和我们的祖国。郭沫若的《战声集》中的诗大都是这时期写的，里面便充满了这样的声音：

全民抗战的炮声响了,
我们要放声高歌,
我们的歌声要高过
敌人射出的高射炮。

最后的胜利是属于我们,
我们再没有顾虑,逡巡,
要在飞机炸弹之下
争取民族独立的光荣。[3]

集中如《抗战颂》《民族复兴的喜炮》等诗,看题目也可以想象到诗人的兴奋和热情。到以后写的《蜩螗集》就不同了,不只里面收了许多的旧诗词,情绪内容也很不相同。譬如1940年写的《罪恶的金字塔》,是为重庆大隧道惨祸写的,日寇飞机仅三架,夜袭重庆,但在大隧道中竟闷死了万人以上,而国民党当局只报道三百余人。"依然是千层万层的雾呀,浓重得令人不能透息。"[4]诗人已禁不住愤怒之情了。

抗战前中国诗歌会的诗人们曾努力提倡过"国防诗歌"和诗朗诵运动,战争爆发后他们也是作了新诗歌的前锋的。任钧在《关于中国诗歌会》一文中说:"让我们试行闭上眼睛想一想吧,要是在抗战爆发前后,我们诗坛上始终只有豆腐干诗和神秘的象征诗,那我们将怎样去歌颂火血交流的救亡洪流和抗敌怒潮呢!"他们对于歌颂抗战和推行诗朗诵运动是有很大功绩的,特别是在抗战初期。例如蒲风,很少人对开展诗歌运动的热心努力会超过他的;他倡导"诗的斯泰哈诺夫运动",自己参加了军队工作,在军中推行"诗运",

创"明信片诗"而且写了《抗战诗歌讲话》。他的诗集有《在我们的旗帜下》《可怜虫》《取火者颂》等,他于1942年病殁于安徽津浦铁路以西战地。他的诗虽不能说如何好,但充溢着战斗热情的内容和接近歌谣口语的形式,是比较容易为群众所接受的。任钧有诗集《为胜利而歌》《战争颂》《后方小唱》等,他认为"诗歌——便是我们的炸弹和旗帜"![5]对诗朗诵运动也是积极推动的,他曾说:"从诗的效用上说来,我们也一定要使诗重新成为'听觉艺术',至少是可以不全靠眼睛的艺术,而出现在群众之前,才能使诗更普遍地更有效地发挥其武器性,而服务于抗战。"[6]他自己的诗也是迸发着战斗的火焰,可以激发人的情绪的。譬如下面《当那天来到的时候》中的一节:

> 像在漆黑的深夜,
> 渴望着那必然会来到的黎明,
> 如今,我们也在生和死的搏斗中,
> 渴望着那必然会来到的日子;
> ——那飘散着蔷薇和月桂香气的日子,
> 那闪耀着太阳的光辉和颜色的日子,
> 那充满着歌唱和欢笑的日子,
> 那最后的战胜了敌人的日子啊!

穆木天在抗战初期曾写过许多大鼓词,诗集有《新的旅途》《春之颂》及《恶魔》。杨骚有诗集《半年》,分《后方》及《战地》两部,是他由四川去中条山、太行山一带战地的途中和在战地所写的一些印象与感想。这些诗人们都为抗战发出了战斗的呐喊，尽管他们的诗仍不免有概念化的倾向，但较之战前已逐渐从磨炼中坚强起来；至少也是粗犷的呼喊，而绝不是温室中的低吟。

高兰也是提倡朗诵诗最热心的人，他的诗集就叫《朗诵诗集》，也写过一些关于朗诵诗的理论文字。诗集中穆木天的《代序》说："高兰！为民族革命高扬起你的歌喉吧，在诗歌中激发起民族的伟大的感情吧！"高兰是东北人，诗中除了歌颂抗战和反对侵略外，对东北人民收复白山黑水的愿望也有很强烈的表现，譬如《我的家在黑龙江》等首。诗的气势雄阔，完全是慷慨激昂的调子，常用七阳韵，注重音调和自然语气，但有时不免有流于"口号"的地方。例如他的《放下你那支笔》：

> 我们咆哮，我们怒吼！
> 我们要以牙还牙，以眼还眼！
> 我们要摆脱奴隶的锁链！
>
> 拿起另一支笔吧！
> 为真理正义而呐喊！
> 冲上民族解放的阵线！

这些诗的确是朗诵起来要比阅读时觉得好一些，他说："唯有朗诵的诗歌才是奴隶的怒吼的喉舌，才再不仅是叹息花飞和叶落！"那朗诵诗的意义就主要是指诗歌内容的战斗性和群众性。的确通过了诗朗诵的运动，诗的影响面是扩大了，抗战的声音是广泛地传播开了，而对诗歌自身的发展也有显著的好的影响。

二 诗 的 主 流

民族革命战争给诗带来了新的生命，出现了一些有显著成就的诗人；他们的诗篇为很多人所传诵，发生了广大的社会影响，也给我们的新文学史增加了不少的光辉。在这些诗人中，我们将首先提到艾青。他自己说：

> 战争真的来了。这是说，原是在人民的忍耐中的，原是在诗人的祈祷中的，打碎锁链的日子真的来了。这时候，随着而起的是创作上痛苦的沉思：如何才能把我们的呼声，成为真的代表中国人民的呼声。……在三四个月长期的沉默之后，我才写了一首"我们要战争呵——直到我们自由了"。这是一个誓言。这是我为自己给这战争立下的一块最终极的界碑。[7]

他最初写了《向太阳》的长诗，以高度的热情赞美着光明，赞美着民主。他对祖国的土地与人民的受难感到悲痛，因此那热情就多少带着一点忧郁；但这正是他歌颂光明的动力。在长诗《吹号者》里，他诚挚地歌颂了战斗和牺牲；这虽是叙事诗，其实抒情的成分更多。他自己说这诗"好像只是对于诗人的一个暗喻，一个对于诗人的太理想化了的注解"：[8]

> ——他以对丰美的黎明的倾慕
> 吹起了起身号，

那声响流荡得多么辽远啊……

世界上的一切
充溢着欢愉
承受了这号角的召唤……[9]

"芦笛"变成了"号角",正是诗人自己对于战争的抱负和愿望。长诗《他死在第二次》是写一个伤兵的遭遇和感情的,他说:"《他死在第二次》是为'拿过锄头'的、爱土地而又不得不离开土地去当兵的人,英勇地战斗了又默默地牺牲了的人所引起的一种忧伤。这忧伤,是我向战争所提出的,要求答复与保证的疑问。"[10]叙事诗《火把》可以说是《向太阳》的姊妹篇,诗中描写火把游行,写大众的力量,而以爱情故事结尾,热烈地歌颂了民主的思想。人物描写也比较完整,语言接近口语;但更重要的是诗中迸发的情感,的确把当时许许多多追求正义的知识分子的热情给燃烧起来了,使他们勇敢地走向了革命。长诗《溃灭》是写法国统治阶级背叛人民、出卖了国家和民族的经过的。诗集《北方》中写的是苦难的北方农村的生活;农村的破碎和农民的贫困使他感到了土地问题在中国的严重性;诗中虽仍不免忧郁的气氛,但他说"必须从敌人的死亡夺回来自己的生存",他鼓舞着那些在苦难中生活着的人民。他喜欢歌唱大自然的优美的景色,特别是在诗集《旷野》里。《黎明的通知》是歌唱光明的诗集,告诉大众"美和自由的生活中的幸福"就要来到了,他说:

请他们用虔诚的眼睛凝视天边,

我将给所有期待我的以最慈惠的光辉。

　　趁这夜已快完了，请告诉他们，
　　说他们所等待的就要来了。[11]

　　他在《诗论》中曾说："哲学抽象地思考着世界；诗则是具体地说明着世界——目的都是为了改造世界。"在《黎明的通知》中，他写出了光明的必然到来，对农民寄予无限的同情和热爱，引导大众来对黑暗反抗，指出这正是到达自由幸福的明天的桥梁。诗中减少了以前的忧郁气氛，用一种愉快地走向春天的音调，坚决地肯定了他对即将来到的光明的信念。《反法西斯》是他写的政治诗集，都是很富于战斗性和思想性的诗篇。他形象地写出了资本主义社会的历史结局，也写出了人民力量对争取和平与民主的斗争；如在《赌博》一诗中说：

　　他们将为反抗法西斯而战争！
　　他们将坚持着：
　　"非到我们的代价压翻了大秤
　　决不罢休！"

　　他在许多篇中都控诉了法西斯的罪行，喊出了人民心中所蕴积的愤怒，指出了人民是历史的火车头，完全有力量来主持自己的命运。在这后两本诗集里，诗人已经摆脱了知识分子的情感，他所写的完全是人民大众的实际感受了。

　　艾青诗的特点是"散文化"，他以为朴素是美的源泉，而散文化是达到朴素的有力手段。诗中十分注意章法和结构的完整,用散文式的开展的层次来抒写,而把重点摆在结尾的一节。这种新的形式和他所写的内容配合起来,的确给人一种新鲜的感觉。他常常用重叠或复沓的诗行来加重抒写他所要歌颂的感情形象,如"光""火把""太阳"等,使诗的表现特别有力量。早期作品中的知识分子的忧郁后来也洗刷掉了,正如他自己所说:"我实在不喜欢忧郁啊,愿忧郁早些终结吧!"[12]他的忧郁本来是植根于中国人民的苦难的,与一些作家的颓废性的忧郁不同,到他与人民革命的主流汇合以后,就变为爽朗的笑声了。这些诗篇,对于憧憬于光明世界的青年知识分子,曾发生过很大的鼓舞作用,促使他们勇敢地走上了革命的道路。

田间的诗集有《给战斗者》《呈在大风砂里奔走的岗卫们》《抗战诗抄》《她也要杀人》等。他以急骤的短行来呼喊出强烈的战斗要求,短小的诗形使情感表现得特别有力。他在《给战斗者》的代序《论我们时代的歌颂》中说:"我们应该更热烈地歌颂呵!要歌颂卑污的、黑暗的、受奴役的、不自由的中国和它的人民的奋起,从这半殖民地的河岸上,矿山上,棉地上,……向敌人斗争,斗争。……我们要战争——直到我们自由了!"在他的诗中,充满着爱国主义的热情和革命人物的形象。他以闪电般的突击的情感,构成了他的崭新的粗犷的风格,以朴素有力的字句来体现出充沛的战斗意志。如下面的一节:

> 向那边前进,
> 一百多个农民

愤怒得很，

悲壮得很。[13]

闻一多称他为"时代的鼓手"，在引了他的诗《多一些》后说："这里没有'弦外之音'，没有'绕梁三日'的余韵，没有半音，没有玩任何'花头'，只是一句句朴质、干脆、真诚的话，（多么有斤两的话！）简短而坚实的句子，就是一声声的'鼓点'，单调，但是响亮而沉重，打入你耳中，打在你心上。你说这不是诗，因为你的耳朵太熟习于'弦外之音'……那一套，你的耳朵太细了。"又说他的诗"不只鼓的声律，还有鼓的情绪。……爆炸着生命的热与力"[14][15]。他的诗里的确没有忧郁颓丧的感情，那种"鼓声"使蕴有战斗要求的人民一下子给激励起来了。但也就因为如此，一些习惯于缠绵情调与整齐和谐的篇章的读者或批评家就很不以为然，对他的诗有过许多的非难。当然，就诗篇表现得完整深刻来说，缺点是有很多的，有的诗难免有粗糙或肤浅的地方，但并不能因此就否定了他的独到的成就。闻一多说：

这些都不算成功的诗。但它所成就的那点，却是诗的先决条件——那便是生活欲，积极的绝对的生活欲。它摆脱了一切诗艺的传统手法，不排解，也不粉饰，不抚慰，也不麻醉，它不是那捧着你在幻想中上升的迷魂音乐。它只是一片沉着的鼓声，鼓舞你爱，鼓动你恨，鼓励你活着，用最高限度的热与力活着，在这大地上。

当这民族历史行程的大拐弯中，我们得一鼓作气来度过危机，完成大业。这是一个需要鼓手的时代，让我们期待着更多的"时代的鼓手"出现。至于琴师乃是第二步的需要,而且目前我们有的是绝妙的琴师。[16]

他那诗的形式是和他所要歌唱的内容相适应的;譬如他发动过"街头诗"和"传单诗"的运动,这种诗是为了配合政治动员的鼓动小诗,使战斗与人民亲密地连接起来,那就不能不用简短有力的形式来激发人民大众的意志和战斗情绪。像下边这首《假使我们不去打仗》:

假使我们不去打仗,
敌人用刺刀
杀死了我们,
还要用手指着我们骨头说:
"看,
这是奴隶!"

他的战争抒情诗和小叙事诗也同样迸发着战斗的火焰,表现的情感也是非常强烈的。《她也要杀人》是长篇叙事诗,一个善良的农妇被日寇侮辱了,儿子也被日寇烧死了,但她不自杀,要复仇;在大火里从窗口抓出一把刀子,喊着"我要杀人"!

在她的
前面,
中国的森林、大河、高山、
和人民的田野、道路……

> 已经披起了
> 战斗的
> 武装！

诗里有力地表现了帝国主义者的残暴和中国人民的不可征服的力量！

抗战开始以后，臧克家就参加了前线生活，一连五年。这时期他的作品很多，如他自己说的，"我在民族革命的战场上歌唱"。他说：

> 五年的前线生活，从心境上分，可以截成两段。第一阶段：心里充满了热情、幻想和光明。这心境反映到诗上，显得粗糙、躁厉、虚浮和廉价的乐观，热情不应许你沉深、洗练。《从军行》《泥淖集》《呜咽的云烟》中的诗大概可以这么说。《淮上吟》（包括《走向火线》）就比较精炼些了。后一阶段，热情凝固了，幻想破灭了，光明晃远了，代替了这些的是新的苦闷和郁抑。心，从波动中沉垂了下来。这个时期，回味体会了五年的战地经验，面对着眼前的世界，有时间给它们以较深沉的刻画。光明的，歌颂它；黑暗的，讽刺它；爱与憎，是与非，真理与罪恶，界线是分明的。在这一个时期，我写了几本诗：《黎明鸟》《泥土的歌》《第一朵悲惨的花》《向祖国》和《古树的花朵》。[17]

他是以"生命去倾注的唯一事业"的态度来做诗的，后来他把从《烙印》到《国旗飘在鸦雀尖》（1942年）的诗集选过一部《十年诗选》，除长诗《淮上吟》《向祖国》《古树的花朵》及《感情的野马》未收入外，可以算是他的代表作。在战争中，诗人唱出了这样的声音：

> 为了祖国
> 把生活浸在苦难中，
> 为了抗战
> 甘愿把身子供作牺牲。[18]

《从军行》和《泥淖集》中的诗，大半是歌颂士兵和抗敌斗争的；像许多抗战初期的诗，热情充溢，却嫌不够深刻。长诗《淮上吟》写内地的广博和黄泛区遭水灾的人民的苦痛；《古树的花朵》写民族英雄范筑先的抗战事迹，他自己说："它是抗战以来第一篇试验的五千行英雄史诗，也是我生平最卖力气的一本东西。"[19]他用全力来写一个能领导群众的新的英雄典型，他说这诗是他风格的转捩点；就词藻新鲜和多采用口语等特点说，是和以前不同了的。长诗《感情的野马》写的是爱情的故事，主角正是"带着笔部队上前线"的诗人；女的是"荣誉军人招待所"的所长，他想写几种人对于爱情的不同看法，而这诗人正是"把爱情神秘化、美化"了的一人，另外还有别的人物。诗写得很纯熟，但知识分子的情感太浓了，那些眼泪和欢笑都是一种过于细腻的感情。《十年诗选》中《泥土的歌》入选的很多，他自己最喜欢这集子。他说："《泥土的歌》是从我深心里发出来的一种最真挚的声音，我昵爱、偏爱着中国的乡村，爱得心痴、心痛，爱得要死，就像拜伦爱他的祖国的大地一样。我知道，我最合适于唱这样一支歌，竟或许也只能唱这样一支歌。"[20]他以最大的热爱来歌咏他所熟知的农民，他们的生活和情感；也有写农村的恬静景色的，其中也浸润着他自己的感情。他说这是"用一支淡墨笔"写出来的；集中分《土气息》《人型》《大自然的风貌》三辑，共五十二首诗。下面是《反抗的手》一诗：

> 上帝，
> 给了享受的人
> 一张口；
> 给了奴婢
> 一个软的膝头；
> 给了拿破仑
> 一柄剑；
> 同时，
> 也给了奴隶们
> 一双反抗的手。

集中写的多是宁静的古老农村的面貌，写到斗争方面的比较少，因为他对成长中的农民的新的性格还不太熟悉。后来（1948年）他自己批评说：

> 三十一年，那时候，解放的区域虽然还没有现在这么大，然而新的土地上却有新型的农民生长起来了。而且，田间、艾青以及别的许多诗人，已经用新的诗篇来歌颂新的农村，为新的生活而战斗了。一个诗人的眼睛

不是为了向后看而生长的。《泥土的歌》给人的是旧式农村的悲惨和死寂，而实际上，三十一年却是暴风雨的时代。同时，那种忧伤的情感，和昂扬的斗争的真实，相去又多么远啊。……我爱农民，连他们身上的疮疤也感到亲切，但是，他们自己却不一定爱它；我把农村写得太平静了，我把农民写得太忠厚了。我在赞美着将要爆发的一座火山，用了"你看，它多么美丽而安静啊"。我没有写出农村的阶级对立，农民的反抗行为和意志，虽也有些近乎这样的东西，那都是观念化而不十分真挚的。漏去了这一些，实际上就失掉了封建农村本质的意义，也就失掉了农民的真正面目。[21]

这批评表示了诗人自己思想上的进步，他对自己有了更高的和更严格的要求。1944年他在四十自寿诗《生命的春天》中就说：

> 我将用心去吸取生命的花朵，再酿造，
> 然后吐出来去营养别个，
> 我将用"手"治疗自己的
> 忧郁病，感伤病，神经病，心病——
> 知识分子病，
> 我高兴我可以舒舒坦坦地活着，
> 活在光明的照耀里，呼吸着群众
> 呼吸的气氛，我情愿卸下诗人的冠冕，
> 做一个平平常常的"人"。

这里可以看出他的要求进步的决心。在上面这些作品里,虽然还没有去掉如他所说的"知识分子病",但爱和恨的分界是很分明的;他歌颂抗战,歌颂农民和士兵,诅咒侵略者和都市的寄生虫;而且能用朴素真实的形式表现出来,使人感到诚挚和亲切。在诗的结构和字句的锤炼上,他也下过细致精到的功夫,就诗的表现手腕说,他是很成功的作家。

柯仲平有长篇叙事诗《边区自卫军》和《平汉铁路工人破坏大队的产生》,都是在延安写的。他是努力使诗歌大众化的一人,这些诗参用了唱本俗曲的形式来铺叙故事的发展,无论是朗诵或用民间调子歌唱,都很能吸引听众。《边区自卫军》分四章,叙述自卫军英雄韩娃和李排长智捉汉奸土匪的故事,是当时的真事。他在序中说:"我们的文艺方向是抗战的、民族的、大众的。这方向统一着我们文艺作品的内容与形式。我们正往这方向前进。"《平汉铁路工人破坏大队的产生》可以说是中国第一次歌颂工人阶级斗争的长诗,诗中写出了在共产党员阿根的领导下,争取到有群众威信的工人老刘的合作,在层层监视压迫下,终于组织成了规模很大的"破坏大队"。用的完全是口语,表现也很生动感人。何其芳说:

> 利用民间形式而且有了成就的作者,我们可以举出柯仲平同志。柯仲平同志的诗值得我们注意、佩服的,除了对于旧形式利用的尝试之外,我觉得还有两个好处,就是他的写作那样大的诗篇的企图和他的题材的现实性;这两者都是很好的,而且是以前的一般诗作者所缺乏着的。至于他的诗的形式,我却觉得有一部分由于

利用旧形式成功了，有一部分却因利用得不适当，成了缺点。最主要的是不经济。当我刚回到延安去，我读着他的《平汉铁路工人破坏大队的产生》，我感到像读着《笔生花》《再生缘》之类弹词一样，就是说很性急地想知道究竟后事如何，而埋怨作者描写得太多，叙述得太铺张，故事进行得太慢。其次是不现代化。自然，我在上面已经说过，他利用民歌之类在某种限度上是相当成功的，但假若他的诗的形式更现代化一些，一定会更成功一些。过度地把民歌之类利用到长诗上有时是并不适当的。或者由于各种不同的形式的兼收并容和突然变换，使人感到不和谐，不统一（《边区自卫军》给我这种印象）；或者由于民间形式的调子太熟，太轻松，流动得太快，破坏了大的诗篇的庄严性（《平汉铁路工人破坏大队的产生》使我有了这种结论）。[22]

这批评是公允的。柯仲平的诗有些地方的表现并不算很成功；虽然如此，但这种表现方式的尝试和所写题材的积极意义，仍然是很可宝贵的。

鲁藜也是在解放区的诗人，他有诗集《醒来的时候》《锻炼》和《星的歌》。他写的也是战斗的生活，像《青春曲》中说：

春天呀，
你烧灼着太行山，
你烧灼着我们青春的胸部呀！

在《泥土》一诗中说:"把自己当作泥土吧,让众人把你踩成一条道路!"写的都是战斗的集体的情感。写景色的也同样赋予了清新的动的力量,如《延河小唱》。《锻炼》一集中收着四首叙事诗,有的写出了八路军战士被敌人逮捕后的坚强意志,有的写农民出身的新战士的勇敢和可爱的稚气,也有的写英勇的兵士性格。由于这些题材的现实性,诗篇也就健壮有力了。[23]这些诗集在国统区出版后,使读者们明了了解放区和八路军的许多动人的事迹,产生了很好的宣传教育作用。

何其芳的诗集《夜歌》主要表现了一个从旧社会走到革命队伍中的知识分子的情感。他歌颂光明,强调快乐,实际上正表现了在实践过程中的两种不同的情感的矛盾。这些诗对于憧憬于解放区自由快乐生活的知识青年们,有着很大的鼓舞作用。他在《后记》中说:

> 抗战以后,我也的确有过用文艺去服务民族解放战争的决心与尝试,但由于我有些根本问题在思想上尚未得到解决,一碰到困难我就动摇了……我明白我的感情还相当旧,对于新的生活又不深知,写诗也仍然有困难。但接着我又退让了一步。我说,就写我自己这种新旧矛盾的情感也还是有意义的。这样一来,就又回复到抒写个人的倾向了。《夜歌》就是在这理论的支持之下写起来的。所以我写得真是乐而淫,哀而伤,充分发泄了我当时的那种伤感、脆弱、空想的情感。

这《后记》是他在《在延安文艺座谈会上的讲话》发表以后

的1944年写的，思想上提高了，自然会对自己有更高的要求；但在知识分子的读者群中，这些诗还是发生了好的影响的。他歌颂快乐、美丽、"善良的人"，等等，提倡乐观的生活态度，抒发通过痛苦以后所得的快乐，对于一些有颓丧或消极倾向的读者，是发生了振奋作用的。从过去迈向未来或正在企图迈向未来的知识分子本来是很多的，《夜歌》的高朗兴奋的调子正给了他们以激发的感应。他说：

> 我是如此快乐地爱好我自己，
> 而又如此痛苦地想突破我自己，
> 提高我自己。[24]

这正写出了新旧情感的矛盾，但他懂得：

> 一切为了我们的巨大工作，
> 一切为了我的大我。
> 让群众的欲望变为我的愿望，
> 让群众的力量生长在我身上。[25]

这就使他在革命实践中终于改变了自己的思想感情。在《夜歌》中诗人一面衷心热烈地迎接"明天的早晨"，一面又不禁有一种悲痛的心情怀念往昔，正显示了一个在与工农结合的过程中的善良知识分子的情感。作风质朴平易，句法很洗练，也很接近口语，和他抗战前的风格完全不同。而且态度诚挚坦白，虽然力量似嫌纤弱一点，但在一些有同感的知识分子们读来，仍然是会感到亲切动人的。

冯雪峰的《灵山歌》是 1941 至 1942 年在国民党上饶集中营狱中写的。灵山是上饶境内的名山，1928 年后工农红军领袖方志敏部即活动于这地区。《灵山歌》一诗中说：

> 一座不屈的山！
> 我们这代人的姿影。
> 一个悲哀和一个圣迹，
> 然而一个号召，和一个标记！

诗中充分表现了"威武不能屈"的人民革命战士的勇敢坚强的意志。《火》一诗中说：

> 我心中有一团火，
> 我要投出到黑夜去！
> 让它在那里燃烧，
> 而它越燃越炽烈！

这种战斗的精神贯彻在每一诗篇中，写出了革命者的高尚的情感和品质。但也许是受了环境的限制，有些诗表现得很隐晦；句子又长，读来似有艰涩之感。但诗人的不屈的灵魂是体现出来了的，对读者也有很好的教育作用。

三 "七月诗丛"及其他

抗战初期，文艺期刊《七月》中，曾发表过不少的诗。后来还出过一套"七月诗丛"，和抗战开始后一般的诗风相类似，内容大都是一些歌咏抗战的抒情诗。编者胡风自己也写诗，抗战前曾出过一本《野花与箭》，抗战初期的诗则收在诗集《为祖国而歌》里。他在《题记》中说：

> 战争一爆发，我就被卷进了一种非常激动的情绪里面。在血火的大潮中间，祖国儿女们的悲壮的行为，使我流感激的泪水，但也是祖国儿女们的卑污的行为，使我流悲愤的泪水。于是，我的喑哑了多年的咽喉突然地叫了出来。

集中共收五首诗。《血誓》是歌颂新的诗人的，《同志》是歌颂新的女性的。《敬礼》庆祝中苏友好，《给怯懦者们》鼓动复仇情绪；都是爱国主义的歌声，唱出了祖国的不可侮辱和不可征服的力量。《为祖国而歌》一诗中说：

> 祖国呵
> 为了你
> 为了你的勇敢的儿女们
> 为了明天
> 我要尽情地歌唱：
> 用我的感激
> 　我的悲愤
> 　我的热泪
> 　我的也许迸溅在你的土壤上的活血！

他写的诗虽不多，但爱国的热情是很强烈的。

绿原的《童话》中共收二十首短诗。他运用丰富的想象力，写出了一个个的美丽的小故事。其中如《雾季》写工人的劳动，显示了作者对诗的素材的很强的组织力，使诗篇如彩色画面似的展示出来；诗中情感的爱憎也很分明，如说：

  呵……最健康的又怎么不是他们呢
  你看他们是如何爱着生活
  他们真是没有时间来太息第一片黄叶的飘落呀
  虽然——那些怕着夏天的太阳的家伙们
  仍不知雾季来了地躲藏在粉白的房屋里喘息着

集中前一部分诗童话的气氛很浓，也渗着一些忧郁的抒情情调，后一部分比较健康。诗的表现力是很强的。

  冀汸的《跃动的夜》中共收《跃动的夜》《渡》《旷野》《夏日》四首诗，都是抗战初期写的。《夏日》歌颂劳动和收获的愉快，《渡》描绘了渡头荒凉的画面。《跃动的夜》是三百多行的长诗，他想写出中国在抗战中的健壮的生命，诗的后面说："听，鸡声四野，已经唱出了黎明。"对中国的明天寄予了热望。诗中说：

  我挥舞着笔，
  多么流利的笔，
  随和着我激越的脉搏，
  一刻也不停息地
  写完了我的诗。

但也正因为写得太快了，酝酿的时间不够，就难免有些芜杂凌乱的地方。诗分七节，是以第一人称为中心发展的，写一个人在夜里由城市回到乡下所见的跃动的景象。《旷野》比较写得好，结构紧凑，也可以感到作者的奔放的情感。诗中除了歌颂祖国伟大的河山外，也写了英勇的战士。他的诗的特点是声音响亮，句子有力，摄取题材的范围比较广；但写作时似太草率，结构和表现都不够凝练。

孙钿的《旗》中共收十二首短诗，情感诚挚，有浓重的战斗气息，形式倾向散文化，语言也接近口语，作风以白描见长。其中如《送信》一首勾画出国民党破坏抗战、谋杀革命者的面貌；《行程》中写一个河里流来的浮尸，双手被反缚着；作者说青年人不要屈服于阴谋杀害，"把自己当作一粒种子，播开去；在灾难的荒芜的原野"，战斗情绪是很健旺的。

单就诗的技巧说，庄涌的《突围令》是不能算好的，语言的运用方面还不够熟练；但它是一种敢于战斗的青年人的爽朗的声音，情感明朗而有力。集中收诗九首，像《朗诵给重庆听》一首，对国民党统治的腐化堕落提出了愤怒的抗议：

　　重庆，你长江身上的一块疮，
　　现在又来了一大批下江化装师，
　　用脂粉掩饰你的内伤，不见红肿！
　　血腥的黑夜，
　　再捆一道矛盾的绳，
　　我不懂

你怎样再忍耐生命的惨痛？！

在《同蒲路——敌人的死亡线》里，他写出了敌后人民游击战争所给予敌人的致命打击，全诗用高亢的调子写成，读来很有力量。《风火进行曲》中以狂风怒火来象征反帝斗争的风暴。诗中有的是充沛的情感，但有时一泻而下，成了泛滥状态，对读者的感染力就不够强了。

亦门（SM）的《无弦琴》收诗十九首。第一首《小兵》写一个"人才有枪口高"的十六岁小孩，就已被国民党拉来当兵了，作者愤怒地说："青色的果实出现在市场上，反感在我的血里燃烧，市侩们是可杀的！"但这小孩心中却也充满了对日本帝国主义者的仇恨，"未成熟的躯体里怎样充满了成熟的战斗意志"，表现了强烈的反帝感情。《雾》是讽刺国民党的腐化统治的；重庆是多雾的，作者借对雾的抒情来控诉出他的愤怒——"这样不明不白的世界！"他把贫穷饥饿与荒淫奢侈对比地写出，使读者感到隐藏在雾中的是怎样不平的世界。《末日》是诅咒纳粹的残暴和说明它的必然灭亡的命运的。他嘲笑纳粹的闪击战是"乌龟的竞走，是夸大地嘲讽自己的匍匐着的能力的"。作者给希特勒算定了："拿破仑所不能够胜利的他也决不能够胜利，拿破仑所失败的他将千百倍地失败。"在《纤夫》一诗中，作者借嘉陵江纤夫的形象，歌颂了中国劳动人民的力量和战斗精神；即使在那样的逆风逆水的环境中，他们也终于集体地战胜了困难：

那坚凝而浑然一体的群
那群底坚凝成钢铁的集中力

——于是大木船又行动于绿波如笑的江面了。

这诗是写出了劳动人民的坚强奋斗和胜利快乐的情绪的。《无弦琴》一诗是用长句写的,形式很特别,有到三十三字的长句;诗句后面又加了许多的解释和补充,是一种新写法的尝试。[26]

四　抒情与叙事

力扬的《我底竖琴》是他自己精选的诗集,包括《冬天的道路》《我底竖琴》等二十余首诗,每首都可以感到时代的脉搏,以丰富的感情传达着诗人的战斗意志;像《短歌》中的一节:

> 我把自己的生命
> 磨成匕首
> 把人民的声音
> 当作最宝贵的经典
> 向明天歌唱而前

长篇叙事诗《射虎者及其家族》是他的名作,诗中用第一人称的倾诉的调子,从射虎者的曾祖父叙述起;到曾祖父终于被虎搏噬后,三个儿子因为赤贫,无力再射虎了,变成了木匠和农民;他们的一生受尽了水灾兵祸和地主们残酷的剥削,诗中生动地叙述了他们的经历。他父亲是一个秀才,他的弟弟们仍然是农民,他却承继了他父亲的那支笔。诗中说：

> 我是射虎者的子孙
> 我是木匠的子孙
> 我是那靠着镰刀和锄头
> 而生活着的农民的子孙
> 我纵然不能继承
> 他们那强大的膂力
> 但有什么理由阻止着我
> 去继承他们唯一的遗产
> ——那永远的仇恨？

诗中对地主阶级的剥削压榨和农民们的辛勤悲惨的生活有生动真实的描述，态度诚挚，风格清新，可以体会到作者的爱憎分明的感情。

　　王亚平的叙事诗有《血的斗笠》《二岗兵》《塑像》等。《血的斗笠》写的是一个在战争中牺牲了的纯朴勇敢的小兵的故事，这是一个农民出身的平凡人物，但在战争中却充分地表现了抗日战士的英雄气魄。作者运用了歌谣式的情调与表现手法，也采用了一些民间的和士兵的语言词汇，写得相当通俗。《二岗兵》写的是第一次放出抗日枪弹的两个把守卢沟桥的岗兵，诗中有大量的热情歌颂的篇幅，但因作者对士兵的实际生活了解得不够，读来就未免感到有点空洞了。《塑像》写的是一个动人的民间故事，他自己说：

> 在写《塑像》的时候，我把塑造母亲代表了伟大的艺

术形象，石工变成了我自己，石工的妹妹我理想成一个热爱我的艺术工作的协助者。我的情感和这些人物不能分离地在灵魂深处结合着了。一草、一木、一水、一石，都和人物故事发生着有情的联系。无论读者对这篇作品感想如何，我没有方法知道，我自己是深爱这首诗的。[27]

这诗他用了侧面的烘托手法，抒情的成分很重。另外他还有抒情诗集《生活的谣曲》和《火雾》，都是些抒写日常生活感触的小诗，其中有歌颂，也有诅咒。他在《生活的谣曲·序》中说：

> 这些使我哭、笑、欢愉、悲伤，甚至要发狂的生活情景，我爱它、我恨它、我诅咒或歌颂它，像一种不能解说的力量，苦恼着我，也启示着我，直到把它表现了，我才得到一阵真实的快乐。

这些诗形式上很简练，最短的只有三行，如《红球》一首：

> 红球，
> 悬挂起万人的心
> 也悬挂起漫天的仇恨！

《火雾》中多的是对都市丑恶的诅咒，感情更激动了一些。他的诗语句相当通俗，但那情调仍然是知识分子的。叙事诗中喜用抽象的重叠的句子，缺少生活实感，因此感人不深。但他热烈地歌颂抗战与兵士，憎恶反人民的黑暗势力，那种爱祖国的精神是很充沛的。

邹荻帆有诗集《木厂》《意志的赌徒》《江》《青空与林》《雪与村庄》等。《木厂》是1938年写的长诗,他后来说:

> 十年前当我读过《家》和《子夜》,
> 启示着我写了第一本暴露家乡的长诗,
> 而我的诗集被禁止销售,
> 那折磨着你们也折磨着我的
> 家乡的地头蛇们高声扬言着——
> 如果我回去就要打断我的腿子。[28]

《木厂》中充满了穷苦人民生活中的忧郁和不幸,老年的木匠由于丧失了劳动力被迫自杀,一个木工为了和一个寡妇有来往而被捆缚着扔到河里淹死了;做棺材的人吐血死了,而且死得那样惨。……这些都反映了在旧社会里劳动人民生活的悲惨,是对不合理社会的有力的控诉。最后,诗中的主人公离开木厂,到有斗争的地方去了,而且指出了斗争是一定会胜利的。作者对所写的题材很熟悉,人物都富于人情味,给人以真实的感觉。在写法上,作者很喜欢追求一些新鲜的词汇和美丽的句子,但有些地方和诗的内容不太协调。如第一部《我生在木厂里》,作者要刻画出生活的辛酸,但仿佛同时又在安排装饰一个美丽的童年,读时便感到不很调和。抗战后作者参加了军队工作,那些短诗写出了对于海的怀念,对于土地的怀念,情感就比较深沉了。如《草原上》一诗中说:

> 两年了,
> 我行军在这广阔的草原上,
> 每一次当我询问农夫们
> 前面村庄路程的远近,
> 他们会一刻也不待思索地告诉我们,
> 因为草原的每一点泥土,
> 他们都记得清楚。

抗战胜利的前后他又写了诗集《跨过》,其中的诗多是颂扬反抗精神和战斗意志的,有许多篇是政治诗。如《新时期》写美国黑奴的悲惨生活和对林肯的赞美,但仍以人道主义的感情为主,并没有提高到阶级的感情。《反对邱吉尔》是以人民的力量来斥责邱吉尔的反共反人民的狂妄论调的。在《中国学生颂歌》中他把学生运动比作暴风雨前的海燕,对国民党的特务统治喊出了有力的控诉:

> 我记得
> 当这些刽子手们在深夜
> 撞进一个护士学校的门,
> 他们用机关枪射杀着
> 明天去救护人类的少女,
> 当老年的校长赶去救护时,
> 而刽子手们阻止了,
> 说这是"政治问题"。

后期的作风显得朴素了些,不像以前那样重视技巧,内容也比前坚强有力了。

曾卓有诗集《门》和《夜城》,他的诗写出了从沦陷区走出来的青年人的心境,他们在饥饿与困苦中到处寻找生命的温暖和祖国的关怀。他热情而朴素地呼出了这种声音,同一遭遇的青年们是会引起共鸣的。生活像在沙漠上旅行,对周围失望,又找不到战斗的主流。但作者也并不颓丧:"我们常常流泪,为了别人,而不是为了一样贫困无助的我们自己。"[29]这是经历了苦难生活的知识青年的朴素诚实的自白,但仍带有着不少的知识分子的不健康的感情成分。臧云远有诗集《炉边》《静默的雪山》和《云远诗草》上下卷。他自己说:

> 如果打这些心迹里,能看到一点时代的面影,能看到一点转换期的阴暗面里,苦难人的悲痛和呼声,能看到一点时代的呼唤,光明的渴望,战斗的风姿,那么,就把它献给纯洁的追求的心灵——那勇敢的青年的行列;献给朴实的悲愤的心灵——那受难呐喊的行列;献给接近着真理的心灵——那坚强的战斗的行列。[30]

对于诗的表现形式,他认为要"音节响亮,韵调自然,节奏的波浪,同诗情诗意的情绪起伏,达到水乳相融的和谐高度。诗情诗意是骨头,语言音韵是皮肉,表里如一,才是健全的完美的存在"[31]。他的诗可说就是照他自己所说的方向努力着的,但只能说是正在努力的途中,距他所说的还相当远;情感不够丰富,语句间的缺点也很多。戈茅有《将军的马》《茫野诗草》等作品,他有战地生活的经验,诗中也有激昂的感情。他在《我的生活》一诗中说：

> 有什么东西像火一样
> 烧得我发狂
> 后来我知道
> 这就是自由的渴望

这种情感在他诗中是随处可见的。

沙鸥有诗集《农村的歌》《化雪夜》和《林桂清》。他的诗的特点在大胆地用方言写诗，运用了民谣的风格来写农民的生活和感情。诗中有许多血泪的故事，如果朗诵给农民听，也是可以听懂和感动的。如《化雪夜》中的《这里的日子莫有亮》一首，写保长正在农民结婚的时候硬要捉壮丁，多少客人请求迟缓一下都不行，结果新郎上吊自杀了，新娘拿刀砍死了保长也自杀了。其中的一节说：

> 一个女人生在乡下本来就命惨，
> 做呀累呀穷事情一辈子也做不完，
> 当姑娘也休想过一点清闲，
> 嫁了人啥子都是靠着这匹山，
> 你说这个新姑娘还能想么子，
> 才过门丈夫就遭逼死翻起眼，
> 她想来想去只想把李保长一口咬来吃了，
> 要死就一路上黄泉。

诗中运用了很多的四川方言，故事性很强，是比较能为农民接受的。徐迟有诗集《最强音》和《明天》，他以前本是写现代派的诗的，一向以难懂著称，但在民族革命战争中，他的诗也应用了口语，而且反对过去的抒情和伤感了；他在《抒情的放逐》一文中说：

> 也许在流亡道上，前所未见的山水风景使你叫绝，可是这次战争的范围与程度之广大而猛烈，再三再四逼死了我们的抒情的兴致。你总觉得山水虽如此富于抒情意味，然而这一切是毫没有道理的；所以轰炸已炸死了许多人，又炸死了抒情，而炸不死的诗，她负的责任是要描写我们的炸不死的精神的。

这只表示了诗人自己在时代环境中的进步和转变，并不能因此就否定了抒情诗；问题是在所"抒"的究竟是怎样的"情"，战斗中的人民也同样是有战斗的感情的。他的诗也正表现了这种否定过去和歌颂新生的情感，正如他的一首写以服务抗战来解脱爱情纠纷的长诗《生命爬出来了》的题目一样，但对实际生活的理解和感情都未能深入，因此诗的感人力量也就比较软弱了。

袁水拍这时期的诗集有《人民》《向日葵》和《冬天冬天》，都是抒情诗。战争起来以后，作者曾说：

> 祖国在呼唤她的儿女们哟，
> 回去吧，有着祖国的忧郁的人呵！

在前两个集子里，是有一些忧郁悲凉的情调的；因为他看到了祖国和人民的苦难。譬如下面的一节：

> 父亲背了一个小孩子走下去，低首的
> 母亲跟随，为它打一把破纸伞，
> 它是死在朝晨的。夜风里，他们
> 将送它到何处呢？[32]

但他却从苏联看到了光明的希望，那首写苏联爱国战争的诗《寄给顿河上的向日葵》是传诵一时的。诗中说：

> 在法西斯压榨下的
> 喘不过气来的中国沦陷区的人民——
> 哎，你顿河上的向日葵
> 你带给了他们更多的希望与信心。

他在歌颂苏联人民的感情中，体现了他对法西斯的憎恨和对自己祖国的热爱。《冬天冬天》中有一部分是写沦陷区的上海的，他罗列了许多现象来描绘那个饥饿的城市的惨状。为了追求形象，他的诗是特别喜欢排列一些素材来构成诗句的；譬如下面一节：

> 咖啡馆，茶室，溜冰场，"何日——君——再来……"
> 澳洲牛油三十元一磅，鲜虾，飞机货，请看标语：
> "废墟上建立新中国"，青春腺，赐保命，花柳专家，
> 鱼肝油精，四克拉大钻戒，节约建国，巧格力，
> 有奖储蓄券，二十万元，"头奖在此"！

这样写法可以给人生动的印象,却嫌凌乱了一些,似未经过很好的组织和安排。他关心现实,在《冬天冬天》里,表现着他对苦难和战斗中的人民的关心。他也有好些政治诗,写过西班牙内战、法国崩溃、苏德战争;他深切地关心着反法西斯的战争。但他所看到的中国的许多现象却太使他悲愤了,因此诗中写的多半是苦痛、憎恨,甚至愤怒的感情。这当然也是从现实出发的,但同时也说明了他对人民革命的力量还没有很深刻的认识;中国也是生长着"向日葵"的。

五 "诗的艺术"[33]

1940年老舍写了长诗《剑北篇》,他试用了大鼓调来写长诗,详尽地铺叙着川陕河南沿途的风物和所见的战时景象;诗中每句都押韵,而且一韵包括许多行;但读起来太铿锵了,铺叙得也过于零碎,似乎反而受了民间形式的束缚。一到歌颂抗战的句子就又不能不陷于说明,诗的力量就比较减弱了。譬如写潼关的一节:

> 我们的官长,士兵,
> 哎,我们亲爱的弟兄,
> 这样的勤苦,这样的英勇,
> 见了远客还这样的和蔼谦诚;
> 在壕里,听见了炮声,
> 会幽默地给你计算炮的射程;
> 在街上,指点着凄凉的光景,
> 感叹着百姓们的牺牲,

>也还没忘掉五虎上将里马超的英勇；
>看，这多么老的树，多么大的枪孔，
>那时候，白脸的曹操该怎样心惊！

诗句接近口语，受大鼓调的影响是很显然的。他自己说：

>没有诗才，我却有些作诗的准备。我作过旧诗、鼓词。以我自己的办法及语言和这两种东西化合起来，就是我的诗的形式。形式，在这里包括着句法、音节、用语、韵律等项。大体上，我是用我所惯用的白话，但在必不得已时也借用旧体诗或通俗文艺中的词汇，句法长短不定，但句句要有韵，句句要好听，希望通体都能朗诵。……因为要押韵，有时候就破坏了言语的一致通俗，而勉强借用陈腐的辞藻。因为句句挂韵，不但写着费事，读起来也过于吃力，使人透不过气来。……接受旧文艺的传统，接受民间文艺的优点，我都在此诗中略加试验；艰苦我倒不怕，我所怀疑者倒是接受到什么限度才算合适？或更激烈一点地说，新旧化合是否可能？不知道别的人怎样看，我自己以为《剑北篇》中旧的成分太重了。材料是我自己的，情绪是抗战的，都绝非抄袭古人。就是音节韵律，我也只取了旧诗中运用声调的法则，来美化我自己的白话。在用韵方面，我用的是活的十齐套辙，并非诗韵。这样，取于旧者并不算多，按说就不应该显出那么浓厚的旧诗味道来；可是我自己觉得出来，它也许比"五四"时代那些小诗的气魄大一些，而旧诗的气息恐怕比它们还强得多。我能指得出来的毛

病是：（一）韵用得太多。（二）写景多于写事。（三）未能完全通俗。[34]

那时正是关于民族形式的讨论热烈进行的时候，他是有意尝试着运用民族文艺的固有风格来写诗的。其中有些句子如"绿色千种，绿色千重"等，也的确写得很漂亮；但大体上说，每句用韵究竟有点限制了诗的自由活泼与表现能力，虽然这种尝试的精神仍然是很可宝贵的。

方敬在战前就有过诗集《雨景》，抗战后又写了诗集《声音》。《雨景》中写的都是阴霾的忧郁心境，调子非常低沉。但在战时所写的《声音》就不同了，内容显然比较扩大与充实了。细腻的作风虽然仍保持着，但也比前解开了一些。在《村童》一诗中说：

> 把不净的弄净，把不平的弄平，
> 嫡系劳动人民的儿孙，
> 谁说你们的手渺小无力，
> 一努力会把童话变成事实。
>
> 一旦奋斗出新世界，
> 才好天天过佳节。
> 那时乡下完全是你们的，
> 它接受了解放的意义。

内容比较充实了，也摆脱了过去的忧郁气氛。但在表现上仍留着过去的细腻的特色，有时便不免和内容不太相称，显得软弱无力。譬如在《路》一首里：

> 前进，一切都前进着，
> 骡蹄，车轮，足步，
> 沿途压下希望的花纹。

这里诗的或"前进"的力量就为诗人自己制造的漂亮的诗句所削弱了，集中以第二辑写农村生活的部分比较好。

抗战开始以后，卞之琳写了《慰劳信集》，后来辑在他《十年诗草》中的第四部分。较之他战前的作品，《慰劳信集》中的诗是有了一些进步的，至少他的笔是接触到战争的行列了；过去在他的诗里是几乎找不到时代气息的。《慰劳信集》共有诗二十篇，这时他还写过一个七七二团在太行山的报告，诗人从书斋里走出来参加战争了。但他把诗看得太珍贵，以为诗是只能让人"悟"或"意会"的东西，因此即使在《慰劳信集》里，也仍保持了他以往的那种朦胧的作风，用暗示来表现情调。而且即使这样，写了二十篇慰劳信后也就再没有诗了。集中除一二首外，大部是格律诗，有好几首用的且是十四行体，可以看出作者致力的所在。《慰劳信三》是写给新武装起来的农民的：

> 如今不要用草帽来遮拦
> （就在你挡惯斜雨的地方），
> 这些子弹！这些是子弹！
> 卧下，就在养活你的地上！

又如《慰劳信七》说:"动员了,妇女的手指,为了战士的脚跟。"这些特殊的表现方法都可以看出作者的"匠心"。他要巧妙地运用技巧,使每个字、每个词都安排得优美和恰当,结果却使得感情和意义都很朦胧了,限制了诗的表现力量。

冯至的《十四行集》写的都是平淡的日常生活,他想从那些地方来体味出一点人生的哲理。十四行体(商籁体)是外国诗体,不适于中国语言的特点,作者企图克服了束缚的困难而写得圆熟浑然,由此更可表现出他的高度的技巧。我们承认作者的这种尝试是有相当成功的,原因是他所要表现那种所谓永恒的静的哲理也适宜于嵌在这样的形式里。譬如第十八首写旅店的诗,他由旅客黄昏投宿、清晨离开的事实中体会到人生也像那"一望无边"的"朦胧的原野""忘却的过去""隐约的将来",谁能"认识"清楚呢?这就是人生值得玩味的地方。《十四行集》中的诗的内容大致都是这一类,集中作者说:

> 我们的身边有多少事物
> 在向我们要求新的发现

他要在平常的琐屑的事物中发现不平常的哲理,从具体的小事物讲到抽象的人生。譬如第七首写跑警报,他悟到了人生永久是在"警报"之中的"同样的运命",充分反映了因不满现实而对人生感到厌倦,脱离实践而浸沉在抽象思考中的知识分子的心境。《十四行集》中也歌颂过诗人所景慕的一些伟大的人格,例如鲁迅和杜甫;但他更低徊于鲁迅的《野草》中的悲愤的气氛，和杜甫忍受饥饿愁苦而献身于诗的精神，这些正是反映了诗人自己的心境，基调是不很健康的。十四行体的形式本来比较适宜于表现静态的说理诗，作者运用文字的技巧又相当圆熟，因此字句间的委婉和妥帖的功夫是做到了的。总之，无论应用的是外来的形式或民间形式，如果不照顾到中国语言的特点和所要表现的内容，而一定要依照一种固定的格律来写诗，那在表现上是总会给诗的内容以若干限制的。

民族革命战争一开始，诗人们都对战争献出了热情澎湃的赞礼，最消极的也控诉了在流亡途中所耳闻目击的日寇的暴行，因之诗的产量很多；但由于廉价地强调光明，"概念化"是当时一般的毛病。到了相持阶段，战争显然长期化了，诗人们有的转向战地工作的实践，有的对现实作了更深沉的观察，于是诗人的情绪比较凝练了，写出了真实的战争的抒情和造型的叙事的史诗。在形式上，为了求奔放的情绪不受束缚，为了诉诸大众和容易普及，散文化的自由诗是一般的主流。所谓"散文化"是作者有意识地在诗中容纳了许多散文的成分，和"五四"时期从旧诗解放出来的自然趋向不同，因之表现的形式也是多样的；诗人尽可能地找寻适合于表现他的情绪的方式，成功的也并不少。而且为了更广泛地接近民众，诗人们不只自己向民歌学习，对于朗诵诗、街头诗等运动也是努力开辟和坚持了的。像抗战以前新月派和现代派那样的形式主义的诗，抗战后大半消失了；诗人们很少写与抗战无关的事情，都是为了祖国和战争的目标而歌唱的。同时写诗的人非常多，诗的读者范围也较前大大开拓了，这都不能不说是进步。茅盾在《为诗人们打气》一文中说：

八年来我们的诗人们确是纵横驰骋，大胆地作着一切新的尝试。他们大胆地作了朗诵运动，大胆地作了街头诗运动，大胆地采用了民谣的风格，大胆地写长诗，大胆地要把文艺各部门中一向是最贵族式的这一部门首先换装而吵吵嚷嚷地挤进泥腿草鞋的群中，他们的成就如何，此处姑置不论；但他们这种大胆地尝试，勇敢地创造的精神，我们一定要珍视，一定要赞美。

抗战胜利前后的几年中，国统区的诗的主流是大量政治讽刺诗的产生，这我们就留待后面叙述了。

*　　*　　*

〔1〕1953年版此处原注："借胡风诗集《为祖国而歌》书名为题。"——编者注。

〔2〕冯乃超：《宣言》。

〔3〕郭沫若：《战声集·前奏曲》。

〔4〕郭沫若：《蜩螗集·罪恶的金字塔》。

〔5〕〔6〕任钧：《新诗话·略论诗歌工作者当前的工作和任务》。

〔7〕〔8〕〔10〕〔12〕艾青：《为了胜利》。

〔9〕艾青：《他死在第二次·吹号者》。

〔11〕艾青：《黎明的通知》。

〔13〕田间：《给战斗者·一百多个》。

〔14〕〔16〕闻一多：《时代的鼓手》。

〔15〕1953年初版此处原有："胡风说：'田间是第一个抛弃了知识分子灵魂的战争诗人和民众诗人。'（《关于诗和田间底诗》）"——编者注。

〔17〕〔19〕臧克家：《我的诗生活》。

〔18〕臧克家：《十年诗选·别满川》。

〔20〕臧克家：《泥土的歌·序》。

〔21〕臧克家:《关于〈泥土的歌〉的自白》。

〔22〕何其芳:《论文学上的民族形式》。

〔23〕1953年初版此处引用胡风《星之歌·跋》称鲁藜的诗"带给我们的通过追求、通过搏斗、通过牺牲的,艰苦但却乐观,深沉但却明朗的精神境地,不正是这个伟大的时代内容的繁花吗"?——编者注。

〔24〕何其芳:《夜歌·二》。

〔25〕何其芳:《夜歌·七》。

〔26〕1953年初版此处原接谈邹荻帆的诗,现移入下节"抒情与叙事"中。——编者注。

〔27〕王亚平:《抒情时代,叙事时代》。

〔28〕邹荻帆:《跨过·致家乡》。

〔29〕曾卓:《生活》其二。——编者注。

〔30〕〔31〕《河冰解冻的时候·后记》。

〔32〕袁水拍:《人民·悲歌》。

〔33〕借李广田诗论集《诗的艺术》书名为题。

〔34〕老舍:《三年写作自述》。

第十三章　战争与小说

一　战时城市生活种种

抗战开始后，由于战斗任务的急迫，作家没有余裕从事大的构成工作，因此小说的创作比较冷落；但当战争转入相持阶段以后，作家熟悉了现实生活，小说的创作就比较有进展了，由短篇到许多长篇的出现，题材和主题的范围都较战前拓展了，这期间的创作收获可以说是相当丰富的。

在抗战期间的艰苦生活下，遭受着国民党反动统治的种种迫害，许多进步的作家们还是坚持了他们的严肃的工作的。如茅盾，抗战初期他写了长篇《第一阶段的故事》。书中以上海为背景，写出了从抗战爆发到上海撤退的四个月间的动态；市民们如何地为这神圣的战争所震惊，而从事于各种的活动。他写出了这一热潮，但不同于一般公式主义的作品，作者自己没有陶醉在里边，他看出了潜存的一些问题。如大学教授朱怀义的悲观主义；逃难地主的消极绝望；巨商潘梅成的制造谣言，操纵金融；政府人员的滥用职权，贪污剥削。这些问题一直是抗战期中的赘疣，足见作者观察的细密和深入。此外，作者用力写了一个民族资本家何耀先的转变过程；他起先为了他的事业，很不希望战争，但后来变了，痛切地感到"现代的中国人，除了军阀官僚、买办、土豪劣绅，哪一个不是注定了要背十字架的"！作者对民族资本家的生活一向比较熟悉，因此写得很生动。另一面，作者也写出了许多青年人在抗战炮火下的积极活动，这些人是坚定勇敢的，他们不为上海的撤退感到消沉，不少人都走向了陕北。作者意在表现沦陷前上海的全貌，因此人物与场面都很多，想说明战争的风暴使一切人的生活都不能照老样子了；主题是宣传抗日民族统一战线的。但正因为结构的格局很大，人物之间的关联就不太密切，有点像速写的连接；因此就整体看来，就显得不够紧凑和严密。接着他又写了长篇《霜叶红似二月花》，这书只出了第一部，共十四章，是以"五四"前夕的一个闭塞的小城市为背景的。看来作者的计划很大，是要写近三十年来中国的蜕变过程的，这还只是开始。书中主要的线索是一个地主绅士和轮船公司经理之间的倾轧，另外穿插着一些绅粮大户的家庭故事，和出身于这些家庭的知识分子的活动。内容说明了资本主义因素和封建势力的妥协，知识分子的改良主义思想的到处碰壁，也写了农民的自发性的斗争和它的失败，五四运动对地方封建势力的影响等；接触的问题很多，人物有五六十个，计划是庞大的。作者写作时处理得很适当，人物的服装用具以及谈吐等都切合那个时代，也有许多心理的描写。其中有几个人物写得很生动，如女性婉姑的精明干练，青年地主钱良材的热心改革等。这书是历史题材，因此作者写作的态度比较冷静。1941年皖南事变后，他又写了暴露国民党特务组织危害人民的长篇《腐蚀》，这是可以与《子夜》并列的名作，对读者发生过很好的政治影响。全书是用一个失足的女特务在重庆所作的日记体裁写的，有力地控诉了特务制度危害人民的罪恶。作者在《序》中说：

呜呼！尘海茫茫，狐鬼满路，青年男女为环境所迫，既未能不淫不屈，遂招致莫大的精神痛苦，然大都默然饮恨，无可申诉。我现在斗胆披露这一束不知谁氏的日记，无非想借此告诉关心青年幸福的社会人士，今天的青年们在生活压迫与知识饥荒之外，还有如此这般的难言之痛，请大家再多加注意罢了。

1941年是抗战期中最黑暗的一年，国民党反动集团一面与日寇信使往还，一面残酷地屠杀人民，《腐蚀》在控诉特务制度的罪恶中也暴露了国民党反动统治的本质。女主角是一个被骗失足的特务，她时时受着良心的谴责，从某种意义说，她也是一个被损害者；但在为了维持她自己的安全时，她也不惜"工作"和告密，她毕竟是一个特务！作者着重在强调特务组织的罪恶，对女主角则既悲悯又鞭挞，处理也很正确。书中一方面写出了重庆特务组织屠杀人民的阴森森的活动，一方面也写出了日伪特务在重庆的密布，二者互通声气，皖南事变就是他们共同"工作"的结果。书中也写了一点群众坚持抗战的活动，塑造了几个地下革命工作者的形象，但因为当时严重的压迫，作者写作时不能不用恍惚迷离的手法，因此显得革命力量很微弱，到处都是"狐鬼满路"的样子。用日记体来写，比较易于表达心理状态，对于特务组织内部的凶残阴险，有深入曲折的描写。主角用了一个女性，表示了这种制度是如何地戕害和腐蚀一些本来是纯洁无辜的青年，因而也就写出了作者的更多的愤慨。虽然用的是日记体，但并不凌乱，结构很严密；人物的性格也都跃然纸上，许多钩心斗角的心理变化都写得极其细腻与机智。因此《腐蚀》不只在主题上有高度的政治性，写作艺术也是很成功的，是这时期创作中的重要的收获。此外他还写过一些短篇，内容也都有高度的现实性。譬如在《某一天》一篇中，他描述了国民党官僚们一天间的生活。"昨夜方城之戏直到雄鸡报晓"；上午，坐在办公室里谈"棉花行市"，谈"买进了二十辆半旧的卡车"，谈"三一三十一"地平分国难财；开"纪念周"，连赴三次宴会，及至赶回公馆，给姨太太做生日的筵席上已是"高朋满座"，结果喝得醺醺大醉；这就是掌握军政大权的国民党政府要人的生活的写照。总之，他的小说一般地都具有丰富的现实意义，思想性很强，表现也明快有力，对读者产生了很好的教育作用。

张天翼在抗战初期写了《速写三篇》，其中《华威先生》一篇发生过广泛的影响。这是写一个职业的文化人，一个在抗战后方专出风头的"救亡专家"的。作者一向以讽刺的笔调见长，这作品也的确对隐伏在抗战阵营中的官僚阶级的残渣，尽了概括与讥讽的能事，提醒了人们应有的注意。这作品曾一度被敌人歪曲地引用，作为对于热心救亡的青年人的讥诮，因而引起了很大的争论；于是有些反动的或糊涂的人们甚至认为在抗战期间不应暴露黑暗，足见这作品已获得了一定的成功。《新生》一篇是写没落的灰色知识分子的动摇性的，他要在抗战中新生，但传统的孤僻却使自己和周围筑起一道墙来，遂每日只有和一个发汉奸论调的老朽来饮酒消愁了。《谭九先生的工作》写地方土豪在抗战高潮中企图投机获利的丑态。作者惯于用讽刺的手法集中地暴露一些可笑的人物，这些作品写的都是社会上的渣滓，但又的确是广泛存在着的，而且对抗战发生着阻碍的作用；作者辛辣地嘲讽了他们，但并不是谴责的"话柄"式的，人物性格雕塑得很成功。以后像黄药眠的《陈国瑞先生的一群》、周文的《救亡者》、黑丁的《痈》,也都提供了黑暗面的形象,引起了读者的共鸣。茅盾曾指出过当时在创作实践中这一方面的成就,说我们的作品中已经有了"新的人民欺骗者,新的抗战官僚,新的发国难财的主战派,新的卖狗皮膏药的宣传家"。[1]

郭沫若的《地下的笑声》中收短篇小说四篇。其中《金刚坡下》写一个朴实农妇的不幸命运;《波》写一对青年男女的不幸遭遇;这些不幸都是由于日寇飞机的滥炸引起的。《月光下》写一个正直的文化工作者的贫病交加的惨状,《地下的笑声》写一对天才的音乐家夫妇的遭遇噩运。这些故事都很悲惨,而这悲惨主要都是由于不良的政治和社会所造成的。作者本着革命人道主义的精神,在这里提出了控诉和呼吁。

巴金在这时期写完了《激流三部曲》的《春》《秋》以后,又写了短篇《还魂草》和长篇《火》(三部曲)。《火》的第一部写抗战开始后上海青年发动抗日工作的情形;第二部写上海青年所组织的战地工作队离开了已沦陷的上海,深入战地进行各种宣传活动。第三部写战地工作队的一个队员回到后方来和一位爱国的宗教家的故事。他称这作品为"试作",说是"缺少充足的时间,也许更缺少充分的经验和可以借用的材料"。但作者的爱国热情是很显然的,所写的主题也有很积极的意义。他自己说:"不仅发散我的热情,宣泄我的悲愤,并且想鼓舞别人的勇气,巩固别人的信仰,我还想使人从一些简单的青年人的活动里看出黎明中国的希望。"[2]因此这作品中的主角不再苦恼地徘徊于信仰理想之中了,而走向了坚实的肯定的行动。特别是前两部,可以说就是一个群众抗日团体的工作记录。《火》是可以称作"抗战三部曲"的；在第二部里，作者写十五个青年在演剧运动中帮助农民组织游击队，当敌人逼近的时候，好些个都留下来和老百姓在一起。在第三部中，作者借了一个革命青年冯文淑和宗教徒田惠世的交谊，想写出如果一个基督徒真正相信爱，相信真理，愿意散播生命的种子，愿意鼓励人求生，他就一样可以参与革命活动；这并不违背基督教义。他说："在这本小书中，我想写一个宗教者的生与死，我还想写一个宗教者和一个非宗教者间的思想和情感的交流。让我再说一句，这企图是不坏的。可是我并不曾办到，关于后者，我一点也没有写，文淑仍还是一个孩子，她的思想没有成熟，关于前者我写得也不够。读了这书，说不定会有人疑心我是一个基督徒，那真是滑天下之大稽了。"[3]这"疑心"自然是不应该的，但在第一、二部中，我们看到了许多青年们在祖国的解放斗争中贡献出了自己的一切，带来了黎明中国的希望，而在第三部中，作者企图在所展开的心灵世界中显示永生的美景，那意义就未免晦暗飘渺了。作者的笔调很细腻动人，爱国热情是充溢在作品中的。

抗战一开始，靳以便计划写出这个大时代的面貌，写出那没落阶级的衰亡和新生长起来的青年儿女们的生活。除了短篇集《洪流》《遥远的城》和以后写的《众神》《生存》《春草》等外，他花了三年工夫写了一部长达八十万字的小说《前夕》。这是借一个没落的大家庭来写抗战发生前的社会动荡的。他在《序》中说：

在这一个长篇里我企图描写的并不只是琐细的家事，男女的私情，和在日趋衰落的一个大城市的家庭中一些哀感。我希望我的笔是一个放大镜，先把那些腐烂处直接地显现出来，或是间接地托衬出来。要知道这样的家和这样的人物们，——纵然他们有的也有好心肠——已经不能在眼前的世界上存在了。终于当着神圣的抗战的炮声响了起来，首先就把这样的家和这样的人打成粉碎，有路走的只是几个一向不甘随着那个家消沉下去的，才逃出了灭亡。有的虽然是和困苦搏斗，可是还能刚毅地活下去；有的则随了大时代的号角，踏着大步走向前面去了。

对于这些时代的儿女们，我怀着无限的敬意。靠了他们，我们的民族才能度过困苦的关头，走向再生的大路。

这企图是好的，但凭了这么一个没落的大家庭的局面，不上二十个人的活动，是很难表现出抗战前夕的各阶级的变化和动态的。这个题材没有完成作者意图中的那个广大的幅面；比起当时动荡的社会现实来，这里显得散漫而琐屑。作者在《前夕》里只写到抗战开始为止，他还计划接着写一部名叫《大战争》的续篇来写抗战期间的故事。他对于知识分子很熟悉，希望而且鞭策他们走上新的道路，但无意间也流露着一点偏爱；这些人是很难算作抗战的最主要的力量的。他说：

我是以我对于新一代的信心和感情才用我那无用的笔来描画一些影迹，使它能附丽这不朽的青年群上而留下一个名字。我不是没有情感的，我写这新生的一代，我也就在他们的中间。——不是个人，是一群，这些为他人，为人类献上自己的血肉的。容或他们的行动有些不足或过分,可是他们的心是善的,纯正的,不自私。在这伟大的时代的试金石的测验下,他们不是死亡,就是战斗,——也许有些灰懒的,疲倦的,追随不上他人的,可是没有和敌人妥协的,也没有落水出水的,更不说做敌人的爪牙了。[4]

这些青年知识分子对抗战的贡献是无可怀疑的,比起那些民族的渣滓和败类来,他们也的确值得人尊敬;但作者没有能深入发掘,因此不只缺乏批判,而且也只能写出表面的现象。譬如说那个退休的旧官僚黄俭之,说他最后有一点气节是可以的,但他平日的生活就真的那样清静恬淡吗?这就很可怀疑了。他要写出这种家庭的必然没落,却不自觉地又寄予了一些同情,这样就削弱了作品的力量。短篇集中有一些是写得比较好的,譬如写于1942年的《他们十九个》,写一群撤退时的青年怎样在困难中团结起来;后来(1946年)的《母女》写一个留在都市里的女儿思想很落后,而经过锻炼的母亲却坚定地走在女儿前面了;这些都写得很动人。他的作品中充溢着青年的气息,正像他作品中常出现的那个形象——《春草》中的明智,《前夕》中的静玲,《朝会》中的瑞玉——一样,给人一种单纯、热情、诚挚的感觉。笔调也极细腻,但题材太窄狭了一些。

老舍在这期间主要是致力于戏剧写作的,小说有短篇集《火车集》《贫血集》和长篇《火葬》。《火葬》写的是北方文城人民的抗敌故事,借着城外抗日军队里副队长和城内汉奸王举人女儿的爱情为线索,他写出了敌人的残暴,汉奸的无耻,抗日战士的勇敢和农民的抗日情绪。《序》中说:

> 我要写一个被敌人侵占了的城市，可是抗战数年来，我并没在任何沦陷过的地方住过。只好瞎诌吧。这样一来，我的"地方"便失去使读者连那里的味道都可以闻见的真切。我写了文城，可是写完再看，连我自己也不认识了它！这个方法要不得！
>
> 不过，上述的一些还不是致命伤。最要命的是我写任何一点都没有入骨。我要写的方面很多，可是我对任何一方面都不敢深入，因为我没有足以深入的知识与经验。我只画了个轮廓，而没能丝丝入扣地把里面填满。
>
> ……《火葬》是不可厚非的。它要关心战争，它要告诉人们，在战争中敷衍与怯懦怎么恰好是自取灭亡。可是，它的愿望并不能挽救它的失败。它的失败不在于它不应当写战争，或是战争并无可写，而是我对战争知道得太少。我的一点感情像浮在水上的一滴油，荡来荡去，始终不能透入到水中去！……我晓得，我应当写自己的确知道的人与事。但是，我不能因此而便把抗战放在一旁，而只写我知道的猫儿狗儿。……写失败了一本书事小，让世界上最大的事轻轻溜过去才是大事。

这书的题材和主题都是积极的，虽然不算怎样成功，但作者的这种爱国热情和追求现实的精神是很可佩服的，而且也的确收到了鼓舞读者的效果。他的各个短篇也都刻有战争的烙印，精神都很健旺。譬如《不成问题的问题》一篇，写一个滑头投机的农场主任自己发了财，却把农场搞赔了；另一位实事求是的主任来领导操作，把农场整顿起来了，结果却又被前一个主任鼓动风潮挤跑了。他用对照的手法酣畅地写出了当时政治社会的黑暗,使真正有服务热忱的人感到束手无策,那嘲讽是非常有力的。

夏衍的长篇《春寒》,是借一个从事剧运的女性青年知识分子的经历,写1940年春天广州沦陷前后政治暗流的来临情形的。许多善良的青年都在那个黑暗时期无辜地牺牲了;这位女主角摆脱了个人爱情的纠缠,好容易脱险到了香港,但她又对都市失去了兴趣,她要到北方的那个艰苦战斗的环境中去锻炼自己。作者在《尾声》中说:

> 这是1940年春天的事情。
>
> 那时候不单在中国,在全世界也是情势最黯淡的时期,善良的年轻人对明日中国的运命都不愿估计得太坏,但也不敢估计得太好,于是,他们自慰地将这一段日子比喻作春寒。
>
> 我们这位女主人公,如《楔子》那一章所说,当她在这激流般的生活中认识了真的爱和真的恨之后,倔强的性格使她挣脱了Eros的羁绊,投身到人民事业的海洋中去了;毫无疑问,摆在她前面的还有无数的坎坷、试练、苦恼和灾难。出身、教养、知识人的纤巧、小有产者的犹豫,这些,当她大踏步地跟着人民的浪潮行进的时候,不都可能成为她的绊脚石吗?但,话说回来,这样的人,终于勇敢跨进了这样的环境,决心穿上紧鞋子跟着大家走,不也已经够使今天还被剩留在后方小圈子里的同年辈人祝福了吗?

这里记录着这些纯洁善良的青年们的爱恋、忧伤和战斗,这是在严寒之中透露出来的春意。作者为了表现那些阻碍抗战的败类们的凶残和罪恶，笔下对这些青年是过多地爱护和曲宥了的；而且写了一些爱情的纠缠，浪漫的气氛也似乎多了一些。他对于这段历史和这些知识分子的心情很熟悉，笔调是平淡而细腻的。作者希望他们转变，也终于让他们都走向了一个可以锻炼自己的环境。

一方面是许许多多为抗战坚持战斗并不惜牺牲了自己的人民，特别是广大的青年群，一方面却是高踞庙堂之上的那些败类，这种斗争遍于各个地区，这就是在抗战后方的各城市中的主要面貌。我们的作者是尽了他们反映现实的斗争任务的。

二 变动中的乡镇与农村

抗战的主要力量在农村。当沿海的各大城市沦陷以后，农民实际上负着支援战争的主要责任；而兵士，实际就是武装起来的农民，因此发动民众和改善基层政治就成了刻不容缓的事情。但在背负着数千年封建传统的内地农村中，阻碍抗战进行的土豪劣绅之类仍是极多的，而国民党的反动政权却仍多方地支持他们，因此处处发生着新旧力量的冲突，而兵役问题也就成了农村中的最严重的问题。因此暴露这些黑暗势力并写出新生的力量，就不仅有反封建的意义，而且也正是争取抗战胜利的紧迫的工作。在这方面创作上是有较多的反映的。

沙汀过去的作品一向以四川农村生活为主要题材，这时期他写了短篇集《播种者》、中篇《闯关》和长篇《淘金记》，主要仍是写在抗战期中四川小乡镇和农村的变动情形

的。1941年他在《这三年来我的创作活动》一文中说:

> 自然,从整个国家民族说,人民所渴望的神圣的战争,总算是揭幕了;所以虽然由于社会发展的不平衡,各地有着差异,就在落后的四川,也不能说没有新的物事产生的。比如一些有关抗战的条文和命令,一些官家的或民众的组织。而许多人是顶着新头衔扰嚷了。
>
> 但可怜得很,这些新的东西是底面不符的。表面上是为了抗战,而在实质上,它们的作用却不过是一种新的手段,或者是一批批新的供人们你争我夺的饭碗。所以人们自然也就依然按照各人原有的身份,是在狞笑着,呻吟着,制造着悲喜剧。
>
> 于是我问我自己,这些东西应不应该写出来呢?
>
> 我的回答是肯定的。因为我们的抗战,在其本质上无疑的是一个民族自身的改造运动,它的最终目的是在创立一个适合人民居住的国家。若是本身不求进步,那不仅将失掉战争的最根本的意义,便单就把敌人从我们的国土上赶出去一事来说,也是不可能的,出乎情理以外的幻想。
>
> 既然如此,那么将一切我所看见的新的和旧的痼疾,一切阻碍抗战,阻碍改革的不良现象指明出来,以期唤醒大家的注意,来一个清洁运动,在整个抗战文艺运动中,乃是一桩必要的事了。

抱着这样的见解,他写了许多短篇。《播种者》是他短篇的选集,其中有不少曾经引起过人们注意的名篇。例如《联保主任的消遣》是写下层政权——联保主任的官僚主义作风的。这位联保主任是训练班出身的"地主行政专家",但他每天的工作却只是坐酒馆、吃牛羊肉、闲逛和到公园里学拉胡琴。他摊派"救国公债"的原则完全是按私人交情,而对真正穷得缴不起的人则任意威胁和"关起来";他的主要工作只是"消遣",这就是抗战烽火中国民党统治下的基层政权。《在其香居茶馆里》是写小乡镇中关于兵役的一幕喜剧。新县长到任宣言严整兵役,联保主任方治国因上密告,将本地一位土豪邢么吵吵的已经缓役四次的第二个儿子捉进县城,就要送发省城了。邢么吵吵乃对联保主任大吵大骂,但是人已被抓走了,新县长处又似乎无可疏通,一点办法都没有。于是吵骂之不足,继以动武,正在打得皮破血流、不可开交的时候,忽然从城里来人传到了意外的消息,因经邢么吵吵的大哥(为全县有威望的"耆宿")奔走设法,原来"起初都讲新县长厉害,其实很好说话",终于用了个巧妙的门道,把人"开革"出来了。作者把这个有趣的故事放在一家茶馆里排演出来,登场人物包括了地方上的各种重要角色;作者在很短的篇幅里,把这些人都写得跃然纸上,表现简洁而有力。中篇《闯关》写的是北方敌后根据地的战士们怎样艰苦地战胜了环境的困难,通过了敌人把持的铁路线,圆满地完成了任务。这是包括文化工作者眷属等几十个人的一支非战斗的小队,但在队长余明的坚毅领导下,终于安然地通过了铁路。余明是一个农民出身的老战士,作者另外又写了一个文化工作者左嘉;比起余明来,左嘉的犹疑和脆弱显得很可笑,这个对比是成功的。在这闯关的过程中,也逼着知识分子走上了进步的道路。作者曾在北方敌后生活过一时期,他对于人民军队中战士的优良品质是有过体验的。长篇《淘金记》仍是描绘四川乡镇中一些土豪们的活动。故事的主要线索是借着想开采烧箕背的金矿而开展的,烧箕背是一块坟地,主人是一家没落士大夫的后裔,地主富孀何寡母和她年轻的儿子。觊觎这金矿的是两个光棍,一个是曾经作过有名的哥老会首领的流氓头子,一个是依附于城中势力和地方上层分子的没落绅士,连着何寡母的没落地主势力,就这样三方面之间展开了钩心斗角的纠葛。在这个阴森可怕的故事的发展中,显示出了大后方农村的全貌。最后,那个没落绅士联合城内官僚、当地权力者及投机商人,取得了胜利,其余两派都失败了。但金矿仍然不能开,因为在反动的政权下,只有投机经商是有利的,连这样的卑微的开矿也无法进行。事实证明囤积居奇比挖金子有利得多,于是故事就结束了。这部作品是作者对国民党在农村的反动统治的有力抗议,他暴露了保甲制度、行政干员和农村绅士们是怎样一副狰狞可怕的面貌,这些人在生产或抗日的外衣掩盖下,干出了各种丑恶的欺压人民的勾当。这是一个阴森森的魔鬼世界,读者不能不感到愤怒。但因为作者没有写出一点希望的影子,甚至萌芽状态的启示也没有,却是不能不算作缺点的。作者本来善于分析农村中的腐烂的赘疣,和那些短篇一样,他写出了这些人的自私、贪婪和卑劣,也掷出了辛辣的嘲讽和有力的控诉。他对于农村的知识是丰富的,作品中充满了乡土气氛和精练的四川方言的对话,在这些方面的独特成就是值得推崇的。但他写得最多的仍是这些农村中的渣滓,农民一般地表现为虽然善良但是愚昧无知的状态,这说明了他的认识和生活都还有所局限。他写作的题材比较窄狭,但风格圆熟而多变化,处处闪耀着才智的光芒,能以极经济的手法和锐利的眼光,对旧势力予以有力的嘲笑和抨击,在小说写作上的成就是很高的。

艾芜也是最长于表现农民生活的作家,这时期他有长篇《丰饶的原野》《江上行》和短篇集《秋收》《荒地》。《丰饶的原野》分《春天》和《落花时节》二部,前一部分是抗战前写的。背景是浣沱流域的四川乡下,里面写出了三种不同的农民性格。他说:

> 我在作品中,就渐渐感到我不是替这三个熟人,记他们的生活言行,而是把我们五千年来以农立国的奠基石——最劳苦的农民,拿来一刀一刀地解剖、分析。我在邵安娃身上看出奴性的服从,在刘老九身上看出了坚决的反抗,在赵长生身上看出了反抗和服从的二重性格。[5]

作者可怜邵安娃这类人的安分守己,讨厌赵长生这类人的矛盾性格,而对刘老九则寄予了诚挚的敬爱。他说:"刘老九这类的农民,正直不自私,对强暴不妥协,对弱者富同情心。知道他之后,我读历史,我就更能懂得李自成、李秀成他们了。……在我们这个民族的农民中,一脉相传,是有这种优良的传统的。李自成、李秀成这类农民,实在为数不少,只不过他们没有得着适当的境遇,适当的机会,来发展自己,表现自己罢了;正如刘老九这个名字所影射的那个农民一样,一直是埋没在田野里面。"[6]作者看出了农民性格中的反抗的可宝贵的一面,而且予以较为真实的描绘,时间虽然搁在抗战以前,但我们仍然可以从中认识到农民中蕴藏的力量的。《江上行》是写抗战爆发后一群知识分子由镇江到汉口的船上生活的,作者意在写出几种知识分子的类型和他们对于抗战的反应,但写得不深入,不能算成功的作品。写得好的是包括在《秋收》中的一些短篇,其中有好些篇都发生过很大的影响。例如《秋收》一篇是写后方军民关系的转变过程的,兵士帮助农民收谷,但人民不敢相信这种好意;作者借一家婆媳之间的关系,写出了她们对于士兵的心理的转变,说明如果军队的作风确实优良,是很容易得到人民的拥戴的。《纺车复活的时候》写的是抗战期中农民旧式手工业重新兴起的动态。篇中以一个乡间少女为主要人物,写她和她的同伴们怎样改变了平日趣味,热烈地从事纺纱工作的过程。乡村少女的性格写得十分生动,转变过程也极自然真实。《受难者》写一个难民尹嫂子怎样在痛苦的心理矛盾的斗争中,牺牲了自己一向最关心和赖以生活的丈夫,而挽救了全村的人民。这是一个新生的过程,说明了人民在战斗中是会从个人利害的观念向集体主义精神转化的。《秋收》中八篇大都是写抗战烽火中人民性格的变化,在这些平凡的日常人物的身上,我们看到了生长中的新时代曙光。显然,作者对我们的抗战是抱着无限的信心的。但到《荒地》中所收各篇的气氛就不同了。他在《序言》中说:

> 不幸写作这些短篇的时候,无边无际的这种荒凉的景色,总围绕在我的周遭,仿佛自己的影子似的,简直没法叫它退开。……我跳起来,我要把周遭的荆棘、茅草、刺藤尽量拔去。虽然茅草、刺藤、荆棘是那样地多,但我并不退缩,反而一面流汗,一面笑了起来。我写《信》《梦》《某城纪事》的时候,便是有着这样的心

情。但这笑也不是常有的。在荆棘里面看见长不起来的残弱果树,在茅草里面看见受不着阳光的稻粱,在刺藤里面看见婉转可怜的小花,我就不能不十分愤慨。我写《山村》《荒地》《意外》《锄头》《乡下的宴会》《母亲》等篇的时候,的确是一点也笑不起来。

《荒地》中十三篇小说依性质分为四辑,第一辑是嘲讽和攻击腐烂势力的,即他所说的《信》《梦》《某城纪事》三篇。第二辑是暴露兵役行政和军队中的官僚作风,以及它所给予人民和抗战的损害的。第三辑是写一些善良的富有正义感的知识分子的心情。第四辑四篇和《秋收》各篇中所写的主题相近,主要是写人民怎样在现实的教训中克服和改变了旧日的意识,参加了抗战工作的;而且也只有真正抗战的军队,才能得到老百姓的欢迎。作者把这些排在第四辑里似乎包括这样的意思:周围虽然黑暗,但光明仍是可以用力争取到的。他曾说:

> 我觉得在大后方的农村里有两种农民:第一种农民是被残酷地压迫着,在饥饿、贫困、痛苦的深渊里,听天由命地生活着。第二种农民是比较觉悟的,他们憧憬人民的武力,希望改变他们的生活。对于当兵的态度他们是有条件的,如果是官兵待遇一律,他们当兵,否则保甲长怎样强制也不行。作家表现这两种现实,对于前者是暴露,但只有小的微弱的暴露,而没有大的强有力的暴露,自然这是由于检查制度太严厉的关系。对于后者,作家们也有反应,但非常隐晦,要仔细读才能看得出来。[7]

这话也说明了他自己创作的主要内容。他的短篇大都写得很好，风格质朴自然，多用白描的手法，有浓厚的地方色彩。结构也谨严有力。他是很有成就的作家。

吴组缃的《山洪》是这一时期比较好的一部长篇小说，这是写农民对于抗战由漠然旁观到起来出钱出力的过程的。背景是江南的农村，皖南的一个山村鸭嘴涝。作者用全力刻画了一个青年农民章三官的形象，故事就是依着这条线索发展下来的。这是一个粗野、朴直、自私而又好强的农民，他起先也害怕抽壮丁，想逃走他乡，但后来他终于决定参加游击队了；作者对这个转变过程有细致曲折的描写。他朴实地写出了农民的保卫家乡和保卫土地的反抗意识，经过了适当的政治动员，这种伟大的力量立刻就发展起来了。章三官这个人物，他怀恋土地，有"好男不当兵"的传统观念，有个人英雄主义，但终于在复杂的过程中把这些矛盾克服掉了，作者对心理变化的曲折也有绵密细致的分析。对社会的阴暗势力如保长的期望和平等也有揭露，但这方面写得很不够。作者对乡村生活与景色的描绘，特别是生动谐和的民间口语的采用，都有相当的成功，而这也就更有力地表现了人物性格。人物与周围环境事件的联系，似乎还不够周到和密切。后边写游击队的政治工作的部分尤其写得不够；因为这应该是农村生活变化和发展的重要因素，人物的进步与分化的主要关键，但作者却只平铺直叙地把它完成了。因此后边就显得没有前半部生动，使人有整个作品的结构不太均衡之感。这也许是作者对军队中政工人员和他们的工作方式不太熟悉的缘故。

荃麟有短篇集《英雄》与《宿店》，所写的也多是乡镇与农村中的卑微的人物和生活以及这些人的遭遇和新生的孕育过程。他在《英雄》题记中说：

> 就今天来说，中国人民的生活，显然已经起了剧烈的变化，新和旧的意识正在他们生活中间进行搏斗，这种搏斗在表面上也许还不顶明显。因此，当我们巡行于后方的农村和城市中间，接触到一般人民的日常生活时，我们所感觉的，并不完全像我们理想中那么健康和美丽，然而我们却有理由可以欣悦，因为在他们纯朴和善良的灵魂中间，我们多少已经看到了一些新的因素在开始成长——在这中间，特别是人类的互爱和同情，在民族的灾难中迅速地培养开来，纵然这些因素极其稀薄，多半还是不自觉的，甚至是一瞬即逝的，但这正是至可珍贵的民族新生的曙光，我们从这种曙光中间，才能现实地去瞭望我们的未来，和从这样出发点上去创造新的英雄典型。

这也就是他的创作态度；因此写旧的崩坏和新的诞生的矛盾就成了他作品中的主要特点。例如《英雄》一篇，写一个伤兵被锯掉了左臂，退伍回家了，他热爱他的故乡，但周围迎接他的却只是冷淡和仇视；他无法再过下去，于是"把拳头紧紧一握——我还是回前方去"。《一个女人和一条牛》写一个河南婆姨的辛酸经历，她最后逃到江西，被卖给一个土财主做"小"，受尽了虐待，让她看牛，还说"一千八百银子的人抵不上三千银子的牛半条命"，说明了日寇带给中国人民的灾难在古老的封建秩序下更其加重了。他的作风平淡素朴，但写得很深刻。

丁玲的《我在霞村的时候》，收短篇小说七篇，此外尚有些未收集的作品，如《文艺阵地》上的《在医院中》。作者在解放区生活已久，这些作品也就有了不同的明朗的色彩。例如《我在霞村的时候》写在落后农村中生长着的一个小女孩所放射的光芒，她在被侮辱与被损害中滋生出了新的力量；离开了家，走向可以学习的新的地方。《在医院中》写一个女医生的转变过程，为了追求光明，她从上海走到延安，派到产科医院服务，虽然她已勇敢地摆脱了旧的繁华生活，但小资产阶级的习性还很深。她不惯于周围的一切，如那些种田出身的院长等，她觉得受了委屈，只能以服务的热诚和未来的遐想支持自己；但在那样的环境中，她终于在别人的批评中觉悟了，解决了这个矛盾，心境就很快乐了。转变的过程虽然有点突兀，但的确写出了一个小资产阶级女性走向革命的心理和过程。这些小说都朴素而优美，写出了新的人民世界和生活意识从旧的中间生长发展的历程。欧阳山在抗战初期是致力于大众小说的写作的，后来写了长篇《战果》和另外一些短篇。他借军士生活和军民关系，企图写出一些在战争烽火中成长的新的人民性格和新的民族英雄的风姿；写法比较朴素明朗，也采用了一些口语，可说比以前的作风有了一些变化。例如短篇《扯旗树》是写被敌人俘虏的我方士兵的不可征服的民族意识和英雄气概的。《洪照》写一个农民出身的勇敢的抗日队伍的副司令，他平日异常疼爱他的女儿，但当他女儿被敌人俘虏，泄漏了军机而致八十个兄弟遇难以后，他终于克服了种种心理的矛盾，亲自用枪把她打死了。我们的人民英雄就是这样在战斗中成长起来的。

路翎这时期写了短篇集《青春的祝福》和中篇《饥饿的郭素娥》。《青春的祝福》中分两部分，第一部分六篇，第二部分两篇。胡绳评论说：

> 从第一部分的六篇小说中，大体上说来，我们可以看见两个方面的人物。一个方面是在乡镇中的地主、高利贷者、投机盘剥的商人，总之，是剥削贫苦工农的人物。这样的人，在作者笔下，显得是卑鄙、自私、冷酷、狠毒、险恶。在《棺材》中出现了属于这类人物的弟兄俩，他们以欺诈起家，靠盘剥为生，甚至为了争抢各自的利益而互相像狗一样地殴打争吵。在《家》中出现了在矿场附近把房屋出租给工人的市侩，他的贪婪和吝啬恰恰和他的房客的正直、勇敢成对比。在别的各篇不以这类人物为主角的作品中，也还是出现着这类人物的影子；他们像是生在阴湿地方的黑暗的爬虫似的，随时在吸吮着劳动者的血汗，谋害着敢于和他们对抗的人。作者所写的固然都还是剥削阶级中的小人物，但从这些人物的活动中，作者使我们看出，以剥削别人而生活的就会产生最可厌可憎的剥削者的性格与意识，——在这方面，作者是成功的。
>
> 和这一方面人物相对比，作者的笔下出现了另一方面的人物——属于贫苦的劳动人民的人。《棺材》中写出了做木匠的佃客和他的老婆（给地主家做女佣人），在别的各篇中出现的都是煤矿工人。——在这些短篇中出现的工人，正如同作者在同一时期所写的中篇《饥饿的郭素娥》中一样，使我们明显地看出是分属于两种型的：一种是流浪汉气质的工人，一种是刚离开土地不久的农民气质的工人。前一类的工人被写成是具有正直、勇敢

的品质,是在苦痛的生活下烦恼着、挣扎着、追求着的。后一类工人则被写成是基本上带有懦弱、自私、"惯会自己欺骗自己"等弱点的(例如《卸煤台下》中的许小东,《黑色的子孙之一》中的金承德)。……他的作品使我们看出,他不满足于仅仅刻画矿工们的外形与活动,他企图写出这些"黑色子孙"的内部的精神活动来。但是我们也不能不看出,对于他和对于别的知识分子的作家们(他们的出身往往和剥削阶级相接近)一样,认识劳动人民的品质比认识剥削者的丑恶更要难得多。[8]

第二部分的两篇是写知识分子的。《青春的祝福》中写了一个教会医院中的护士、她的女友和她流浪的哥哥。《谷》中写了一对小学教员因为政治迫害而打散了恋爱的故事。中篇《饥饿的郭素娥》以矿区为背景,写了一个强悍执拗的下层女人的悲剧;也写出了两个工人张振山和魏海清的形象。最后郭素娥死了,张振山走了,魏海清死了,结局是悲惨的。作者说:"郭素娥,不是内在地压碎在旧社会里的女人,我企图'浪费'地寻求的,是人民原始的强力,个性底积极解放。"这种创作态度说明了一个生活在反动政权下的,不满现实和要求进步,而又和革命主流脱了节的知识分子的心境。他没有真正了解到人民的集体力量,因此要求原始强力和个性解放,这种倾向是在他的描写工人和知识分子的短篇中也存在的。[9]

三 新人与新事

战争的熔炉铸炼出无数的英雄式的新人,也滤掉了一些朽腐的渣滓,许多作家都企图表现这些新人物的孕育和事迹,这成了创作题材的一个主要倾向。战争也同样孕育了新的作家,他们的作风带有刚健清新的气息。叶以群曾说:

> 小说家应该以自己的主观去批判现实,分别美丑,抉剔出现实中的败类,发掘出现实中的新人,而在这时代——民族革命战争的时代,则新人底发掘尤为重要。……小说家应该更勇敢地从芜杂的现实中,从广大的地区内,去发掘新人底苗芽,确定新人底存在。这对于新人的肯定的表现,不仅会丰富和充实我们的小说,同时也会促进现实的发展。[10]

他自己就是很注意这方面的工作的,他的小说集名为《新人的故事》,写的就是抗战期中茁壮成长的新人们所创造的许许多多令人惊异的故事。譬如《一个人底成长》一篇,写一个八路军支队里的"小鬼",他是贫农出身,抗战初参军时才十六岁,只经过两年,已经参加过几次战斗,负过伤;而且更重要的,他已能看报,能分析抗战形势和世界局势,也能批判自己的"农民意识"了。这里写出了党的教育和人民武装的伟大力量。在抗战期中像这样动人的故事很多,在创作上也是有一些反映的。

刘白羽写的短篇大都收在《幸福》与《龙烟村纪事》两书里。抗战前他就写过一本短篇集《草原上》,作风粗犷雄健,以写北方的自然风物见长。抗战初他的短篇《五台山下》也是写新人物的生长过程的,曾得到过一般的好评。其余如《金融篇》写经济斗争,《播种篇》写生产英雄,都写得很生动。此外像《龙烟村纪事》一篇中的杨发新,《四箱子弹》一篇中的戴贵,都是以他们本色的坚强与诚朴,勇敢地参加了自卫战争,做出了惊天动地的事情。我们的抗战就是凭这样的人民来取得了胜利的。他自己说:

> 无论怎样,我难忘:在战争中人们开辟了许多自由天地,——在那里面,许多倒霉的人物发了光,许多稚弱的人物变得硬朗,许多忧郁阴暗的人物变得快乐,但这些改变绝非出之偶然,而往往是挟带着历史的重重负担而走入新的境地,他们或是来自各方,也就带着各种不同的情感和缘故,不过有一点总可以把这些人物总合起来,这绝不是抽象的"抗战"二字,这个原因到今天为止还在总合着更多的人,容纳着更多的人。[11]

在这些故事里,我们是可以看出一些人民武装坚持抗战的情形的。

碧野是一位多产的作家。早期的短篇多收在《北方的原野》《山野的故事》和《流落》中,其中有一些也是写新人的成长的;如《北方的原野》和《获鹿》等篇。也有一些写不合理现象和劳动人民的悲惨生活的,如《灯笼哨》写接近沦陷区的战地的走私,《水阳江上的沉郁》写运木排的水客的惨苦。长篇《风砂之恋》是写抗战初期救亡青年的生活的;他在《前记》中说:"风砂之恋,一方面是指那在陇海线弥漫的风砂中迷失了道路的一些青年,他们的眼睛有些被风砂打瞎了,因此而彷徨而堕落,另一方面是指那奋斗的一群,勇敢地踏上了征途,投奔到那大风砂的地方去。"这是作品的主题。作者用了两个人物来写出。他说："两个女主角，林晶和苏红……前者是一个生长在都市的女郎，骄傲自得，而以她的聪明和美貌炫耀于人间，她被许多青年男子崇拜过，但她终于不可挽救地堕落下去；后者是一个生长在农村的姑娘，抗战的浪潮把她卷到救亡的圈圈里来，她受人歧视，但是在艰苦的学习中，她终于成为一个'坚强的女战士'。"但书中主要是写林晶的堕落过程的，而且加添了过多的色情描写；而对苏红之成为坚强战士的过程却写得极草率，读者看不出她是怎样进步的。人物的行为与周围环境的联系写得太少，因此并没有完满地表现出他所要表现的那个主题。长篇《肥沃的土地》是他计划写的大部小说《黄泛》的第一部，故事发生在抗战以前，这是他的一部比较好的作品。人物很多，有地主、富农、中农、贫雇农等各种成分。尽管在丰收的年月，佃户们还是很难过日子。书中写地主的血腥剥削，富农的鄙吝狡诈，都相当深刻。因为究竟是丰收了，因此佃户们还一般地没有反抗的觉悟；但如贫农破箩筐和短工黄老五就都蕴有反抗意识，黄老五偷东西只偷地主富农的；这两个人物健壮活跃，写得很生动。书中也有爱情描写，但不是色情的了。写自然风物也联系着农民的生产，充满了泥土的气息。人物的对话采用了许多活的口语，相当生动。在本书中，农村和这些人物正在开始变化；土地极肥沃，但农民是瘦的，这是抗战前的故事，因此农村中还没有很大的变动。中篇《奴隶的花果》是写沦陷区人民反抗敌人的活动的；背景是一个小市镇的穷人区，这里住着一些卑微的人们，年轻的媳妇遭了奸污，理发匠和洋车夫遭了枪杀，这些悲惨的事件搅动了这个世界，他们由散沙凝聚起来了；

一个老染工成了群众的组织者和指导者,经过与游击队的联系与配合,他们粉碎了禁锢着许多人的敌人的监狱。这是由原始的自发性反抗到有组织的斗争的发展,是奴隶们反抗的开始。书中所创造的人物形象都有比较鲜明的性格,除那些奴隶的花果外,作者也写了一些汉奸、土匪等反面人物。故事里穿插了一条恋爱的主线,这虽也与斗争的发展有关,但作者作了过多的描写,就使主题的积极性大为削弱了。长篇《没有花的春天》写于胜利以后,是写一个本来很活跃的青年为生活折磨得非常消沉,当他看见光明的力量时又企图重新振作,但这努力最后也失败了。这里反映了生活在国民党反动统治下的作家的被压抑的心情。但在收于《三次遗嘱》中的三个短篇里,作者仍然表现出了他对于革命胜利的信心。例如在《三次遗嘱》那篇中,他写了一个小学教员怎样被残酷的现实教训得坚强起来。篇首他引了一节诗说:

> 有人烧起野火,
> 悠扬悲壮歌唱,
> 我们要生活,
> 便要战斗……

这也就是作者所要表现的主题。后来他在《我的创作过程》一文中曾说:

> 我的笔虽然曾暴露过国民党反动派的罪恶统治,但却是显得那么软弱无力;虽然也曾对革命写过歌颂的篇页,但却又是那么暗晦和朦胧。更使我今天引为惭愧和

不安的是：在当时的作品上，我那"忧郁"发展成了个人的伤感，而"热情"却减低成了个人的温情。

这自然都是实情。但就他的创作历程看来，这些作品中虽然还存在着很多缺点，但从中是可以看出作者的辛勤努力的成绩来的，而且在当时也发生过一定的进步作用。

姚雪垠的《差半车麦秸》中包括六个短篇，其中《差半车麦秸》一篇曾经引起过广泛的注意。这是写农民的落后意识在抗战队伍的新环境中的变化过程的。作品中的人物的确是令人喜爱的。接着他又写了以北方农民为题材的长篇《牛全德与红萝卜》，他企图写一个农村流氓无产者，和一个相当富裕的自耕农的典型；他要把粗野而率真、任性而硬爽，有时对人虽不客气，但却能见义舍身、济人之急的性格，和小心谨慎、自私心重的性格相对照，使他能够格外明显突出。牛全德和红萝卜是两个名字，故事是以牛全德为中心来展开的；他和红萝卜之间有纠纷，但后来竟为了抢救红萝卜的生命而牺牲了自己。这小说是写得不算成功的，作者仍然企图走《差半车麦秸》的老路，却没有更多的生活体验做根据，因此故事的结构就有一点窘迫，而人物也就不大真实了。尤其是红萝卜，似乎只是放哨、想家和忍气几个特点拼成功的。作者用力地布置了两个人物之间的仇恨，预备在牛全德受了政治教育转变后，再化仇恨为友爱，但二人为什么有那么大的仇恨呢？却在作品中找不到适当的解答；于是那心理纠纷便有点悬空了。作者主观上仍然是企图写出新人的孕育过程的，特别是流氓心理和自私心理的改造与转变，同志爱和民族意识的觉醒；这在牛全德的身上是有一定成功的，但就整个作品说来，真实性似乎不够，故事结构上的一些漏洞也削弱了作品的力量。而且我们读后也看不到游击队和当时农村的一般情形，故事只是集中在两个人物的身边，这也是作品的缺点。长篇《戎马恋》是暴露那些口头革命而生活腐化的救亡工作者的。作者用了男女二人爱情的愈来愈远，表示了对于恋爱与革命的意见，说明了二者如何方能一致。书中用力地写二人的心里苦闷与矛盾，但并不深刻。接着作者写了三十余万字的长篇《春暖花开的时候》第一部（分为三分册），这书是写抗战初期台儿庄战役前后、大别山下一个讲习班中的一些救亡青年的故事的，作者所致力写的是他借了书中一个人物所说的"女性三型"。所谓女性三型，第一个比喻是太阳、月亮、星星，第二个比喻是瀑布、溪流、寒泉，第三个比喻是散文、韵文、情诗。而黄梅是属于第一型，林梦云属于第二型，罗兰属于第三型。——作者把黄梅（第一型）写成佃农的女儿，又在工人区域中长大；林梦云写成小康之家出身，而罗兰则是豪绅大地主的叛逆的女儿。表面上是联系到阶级出身写个性，实际则是把人物的性格类型化了。尤其是黄梅，写得最失败。故事的结构很松懈，许多人物出场时常有一大段文字介绍他的经历；故事的进行也是平板的，没有布置一定的发展线索。作者在第三分册上《致读者》一文中说"且排且写，病在急就"，这大概是失败的重要原因。书中写男女青年的谈私情和闹小别扭的部分，尤其要不得；特别是在第一分册中。后半虽然也写到了一些大问题，如地方封建势力对抗战的危害，"父与子的斗争"等，但都没有写好，结果只是一个"也有抗战，也有恋爱"的故事。茅盾评论说：

> 但是，本书中虽然有不少地方写得相当细腻而深入，（例如写罗兰的矛盾的心情，林梦云的恋情等），有不少写景抒情的片段看得出作者颇费了匠心，然而从整个看来，不能不说这部书还是写得潦草的。……
>
> 即使单从技巧上说，本书既有这么多的人物，长至三四十万言，倘没有个大开大阖，波澜壮阔的结构，毕竟是支撑不住的。作者似亦不是完全没有想到这一点，故写了罗家"父与子的斗争"，写了讲习班四周之鬼蜮，也写了战教团之来而复被迫走，可是不曾意识地紧紧抓住，用全力提起放下，特别可惜的是配搭欠妥帖，轻重失斟酌，虽用十分力，读者所感得者乃不及半耳。[12]

后来还有一个长篇《长夜》，写的是河南的土匪生活和匪窝中架票等的情形，背景放在北伐前的军阀内战时期，也反映出一点农村破产的情形。他在《后记》中说：

> 我的故乡是在河南西南部的一个角落，闭塞而落后；在从前，土匪是这地方的有名特产。我出身于破落的地主之家，虽然我爱农民，但不是"农民的儿子"。如今不管我愿意不愿意，我的灵魂里还带有浓厚的"知识分子气"。因为有自知之明，在这部小说中，我安安分分地忠实于我所了解的历史现实，用我所惯用的笔，喜爱的色彩，烘托出那时代和那地方的风景和氛围，画出我的那些朋友们的本来面貌。

又说这故事在他肚中已藏了二十年，书中运用了许多土匪的

"黑话"也可证明这一点,因此小说中的人物与故事比起前两部来要实在得多。作者是有创作才能的,风格的自然朴素也有一些成功之处,但成功的作品不多。

田涛在战前已写过一些描写农民生活的短篇,收在《荒》里。抗战后写的《灾魂》收了两个短篇,其中《灾魂》是写遭水灾后逃荒农民的惨状的;《饥饿》是写日寇蹂躏农村,爱好和平的农民怎样自动地组织起来抵抗侵略者的。接着又写了长篇《潮》,写一批抗战后流亡的知识青年,他们怀着满腔热诚想参加抗战,可是处处碰钉子,工作无法展开。后来有的人倒下去了,但有的还是勇敢地向前走。书中贯串着一个异母兄妹的恋爱故事;作者在这里表现出他对黑暗势力的强烈憎恨,对青年人的不屈不挠则寄予了希望。同时也批判了知识分子沉湎在个人感情里的错误,但他对脆弱的人物赋予了过多的同情,作品的力量便因之削弱了。全书的结构也很散漫,在题材处理上有很多缺点。中篇《流亡图》写的是同样的题材,但似乎更失败,只是一个也有抗战也有恋爱的穿插起来的故事。另外有一个短篇《恐怖的笑》是写部队作战情形的,这样的题材他一向很少写。后来1945年他又写了以农村生活为题材的长篇《沃土》,在《前记》中他表示了自己对完成这部作品的喜悦,他是费了较多的力气的。这是承袭他的第一个集子《荒》来的,是《荒》中的两个短篇《谷》和《分开后》的延续。书中写的是抗战前军阀内战时期农民的悲惨命运,里面多半是一些默默地忍受着命运折磨的人物,因此也充满了阴暗悲观的气氛。在技巧上是比前一些作品写得完整,但书中的那种感伤情绪是和他写作时的中国农村的变革面貌很不相称的。接着又写了《金黄色的小米》和《焰》。《焰》是以农民抗战为题材的，比起《饥饿》来进步多了。他写了一个农民游击队的领袖赵三老头，这是个有坚强信心的非常能干的人物；也写了地主阶级对抗战的软弱消极。这可说是他作品中比较好的一部。一般地说，作者在处理长篇题材时缺乏计划性，常常有散漫与琐碎的毛病。在塑造人物方面，他常写的有两类人物——知识分子与农民，对知识分子都没有写好，比较成功的是写旧制度下面尚未觉醒的农民心理，如《灾魂》中写农民对土地的执着的感情，《沃土》中写农民的安于命运的心情，都写得相当深刻。《焰》是比较突出的，这里他企图写出农民性格中坚强、善良的一面，说明作者自己也逐渐坚实起来了。

程造之的写作题材主要也是农民的抗战和青年的流亡，他是抗战期中留在上海的，因此他的作品对沦陷区人民曾起过相当大的鼓舞作用。他写过三个长篇：《地下》《沃野》和《烽火天涯》。《地下》是写通海一带的农民抗日游击战争的。巴人在《序》中说：

> 故事远接到1927年的大革命。为了反抗压迫的自然的冲动，也为了彼时革命潮流的激荡，人们也曾走上所谓"不正的路"。但有的是流浪，有的是洗净手不干，结局全都带些悲剧性。这悲剧的中国，谁能逃避不饰个悲剧的角色。打破这悲剧性的命运的，是卢沟桥的烽火，是八字桥的枪声。火光与枪声，很迅速映播开去，古老的土地又开始咆哮，奴隶们要解脱的只有锁链，而这演了悲剧结束的角色们又开始振奋起来，用自己的力来抗拒强暴，这里主角便是老独和罗三，一个带有三分阴险却有

七分善良性格的老独,和依然像通心草似的戆直的罗三。

作者有他非常智慧的笔,但也有他非常残忍的笔。写自然与风习,婉约而妥帖,叫人感到一种难说的喜悦,写战争与屠杀,可就叫人毛发森然,不忍卒读了。叙述多过描写,描写不事铺张。这作品给我的,没有苦重之感,是一种新生的清新的喜悦。然而,正如我开头所说,先进国家给予我们作者的艺术的教养,也很显然。我在这里多少看到了一些《毁灭》《铁流》,甚至于《被开垦的处女地》的影子。

但作为中心人物的老独的形象是不够鲜明的,老独好像是从解放区远道回来的,但除了正直的行动以外,似乎并没有带来新的东西。作者从未正面具体地写他,似乎有意造成他的神秘性,他的性格中多少沾染了一些江湖侠士的成分;写得好的倒是像罗三一类刚直纯朴的农民。《沃野》是《地下》的续篇,以介于沦陷区与游击区之间的一个垦殖区为背景,写出了敌伪势力的欺诈残暴;人民都团结在老独的周围了。作者用了过多的笔墨去暴露伪军土匪间的矛盾与丑恶,而对他所肯定的人民武装却写得太少了,令人捉摸不住;这大概和作者长期生活在上海是有关系的。《沃野》的文字没有《地下》那么泼辣饱满,倒是一种细密冷静的写法。《烽火天涯》是写知识青年的,由上海第一届学生集训时起,接着抗战开始,南京沦陷,迄于武汉撤退,写出了抗日高潮中的许多青年的奋斗历程。他一面要写青年们的爱国热情,一面也要写政府显要们的和平论调之类;一面是战争的牺牲与苦难,一面是在职军人的荒淫与无耻。这一切他用了一个三角恋爱的故事来贯串起来,但这故事和以上种种实在很少联系,因此就显得题材散漫凌乱了。他自己在《序》中说:"本书里的人物,为着要凑合故事的发展,被作者任意塑捏成某种某样。"他企图反映这一段历史的面貌,但人物和故事都脱离了真实,因此作品就失掉力量了。他的三部作品以《地下》为最好,作者突不破这个水平,这和他自己生活的狭窄是很有关系的。

严文井的长篇《一个人的烦恼》是写知识青年的,主角刘明勇敢热情,但却也容易动摇和灰心;抗战初期他参加了战斗,但随后又退了出来,在后方苦恼地过着麻痹的生活。像这样的知识青年,在当时是有很多的,因此作者用力来刻画和批判他们,也有一定的教育意义。茅盾在《序》中说:

> 小说《一个人的烦恼》就是想从一个青年知识分子参加抗战工作的经过,来说明凡是不能认清现实,只凭一时的冲动,而且爱以幻想喂养他心灵的人们,将落到怎样萎靡消沉的地步。刘明当然不是一个坏人,本质上他还不失为一个好人,然而由于他的好像是狷介却实在是孤僻,尚知自爱却又不免过于自负的毛病,再加以貌似沉着而实则神经过敏,一方面耻于寄食,看不惯泄泄沓沓的生活,蝇营狗苟的把戏,另一方面又不能真正吃苦,真正对民众虚心,于是他这本质上还好的人就不能进一步把自己锻炼成为坚强的战士。当抗战初期,一般人心激昂,情绪高涨的时候,刘明投身于当时一般热血青年知识分子所趋向的抗战工作,他不肯在后方吃一口安逸饭,他到前线参加了部队的宣传工作;但他这一行动,虽然

他自以为是深谋熟虑的结果,其实还是一时的冲动,带一点幻想,也为了负气。在决定这行动之前,他也的确有过所谓考虑,但不幸他考虑的范围只限于他个人的琐屑,他生活的小圈子里所接触的人与事对他的反应,而未尝放大眼光对抗战现实,对他未来生活中所可能遇到的困难与不尽如人意,加以深湛的研究。他对现实是盲目的。在这里,就有了他后来废然而返,牢骚消沉的原因。

像刘明那样的青年知识分子,只凭着一股热情,一片主观的幻想,投身于当时的具有强烈吸引力的洪流的,何止千万呢!像刘明那样碰了一头就缩回来的,固然也不少;然而更多的却是在斗争的烈火中锻炼了身心,在现实的洪流中找见了他自己,蜕去了故我的浮华,出落得更坚强沉毅了。作者没有从正面写这些富于积极意义的人物,作者却写了个从斗争中逃阵下来的人物,但虽然如此,刘明的故事还是具有积极的教育意义的;因为这是一面镜子——可以促起反省的一面镜子。……至于此书文字之朴素而委婉多姿,人物描写(如主人公刘明)之细腻而生动,则有目共赏,读者自能玩索,用不到我来喋喋哓舌了。

但书中对这种知识青年所加的批判或鞭挞,实际是很不够的。他固然写出了刘明自身的动摇和怯弱,但他把前方的战斗生活写得过于荒凉寂寞了,似乎在那个团体里的别的人物也没有一个是可以肯定的积极的正面人物;这样就不只不能写出战斗团体本身的活动情况,而且实际上也正是为刘明的逃阵做了一种开脱;因为既然所谓战斗生活也不过如此,那他又为什么一定应该留下去呢？作者自己先就对刘明有了同情和原谅，因此作品所加的批判也就缺乏力量了。书中处理的人物很多，刘明是写得比较成功的，其余人物就很缺少生气；描写虽然细腻，但也常有一些过于琐屑的地方。

丰村有短篇《丰村小说集》四辑。一、《望八里家》；二、《毁坏》；三、《灵魂的受难》；四、《呼唤》。又有写反对军阀的长篇《大地的城》。他的小说主要是写冀鲁一带的农村的，地方色彩很浓厚。他对农民生活很熟悉，小说中写出了北方人民的质朴困苦然而凄凉悲壮的生活，作风粗犷豪迈，对读者有较强的吸引力量。譬如《老乾尖子当兵去了》一篇，写一个农民自动地去当兵打日本的过程，作者联系到他的阶级仇恨而曲折地展开，因此有真实的生活色彩。他的小说没有奇异的故事，连风景描述都很少，有点像报告文学似的，他通过了人物的活动，显出了一幅幅农村的景象。那些淳朴而倔强反抗的人物使人感到亲近，他又运用了相当丰富的民间语言，向黑暗丑恶作了有力的攻击。他自己说："我走在地上，我留下了脚印。"有些篇如《江奇峰上校》《灵魂的受难》，那种坚强人物的光芒的确是令人感动的。虽然有些地方写得还不够精练，用字很生硬，欧化的句子还相当多，人物也还留有概念化的倾向，但大体说来，这些作品是有一定成就的，他的确写出了我们农民中的一些可宝贵的性格。

王西彦的《报复》中收小说十篇，多半是抗战初期写的，从前线的抗战到后方的敲诈，所写的范围很广。以后有《乡下朋友》和《幸福之岛》短篇集。其余《古屋》《村野恋人》《微贱的人》《寻梦者》《人的道路》等，都是长篇。《古屋》写一个封建地主家庭的没落故事，他用了一个蓬勃的难童学校来暗示代替了古屋的新一代的力量。意识虽然很朦胧，但对光明的憧憬是可以看出的；此外有一些短篇的题材也还有积极的社会意义。其余就多半是写生活在自己圈子里的没落地主，远处深山中的居民，甚至山林里的隐士，等等。例如在《村野恋人》里，虽然也点缀了日寇的残暴，但他主要是写农民的爱情故事的不幸结局的，而且充满了神秘的情调和宿命的观点。他把背景放在一个差不多与世隔绝的小山城，企图歌颂一种原始性的欲和力，也流露着不少浪漫的和感伤的情调。《微贱的人》写一个被侮辱与损害的女子的屈辱的一生，她是一个"富有野性的人"，受尽了命运的播弄，终于发疯投河自杀了。背景摆在抗战以前，书中充满了阴暗的和宿命的气氛。在《寻梦者》中，他更写了一个隐士，虽然这个隐士后来是出山了，但作者却并未指出他的道路，只表示了这样的意思："我们谁都是梦的寻求者，如果一个人对梦的追寻失去兴趣，那便无异于对生命失去兴趣。"这说明作者虽然不满现实，但只感到压力的沉重，因此要以将来的梦来安慰自己，以原始的野性力量来武装自己，实际上却更其伤感了；因此他要歌颂那种超然的精神快乐，赞美农村中的自然静穆，和农民的原始单纯，他要在这种氛围中来避难。所以他虽然喜欢写农村，实际上对农民是很少了解的；如果有也只是农民的被奴役的落后的那一面。总之，他作品中的人物总是在苦苦经营自己的圈子，想把它缩小巩固起来，然后在那里面追求自己的梦境。他写出了一个叔本华论者想从一个淳朴的少女那里得到自己已失的纯真，也写了一个地主在享乐主义理论下的自我欣赏，其中都充满了浪漫的凄婉感伤的情调。《幸福之岛》和《人的道路》

写于解放战争期间，内容有了一定的进步。《幸福之岛》中有五个短篇，写的都是国统区知识分子的贫困生活，是暴露现实的作品。作者在《自序》中说：

> 在我们这时代，知识分子的道路原来非常明显——踢开弱点，跨越自己，走向人民大众。然而，在知识分子之中，并非每一个都是强者，都能对苦难战斗，且都能在战斗里获得胜利，由于所受教养的关系，或者更确切地说，由于所属阶级的限制，他们之中也并不缺乏弱者，自私而懦怯，在这苦难的时代里只会扮演悲剧的角色。

作者所以挑选这些人物，对知识分子的转变认识不够，也就是对新事物认识不够，而知识分子的缺点是他们的痼疾，是作者所熟悉的。在1949年写的《人的道路》里，他写了一个革命知识分子克服了自己的个人主义意识，勇敢地参加了集体斗争的经历。这部作品虽然缺点还很多，但从他个人的创作历程看来，却很重要。他在抗战初期的热潮中写过一点与战争有关的现实性的作品，以后虽然在创作上也很努力，在量上写得并不少，但那些内容只说明作者有点被黑暗势力挤扁了，是一种想逃避而又不甘逃避的情绪。人民革命的力量把他唤醒了，他走上了他所说的典型的知识分子道路。个性的强弱原不是一成不变的，更不能因此而原谅所谓知识分子中的弱者，这实际上也就是原谅自己。这种思想上的不开展大大地影响了他这些作品的成就。

四　战争与人民

民族革命战争一开始，现实主义的创作首先就要求反映在战斗中高昂起来的人民的爱国主义和英雄主义的精神，丘东平的写战争的作品正是承担了这样的任务的。他在抗战前已经写过一些作品，他的第一篇作品《通讯员》发表在1932年的《文学月报》上，是写土地革命战争中的农民意识的变化的；他亲自参加过革命斗争，因此这作品当时就为人所称赞；接着又写过《火灾》等写农民反抗的小说。1935年他在东京时，郭沫若便以托尔斯泰或巴尔扎克期望着他的将来。[13]但在1941年秋天，他随新四军的先遣支队在敌后工作时，竟为敌人所射死了。我们有许多作者就是这样以鲜血贡献给了民族革命事业的；这永远值得我们学习和怀念。抗战初期，他和欧阳山、草明、邵子南集体创作了《给予者》，由他执笔。接着他又写出了《暴风雨的一天》《一个连长的遭遇》《向敌人腹背进军》《茅山下》等作品，都是发扬革命爱国主义与革命英雄主义的作品，是抗战期创作上的重要的收获。譬如《一个连长的遭遇》写出了在上海战役中士兵们的高昂的战斗情绪，这使连长林青史受了很大的感动，终于接受了他们的要求，在未接到上级命令的时候，就给了敌人以严重的打击。他知道这行动是违反命令的，将会受到枪毙的惩处，但他还是做了，"他和所有弟兄们的强固的灵魂是合一的"。为了中国人民自由解放，我们的许多英雄是充满了这样的战斗精神的。丘东平深入敌后以前的作品编有《第七连》一书，[14]后来连同他早期的和他牺牲前在敌后所写的《茅山下》等篇，由周而复编为《茅山下》一书，这差不多包罗了他的全部作品。《茅山下》是写新四军初到江南敌后的战斗生活的。沦陷已久的人民在那里度着牛马般的生活，刚从人民中生长起来的军队一面和敌人作殊死的战斗，一面也在不断克服弱点的过程中壮大了自己，成了江南人民战斗的旗帜。在这旗帜下，人民和土地都逐渐获得了解放。其中他也写出了顽固分子阻碍抗战的面貌。

草明也写过许多下层人民在战争中被凌辱和他们起而反抗的作品。如《秦垄的老妇人》中写一个当了五年豆腐店伙计的青年勇敢地走上前线去了，他的老祖母终日唯一关心的事情就是我们的抗战事业。《诚实的小俘虏》写一个平日被虐待和漠视的十一岁的跛足孤儿，竟凭他的智慧使二百多个日本兵陷入了死路。后来这些作品都收在短篇集《遗失的笑》里，她在《序》中说：

> 这个集子里面的主人翁，他们的性格和行为，实际上是我在抗战初期所接触的现实人物里印象最深的几个。他们虽然是小说里的人物，但在我脑筋里却是一般熟悉，可敬可爱的朋友；每一次的回忆都给我以愉快和亲切。他们有一部分可能在神圣的民族战争中光荣地牺牲了；另外一些虽然侥幸不在敌人的统治下，却因为不良的吏治和生活的重担，也给压得气也喘不过来了。

这些小说中的主人翁多半是女性或小孩，有几篇写得很好。如《遗失的笑》写一个伪乡长的老婆被丈夫长期地遗弃和虐待，已经疯了十多年了，平日被禁闭着，也不言语，但一见她丈夫，就发出一种可怕的怪声的大笑。后来我军把伪乡长枪毙了，疯妇人竟在照顾与帮助下逐渐恢复了正常，并到义民习艺所生产了；那种怪笑也就永远遗失了。这说明了残酷的封建制度不但阻碍抗战，把人都逼疯了；而我们的战争本身也应该是要使这类怪笑永远不会在社会出现的。抗战初期写英雄战斗事迹的作品还很多，奚如的短篇《萧连长》的主人公有点像丘东平作品中的林青史，他未奉命令便向敌人夺回了因大意而失去的主阵地，师长决定要枪毙他，要旅长执行，而旅长终于把他放走了。奚如在长篇《第一阶段》里，说明了即使在条件不好的落后地区，工作感到很困难，但只要政治动员工作做得好，民众仍是会飞快地进步的。谷斯范的《新水浒》是利用旧形式比较成功的一部作品，内容是写太湖游击队的成长过程的。一支情形复杂的旧式队伍，在惨痛的教训中，终于由"游吃队"变成了游击队。在人物描写上也有相当的成功，正面人物黄团副和政治工作者黄明健都写得很好。另外他还有一本短篇集《风雨故人》。陈瘦竹的长篇《春雷》也是写太湖流域游击战争的发展情形的，也写出了在战争中新生的英雄性格。这是文协公开征求长篇抗战小说后应征的十九部中比较好的一部，虽然没有中选，但写作上是有一定成就的。

于逢、易巩合写的长篇小说有《伙伴们》和《乡下姑娘》。此外于逢另有中篇《深秋》，易巩有长篇《杉寮村》《穷途》，短篇集《少年夫妇》。《伙伴们》是写一些"捞家"怎样走上民族解放的大路，在珠江三角洲开展游击战争的过程的。伙伴们的头领雷公黄汉是农民出身，他受不了地主的虐待逃走了，再回来时已成为"捞家"；他拒绝了政府的招安，打家劫舍，专和富的作对，贫的友善。人民称赞他不取不义之财，叫他"大贼"。他朦胧中感到人民是可以信赖的，把抢来的米也分给难民。到伙伴阿满为日本仔杀害后，他明白了日寇是大家的死敌，遂转变成为坚强的战士，一直到他的死。作者以黄汉的一生为线索，生动地写出了人民抗日游击队的活动。书中所写的人物很多，这些"捞家"们都有一个绰号，在人物性格的描画上这书是相当成功的；特别是黄汉的鲜明的形象，强烈地吸引住了读者。《乡下姑娘》是写抗战部队在客家村落黄沙坑所作的民众工作中的一些缺点的。主角是韫玉山庄富农张家的孙媳、保长张长龙的老婆何桂花，她本来是很安于自己命运的女人，但在部队民众工作的影响下，她忍受着祖姑和丈夫的辱骂，终于坚持参加了部队工作人员所办的"战地妇女识字班"。在那里有一个作风很随便的勤务班长来撩拨她，于是她以天真纯洁的心情接受了一个悲剧的开始。她的奸情被识破了，她被丈夫及其他村人野蛮地毒打并沉在溪水里，她不乞饶，也不怨恨，只有当她发觉她那情人懦怯地躲开时，才真正感觉到了悲哀和失望。她从此再也不能安宁了，虽然表面上还很平静。茅盾说："何桂花这一个人物即使不能说是我们现在所有的农村妇女典型人物中写得最好的一个，那就一定是最有力的一个。何桂花是无声的农民妇女的代表，她沉默地忍受一切的压迫和凌辱，但这沉默也就是一种反抗。"[15]作者也写了张长龙向沦陷区走私发国难财的故事；几个主要人物都写得很出色，书中心理描写的细腻，地方色彩的浓厚，都是很成功的。只是结构不够紧凑，对话也不算很生动。但他写出了民众工作和封建传统的摩擦，一些民众工作者一方面使何桂花那样的人认识了痛苦的来源,而当她要求进一步行动(她曾要求跟着军队走,工作人员不答应)时,却又袖手旁观了。"如像一个见到光明的瞎子再也不能重复安宁于无边的黑暗世界",这就是何桂花的悲剧。茅盾综评他们的作品说:

> 《伙伴们》是于逢和易巩的合作。执笔者大概是于逢,但从易巩的《杉寮村》看来,这两位青年朋友有一个大致相同的作风。如果《伙伴们》还有拉得太长的毛病,那么在《乡下姑娘》中,这毛病已经被作者克服。《伙伴们》写一些"捞家"如何走上了民族解放斗争的大路,这是抗战中间现实的题材,这比起《乡下姑娘》所写的民众工作的某方面的缺点来,应该说是更大的一个题目,同时也就是比较难写的一个题目;一不小心就会不知不觉落进了公式主义的泥淖。自然,倘说《伙伴们》还不免于公式主义,那是太苛求了,不过人物的描写总似乎不及《乡下姑娘》那么自然而真切,而对于那些"捞家"的转变的过程也还不能有更深入的把握。正因为如此,它那细腻的描写就显得有点累赘,而成为不必要的拉长。然而又如我们所常见:太细腻而近乎冗长的描写有时固然可以归咎于作者的不善于剪裁,但另一方面也适足以窥见作者才气之发皇。我以为《伙伴们》也就是这样。这一部长篇小说的开头一章写珠江三角洲的风土人情(本书的背景的总描写,同时又作为引起本书故事的楔子的),一下就是万余言,从小说的结构的观点上说来,这固然不一定可取,然而单看它那恣肆纵横的笔墨,无论如何总是可喜可爱的吧。[16]

穗青的中篇《脱缰的马》写的是农民在抗战洪流中的觉悟和战时北方农村的变革。庆根原来只是一个穷苦的"放羊娃",和别的农民一样,他驯服地辛勤地生活在阴暗里,后来他被村长派去参加了队伍,经过了两年的陶冶训练,他已成了模范战士,到他再回到农村,已经和以前很不同了。他再也看不惯那些欺凌农民的人物,他感到愤怒,于是挣脱了一切的羁绊,怀着"把鬼子赶走了,一切才会好起来"的信念,他又踏上了归队的旅途。由于作者体验的深切和描绘的真实,这书给了读者一种新鲜活泼的印象。他以简洁的笔触,适度地配合了语言、心理、风景和动作的描绘,人物是写得很生动的;特别是庆根和他父亲间的对照,更给人以鲜明的感觉。在语言的运用上,像沙汀的《淘金记》,他在叙述时用比较严密的略带欧化的语言,在对话中则采用了适合身份的民间口语,这些口语的生动活泼是他人物写得比较突出的一个重要因素。书中有许多片段的场面也写得很好,例如茅盾在《序》中所称赞的两个老人在门外商量的场面,的确给人以深刻的印象。虽然在结构的某些方面还难免有不太周密的地方,但这作品的艺术成就可以说是相当卓越的。

郁茹的中篇《遥远的爱》写出了一个女主角罗维娜走向民族革命的过程;她从狭小的爱情圈子,从舒适的却使人麻痹的生活中,走向了民族解放斗争的最前线。她和她丈夫并没有私人情感间的不洽,不过他不了解她,而只满足于现有的安乐的职业和家庭,遂逐渐落伍了;但她却在民族战斗的号角里,把私情的爱扩大为爱人民爱祖国的爱了。书中以俊逸的格调和抒情的气氛,细腻地写出了小资产阶级知识分子走向革命所经过的心理变化和思想斗争,是非常动人的。茅盾说:

我所以感到喜悦，是因为这一部小说给我们这伟大时代的新型的女性描出了一个明晰的面目来了。自然，也还不曾全部无遗地描出这时代的新型女性的丰采，故事的发展只到了女主角（罗维娜）终于坚定了自己的立场，认清了自己应该走的道路，——只到这里为止；作者把女主角投入了新的生活以后又将如何更向上发展的一切，都留待我们去猜度。可是从书中已经分析了的心理过程来看，我们有理由敢为这位女主角的前途无保留地庆祝。通过了仔细分析的内心斗争的过程，我们看见一个昂首阔步的新女性坚定地赶上了时代的主潮，——全身心贡献给民族。[17]

故事的展开是完全以女主角为中心的，罗维娜写得有血有肉，光彩逼人。正因为如此，别的人物就成了陪衬；譬如她的丈夫，她的哥哥，还有其他的人物，就都有点概念化了。但正如茅盾所说："然而这一些技巧上的缺点都不能掩盖本书在思想认识方面的慑人的光芒，也无伤于作者的焕发的才华；从整个看来，我们有理由向作者要求更惊人的作品。"[18] 在《遥远的爱》以后，作者出了小说集《龙头山下》，包括一个中篇和一个短篇。中篇《龙头山下》是写抗战胜利后金华萧山区的人民武装金萧支队和地主武装乡自卫队对于人民的不同影响和反应的；也刻画了国民党官吏的贪污和丑态，连他自己的儿子都参加金萧支队了，他"衣锦回乡"的结果只能是赶快逃跑的一副狼狈相。其中的几个女性人物写得很生动，吝啬的老太婆，被虐待的弃妇，都相当成功。作风仍保持着一贯抒情的气氛和细腻的手法，故事强烈地暗示了人民武装的强大和它的必然胜利的前途。

孔厥这一期的创作都收在《受苦人》一书里，他是在解放区成长起来的作家，因此作品也富有明朗健旺的色彩。从最初起，对于农民语言的掌握就成了他创作中的特色。这些作品中写了旧人物，也写了新人物，对于这些人物他都作了细致的观察和描写。例如《调查》是写八路军的严格纪律和边区对于娼妓的教育政策的，《老会长》是写农村干部的，但最多的还是写农民生活的作品。《受苦人》对封建剥削制度和婚姻关系提出了有力的控诉，《父子俩》写农民的父子之间的斗争，实际上是集体主义思想与农民自私思想的斗争。我们从这些作品中是可以看出一些解放区的面貌的。他自己说：

……而工作呢，就是斗争。哪一次工作的完成，都得经过斗争：新与旧、进步与落后，甚至革命与反革命的斗争。只有斗争才是真正所需要的材料。当时我亲手处理了几个婚姻案子，就得到了《受苦人》的材料；我亲自率领农民突击队去救灾，就得到了《父子俩》的材料。

为了学习使用群众的语言表现群众的生活，我特意用农民第一人称来写《受苦人》和《父子俩》。觉得农民的语言虽然有不精粹、不细致、不科学的部分，还需要提炼、加工、改造，可是比起我自己原有的语言来，实在美丽、生动、丰富得多了。

这两个作品发表后，果然得到不少读者的欢迎；一般县干部、部分区干部也还能够接受。[19]

由于他的认真努力，由于党的教育，他的作品已初步走出了知识分子的圈子。最后一篇是整风以后写的《一个女人翻身的故事》，这是一篇写真人真事的作品，记载了边区女参议员折聚英由童养媳变成了百万妇女代表的经历。这篇作品流传很广，它明确地指出了中国农民在共产党领导下的翻身前途，对读者的教育意义很大。作者最后在歌唱式的结尾中说："你，的确使外来人惊异呵！然而，你，一个熟悉边区的人，你却并不稀奇；你笑着，你想：在咱们边区吗，有很多的英雄，有无数的英雄；有无数的男英雄，也有无数的女英雄。"只有在解放区才会出现这样的英雄人物，这也就给逐渐走向与群众结合的文艺如孔厥的作品增添了不少的光彩。

周而复的《高原短曲》也是写解放区的生活面貌的。其中《开荒篇》《播种篇》《秋收篇》写的是1939年春西北边区的蓬勃的生产运动，这还只是开始时的面貌，但那后来的辉煌成绩是可以从这里看出端倪来的。如《开荒篇》中写一个顽固的火夫，终于在新环境里变成了一个生产英雄。三篇之间也有一些联系，这里看到了解放区工作人员的乐观精神，知识分子情感的变化和克服困难的积极性。像这样的在劳动中的齐声歌唱确实是很鼓舞人的：

> 打鬼子的方法呀有多种，
> 在后方生产也是一样，
> 今年要开荒呵二十万垧，
> 比往年要多产三十万担粮……

《警犬班长》《麦收的时节》《微笑》三篇是敌后生活的断片。《警犬班长》写一个软弱的知识分子做了汉奸，终于因为受不了侮辱及受自己爱国心的驱使，投向中国游击队去了。《麦收的时节》和《微笑》都写出了敌后的人民抗日武装是怎样全心全意地保护老百姓，和军民之间的水乳无间的关系。通过这些作品，我们是可以了解到一些抗战胜利的根本原因的。

五　经历与回忆

端木蕻良的《科尔沁旗草原》是抗战后最早出现的长篇小说，这是写"九一八"前十年间东北农村的情形的，主要是封建地主的没落。作者笔下的科尔沁旗草原的情形是：

> 这里，最崇高的财富，是土地。土地可以支配一切。官吏也要向土地飞眼的，因为土地是征收的财源，于是土地的握有者便作了这社会的重心。
> 地主是这里的重心，有许多的制度，罪恶，不成文法，是由他们制定的，发明的，强迫推行的。
> 用这重心，作圆心，然后再伸展出去无数的半径，那样一来，这广漠的草原上的景物，便很容易地看清了吧！……[20]

他要写出这广漠的草原经过长时期的激荡和变化的风貌。他写出大地主掌握着土地资本、商业资本和高利贷资本，东北三大企业烧锅、油房、粮栈都是大地主开设的；作者从农民和地主的尖锐对立上，说明了封建制度崩溃的原因。他自己说：

> 我所写的，便以科尔沁旗的首户丁家为模型而写的，因为再没有他更足以表现出东北地主的各方面了，因为再没有一个地主的成长史，比他是更完全变态了。……
> 而且因为我亲眼看见过这一幕大家族史的演换，而且我整整在其中生活过，所以我写出也特别熟习。
> 我写出的很多，我采取了电影片的剪接的方法，我改削了很多，终于成了现在的模样，上半是大草原的直截面，下半是他的横切面。上半可以表现出他不同年轮的历史，下半可以看出他的各方的姿态。我觉得这样才能看得更真切些。我描写的是很缜密的，我剪接的是很粗鲁的，我觉得这是我应该做的。[21]

书中以农民"推地"的斗争，写出了地主和草原的没落。但作者把重点摆在丁家，对农民生活的描写就很不够；而且故事既以"九一八"结束，对日本帝国主义的加紧侵略所给予人民的苦痛也不应该忽略。他写出了一个理想的英雄人物大山，一个在丁府做工的人，是反抗的农民意识的代表。另外一个重要主角是小地主丁宁，"有新一代的青年共同的血液的人"，天真而泼辣。作者对丁宁有过多的关切和同情，而忽略了他的地主性格的一面；和丁宁作对照的大山也同样写得神秘和模糊。他过于喜欢用心理分析的方法来说明人物的性格，这就使人物的表现不够具体了。结构也很松懈，这是受到他的所谓电影剪接法的影响。但作者的澎湃的情感是贯于全书的，抒情的气氛很重；而且绘形绘声地写出了各种人物的生动活泼的语言。这种大量的有生气的口语的运用，使读者特别感到亲切。另外作者还有短篇《风陵渡》和长篇《大地的海》《陪都花絮》《大江》等，但都没有《科尔沁旗草原》写得好。在《大地的海》中，作者写出了关东莲花泡人民联合了朝鲜爱国分子和游击队来反抗日寇统治者的故事。在《大江》中，他主要写了两个人物，由猎人出身的铁岭和做土匪的李三麻子，他们都参加了抗日武装，在集体生活中逐渐改造了自己。他说"我所写的只是我半世亲见亲闻的这几个人"，他是有亲身的经历做依据的。在《后记》中他说：

> 他们有着中国农民的一切弱点，他们也有着脱离了生产关系（长期的或短期的）游荡的惰性。但事实却把这些个打得粉碎，他们唯一的可能只有服从事实，酷热是事实，苦斗是事实，生活或者死亡。而他们必得服从他们所属于的群的大流，他们必得被群所创造，他们两个的过去的凝固性该多么强烈呀，但在群的创造之下，他们都成了英勇的战士，而他们这些原始的野生的力，表现在这个当儿，反而更能看出我们这个民族所蕴蓄的力。一些个梦呓者说我们的民族已经腐朽，请他睁开眼看看这个民族的各色各样的野力吧，多么新鲜，又多么慓悍！任何民族恐怕都没有这样韧性的战斗的人民。

但结构太散漫，那两个人物又充满了豪侠之气，对于他所想写出的集体的力量并没有很好的表现。在《大地的海·序言》里他说："我写的东西，并不是经得起推敲的文字。"这是实在的，他太喜欢那种堆积词藻的句子和所谓电影式的剪接手法了。结果常常使人物的性格不太明显，而语句的丰富有时也变成累赘了。

骆宾基在抗战初以《东战场别动队》得名,是抗战期间很活跃的作家。他的作品有短篇集《北望园的春天》,长篇《罪证》、《边陲线上》、《吴非有》、《混沌》(《姜步畏家史》)等。《罪证》叙述一个在北京读书的善良的东北籍的大学生,平日不关心国事,九一八事变也没有引起他的注意;但在他暑假回家的途中,被日本人关在大连,一直坐了五年牢狱。后来他妹妹接他回到原籍珲春,他看到一切都和以前不同了,而且还有密探跟着他,遂精神失常,变成了疯子。以后便整天被捆着两手,关在家里。作者在《后记》里引了冯雪峰的话说:"疯子发疯的唯一理由,是以他自己的真实恰恰碰触到社会的真实。"书中对敌人占领下的珲春的面貌也作了一些描绘,对敌人的摧残人性予以强烈的憎恨。但书中的人物和结构都没有处理好,作者对社会的认识还不够深刻,因此只是凌乱地画出了一些浮面的现象,不能算是成功的作品。《吴非有》是写知识分子的,穿插了一些爱情纠葛,写得也不很好。《边陲线上》是以临近图们江的黑子山脉的四遭为背景,写中国人民的一支抗日游击队怎样在困难与克服困难中开始长大的。由这里也可以看出中朝人民传统的亲密友谊来。譬如在苇子沟的一支中国游击队,那里只有朝鲜佃农种田,因此游击队的一切用度就不能不由朝鲜农民所负担的"中国救国捐"来开支,而这些朝鲜农民的生活实际是非常贫苦的。后来沙坪镇的游击队的军官们走上了贪污腐化的路,而且酝酿着要投敌;那个热诚坚强的知识青年刘强就是在和朝鲜人民的队伍接头后,才有力量整饬了那些腐化分子们,使这支队伍脱离了危机,走上了新生的道路。他对那些在山洞里会见过的朝鲜人民的印象是"他们都那么刚毅,那么诚挚，即使是姑娘，也不像琬玲那么装腔作势……他深深感到了朝鲜农民的特质"。这本来是一支中国人民自发地成立起来的抗日游击队，经过这次内部的挫折和朝鲜友人的帮助，才取消了单单希望关里援救的思想，开始树立了自己来打日本侵略者的勇气。到日本军队来进攻他们的时候，朝鲜同志们勇敢地来救援了，拿着红色旗帜，终于合力地打退了敌人，使这支抗日游击队走上了正当发展的道路。作者写刘强这个人物的进步和发展也相当成功。但写得最好的作品还是《混沌》，这是《姜步畏家史》的第一、二部，是以第一人称的口气来写姜步畏的幼年生活的。这题材大概是他亲自经历过的，又流露着作者的温婉的柔情，因此读来感到很亲切。背景仍是俄罗斯海口的中国边境珲春，主人公姜步畏生在一个舒适的商人家里，他父亲是这里颇为显赫的人物，书中写的主要是一些儿童生活中的平凡琐屑的事情，但他细腻有条地写出了围绕在姜步畏周围的一些故事和人物，地方气氛很浓厚，人物也写得清晰生动，笔调细腻明快，对话合于口吻，处处流露着作者的才华。他的作风不同于端木蕻良的浓烈，而是一种温雅清淡的笔调。但有时写得过细了，就使人有累赘之感。故事发生的时间大概是民国初年，书中时间交代得不太清楚。主人公的年纪还小，也看不出和周围社会的关系来。这书写得算是好的，但作者把精力花在这样一种与当前人民生活多少脱节的题材上，也说明了他自己写作时的低沉的情绪。这种情绪在短篇集《北望园的春天》中也表现得很明显，例如《北望园的春天》一篇就是写几个知识分子怎样想法来排遣自己的无聊生活的。胡绳批评说：

> 很明白的，作者在写这些小人物的故事时，是带着无限的同情，也带着无限的感伤。他似乎是在说，看这群可怜的人物呵！他们所找到的生活意义是：多么没有意义，但他们有什么办法呢？除了在这些无意义的想法做法中找寻一些聊以自慰的生活意义，他们有什么办法生活下去呢？同样的同情与感伤的气氛中表现在这一小说集的其他若干篇中。例如《贺大杰的家宅》，我们的作家对于几个失业潦倒牢骚过着无聊的家庭生活的旧军官表现着那样深厚的同情。我们应该指出，由作者的过多的同情，使他对于小市民知识分子的游离于现实社会斗争以外的情绪，思想和生活方式，几乎完全不能给下必要的批判；由作者从心底里流露出来的感伤，使他的这几篇作品几乎表现不出对于生活意义的勇敢的追求。[22]

这种低沉的思想情绪也同样反映在他的长篇小说中，因此他努力写回忆性质的《姜步畏家史》了。这反映了国民党反动统治所给予人民的苦难，也说明了作家自己的一些弱点。

萧红在这时期写了长篇《马伯乐》《呼兰河传》和短篇集《旷野的呼喊》。《旷野的呼喊》中包括六篇小说，在这些作品中，作者对民族敌人表示了强烈的憎恨，也对抗战寄予了热烈而朦胧的期待，但也夹杂着一些浪漫的幻想和寂寞的心情；如《朦胧的期待》一篇中的爱情故事和《山下》中所写的幼年女佣的感情波动，就都不够现实。《马伯乐》描述了一个由无助、麻痹以致形同浮尸的青年的生活；这是一个充满了自私打算的卑琐人物，作者在这里似乎企图要创造一种小资产阶级的失败主义者的典型。在批判的意义上，这作品是相当成功的;但书中充满了灰沉的气氛与琐屑的描写,失去了她以前的那种新鲜的与反抗的朝气,说明了作者创作时的情绪是很低沉的。《呼兰河传》是带有自传性质的回忆。呼兰河这小城的生活是刻板的,善良的人们生活在古老的传统观念中,自然也习惯于扮演一些传统的悲剧;这些人都是愚昧而保守的,这是作者幼年生活环境的回忆,说明了她创作时心境的寂寞。因此作品也像叙事诗或风土画一样,有着一种低徊的凄婉的情调。茅盾在《序》中说:

> 有讽刺,也有幽默。开始读时有轻松之感,然而愈读下去心头就会一点一点沉重起来。可是,仍然有美,即使这美有点病态,也仍然不能不使你炫惑……
> 如果让我们在《呼兰河传》找作者思想的弱点,那么,问题恐怕不在于作者所写的人物都缺乏积极性,而在于作者写这些人物的梦魇似的生活时给人们以这样一个印象:除了因为愚昧保守而自食其果,这些人物的生活原也悠然自得其乐,在这里,我们看不见封建的剥削和压迫,也看不见日本帝国主义那种血腥的侵略。而这两重的铁枷,在呼兰河人民生活的比重上,该也不会轻于他们自身的愚昧保守吧?

她不满意现实,同时也不满意自己,但在与时代脱了节的生活面前,她只能用这样的方式来倾诉出一个进步知识分子的感情,这显示出作者思想上是存在着很大苦闷的。1942年她因病逝世于香港,对于这样一个可以有成就的作家而终于中途停了下来,是很值得惋惜的。

齐同的长篇《新生代》是写民族解放战争的序曲一二·九学生运动的一个横切面的,并且较好地写出了一个青年的典型人物陈学海。经过了几次大规模的学生运动,又由于别的救亡青年的引导,陈学海这样一个只知道啃书本的人也抛下书本行动起来了,成了一个积极的救亡青年。对于这一个有历史意义的题材,创作是应该有所反映的。

李广田有短篇集《金坛子》和长篇《引力》。短篇中大部写的是一些卑微人物的不幸命运,如《活在谎话里的人们》写一对农家夫妇渴望他那久无信息的儿子回来的故事;他儿子是上东北垦荒去了,在那里赶上了九一八事变。《木马》由一个小孩的眼中写一个小学教员因贫穷做贼的故事。其中后边的四篇是写抗战时的故事的,但如《追随者》写一个随波逐流的人物的一生,《子午桥》写一个倔强的农民的抗日牺牲的故事,也都是通过幼年同学时代的回忆印象写的。比较好的是《废墟中》一篇,写了一个木匠在敌人飞机滥炸下不断地用劳力重新建设的情形。这些文字都是优美的散文,虽然也有一点感伤的情调。长篇《引力》写一个爱好自然、爱好人间温情的知识女性,在民族抗战中怎样从乡土的家庭的爱,转向了爱祖国与爱人民。她从沦陷区辛苦地走到后方,才知道原来自己是从一个昏天黑地的地方到了另一个昏天黑地的地方;于是她决定又要走了,到另一个有更多希望和更为进步的地方。这是一条知识分子与人民结合的道路,内容比《金坛子》中各篇所写的对黑暗与不幸的厌恶明朗得多了,也进步得多了。

师陀(芦焚)在抗战期中是留住在上海的。他说:"我不知道这些日子是怎么混过来活过来的;……只是心怀亡国奴之牢愁，而又身无长技足以别谋生路，无聊之极，偶然拈弄笔墨消遣罢了。"[23]因此不但大都是"与抗战无关"的作品，和一般的现实也脱了一点节。他看不见中国人民的伟大力量，因此形成了像他在散文《夜》里所说的那种情绪："我不是不能够愤怒，反而因为更多的愤怒而麻木了。"他写过短篇集《看人集》《果园城记》，长篇《马兰》《荒野》和《结婚》，另外还有剧本。量并不少，但只是在回忆中搜索题材，笔下常有一种阴暗的气氛和感伤的情调，因此虽然在写作技巧上相当圆熟，但积极意义就很少了。譬如在《马兰》中，他也曾触及过当时的革命斗争，如主角李伯唐的被捕，马兰的从事革命活动，但写得都极朦胧，因此所写的军阀压迫人民和玩弄女性等罪恶也就显得无力了。他只用一种善良的正义感谴责了一些不合理现象；虽然也指摘了知识分子的苍白无力，但并没有看出知识分子也有可能走上正确道路。在《结婚》中，他写出了一个本来善良、纯洁的知识青年仅只为了想达到结婚这样一个正当的愿望，结果竟被腐烂的社会给毁灭了。作品在暴露上海糜烂生活的罪恶方面有相当的真实性。比较写得优美完整的是《果园城记》中的文章，他在《序》中说：

> 我有意把这小城写成中国一切小城的代表，它在我心目中有生命，有性格，有思想，有见解，有情感，有寿命，像一个活的人。我从它的寿命中切取我顶熟悉的一段：从前清末年到民国二十五年，凡我能了解的合乎它的材料，我全放进去。这些材料不见得同是小城的出产，它们有乡下来的，也有都市来的，要之在乎它们是

否跟一个小城的性格适合。

这里他写出一个小城内的一些小人小事，文笔是优雅的，也比以前明快了一些；但只写了这小城衰落过程中的一些现象，一种消沉感伤的情绪又流贯其间，仿佛以往的封建秩序倒是值得怀念的太平盛世似的。这些作品说明了：一个作家尽管有善良的正义感和比较好的写作技巧，但如果和实际生活脱了节的话，他即使能写出一点回忆或经历过的事情，那作品的意义也是会大大减弱的。

抗战开始后的头两年，由于和现实斗争的接触，出现的新作家本来是很多的。但许多人在写过一点以后，有的因参加了深入的战斗无法再写了，也有的就中途搁笔了。譬如以写儿童抗日活动的短篇《多多村》著称的蒋弼，就是在前线参加战争被日寇刺死的；这些人永远值得我们怀念。到战争长期化以后，许多作家有条件潜心于比较复杂宏大的创作了，但国民党反动统治已经在想法堵作者的嘴了，这是我们许多作品中思想未能深刻的重要原因。好些人都提到过所谓"思想力的灰白"是这时期作品中的一般缺点，其原因虽然甚多，但作家存有顾忌，不敢多接触所写人物的社会阶级关系，遂致所努力写出的新的人物也就有了超历史的倾向。这样创造出来的人物，无论是民族英雄或汉奸败类，都是难免浮泛的。但从整个看来，尽管很不够，我们的创作还是写出了一些活跃的有血有肉的性格的，这也给这段伟大的历史粗略地画出了一个轮廓。从这些比较成功的作品中，我们是可以看到中国人民是如何勇敢地打败了日本帝国主义，和如何暴露了国民党反动统治的罪恶的。

* * *

〔1〕茅盾：《加强批评工作》。

〔2〕巴金：《火·后记》。

〔3〕巴金：《火·后记》。——编者注。

〔4〕靳以：《我怎样写〈前夕〉的》。

〔5〕〔6〕艾芜：《丰饶的原野·〈春天〉改版后记》。

〔7〕《关于抗战八年文艺检讨》艾芜发言记录，《文艺复兴》1卷5期。

〔8〕胡绳：《评路翎的短篇小说》。

〔9〕1953年初版此处引用胡风在《饥饿的郭素娥·序》中所说，称路翎小说"节节带着血痕的生活真理"，创作方法上"追求油画式的，复杂的色彩和复杂的线条融合在一起的"。——编者注。

〔10〕叶以群：《关于小说中的人物描写》。

〔11〕刘白羽：《龙烟村纪事·后记》。

〔12〕茅盾：《读书杂记》。

〔13〕郭沫若：《东平的眉目》。

〔14〕1953年初版写明为胡风所编，并引用了胡风所写《小引》称赞其"宏大的思想力"。——编者注。

〔15〕茅盾：《读〈乡下姑娘〉》。

〔16〕茅盾：《读〈乡下姑娘〉》。——编者注。

〔17〕茅盾：《关于〈遥远的爱〉》。

〔18〕茅盾：（关于〈遥远的爱〉》。——编者注。

〔19〕孔厥：《下乡和创作》。

〔20〕〔21〕初版《科尔沁旗草原·后记》。

〔22〕胡绳：《关于〈北望园的春天〉》。

〔23〕师陀：《果园城记·序》。

第十四章　抗战戏剧

一　剧运与剧作

在和群众接触这一点上看，戏剧比诗或小说是有着更大的优势的；因此在宣传抗战和发动群众的工作上，戏剧工作者就负有更大的责任，而他们也是勇敢地担当了这神圣的责任的。"七七"的炮火一起，中国剧作者协会就集体创作了三幕剧《保卫芦沟桥》，敏锐地表现了抗战序幕的现实。郑伯奇说：

> 记得"七七"事变发生的第二天，上海方面盛传我军在芦沟桥英勇抗战的消息，人心是兴奋极了。住在上海的一群剧作者深感到伟大的抗战时代的责任，经了几度自发的集会讨论之后，很快的成立了中国剧作者协会；并决定由协会在沪会员中推举章泯、尤兢、张季纯、崔嵬、马彦祥、姚时晓、姚莘农、凌鹤、宋之的、陈白尘、阿英、塞克、夏衍、张庚、郑伯奇、孙师毅等十六人，用集体创作的方法写出了第一部抗战剧本《保卫芦沟桥》的三幕剧。剧本尚未告成的时候，上海几个较大的剧团，如业余实验剧社、四十年代剧团、中国旅行剧团等几个团体，莫不争先恐后地要求该剧的演出权。[1]

这是"抗战戏剧"的第一个剧本，标志着一个光荣的开始。在这剧演出时，中国剧作者协会写了一篇《代序》，其中说：

当我们——中国剧作者协会的会员们——的一个时事煽动剧——《保卫芦沟桥》付梓问世的时候，芦沟桥事件已经是在暴敌的不断压榨下迅速扩展到整个华北；芦沟桥的民族自卫抗战，已经是形成了中华民族生死存亡的关头了。

我们——中国剧作者协会——愿意和每一个戏剧工作者相联合，更迫切地希冀着任何戏剧形式的从业员来与我们合作。在全民总动员的口号下，加紧我们民族复兴的信号，暴露敌人侵略的阴谋，更号召落后的同胞们觉醒。

我们有笔的时候用笔，有嘴的时候用嘴，到嘴笔都来不及用的时候，便势将以血肉和敌人相搏于战场。我们不甘心做奴隶，我们愿以鲜血向敌人保证我们民族的永存。

《保卫芦沟桥》是我们在战时工作的开始，我们热烈地希望这个剧本能够广泛地上演于前后方，我们更希望看过这个戏的观众，能和我们——和戏中所有的民众士兵们相共鸣。

"八一三"上海战争发生后，戏剧工作者组成了上海戏剧界救亡协会，集中力量，从事救亡工作。到上海形势紧张时，便组成了上海救亡演剧队共十三个队，除第十一队及第十二队留沪外，其余各队都分赴内地或前线宣传，对鼓舞抗战情绪尽了很大的力量。上海沦陷以后，1938年元旦在汉口成立了中华全国戏剧界抗敌协会，成为使戏剧"走向农村""走向血肉相搏的民族战场"的推动者和组织者。当时自发地组成的移动剧团也非常多,包括各阶层的爱国人民;所采用的形式有活报剧、街头剧、茶馆剧,等等。活报剧根据重要的时事或政策,针对群众思想情况,以戏剧的形式报道抗战情势或社会现实的真相,成了最流行和最有效的一种宣传教育的工具。街头剧由于形式的简便,可以在农村的空场上或前线的战壕边演出,而且演出者可以派人混入观众群中暗中领导观众情绪,所收的宣传效果也很大。例如《放下你的鞭子》一剧,就曾在各穷乡僻壤多次演出过,受到群众极大的欢迎。茶馆剧则力避演剧形式,演员扮作茶客,分别入座,造成故事,引起其他茶客和观众的注意,并逐渐发展剧情,达到宣传的目的。此外如化装游行表演故事及傀儡戏等各种形式都有。据1939年的统计,全国从事戏剧工作的共有十三万人之多,为抗战尽了很大的力量。为了适应演出的需要,初期的剧作多数是短小的独幕剧。阳翰笙说:

> 在抗战第一年到第二年,演出次数最多的独幕剧,莫过于当时在演剧队中流行的口头禅,所谓"好一计鞭子",即《三江好》《最后一计》《放下你的鞭子》和《上前线》《火海中的孤军》《秋阳》,等等。[2]

独幕剧的创作数量也很多,据1938年出版葛一虹《战时演剧论》所附《抗战剧作编目》,已有独幕及多幕剧一百二十四种。这些剧作的内容多半是表现我方军民抗战的英勇,暴露敌人的残暴和汉奸的无耻,以及描写沦陷区人民在敌寇统治下的痛苦和反抗,等等;虽然因为写作时过于仓促,单纯着眼于宣传作用,因而艺术性比较差一些,但抗战前的以结构情节取胜而完全脱离现实的作品绝迹了,剧作是和当前任务密切配合着的。而且,戏剧开始脱离了都市,走向农村和部队,作者创作时也就想到他的观众不像以前似的只限于小市民了,要担负起教育民众的任务;这些都使剧运和剧作有了一个健康发展的起点。

在抗战初期,在武汉沦陷以前的一段时间内,剧作者和观众都浸沉在一种极端兴奋的情绪里,这时期作品的鼓动性质和胜利的结尾,都给观众以激励;抗战的火花使作者眼花缭乱了,因此以政治口号代替现实描绘的倾向,自然在所难免,但作者们对于抗战欢呼拥抱的激越情绪,却是跃然纸上的。到了相持阶段以后,观众的情绪比较深沉了,对社会现实也有了比较多的见闻或经历,他们便不能满足于这类公式化的作品了,于是就有了所谓"抗战八股"的责备。一般地说,人物的概念化和作品内容的类型化是初期剧作中普遍存在的毛病,但那根源并不在主题和故事的"与抗战有关"上面,而在作者自己的生活体验和主题把握还停留在社会现象的浮面上。夏衍说:

> 时人批评抗战以后的剧作,常常恶意地用"抗战八股"这几个字来抹煞,"老是那一套,看厌了,又是汉奸,又是鬼子强奸妇女,又是民众起来打走鬼子,杀死汉奸,千篇一律,厌了,厌了"。这是所谓"批评家"的"一致"的呼声。在这个呼声下面,我们的剧作起了两种反响,一种是对于这种"非难"置之不理,依旧写我的"那一套",不去考虑一下为什么他们"厌",为什么他们不喜欢"那一套";另一种是被这种呼声吓倒,

无暇思索这种非难的对不对，便立即改换方向，写些与"抗战无关"——即使有关也"不过是装饰"的东西，以为如此就可以免去"公式化"的讥评。这两种做法，我们以为都不是使我们的"抗战戏剧"走上正轨的办法。

在我，以为"公式"并不怎样可怕，也并不怎样值得反对，抗战中有的是汉奸，有的是日寇的奸杀，必然的也有的是民众的起来扫除敌伪，这是现代中国大众日日遭遇着，和还有继续遭遇之可能的现实，也是民族革命战争中所必须经过的"公式"，那么作家们拿这些现实的题材来写剧本，毋宁说是应该。问题是在对于日寇、汉奸、民众，乃至他们所处环境等等的写法是否真实，而不在可不可以写这些人物和故事。这些可以发生在都市，可以发生在农村，可以发生在塞北，也可以发生在江南。日寇有各种的日寇，汉奸有各种的汉奸，民众也有各种不等的民众。写得真实，是这么一回事，观众便觉得真实而忘其为公式。写得不真，不是这么一回事，那么即使不是公式，观众也觉得这不是人间现世之所可有。没有日寇、汉奸、民众的剧本，难道就一定可以使人民不厌了吗？这就是一个反证。[3]

剧作家逐渐开始注意到比较广阔的题材；兵役问题、军民合作、抗战中的进步现象，都成了选择的对象。但随着政治局势的变化，低气压逐渐袭来了；演剧队或移动剧团在各地的活动都受到了很大的限制，终至被扼杀了，因此进步的戏剧工作者便不得不改变他们活动的方式。阳翰笙说：

针对着国民党这种反动政策，我们便开始转移工作目标，机动而又主动地把后方各大城市的戏剧运动组织起来，领导起来。这样先后成立了很多职业剧团，也掌握了所有国民党政府机关所控制的剧社，经过无数次的规模盛大的演出（在两个雾季中共演出三四十个大戏），给予反动派以有力的反击！这些戏中，有的暴露和控诉了（例如《雾重庆》《法西斯细菌》等）当时的黑暗统治；有的借用历史剧的形式（例如《屈原》《虎符》《天国春秋》等），痛斥了国民党破坏抗战破坏团结的反动阴谋。

由于环境和业务，也由于工作者的久经锻炼，与积极地从事学习，使这一时期的戏剧运动，在新演剧技术水平上又较抗战前的提高了一步。在创作方法和编剧技术上，已经纠正了抗战初期那种徒具热情，不够深入，不够生活，因而形成了概念化的倾向。[4]

在抗战初期，戏剧工作者大都以为留在都市是可耻的；到为了战略又集中到都市以后，国民党的各种压迫也就跟着越来越凶了；剧本和演出的双重审查，征收各种苛捐杂税，把持剧场不让演出，各种卑鄙的手段都来了。而一些人的市侩主义倾向也随着这种压迫勃兴起来，这就给剧运和剧作的进展增加了很大的困难。洪深曾慨然地说：

教育目的一经放弃，戏剧工作者必然会向着相反的道路上走；——而且会走得不知道有多么远！言经营，便是"游击""秋风"；以廉价"包"劣戏，以高价"换"荣券；不顾信誉，不择手段；最恶性的"市侩主义"，横行一时。言剧作，便也不免"投机""讨好";只求诱致观众,博得他们喝彩;一切为卖座,为生意眼,麻醉毒害,均所不计。[5]

夏衍在《我们在困难中行进》一文中也说:

> "话剧已经有了长足的进步",这已经是一句惯用的口头禅了,但是除出这空洞的赞词之外,就很少有人设身处地地体会一下后方戏剧工作者的艰难。戏剧被当作后方"繁荣"的点缀,被当作少数有钱人的娱乐,被当作募集捐款的手段,被当作增加税收的来源。要求于剧本的是一套义正词严的道理,一百个"不可",一千个"不得",戏剧非有"教育意义"不可,不得"与抗战无关",而另一面将营业税、娱乐捐、节约建国储蓄券、冬令救济捐款,等等,一层一层地堆压上去的时候,戏剧又分明是纯营业的纯娱乐性的捐税的对象。两层钢铁的夹板,而中间是渐续地发出不为人们所注意之悲鸣的戏剧运动!

单以"娱乐捐"或其别名"不正当行为取缔税"一项为例,税率连同附加的"防空捐"、印花、节储邮票以及临时随票附征的特捐等,总计在百分之百以上;而营业税、所得税尚不计在内。但虽在这种种的扼制下,进步的戏剧工作者还是艰辛地坚持了他们的工作的。话剧的演出获得了很大数目的观众,一个戏常常连续演出到三十场甚至五十场。1943年为了纪念戏剧工作者应云卫的四十寿辰,夏衍、宋之的、于伶合写了一个五幕七场的剧本《戏剧春秋》。故事开始于

"五四"之后,结束于"八一三"抗战之前,沉痛地表现了二十年来中国剧运发展的过程和戏剧工作者的战斗的历史。而剧中那些将剧本送审、东奔西跑接洽演出名义、苦心筹划演出垫款、应付人事纠纷等现象,都是抗战期中戏剧运动的现实情况。夏衍在《后记》中说:

> 这一切,那些可笑的,可悲的,可愤怒的,可骄矜的一切,不都是我们亲身经历过的事吗?……是的,凄苦和寂寞咬嚼着我们的心。我们是知道即使在今天,在一切所谓"文化人""艺术家""社会教育工作者"这许许多多的美名下面,也还是掩饰不住蔑视的眼光与口吻的!我们要申诉!我们的目的不是为了要使社会认识,为什么二十几年来,会有这么许多善良的男男女女,定要拣择这一条荆棘的路途?为什么会有这许多人,九死无悔地守住这一个岗位?我们的目的非常卑微,卑微到只想使我们的先行者,在寂寞中感到一丝温暖,使同行者在困顿中回想一下过去的艰辛。

这个剧的上演引起了一般人对剧运的同情和理解,也巩固了戏剧工作者自己坚强奋斗的信心。因此虽然是在极端困难的环境下,进步的戏剧运动仍然是坚韧地战斗过来,并发生了巨大的影响。

剧运的困难既然主要是由于国民党反动统治的压迫,这就自然也会影响到剧作的内容。当低气压袭来的时候,一部分作者自动撤退了,致力于创作那种使观众沉醉的关于日常生活事件的现实剧;而另一些带有市侩主义倾向的作者就竞争地把历史上有艳名的女性当作了剧中的主角。田进在《抗战八年来的戏剧创作》一文中,曾就抗战期间的一百二十部多幕剧的内容,做了一个统计。他以1941年春为分界线,那正是皖南事变发生、国民党掀起反共高潮的时候,在这个统计中,前期与后期的比较是:

  (一)前期直接描写抗战者占百分之四十二,后期直接及间接描写抗战者占百分之八;
  (二)前期描写后方而有积极性者占百分之二十四弱,后期描写后方而不一定有积极性者占百分之二十七点五;
  (三)前期写历史者占百分之十四,后期写历史及半历史性者占百分之三十三;
  (四)前期与抗战无关者占百分之七,后期与抗战无关者占百分之二十。
  这就是说,直接描写抗战的作品锐减,描写后方尤其是描写历史和与抗战无关之作品骤增。

后期的政治压迫愈来愈严重了,但作品的数量反增加了很多,那内容的质量自然就有了问题;这说明了我们虽然有很多进步的作者坚持了自己的工作,但禁不住压力而消极撤退下来的也并不是没有;而一些反动文人如陈铨等反而乘机活跃起来了。在这种情形下,进步的剧作者为了他的作品能够和读者及观众见面,就有时不能不采用一些隐晦的或讽喻的表现方式,历史剧的兴起就说明了这一点。1942年重庆文艺界纪念郭沫若先生创作生活二十五周年和五十寿辰时,演出了他作的史剧《棠棣之花》，于是大家感觉到很有提倡上演和创作历史剧的必要了。这自然是为了想逃出检查，得到出版及演出的机会，此后就产生了不少的历史剧。其中好些作品或褒扬忠烈，或贬抑奸诈，大都是鼓舞人民进步、有益于抗战的。在文学的各部门里，抗战期间的戏剧创作是比较有成绩的；而这些作品又都是在图书审查和演出审查的双重压制下，像石缝里的春草一样顽强地生长出来的，这确实是剧作家们的光荣。1944年刘念渠在《战时中国的演剧》一文中说：

> 创作在这六年间是进步的。剧作家在追求并把握现实主义的创作方法上，差不多是一致的，虽然他们所达到的程度并不相等。——这是一。题材与主题，是被从种种不同角度去发掘的，并且达到了相当的深度。——这是二。编剧技术的渐趋圆熟，就个别的剧作家说，就全般的发展说，都是如此。——这是三。典型人物的创造，有着颇大的成就，他们给予了现实的和历史的生动形象。——这是四。在千百种剧本里，实不乏生活的，有性格的，精练的语言创造。——这是五。

这些都是抗战戏剧创作中的重大成就。以下各节我们将分别介绍一些重要的作家和作品。

二 抗战与进步

初期的剧作，大都集中在鼓舞抗战情绪，描写在战争熔炉中的进步光明的现象。如王震之和崔嵬的三幕剧《八百壮士》,以八百孤军困守上海四行仓库为题材,写出了两个抗战英雄的形象。他俩是一同率领上海救亡演剧队第一队到西北去工作和学习的,因此常常合作写剧本;如描写沦陷区生活的《顺民》,就是二人合写的。王震之还有独幕剧《人命贩子》等。他的《流寇队长》写出了一支游击队伍的活动和成长,是抗战初期比较好的一个剧本。章泯的《战斗》《夜》,都是以沦陷区的痛苦生活为题材的;马彦祥写过《古城的怒吼》《国贼汪精卫》,都是以反抗敌伪汉奸为题材的。田汉在抗战初期写了《芦沟桥》《最后的胜利》等剧,但他这时期致力最多的是新歌剧的写作。在武汉时他任"留汉歌剧演员战时讲习班"教育长,后又主持长沙的旧剧演员讲习班,这时他吸取旧剧精华,编写了不少的新歌剧,如《新天下第一桥》《新儿女英雄传》《江汉渔歌》等。其中像《江汉渔歌》曾多次地在各地演出,效果很好。这是写军民合作取得伟大胜利的历史故事,材料根据《汉阳志》,写宋时金兵南犯,汉阳空虚,太守曹彦若起用民间豪杰许离、赵观、党仲策等,联络江汉渔民,大破金兵的史实。剧中运用了京剧的传统形式,也加入了新型的歌曲,对发动民众保卫家乡有很有力的表现。剧中的插曲中说:"渔娘含笑劝渔郎,烟波江上练刀枪;练好刀枪做什么用,一朝有事保家乡,保家乡!"这就是剧中的主题。《新儿女英雄传》是写明嘉靖间倭寇进犯我国东南,军帅兵部尚书张经为奸贼严嵩谗言害死,他的子女逃奔戚继光军下,英勇坚决地为保卫国土而战斗的故事。这些作品都是对抗日宣传有成绩的。1942年他又写了五幕话剧《秋声赋》,这是以桂林文化人的生活为题材,写这些人的穷困和苦闷的。剧中穿插了一位剧作家的恋爱纠纷，这纠纷终于在两个女主角都积极参加湘北战役中的抢救难童的工作而解决了，说明了在当时"秋声"式的低潮之下，文化工作者都有些悲伤悒郁的情绪，因此也就容易在爱情这类私人事件上闹纠纷；只要大家都能有积极的工作可做，那就一定会克服这种悒郁的情绪而振作起来，就"大家都不苦了"。这是作者在"秋声"的空气中策励自己的声音，多少是带一些自传式的抒情性质的。

洪深在武汉时期写了《飞将军》和《米》，前者写出了抗战初期空军将士的现实生活，后者指出了战时奸商操纵食粮的严重性。主题明确，故事的处理也很巧妙。以后写的《黄白丹青》，是写沦陷后的上海金融界的抗敌斗争的；《包得行》是写兵役问题的；《五十年代》是写家庭中新旧两代的父与子的冲突的；《女人女人》是写在不合理的社会制度下的妇女问题与儿童保育问题的；《鸡鸣早看天》是揭露胜利后的社会现象的。他的作品常常有一个非常明显的主题，一定有几句要对读者或观众讲的话，他是对当前问题有所感才动笔的；因此虽然那看法也许并不很深刻，但他本于正义愿意直感地把它说出来，他是很着重戏剧的宣传教育作用的。其中《包得行》写得比较好，演出也很成功。在运用四川方言编剧，而以各种方言混合演出的尝试上，也获得了一定的成功。

宋之的有剧本《自卫队》《刑》《鞭》《祖国在呼唤》《春寒》等。《自卫队》一名《民族光荣》，是写抗战中军民的奋斗的。《刑》中写出了抗战中的进步力量与封建落后势力的斗争；县长卫大成是进步的和精干的，他虽然得到了当地青年和农民的拥护，但地方绅商却想尽了一切方法来阻碍和胁迫他；经过了各种的困难，他终于胜利地完成了征集一千石军粮和征兵入伍的任务。故事的穿插是巧妙的和紧凑的，但作者对现实似乎过于乐观了，因此也就多少失去了一些真实性。像卫大成这样的县长即使在当时是有的，在群众还没有广泛发动起来的情形下，也很少可能单枪匹马地打倒那些买放壮丁和囤积居奇的抗战败类的。而且他的这些大刀阔斧的活动能够完全得到上级官吏的信赖，似乎也是很少可能的事情。《鞭》一名《雾重庆》，是暴露后方都市中的糜烂生活的。这里有专走捷径的知识分子，有坐飞机来往港渝之间的发国难财的人物，另一面也有为祖国辛苦战斗的女性，作者用对比的方式，显示了那些在抗战中动摇堕落的败类们的丑态。《祖国在呼唤》是他在香港失陷后回内地写的，以一个女性夏宛辉生活上和爱情上的矛盾为线索，展开了一个错综的故事。其中有爱国工作者，也有海上寓公、冒险家，甚至日本间谍等各样的人物。夏宛辉不满于她那种贤妻良母式的生活，厌倦那个温暖舒适的家，她想念祖国；于是在她的生活上，在与她丈夫和她敬爱的一个救国工作者的关系上，发生了很深的矛盾。她丈夫陆原放是一个以救人为职志的奉行人道主义的医生，港战后艰苦努力地工作，终于使她解除了矛盾，愿意仍然在一起。她的最后一句话是一个"走"字，于是和她丈夫离开了香港，回祖国参加抗战，求人类真正的自由解放。故事峰峦迭出，穿插甚多，具有很好的戏剧效果。譬如那个"身份不明的女人"露沙，平日只是一个非常爱好享受的自私的女人，但当她发觉供奉她的人是一个汉奸的时候，她立即极端憎恶地吐出了粗鲁的言语，那情景确实很动人。这剧本是写出了一些港战时的现实情况的，但作者所指示出的光明的出路，却只是"回祖国去"的一般的言语，而当时的后方实际上已谈不到是什么光明的地方了；这就多少削弱了作品的思想内容。《春寒》写于1945年，主题是鼓励在社会黑暗势力下忠贞自守的品德的。主人翁也是一位坚忍服务绝不同流合污的医生，为了他主张在那个内地小城市里修建一个滤水池，周围的各种流氓骗子便都联合起来插手贪污，那些阴险的手段的确是很惊人的。最后虽然表现了黑暗势力"不过是大浪里的一些沙子"，但并不像《刑》里边的完满的结局，那些鬼魅仍然到处存在着。剧中那位医生说："我一个医生，几十年来，只懂得怎样把要死的人救活，我确实尽了我的职责，但是，今天，一种感情到了我的心里，我是那么希望把一个活着的人打死，我也确实打了，可是成绩不好，没有打中要害。我后悔得很，后悔我不懂得怎么样才能打中敌人。"这个剧本是写得比较深刻的，它表现出了一个有良心的科学工作者在国民党统治下是如何地从周围黑暗势力的现实教训中逐渐得到了觉悟，对读者或观众是富有教育意义的。此外他还和老舍合写过四幕剧《国家至上》，这是写在抗战中回、汉两民族间的团结的，在各城市演出时收到很好的效果。它写出了在大敌来临时回、汉之间终于放弃前嫌，亲密地团结起来了；那个回教老拳师的勇敢和自信，的确是令人起敬的。剧中结构紧密，人物也写得很生动，是相当好的一个剧本。

老舍自己这时期也写了不少的剧作。《老舍戏剧集》中收有《残雾》及《面子问题》两种。《残雾》是暴露后方不合理现象的，那个洗局长平日贪权好色，但终于上了一个女汉奸的圈套，失官被捕；而那个女汉奸反倒逍遥法外，又与更大的人物来往了。故事的传奇性很强,对话也很简练和机智。《面子问题》是一个讽刺性的喜剧,那些小官僚们是那样地爱惜面子,不顾一切地维持体面,是颇堪发噱的。但情节太简单,动作太少,演出的效果不算好。此外,《张自忠》是表扬在台儿庄战役中牺牲的张自忠将军的;《大地龙蛇》是歌舞混合剧,是应东方文化协会之请,意在表现东方文化的过去、现在与将来的。"剧分三幕:第一幕谈抗战的现势,而略涉一点过去的影子。第二幕谈日本南进并隐含着新旧文化的因抗战而调和与东亚的各民族的联合抗日,第三幕谈中华胜利后,东亚和平的建树。"[6]这剧主题过于抽象,第三幕所写的未来乐境尤涉幻想,因此人物也几乎成了抽象观念的代表,是不算成功的。《归去来兮》是讽刺知识分子的动摇犹疑的弱点的,他原拟名《新罕默列特》。剧中还安插了一个疯妇人,像《罕默列特》里的鬼魂。说的是作者所要说的话,这就给表现上增添了不少的方便。作者说:

> 原来既想写《罕默列特》,显然地应写出一个有头脑,多考虑,多怀疑,略带悲观而无行动的人。但是,神圣的抗战是不容许考虑与怀疑的。假若在今天而有人自居理想主义者,因爱和平而反对抗战,或怀疑抗战,从而发出悲观的论调,便是汉奸。我不能使剧中的青年主角成为这样的人物,尽管他的结局是死亡,也不大得体。有了这个考虑,我的计划便破灭了。是的,我还是教他有所顾虑,行动迟缓,可是他根本不是个怀疑抗战者;他不过是因看不上别人的行动,而略悲观颓丧而已。这个颓丧可也没有妨碍他去抗战。这样一变动,他的戏

就少了许多,而且他的人格也似乎有点模糊不清了。[7]

一般地说,他剧本中的人物性格相当鲜明,对话尤其机智生动;但舞台动作安排得还不够熟练,主题的思想性也未能很深入。他自己说:

> 我老是以小说的方法去述说,而舞台上需要的是"打架"。我能创造性格,而老忘了"打架"。我能把小的穿插写得很动人(还是写小说的办法),而主要的事体却未能整出整入地掀动、冲突。结果呢,小的波浪颇有动荡之致,而主潮倒不能惊心动魄地巨浪接天![8]

尽管作品中还存在着一些缺点,但他那种严肃地为抗战文艺努力贡献自己能力的精神,是很值得学习的。

曹禺的《蜕变》可以说是典型的写抗战中社会进步的一个剧本,写的是一个伤兵医院由腐败而蜕变为良好的过程;由于有了一个热诚负责的丁大夫和一个来视察的握有行政权力的梁专员,遂使这个医院在短期内完全改观,成为一个理想的为伤兵服务的机构。作者自己说:

> 在抗战的大变动中,我们眼见多少动摇分子,腐朽人物,日渐走向没落的阶级。我们更欢喜地望出新的力量,新的生命已由艰苦的斗争里酝酿着,育化着,欣欣然发出来美丽的嫩芽。这一段用血汗写成的历史里有无数悲壮惨痛的事实,深刻道出我们民族战士在各方面奋斗的艰苦同那被淘汰的腐烂阶层日暮途穷的哀鸣。这是

一段需要"忍耐"但更需要"忍心"的艰苦而光荣的革命斗争。我们对新的生命应无限量地拿出勇敢来护持、培植；对那旧的恶的，应毫不吝情，绝无顾忌地加以指责、怒骂、抢击，以至不惜运用各种势力来压禁，直到这帮人，这种有毒的意识"死"净了为止。[9]

这里可以看出作者对旧势力的憎恨和对光明的向往。他脱离了过去的神秘色彩，平实地处理了一个现实的题材；作品中的主要人物都是代表光明进步的，可以看出作者当时的愉快兴奋的心情。抗战初期是一个爱国热潮奔腾澎湃的时代，从现在看来，那时人人都有点过分乐观，作者创作时的心情是可以理解的。但历史的进展证明了"蜕旧变新"并不是那样一件简单的事情，作者的看法实在过于天真了一点，而那些代表新生的人物实际上都是脱离了社会真实的。丁大夫是一个毫无缺点的完全的新人，她的心无时无刻不在伤兵身上，读者或观众自然很敬爱这样的人物，希望她能够得到成功。[10]这个故事从严冬的时节展开，到四月的春季结束，充分地表现了作者对抗战中的变革所寄予的希望。

然而，这种希望在黑暗现实面前是容易破灭的。果然，当作者从现实中感到并不那么乐观的时候，他的写作便又换了个方向。他送给了我们《北京人》的悲剧。这是以抗战前北京一个家庭的纠纷关系为题材，写出家人亲戚之间的矛盾和互相倾轧，以及这些人的昏聩自私的行为，从而反映封建社会的腐烂死亡的情况，和这个没落阶层中一些具有善良灵魂的人物走向了新的生活的故事的。给这些走向新生的人领路的是一个带有象征意味的"北京人"（一个机器工人）。作

者把"北京人"当作了光明的象征,他借剧中的人类学者袁任敢的口说:

> 这是人类的祖先,这也是人类的希望。那时候的人要爱就爱,要恨就恨,要哭就哭,要喊就喊,不怕死,也不怕生。他们整年尽着自己的性情,自由地活着,没有礼教来拘束,没有文明来捆绑,没有虚伪,没有欺诈,没有阴险,没有陷害,没有矛盾,也没有苦恼;吃生肉,喝鲜血,太阳晒着,风吹着,雨淋着,没有现在这么多人吃人的文明,而他们是非常快活的!

为了和那些为封建社会所腐化了的人们相对照,作者用"北京人"指出了人类的祖先原是很健康勇敢的,因此也就给那些作者所同情的善良人物安排了一条新生的道路。这说明了因为作者的对于旧社会的憎恨,遂对原始的力量抱有一种无批判的憧憬,而这就减低了作品的社会意义。因此当他由家庭悲剧来写整个封建社会的腐烂的一面就非常深沉动人,而对于走向新生的那一面就写得悬空无力了。那两个出走的人完全是由于客观环境的压迫,却缺乏本身的觉醒的因素。故事局限在一个家庭之中,也不大看得出它和当时整个社会情势的关系来,但作者至少已经肯定了在现实社会中有一个可以去的地方,那里的生活与这些追求自由与幸福的青年人的理想是协调的,而与曾家那种气氛是对立的;这里的确表现了作者的理想,也能给读者或观众以鼓舞。这个剧本由于写出了鲜明的人物形象,根据人物的性格展开冲突,有深沉动人的艺术风格,因此虽然在社会意义上逊于《日出》,但在曹禺剧作中仍然是一部优秀的作品，而且也是抗战时期剧本创作的重要收获。接着他又把巴金的小说《家》改编成为四幕剧《家》，比之原作，这不只可以看出他的聪明的剪裁和独到的描绘，精神和重点也很不相同了。巴金原作中着重在"五四"以后在这个大家庭中的新与旧的冲突，以及青年人自己的活动和出走；这在《家》以后的续篇《春》《秋》中就更明白。曹禺的剧本则着重在大家庭的腐化和青年人的婚姻不自由上面，他用力地描写了冯乐山这样一个伪善人物。揭示了爱情悲剧的原因，剧本的结尾是凄凉的。作者并没有写新的一代的出走，而恋爱婚姻的悲剧比起小说原作所着重的新生一代的奋斗反抗来，力量就微弱多了。虽然这样，剧本的效果还是很强的，它使人对这个家产生了强烈的憎恨，看过后谁还愿意再做"宝盖下面的一群猪"呢！不过把青年人的奋斗略去，鼓舞作用就少得多了。他的这些剧本都获得了不少的读者和观众，艺术水平是相当高的。结构的严密、对话的生动、人物的鲜明和剧情的紧张，都紧紧地抓住了观众。他吸收了外国近代的戏剧技巧来写中国的社会生活，影响了一般剧作的艺术水平，这是他的主要贡献。

三　敌区与后方

夏衍这时期写了五个剧本：《一年间》《心防》《愁城记》《水乡吟》和《法西斯细菌》。《一年间》是抗战初期的代表作之一，它是跳出了当时一般作品的公式化窠臼的。它写一个飞行员在结婚之次日即奉命归队，参加空战，他的一家则在战乱中逃至上海；到第二年"九一八"，他夫人得养一子，中国飞机也适于此时来上海侦察，故事乃告结束。凭借这个故事，他也写出了沦陷区人民的爱国热忱和一些汉奸败类的无耻活动，表现得非常生动。《心防》是写上海沦陷后文化界的坚持活动的。当时，有四百五十万人口的上海公共租界和法租界仍是中国抗战的堡垒，"我们用什么力量守这个堡垒的呢？不是武力，不是金钱，而是文化，说得具体一点的是笔尖。在文化部门中成绩最著的是新闻、补习学校、戏剧三种。特别是新闻事业坚定了广大民众对抗战必胜的信心，所以有人说，上海几家报纸足抵二十万大军，从对敌人的威胁和维系沦陷区的人心上说来，或许这个譬喻并不夸大。"[11]作者这剧本就是为了表扬和鼓励那些留在上海和敌伪苦斗的文化人，特别是新闻记者的。像刘浩如那样坚持不离开上海，一直到被敌人暗杀倒下去的时候，还挂念着要固守上海人"心里的防线"的新闻工作者，是的确值得人敬仰的。《愁城记》以上海知识青年的生活为题材，写一对善良的青年男女怎样从小圈子断然跳到大圈子中去的故事。他自己说：

> 相煦相濡，在个人是美德，这是无疑问的，可是，在涸辙中，于人于己，究有些什么好处？我相信，有的人可以用力量来使涸辙变成江湖，而这些方才感觉到自己是处身于涸辙的懦弱者，煦濡之后的运命，不是可以想象的吗？于是"不若"和"不得不"相忘于激荡的江湖，也许是这些善良的小儿女们的必然的归结了。[12]

这戏是为了在上海演出而写的，里面也暴露了一些上海投机商人的活动，而重心则在劝导善良的青年们放大眼光，走向战斗的人生。他说：

> 颠沛三年，我只写下了三个剧本：在广州写了《一年间》，在桂林写了《心防》和《愁城记》；这三个戏的主题各有不同，而题材差不多全取于上海——一般人口中的孤岛，和友人们笔下的"愁城"。为什么我执拗地表现着上海？一是为了我比较熟悉，二是为了三年以来对于在上海这特殊环境之中坚毅苦斗的战友，无法禁抑我对他们战绩与运命表示衷心的感叹和忧煎。[13]

好些取材于沦陷区及半沦陷区（所谓阴阳界）生活的作品，除了关怀在敌人占领下的坚强不屈的人民和他们的斗争以外，也是为了在言论不自由的环境下在一定程度上得到发表和演出的方便，而这也同样是可以教育敌区和后方的读者及观众的。《水乡吟》是写浙西半沦陷区敌我双方如何展开政治经济战的场面，以及我方经济游击队与敌伪坚持作战的情形，其中也处理了青年人恋爱与革命及个人利益与民族利益之间的矛盾等问题。他说：

> 这一年夏（1941），敌人攻陷了金华。苟安的幻想在凶残的三光政策下面粉碎，金和铅在战火中判别了他们的坚实与脆弱了。眼看得见的是几乎无可挽救的土堤般的溃决，眼看不见的却像是遇到阻力而更显出了它威力的春潮。要不是浙西人民武装和游击队伍一再地出击与阻扰，这一年夏季的法西斯洪水也许会冲得更远一点吧。我明白了浙西人所谓"浙西人的柔弱"这个概念只

能正确地适用于上层知识分子，于是我也居然常常以王八妹之类的草泽英雄作为我故乡的夸耀了。

《水乡吟》四幕，是在这样心情下所写。但我为了不想再在沙上建塔，所以我有意地把真真想写的推到观众看不见的幕后，而使之成为无可诘究的后景与效果。[14]

他作品中的人物不多，没有过多的穿插和热闹的场面，但读后或观后是会引起一些令人深思的问题的。香港沦陷以后，他又写了《法西斯细菌》，他在《跋》中说："我在此更痛切地感到有从速毕业于素描阶段之必要了，人物不能突出，性格不能鲜明，结构不够坚实，表现不够强烈，这都不是可以用什么风格之类的美名来辩解的。要画油画，我还得从基本学起。"这虽然是自谦，但《法西斯细菌》中的戏剧性是比以前浓多了，说明了作者的努力的成绩。这是借一位研究斑疹伤寒的医学博士的经历和转变，说明"法西斯与科学不两立"的。作者借剧中人的口说：

伤寒和其他的疫病，每年不过死伤几万乃至几十万人罢了，可是法西斯细菌在去年一年内，不已经在苏联杀伤了千万人吗？

法西斯主义不消灭，世界上一切卫生、预防、医疗的科学，都只有在民主自由的土地上，才能生根滋长。

这剧对于一些纯技术观点的科学工作者，是有很大教育意义的。故事的发展在时间上经过了十年，地点上经历了东京、上海、香港、桂林四处，将香港战事当作促进这位医生转变的因素，布局剪裁上是很用了一番心思的。作品中的主题明确，观察深入，可以说是剧作家中思想性很强的一位。

于伶是坚持沦陷后的上海剧运最久的一人，他的剧作也多以上海或江南为背景，对上海市民起了很大的教育作用。作品有《女子公寓》《花溅泪》《夜上海》《杏花春雨江南》《长夜行》及《大明英烈传》等。《夜上海》和《杏花春雨江南》的故事是连续的，梅岭春是一位有民族气节的刚正不阿的士绅，在《夜上海》中，借着梅家逃至沪上的困苦经历，写出了上海人民与敌伪斗争的各种面貌。在《杏花春雨江南》中，梅家因日寇占了租界，已愤然还乡；这是个半沦陷区，在反抗敌人"三光政策"、保护土产桐果的斗争中，作者有力地写出了我方游击队的坚强活动。《长夜行》是写上海的小学教师们与敌伪势力的斗争情形的。这里有为虎作伥的过桥名士们的狰恶面貌，也有刚正不阿的人物的挣扎与战斗，剧中主人公俞味辛常说的一句话："人生有如黑夜行路，失不得足。"他在一面是艰辛穷困，一面是金钱诱惑中，终于这样随时警惕着坚持了下来；这里反映了沦陷区人民决不屈服于侵略者的坚强意志。《大明英烈传》是写元末将领朱元璋、刘伯温、常遇春等推翻元室克复山河的历史剧，对宣扬民族意识很有作用。一般地说，他的作品常常有一种清新朴素的情调，对话也隽永有味，而且主题明确，演出的效果一般都很好。但有时过于注重情节的穿插，便难免连累到剧情主线的发展。夏衍在《于伶小论》中说他为了顾全观众，不免"助长了他在作品中放任那种涉笔成趣，涉笔成刺的繁花茂叶的滋长"。这在《大明英烈传》中尤为显著，全剧中布置的"繁花茂叶"的场面的确太多了一点。

陈白尘这时期的剧作有《魔窟》《乱世男女》《秋收》《大地回春》《结婚进行曲》及历史剧《大渡河》和独幕剧集《后方小喜剧》等。《魔窟》是写沦陷区的敌伪丑态的,作者暴露那些傀儡人物的卑鄙活动极其生动有力。《乱世男女》是抗战初期的佳作之一;这是一个讽刺性的喜剧,是写在抗战初由南京逃难至后方的一群"都市的渣滓"的活动形态的。当时甚至还有人认为这种暴露是不应该的,说作者是抗战的悲观主义者,其实这正证明作者已经触痛了那些他所写的各种类型的"渣滓",这作品已经发生了一定的作用。剧中也写到像秦凡那样的真正为抗战工作的正面人物,但没有展开主要的活动,仅只起到一种对照的作用。冯雪峰曾说:

……《乱世男女》所处理的这些给搅浮了起来的"沉渣"是还只放在表面的对照上来展览的,这些沉渣不幸(或运气)被作家取了来示众,然而还是很运气(或不幸),只是被当作浮了起来的沉渣而被放过了,正如他们平日被当作沉渣而被放过一样。而同时,真的战士,一被放在这样的矛盾的表面的对照上来,也就当然无法展示他的真面貌和灵魂了。我以为这才是《乱世男女》不能带来更高的典型和大的思想力的根本原因。但这只是就作品而论的,倘若我们进一步从作品去研究作者的创作过程,那么我们更懂得一件事,不是在我们看见作者的艺术天才的闪光的同时,即刻看见有一只看不见的手在限制他的创造的自由,结果,使作者调和起来了吗?——我觉得作者所用的对照,仿佛是说"有坏人但也有好人呀",未始不是这种调和的反映。我们读了作者附在作品前面的题记，就更相信作者是处在被束缚的苦痛的矛盾的心理状态里的，而这作品的中心主题的不确定，未始不是这种影响的结果。[15]

这自然是一种很严格的批评；作者至少已经看到了社会的矛盾而且企图表现它，这种表现也已经发生了戏剧应有的效果。《秋收》是根据艾芜的小说《秋收》改编的，写的是在抗战期中军民关系的变化和农民对于士兵的心理的转变。故事朴素而真实动人，结构、对话也很成功。《大地回春》是写民族工业家的反帝要求的。经营工业垂二十年的纱厂经理黄毅哉平日受尽了日货倾销的压迫，工业无法发展，抗战后全家东离西散，他经历了各种的艰苦打击，终于在"七七"三周年时，他重新经营的新中国纱厂又在重庆开张了。其中也穿插了一些汉奸活动和游击队的斗争，故事是紧张动人的。这剧在团结鼓励民族资本家经营工业和支持抗战上，发生了相当好的影响。《结婚进行曲》是借妇女职业问题来暴露后方社会的各种不合理现象的。一个天真的女性知识青年在社会上到处碰壁，终于不得已地回到厨房，变成一个穷困的主妇和母亲了。这剧前半过于加强了热闹的趣味成分，而且也并没有给读者观众暗示应该如何，好像对这种命运的安排是只有忍受似的。《大渡河》是借太平天国翼王石达开的十余年间的活动事迹，写出了整个太平天国革命的兴起、发展和没落过程。作者尽可能地将重要的事迹都表现出来，但同时也保持了全剧的完整和统一。故事到石达开在大渡河边失败结束，充满了悲剧的情调。作者自然是同情石达开的，赋予了他不少的才干与美德，但对他的个人英雄主义也给了有力的批判，从而说明带有严重缺点的革命者们，如果不能积极克服自己的毛病，在革命进行过程中是一定会对整个事业发生坏影响的。他的独幕剧也有写得很好的，如《后方小喜剧》中的《禁止小便》一剧，曾在1949年的文代大会上演出（改名《等因奉此》），在暴露国民党一般机关中的高级职员靠裙带关系升官发财，下级职员则颓废消沉地从事苦役，而一遇事情大家就乱得一团糟等方面，是写得很有力量的。他擅长于写讽刺性的喜剧，简洁流畅的对话尤富风趣；而且正视现实，每剧都有明确的主题，对观众是发生了很好的教育作用的。

袁俊也是擅长于写喜剧的作家，他的作品有《小城故事》《边城故事》《山城故事》《美国总统号》及《万世师表》等。《小城故事》是以一个有空想而又不得不被自己命运支配的女人柳叶子为主角，写出在恋爱纠葛中的女人心理的。她爱钱，爱力，不满意她的丈夫，而和另外父子二人同时在搞恋爱纠纷，最后那两个人都跑了。作者过分着眼于趣味，遂使全剧成了一个闹剧。《边城故事》比较有了进步，虽然作者也标明是"一个五幕的闹剧"，但内容是颇严肃的。他借政府在边城用机器开采金矿的故事，写出了矿工们的生活，汉奸的破坏活动，和一个精明干练的专员怎样进行群众工作，等等；全剧尽量错综地表现一个县政府科长的种种活动，到末尾才揭穿他是个汉奸，剧情结构是很紧张的。但不只他笔下的群众是盲目无知的，那个起决定作用的杨专员也是超现实的人物。故事中采用了边疆民歌，染有浓重的地方色彩，一些爱情的穿插也很富浪漫情调，作者的笔锋是很机智的。《山城故事》是写物价高涨中重庆的公教人员生活极苦，而一些囤积居奇的奸商则豪华挥霍，操纵市场。这原是国民党反动统治的结果，人民是非常愤慨的，但作者没有写出这种现象的根源，只简单地让囤积者被人打死了；这固然也给人一种痛快，但不是事件发展的必然结果。《美国总统号》是写由美国旧金山驶向中国的轮船美国总统号特二等舱中的一群中国旅客的形形色色的生活方式的。这里有下野军阀的秘书长，娼妓出身的姨太太，崇拜希特勒的军事家，拍《盘丝洞》的电影明星，等等。这一群"高等华人"的丑态自然是讽刺的好对象，作者把他们展览出来，却又正面写了一个破获阴谋炸船事件的"特务式"的英雄；除了热闹以外，这剧本似乎很难看出另外有什么更积极的意义。作者对戏剧的布局和穿插很有匠心，对话尤生动俏皮，擅长于写讽刺性的喜剧；但观察不深，主题欠明确，人物也不够真实，这就大大影响了剧本的成就。《万世师表》是他写得最好的一个戏，说明了作者在创作中有了相当的进步。剧中林桐是一个参加过五四运动的青年，后来做了教授，抗战中他两次率领学生完成了迁校的工作；在战争中他的家被轰炸，儿子死在路上，太太病着，自己一直过着一种寄人篱下的生活，但他能够清贫自守，有所不为，平日一点钟课都不缺；故事在学生们为他举行服务二十五周年纪念会的尊敬与同情中结束了。剧中的一个人物说："我们不能像草履虫似的一遇到困难就掉转头另寻别路。"这就是作者所要表扬的精神。这样的人物离我们理想的"万世师表"自然还很远，但就当时国统区教育界一般的情形说，像林桐这样的人物实在也并不多，他仍然是值得人崇敬的。作者虽然没有涉及那些真正继承"五四"精神的和真正值得歌颂的更进步的人物，但也多少给由"五四"到抗战期间的一部分正直的知识分子的发展勾出了一个简括的轮廓。在主题的积极性和题材的现实性上，《万世师表》比之他以前的作品显然有了很大的进步。而且人物真实，作者写作时渗入了自己的感情；故事进行的时间虽有二十五年之久，但结构仍然是很完整的。在他个人的剧作中，这算是一部比较好的作品。

沈浮有剧作《重庆二十四小时》《金玉满堂》及《小人物狂想曲》。《重庆二十四小时》是鼓励在抗战中坚苦自守的；《金玉满堂》是写一个地主少爷囤积粮食，发国难财，玩弄女人，并伤害佃户性命，最后被判处死刑的故事；《小人物狂想曲》是讽刺重庆官僚阶层的生活的。他的作品可以说是紧张热烈的，他过于懂得舞台和观众，剧中有的是观众喜欢的穿插和情节，在流利轻俏的台词中表现着曲折的故事，很能讨得市民观众的欣赏；但像《金玉满堂》中主角的被处死刑，《小人物狂想曲》中的官僚之不知死活，是与社会现实颇有距离的。给了观众一分畅快，就会减削了一分愤恨的力量。李健吾有剧作《黄花》《云彩霞》《秋》《草莽》等。《黄花》是写香港的舞女生活的，从而暴露了一些都市有钱阶层的糜烂生活。《秋》是根据巴金的小说改编的。《云彩霞》是写京剧旧伶人的生活的。《草莽》是写辛亥革命前川陕国民党人的活动的，也穿插了一些青年男女的爱情故事。抗战期间他是留在上海的，因此不只剧本内容多是些与抗战无关的题材，认识也不够清晰和深入，只是在情节的组织和对话的流畅上，还保持着他一贯的熟练。搁笔已久的丁西林这时期也写了《等太太回来的时候》《妙峰山》和独幕剧《三块钱国币》等。《等太太回来的时候》写的是丈夫做了汉奸以后父子夫妻间的家庭纠纷,实际是卖国者与爱国者之间的斗争;连那个年纪很大的太太都意识到民族国家重于家庭,出乎子女们的意思,她毅然地离开住惯了的家庭走向内地了。《妙峰山》写的是有"两万方里土地,五万军队,三十万人民"的妙峰山寨主王老虎及其部下的抗日活动;作者在《前言》中说:"这一篇剧本里的人物和情节,完全是凭空虚构。这是一篇喜剧,一篇喜剧,是少不了幽默和夸张的。剧词中,对于社会的各方面,也多少含有一些讽刺的意味。可是这些讽刺都是善意的,都是热忱的。"说凭空虚构是实在的,但其中也寄托了作者对抗战政治设施的理想;例如"有钱出钱,有力出力主义"和征收物资的所谓"五五极限制度"[16],不正是公平合理的负担办法吗?他作品中情节的紧凑,尤其是对话的机智和幽默,显示出极大的创作才能,虽然有时不免有过多的斧凿痕迹。抗战是惊蛰的春雷,搁笔已久的人写起来了,坚持写作的人产量更多了。这些作者们是以他们的笔来为民族革命战争尽了职责的。

四 历 史 故 事

历史当然不会是循环的,但在某些相同的社会条件之下,历史也可以和现实酷似到惊人的程度。特别是在历史中互相对立着的两个斗争集团的轮廓,两种代表者的性格,那真是可以作为现实斗争的殷鉴的。因此在言论不自由的环境下,例如沦陷后的上海和抗战后期的重庆,以历史故事为戏剧创作的题材是比较容易得到出版和演出的方便,而同样可以对读者或观众发生教育作用的。郭沫若是这方面最有贡献的作家。他曾说："故尔，创作之前必须有研究，史剧家对于所处理的题材范围内，必须是研究的权威。""关于人物的性格、心理、习惯、时代的风俗、制度、精神，总要尽可能地收集材料，务求其无瑕可击。""优秀的史剧家必须得是优秀的史学家，反过来说，便不必正确。"[17]他是中国新史学研究方面最有成绩的学者，又是杰出的新文学作家，因此也是最具有写作历史剧的条件的人。他说：

关于战国时代的史事我一连写了四个剧本。《棠棣之花》《屈原》《虎符》《高渐离》。也太凑巧，从他们各个的情调和所处理的时季来说，恰巧是相当于春夏秋冬。

《棠棣之花》里面桃花正在开花，这儿我刻意孕育了一片和煦的春光，好些友人都说它是诗，说它是画。大概就是由于这样的缘故。《屈原》里面桔柚已残，雷霆咆哮，虽云暮春，实近初夏，我也刻意迸发了一片热烈的火花。有好些友人客气地说为有力，不客气地认为"粗"。大概也就是由于这样的缘故。目前所要演出的《虎符》，桂花正盛开，魏国的宫廷在庆贺中秋节。我希望能有一片飒爽倜傥的情怀，随着清莹嘹亮的音乐荡漾。《高渐离》几时可以演出尚不得而知，在那里面有赏初雪的机会了。它是战国时代的结束，也是我的四部史剧的结束。

战国时代，整个是一个悲剧时代，我们的先人努力打破奴隶制的束缚，想从那铁的桎梏中解放出来，但整个的努力结果只是换成了另外一套的刑具。"为之仁义以矫之，则并与仁义而窃之。"谁个料到打破枷锁的铁锤，却被人利用来打破打破枷锁者的脑袋呢？但这是后话，须得知道打破脑天的铁锤本是用来打破枷锁的，而且始终可以用来打破枷锁的。所差就只有使用者的用意和对象之不同。

　　…………

　　我主要的并不是想写在某些时代有些什么人，而是想写这样的人在这样的时代应该有怎样合理的发展。

　　战国时代是以仁义的思想来打破旧束缚的时代，仁义是当时的新思想，也是当时的新名词。

　　把人当成人，这是句很平常的话，然而也就是所谓仁道。我们的先人达到了这样的一个思想，是费了很长远的苦斗的。战国时代是人的牛马时代的结束。大家要求着人的生存权，故尔有这仁和义的新思想出现。我在《虎符》里面是比较地把这一段时代精神把握着了。

　　但这根本也就是一种悲剧精神。要得真正把人当成人，历史还须得再向前进展，还须得有更多的志士仁人的血流洒出来灌溉这株现实的蟠桃。因此聂嫈聂政姊弟的血向这儿洒了，屈原女须也是这样，信陵君与如姬，高渐离与家大人，无一不是这样。

　　"杀身成仁，舍生取义"，是千古不磨的金言。[18]

《棠棣之花》是他以前所作的《聂嫈》的改写，经过了二十二年的酝酿，比以前的规模大多了，也增加了许多的情节，如酒家母女，冶游男女，盲叟父女，士长卫士之群，都是新配置上的人物。他说：

《棠棣之花》的政治气氛是以主张集合反对分裂为主题，这不用说是参合了一些主观的见解进去的。望合厌分是民国以来共同的希望，也是中国自有历史以来的历代人的希望。因为这种希望是古今共通的东西，我们可以据今推古，亦正可以借古鉴今，所以这样的参合我并不感其突兀。……为要增加严仲子的正直性，同时也是增加聂政姊弟的侠义性，我把三家分晋的事情联合上了。[19]

《棠棣之花》的演出获得了很大的成功，接着他又写了五幕悲壮剧《屈原》，这是以屈原死前由清早到夜半过后的一天事迹来概括屈原的精神和一生事业的。他对史实考证得很精确，笔力博大浑融，而且感情丰富激越，尤其在发掘这位伟大诗人的性格和爱国忧时的悲愤感情上，获得了惊人的成功。剧本展示了尖锐剧烈的矛盾冲突，深刻地表现了以屈原为代表的爱国力量同以南后郑袖、上官大夫靳尚为代表的卖国统治集团之间在对待秦国外交上的两条路线的矛盾斗争。屈原之抑郁牢骚绝非由于个人的放逐，剧中的"自白"说："曲直忠邪，自有千秋的判断，你害了的不是我，是我们楚国，是我们整个的中原！"屈原是正义的化身，婵娟是光明的象征，尽管一些谗佞奸邪之徒百般陷害，但人民永远是爱护和支持这样的人物的。作者本着"发展历史的精神"[20]的观点把历史上的斗争与现实斗争联系起来，既揭露了楚国统治集团媚外残民的反动政策，又抨击了国民党反动派的黑暗统治。尤其是屈原的"独白"——那雄浑壮美的《雷电颂》，倾泻出摧毁黑暗势力、追求光明新生的火一般的激情。它既符合特定剧情中人物性格的需要,又是震撼现实中"黑暗王国"的革命风雷。在当时国民党中央反动政府所在地的重庆引起了强烈的政治反响。茅盾在全国第一次文代大会的报告中说:"皖南事变以后《屈原》的演出,引起热烈的回响,在当时起了显著的政治作用。"作者自己说:

> 好些朋友都说《屈原》有些沙士比亚的风味,更有的说像《罕默雷特》。我自己多少也有这样的感觉,但我说不出究竟是哪些地方像。拿性格悲剧的一点来说,要说像《罕默雷特》,也好像有点像,然而主题的性质和主人公的性格是完全不同的。罕默雷特是佯狂而向恶势力斗争,而与恶同归于尽,屈原是被恶势力逼到真狂的界线上而努力撑持着建设自己。在主题上前者较后者要积极,而在性格上后者却较前者更坚毅。罕默雷特焦躁逡巡,屈原则坚苦创造。关于屈原的精神建树,可惜我在剧本里面没有表现得充分。虽然多少勉强得一点,婵娟的存在似乎是可以认为屈原辞赋的象征的,她是道义美的形象化。[21]

《虎符》写信陵君窃符救赵的故事。信陵君担负着"解救邯郸,解救中原,解救全中国"的责任,他认定秦兵"只是被威逼利诱而成的鸷鸟猛兽的集团",他能团结民众,"把人当成人",精明宽厚,坚韧勇敢,但碰上了那么一个残忍横暴的魏王,困难就发生了。通过勇敢坚定、宁死不屈、相信"人的尊严"的如姬的窃符和自杀,构成了一个极大的历史悲剧。贯串在剧中的是人权主义的民主思想,而这悲剧也就是觉醒了的人的悲剧；说明了植根于人民中的理想是必定会胜利的，人民将用自己的力量来争取人权和民主，这力量是不可抵御的。《筑》是写高渐离用筑来击秦始皇的故事的。高渐离回答审讯时说："如今天下的人都是和我同谋的！天下的人都愿意除掉你这个暴君，除掉你这个魔鬼，除掉你这个吃人的……"而且他已派宋意到江东一带发动人民，反抗独夫，可知这剧精神的所在。这以后他又写了《南冠草》和《孔雀胆》两本史剧。《南冠草》是写明末十七岁的青年诗人夏完淳反抗清朝统治者的事迹的。作者说：

> 《南冠草》本是夏完淳最后一个集子的名称，是他在被捕后途中狱中所作。……我的剧本所处理的是完淳被捕前后以至于死的一段情形，正和他这最后一个集子的时期约略相当。诗文中所含孕的情趣和事实，我在大体上是把它们形象化了。因此我把剧本也命名为《南冠草》，觉得是很适当的。[22]

剧中采取了用汉奸和烈士对照，用洪承畴和夏完淳对照的写法。完淳被捕后审讯时，洪承畴有意软化他，但他不仅不屈，还使有意软化他的丈人钱彦林也慷慨就义了。完淳回答洪承畴时，先故意恭维一场，反过来再加以痛骂，那表现是非常有力的。作者对于剧中人物有明显的强烈的爱憎，他说：

> 但洪承畴在当时却无殊于现今的汪精卫，观其受制于一个满人的总管巴山，仅以莫须有的嫌疑，便由巴山

上奏而与土（土国宝，剧中改为王国宝）同成为待罪的身份，可证满人在当时之监视汉奸，是怎样的严密。事经审核明知为伪，洪与土虽然受了"谕慰"，而巴也同时受了"奖"。这也可见汉奸的可怜相，便是蹴了你两脚，再摩摩你的头，而自己的脚不用说依然是尊贵的，遇必要时还是要蹴你。[23]

夏完淳以一个十七岁的青年，全心全意地尽瘁国事，这种精神对抗战时的青年是有很大鼓舞作用的。《孔雀胆》写的是元时云南首长蒙古人梁王的女儿阿盖公主的一段爱情故事；由于参政车力特穆尔的奸诈谋害，她丈夫汉人大理总管段功终至被害死，而她也因之自杀了。作者说：

  最重要的是徐飞先生替我点醒了主题。他说："造成这个历史悲剧之最主要的内容，还是妥协主义终敌不过异族统治的压迫，妥协主义者的善良愿望终无法医治异族统治者的残暴手段和猜忌心理。"这就好像画龙点睛一样，把当时的历史点活了。

  本来，我在当初写这个剧本的时候，我的主眼是放在阿盖身上的。完全是由于对她同情，才使我有这个剧本的产生。我的注重点是在民族团结，这凝结成为阿盖的爱，和这对立的是车力特穆尔的破坏。段功呢？我是把他放在副次的地位的。加以我有意在回避一种可能性，即是怕惊动微妙的民族感情，我把段功更写得特别含混。但在演出上段功却成了主人，因而主题也就更加隐晦了。[24]

以后他对剧本作了一些修改,"主要的添改是对于段功的加强,对于阿盖的内心苦闷的补充,对于车力特穆尔的罪恶暴露的处理。"[25]他写出段功是站在老百姓的立场,不满意于当时蒙古人色目人的专横,但由于梁王的恩和阿盖的爱,使他走上了妥协主义的道路,结果便成了悲剧的人物了。但这剧究竟由于恋爱斗争的副题过于扩大了,主题便不免有点隐晦。作者平日对史实有独到的研究,因此他这些剧本都能根据当时实际的和可能的情形,大胆地创造故事情节和人物性格;而这些又都无背于史实,反而对历史真相的了解更有帮助,这是别的作者所不及的。

阳翰笙的《塞上风云》是抗战初期的力作,他以几个汉、蒙男女青年间的爱情故事,写出了蒙、汉两族应该彻底合作,共同抗日。后来的四幕喜剧《两面人》(一名《天地玄黄》)是写半沦陷区茶山主人士绅祝茗斋的动摇的两面作风和转变过程的。祝茗斋拥有几百个武装的自卫队,一面和日本间谍来往,一面又和抗日军队交际,目的就是保存和壮大自己。到日本间谍逼得他走投无路的时候,他才觉悟了;但周围的人都不相信他说的话,包括他的太太。最后是他把茶山茶厂及自卫队等都交给了抗日队伍,自己去了后方。这剧的斧凿痕迹过于明显,但对主角的性格是写得很生动的。除以上的作品外,他主要的剧作《李秀成之死》《天国春秋》《草莽英雄》,都是以历史为题材的。《李秀成之死》写出了太平天国忠王李秀成的活动经历和悲壮的牺牲,在当时是有激励人心的作用的。1942年写的《天国春秋》,写出了太平天国革命的失败,主要并不是由于敌人的强大,而是内部的自相残杀,不能团结。作者以杨、韦之变为主,用力地刻画了韦昌辉的奸险毒辣的作风，画出了一个在革命中投机起家而又背叛了革命和人民的罪魁的狰狞的面貌。东王杨秀清当时在政治上军事上都代表着太平天国的正确路线，负责最多，态度最坚定，只是平日对人过于严厉，韦昌辉等遂策动了一个屠杀到两万多人的大阴谋，而这就给太平天国带来了失败的危险。末尾的台词是"大敌在前，我们不该自相残杀！"这在皖南事变以后全国人民一致反对分裂与倒退的斗争中，是有很大的政治意义的。作者在剧中用力地布置了洪宣娇与傅善祥两人对于东王的爱情纠纷，妒意使洪宣娇帮助了韦昌辉的阴谋，但当她看到这阴谋的结果是如此严重时，她忏悔了，她喊道："我洪宣娇还算一个人吗？我真愚蠢，真糊涂，真该死啊！"这在剧中是很感动人的；对于一些误入歧途的反人民的人们，也具有呼醒他们的教育作用。但这条恋爱纠纷的线索写得有点过于突出和夸张了，遂一定程度削弱了主题的力量。这剧在国民党策动反共高潮的时候，在国民党要人们表扬曾国藩之流的时候出现，是具有很大的作用的。《草莽英雄》是写辛亥革命前夕四川保路同志会汉留中弟兄们的活动的。罗选青是汉留中的龙头大哥，忠诚正直，在群众中威信最高，平日团结各码头英雄反对清朝，虽死不惧。但自信力过强，单纯地讲义气，对敌人及部下的戒备警惕不够，遂致为部下弟兄出卖被捕，后又于军事胜利之时，受敌人诈降，重伤牺牲了。他临死前告诉同盟会的会员唐彬贤说："你记着，千万记着，你快点设法去告诉孙文孙先生，你说，你说我姓罗的说的，那些扯起旗子反清的，还有许许多多是来浑水摸鱼的一些狗杂种！请他千万当心！"这剧平实地写出这些草莽英雄们失败的史实来，对读者或观众是起了很大的教育作用的;说明了我们不能不严重地警惕那些隐伏在抗战阵营里面的浑水摸鱼的家伙们,他们只是披着抗战外衣的汉奸,对他们放弃了斗争是会影响到抗战前途的。

欧阳予倩抗战后写过独幕剧《越打越肥》《战地鸳鸯》和改编的五幕剧《欲魔》等,但最成功的是五幕历史剧《忠王李秀成》。太平天国革命的后半期全凭李秀成支持,他有突出的军事政治才能,又忠于革命事业,爱护人民;他死后部下有一万多兵士聚而自焚,无一降者,而南京、苏州一带人民甚至罢市祭奠,这确实是我们民族历史上的光荣人物。作者用力地歌颂了这样一个英雄和他的事业,《忠王李秀成》这个书名就严正地表现了作者的立场和观点。李秀成的母亲说:"你们为了救百姓,百姓还苦得很啦!你是忠王,千万不要忘了那个忠字。"作者就是企图写出这种忠于革命和忠于人民的精神的。他说:

> 革命者要有殉教的精神,支持民族国家全靠坚强的国民,凡属两面三刀,可左可右,投机取巧的分子,非遭唾弃不可。我写戏奉此以为鹄的。《忠王李秀成》也就是根据这意义写成。……但是,尽管他(李秀成)算无遗策,从后面有许多皇亲国戚用种种卑劣的手段,加以阻碍,使他的雄才大略一筹莫展,及至大势已去,瓦解土崩,虽有善者,亦未能如之何。秀成处在那样地位,遭遇着那样的环境,身上的创伤和心上的创伤,痛苦相煎,而他始终忠贞坚定,绝无动摇。他流着最后一滴血,为民族史上留着光荣的一页。……我写这个戏,

对于那种传统的猜忌，力加指摘，不知今日的观众诸君看了那些猜忌的情形，又作何感想？[26]

这里对国民党政府所加于人民抗日武装的那些阻碍和破坏，表现了暗示而有力的指摘，作者的用意是成功了的。全剧由曾国荃围困天京，李秀成率部血战苏杭起，至天京沦陷，李秀成被俘就义止。剧本开始时，太平天国已极危急，接着便展开了伟大壮烈的历史悲剧。其中充满了紧张的斗争场面，清与太平天国之间、忠和奸之间的各种斗争。作者有意强调这段悲剧的历史教训，说明了太平天国不是败于清与帝国主义者之手，而是败于内部分裂，败于奸臣贼子的掌握朝政、背叛革命。这个主题在当时是有非常积极的现实意义的。作者把李秀成当作主要的骨干来写，并不注重刻画别的人物的性格，而特别强调全剧的气氛。因此人物虽多至四十余，但都是为了表现李秀成而存在的。全剧感情奔放，才气横溢，剧本虽长，但到处是戏，一点也不沉闷。在表现上，作者大胆地采用了旧戏和电影的手法，因此相对地解决了话剧的受时空局限的困难，增强了整个戏的紧张悲壮的气氛。这些手法运用得很成功，这是根据作者多年来从事戏剧工作的丰富经验创造的，是值得人重视的。

阿英写的南明史剧有《碧血花》（一名《明末遗恨》，又名《葛嫩娘》）、《海国英雄》、《杨娥传》三种，三书都是以明末的爱国抗敌的女子为主角的。作者是抗战期间支持上海孤岛剧运最努力的一人，又是研究南明史有成就的学者，这些剧在上海公演时都很成功，对唤起沦陷区人民的民族意识和抗敌情绪，起了很好的作用。如葛嫩娘以一秦淮女伎而能在国家危急之际，参加义军，苦战数年，被捕后竟断舌喷血骂贼而死。杨娥于永历帝殉国之后，伪设酒肆，谋刺吴三桂，后虽行事不成而死，但这种精神是很感动人的。作者曾说过：

> 历史剧作者，必须熟悉他所要演述的那一阶段历史，与主题有关的各方面历史。这样，他所描写的人物和事件才会被笼罩在现实的历史环境与氛围之中，不至脱离历史的现实。也只有这样，历史剧作者，才能适当地、正确地分析所要描写的人物与事件，不致使那些人物与事件，与历史的环境脱离、吊空，变成现代人，现在事。当然，也应该把握那时代的语言和其他。[27]

这也就是他的创作态度。他是通过了具体的历史形象来写出一个现实所需要的主题的。

吴祖光的第一个剧本是《凤凰城》，是写游击队领袖苗可秀的故事的。剧中偶然性的穿插太多了，运用了许多旧剧的手法，不能算是成功的作品。黄芝冈曾批评说：

> 但在话剧里面也常有旧剧的手法，作用于不知不觉之间；举去年的剧本《凤凰城》为例：第二幕苗可秀释女间谍，是看她怎样取得他的地图，将"七擒孟获"的套子套在近代战术的头上；又像张生和苗可秀在游击队里，始终保持主仆名分，将"张保送饭"的套子套在游击战士头上；又像日人搜山，苗可秀不听村人暂避的劝告，将"风波亭"的套子套在义勇军领袖头上。这一

类的旧剧手法自然是和旧剧长处相反的笨拙手法，但无论是长处笨处，旧剧在无意中影响话剧的例一定是很不少的。[28]

作者对旧剧原是极爱好的，这以后写的剧本《风雪夜归人》中的主角就是一个旧剧伶人。他说他上中学时就曾捧过一个专攻风骚泼辣戏的花旦，而且做了很好的朋友。[29]《风雪夜归人》是写一个旧剧的红旦角魏莲生和一个阔人的姨太太的爱情故事。女主角玉春是一个偶然自觉到自己是在受作践的人物，当她遇到同样在受作践的莲生时，便互诉了衷曲，彼此更明白了人应该把自己当作一个人的道理。于是两个寂寞的灵魂依傍了，而悲剧也就发生了。后来玉春又被送给了另外一个男人，最后是失踪了。作者说：

> 天下有什么事再比能把自己的同情与力量赋予需要我们的同情与力量的朋友身上再快乐的呢？再有什么比在接受朋友的同情的一瞥再教人觉得安慰的呢？在目前世界上大多数的人都在受苦的时候，最要紧的事莫过于去与朋友共甘苦了吧？莲生为朋友而生，为朋友而死，该算是最幸福的死吧！[30]

又说："我的原意只是写一群不自知的好人——人都是好的，这是我的信条——在现实人生中的形形色色。"这个故事是很凄凉动人的，但作者的温情态度只启发了读者或观众对剧中主角的同情，表现了作者自己的不满现实而又毫无办法的一种寂寞之感。此外在这个爱情故事中是很难找到其他更积

极的意义的。《牛郎织女》是以民间传说的神话故事为题材的,他说:

> 不瞒你说,我的朋友!人真是辛苦啊!渺渺难期的希望,不可避免的痛苦,拦不住我们有时会对生活感觉一点厌倦吧?也拦不住我们对另一个世界有所希冀,有所幻想吧?……然而我们为什么不争取这样的一个权利呢?一个"幻想"的权利,把那另一个世界作我们永远的希望不好吗?纵然她离我们还太远,摸不着,挨不上,可是我们何妨去想她、爱她,去尽力接近她;我们将从不停地进取之中得到一切,而且必然会得到一切,哪怕是那么遥远的,难期的,像在暗夜里摸索着光明似的渴望。[31]

他写出了牛郎厌倦人生的烦琐,写出了织女不耐云海的凄凉,这正反映了作者自己的不耐寂寞的苦闷厌倦的心情。他有优秀的创作才能,剧本的结构和对话都可看出他的聪明和匠心,但一种温情的改良的观点和不太健康的人生态度大大影响了他的写作成绩,这些作品中一般都缺少一个明朗现实的主题。比较好的是《正气歌》,虽然是历史题材,但对现实倒是比较有积极意义的。

杨村彬的《清宫外史》包括《光绪亲政记》与《光绪变政记》两部,他写进去的史料很多,结构匀整,穿插也自然,有不少供人发笑的噱头,在人物语言方面也很费了一番心思。但剧中对光绪这个悲剧人物过分地注入了同情,将变法失败的原因只集中在慈禧等一两个否定人物身上,把历史的真相简单化了。作者自己的历史观严重地影响了作品的成就,尽管写作技巧上是取得了一定成功的。

当抗战初期进步的戏剧运动在战地和农村蓬勃展开的时候,我们的剧作者就写出了许多的独幕剧,到剧运以后方各大城市为主要据点的时候,我们就产生了许多规模很大的多幕剧。在皖南事变后分裂与倒退的暗影沉重地压在人民心上的时候,我们就发展了以郭沫若为代表的历史剧的创作道路,一种新的斗争形式。这说明了虽然是在反动统治的极端高压之下,我们剧运和剧作的主流还是和现实密切配合,尽了战斗的任务的。很多人都说抗战文艺各部门中以戏剧的成绩最高,就直接教育观众所发生的影响说,那是无疑的;而且这些剧本中也确实有质量很高,经得起时代考验的作品。

* * *

〔1〕郑伯奇:《略谈三年来的抗战文艺》。
〔2〕〔4〕阳翰笙:《国统区进步的戏剧电影运动》。
〔3〕夏衍:《此时此地集·谈真》。
〔5〕洪深:《抗战十年来中国的戏剧运动与教育·抗战戏剧的自我批判》。
〔6〕老舍:《大地龙蛇·序》。
〔7〕〔8〕老舍:《闲话我的七个话剧》。
〔9〕曹禺:《关于蜕变二字》。
〔10〕1953年初版此处原引胡风语指出丁大夫依靠"权力底化身"梁专员,"当作替她卸去历史负担的刍狗",在第三、四幕后梁已"容身无地"。——编者注。
〔11〕夏衍《心防》代序:恽逸群《孤军奋斗的二十个月》。
〔12〕〔13〕夏衍《愁城记》代序:《一个旅人的自由》。

〔14〕夏衍:《边鼓集·忆江南》。
〔15〕冯雪峰:《过来的时代·论典型的创造》。
〔16〕丁西林:《妙峰山》。
〔17〕〔20〕郭沫若:《历史·史剧·现实》。
〔18〕郭沫若:《沸羹集·献给现实的蟠桃》。
〔19〕郭沫若:《今昔蒲剑·我怎样写〈棠棣之花〉》。
〔21〕郭沫若:《今昔蒲剑·屈原与厘雅王》。
〔22〕〔23〕郭沫若:《〈南冠草〉附录·夏完淳》。
〔24〕〔25〕郭沫若:《〈孔雀胆〉附录·〈孔雀胆〉的润色》。
〔26〕欧阳予倩:《忠王李秀成·自序》。
〔27〕阿英:《关于〈李闯王〉的写作》。
〔28〕黄芝冈:《评话剧民族化与旧剧现代化》。
〔29〕〔30〕吴祖光:《后台朋友·记〈风雪夜归人〉》。
〔31〕吴祖光:《牛郎织女·序》。

第十五章　报告·杂文·散文

一　报　告　文　学

　　民族革命战争开始以后，急骤变化的现实生活就要求文艺创作能够迅速而适切地反映出战斗的真实风貌，借以担负起鼓舞和教育全国人民的迫切任务；报告文学就是在这种现实的要求下，作为主要的文学样式，曾经在抗战初期有过轰轰烈烈的表现的。战争使得以前集中在几个主要都市的作家们向各地分散，他们都热望用笔来为抗战服务，因此那时很少有作者没有写过这类文章的。另一方面，抗战的热潮也激起了分散在各方面的文艺通讯员和青年作者的写作热情，他们都要求把他们亲身经历的战斗生活不断地告诉给读者，那最合适的形式也是通讯、报告、速写、特写等形式，也就是广义的报告文学。因为的确只有报告文学这种最直接单纯的形式，才能担负起迅速敏捷地反映现实事件的迫切任务来，这就是为什么在抗战初期报告文学会成了当时文艺主流的基本原因。当时无论是期刊杂志或报纸副刊，以及一些担负文艺突击的小册子，里面最多的篇幅总是报告文学。胡风曾以《论战争期的一个战斗的文艺形式》为题，论述报告文学产生的原因。其中说：

　　　　它和战斗者一同怒吼，和受难者一同呻吟，用憎恨的目光注视着残害祖国生命的卑污的势力，也用带泪的感激向献给祖国的神圣的战场敬礼……而读者的我们明显地感受得到，作者们是希求着把这怒吼、这呻吟、这目光、这感激，当作一瓣心香，射进不愿在羞辱里面苟且偷生的中华儿女们的心里的。"报告"，在伟大而苦难的大时代里面，我们的作家在获取着这个战斗的形式。

当时这类作品产生得很多，但由于写作时过于匆促，作者对他所见到的事件还没有深刻的了解，只是为了宣泄自己一时的兴奋感情或传达一个既定的政治概念，因此一般的艺术性并不很高，经得起时间考验的作品尤其少。好多作者在取材上都没有抓住要点，常常只是平铺直叙地写一个事件的经过；这虽然好像只是写作技巧的问题，其实那根源还是因为作者并没有深入战斗的生活。何其芳说：

> 假若说，抗战初期的报告文学还有着显著的弱点，原因也首先在于生活不足。就我所阅读的范围来说，有两类弱点：一类是以幻想代替真实。写游击队生活却着重描写草野月色。写日本女俘房却像在写《红楼梦》中人物。一类是形式主义倾向，以外国某些作品的花样来填补其内容之不足。总以为要像基希或者爱伦堡那样写才是报告。[1]

在当时那么众多的篇幅中，这种弱点自然是存在的。但其中也还是有一些在当时发生了显著作用，写得比较好的作品的。这些作品反映了抗战初期中国社会各方面的现实情况，描绘了中国人民英勇不屈的斗争面貌，在今天读起来仍然是很感动人的。由以群编选的报告文学集《战斗的素绘》一书中的许多作品,我们就可以从各个角度看到在前方后方以及沦陷区的各种不同的生活与斗争;这里有千万人同死的悲壮场面,有在血爪下搏斗的惨酷经历,军民的友爱,后方的沉寂,以及边地的风貌,等等;这些真实的事迹是可以相当地勾出那时战斗中国的大致轮廓的。

我们还可以举出一些比较著名的作品来,综述一下抗战初期报告文学的收获。收在丘东平《第七连》一书中的有三篇是报告文学作品,其中《第七连》是记载在战斗中受了重伤的一个连长的谈话的;《我们在那里打了败战》是记江阴炮台守将的战斗遭遇的;他的部下和同伴有百分之九十五都战死了,他最后和四十多个人一同撤退到了南京。《我认识了这样的敌人》是记载一个女难民在上海战役中的流难经历的;作品有力地写出了敌人的残暴和上海人民的反抗行为。这三篇都是用第一人称写的,完全是人民英雄的真实战斗的诗篇,而且不只报告了一个事实,其中主人公的性格也都写得跃然纸上。亦门的《第一击》一书中也收有一些报道东战场战役的作品,如《闸北打了起来》《从攻击到防御》等。他写出了战争前夜民众和士兵对于抗日战争的焦灼企盼的心情,士兵们喊着:"抗了日我死也就甘心了,总算当兵也当出了这样一个好结果来!"老百姓自动地预备茶水给士兵喝,和平日的那种态度完全不同了。战士们都沉浸于一种革命英雄主义与乐观主义的气氛里,一个排长在他的日记上写着:"今天我们应战了,攻击了,震动了闸北,震动了全中国,不,震动着世界的呀!但是,这经过只有天晓得,我们很厉害地和敌人开了一次玩笑。自然,从这里也检查了敌人底能力,一句话,也不高明得很呢!"但其中也涉及到上海战役中不采取攻势的失策，上级军官克扣军饷和虐待士兵等问题，并不只是一味地热情歌颂。刘白羽的《游击中间》里包括五篇报告文学作品。他在《后记》中说这是"匆忙中的急就篇"，但也记录了一些动人的英雄事迹。如《八个壮士》写八个人在夹沟里的战绩以及再度勇敢地上前线的情形；《抢枪》写一个小游击队去抢敌人枪支的经过，都是英勇动人的事迹。曹白的报告散文集《呼吸》中的几篇，则报道了长江两岸游击队怎样从艰苦中建立和成长起来的过程，如《访江南义勇军第×路》一篇写的是那样一支贫穷的部队，但又生活在那样一种欢乐的战斗气氛中。作者说："真的战士，我想，他不但自己在战斗中呼吸，而且使人们都来呼吸战斗。我又要离开这里了：这褴褛的、充满了白虱和疥疮的小小的兵团，这煎熬着苦痛的行列。磨炼吧，这江南的战斗心脏啊！"此外如《半个十月》《潜行军》《富曼河的黄昏》等，都是写他在游击生活中的见闻经历的。他说："总而言之，一句话，我所知道我自己的，是如何摆脱幻梦，压低自己，忠实于战斗。拿枪不拿枪，前方或后方，在我都是一样的。"[2]在参加游击生活以前，他是在上海租界中做救济难民的工作的；《呼吸》中的《这里，生命也在呼吸》《在明天》《受难的人们》《杨可中》，就都是写难民生活和为难民服务的青年们的活动的。这些作品亲切地表现出难民收容所的沉郁的空气和难民们的真实的状态；他自己生活在难民当中，是深切地懂得隐伏在难民心里的痛苦感情的。作品指摘了机关主管者的贪欲和险诈，也写出了一些真挚的不顾一切为难民服务的青年们的活动；但这些青年的命运和难民是一样的，《杨可中》那篇就暗示了一个悲凉的阴影。他的文字特别给人一种亲切的感觉，自然写来，一点也不造作。他自己虽说"感情的丝缕不免常常牵连着已逝的寂寞"，但这主要是由于他对黑暗势力的憎恨来的；他所接触的现实不能使他廉价地乐观，例如难民收容所中的那种情形。骆宾基的《东战场别动队》也是当时写东战线为人称道的作品；此外他还写过一些以伤兵生活为题材的报告，如《救护车里的血》《我有右胳膊就行》《在夜的交通线上》等。这里有伤兵英勇战斗的故事和他们受伤后仍然那么勇敢健旺的战斗气魄，读来是很感动人的。

以华北区域为题材的报告文学作品，主要是写在共产党和八路军领导下的敌后人民生活和游击战争的情况的。立波的《晋察冀边区印象记》是以游记的方式写的，文笔活泼明快，正确地叙述了武器短少的八路军和游击队，怎样领导烽火中的华北人民在敌后坚持抗战，给了敌人以致命的打击。这里接触到政治、经济、文化、民运等各方面的问题，但用的仍然是文艺性的笔调，深刻地写出了华北人民的悲伤和欢喜、苦难和新生。《五月的延安》和《陕公生活》都是陕甘宁边区文化界救亡协会编的集体创作的报告文学集。《五月的延安》的作者包括工人、农民、兵士、学生、商人以及"小鬼"等各阶层的人物，对于抗日根据地的愉快爽朗的生活有真实生动的叙述，这对国统区读者是特别有教育意义的。《陕公生活》是陕北公学的同学们以及伙夫等集体写的；这学校是中国最早实施抗战教育的学校，它真正从理论与实践联系上，来训练民族革命战争的干部；这本书的内容给人以鲜明的印象，读后是会感觉到中国有无限光明的前途的。丁玲的《一颗未出脸的枪弹》中包括六篇作品，其中《到前线去》和《南下军中之一页日记》是通讯性质，《彭德怀将军速写》是印象记,《警卫团生活一斑》是作者做政治处工作时所见到的一般生活,《一颗未出膛的枪弹》记一个孩子的爱国故事,《东村事件》是追忆的散文。这些作品大都也是报告文学性质,它真实地记录了前线及抗日根据地的战斗生活,给人以强烈鲜明的印象。沙汀的《敌后琐记》中的各篇是记载晋察冀及冀中敌后抗日根据地的见闻的;除开战争以外,他也写出了在共产党领导下的人民翻身的情形。他说:"在晋察冀和冀中——为了他,人类是正在流着血的——人民已经站立起来,以他们并不比高等人为低的智慧治理自己的事,在为抗战而服务了。说他们愚昧是极端恶意的,正如将一个人上了脚镣,然后再来嘲笑他的行动笨重可笑一样。"他记了许多可以充分表现农民智慧的卓越的事例,证明只要他们真正当家做了主人,是完全有能力做好许多繁难的工作的。这些文字在国统区发表,曾经发生了很好的政治影响。他的另一本报告文学《我所见之 H 将军》后来改名为《随军散记》,这是记载他随着贺龙将军在晋西北及冀中平原抗日前线的半年间的经历见闻的。书中着重地描述了贺龙将军在前线的生活、过去的经历、治军以及待人的作风等;后来所加的书的副题就叫作"我所见之一个民族战士的素描"。的确,作者是为在战斗中的贺龙将军的伟大人格所感召了。那坚毅朴实的作风,爽朗而富有幽默感的言谈,丰富的革命经验,完全是一个典型的人民军队的将领。作者在最后说:"能够同贺龙将军到前线生活几个月,确是一桩值得被人艳羡的最大的愉快。"从这书中读者是会得到同感的。书中也描述了八路军的联系群众和英勇善战的特质,以及尊重政权和尊重友军的团结抗战的作风,这些都是很动人的真实故事。当作者回到后方的灰色环境中写这段经历时,他是怀着无限崇敬的心情来瞩望贺龙将军及其事业的胜利的。作者说:"仿佛我们民族渴望神圣的自由一样,对于他那种阔大不羁的精神,他那种不可摧毁的自信的力量,他那种浓郁芬芳的人间的温暖和喜悦——我是太需要太需要了。我在这里向我们伟大的民族战士献出我至诚的祝福。"在作者的那种富有诗意的白描的笔触下,生动地写出了一个可敬的人民将领的形象;这的确是很可宝贵的,因为在我们的文学创作中,还缺少像苏联的《夏伯阳》那样的作品。此外如碧野的《北方的原野》和《太行山边》,描写了北方山岳地带的游击生活;这里有农民出身的战士,也有各方聚集来的知识青年,具体地说明了一个人民抗日武装的结成、斗争和发展的过程。收在以群《新人的故事》一书中的也有一些关于敌后的报告,如《渡漳河》等篇。卞之琳的《第七七二团在太行山一带》是写西线上游击队的战斗生活的,其中有士兵的胜利的快乐,也有关于首长的描绘;像旅长陈赓当他夫人在战斗中牺牲了的时候,也"全然不露出一点悲哀的气色",那生活态度是非常坚毅严肃的。此外如宋之的的《长子风景线》,杨朔的《西战场上》,华山的《山坡上的太阳旗》等篇,也都是写山西、河北地区的抗日游击活动的。

  战争爆发后,许多作者都饱尝了迁徙流亡的生活;以后各大城市的不断沦陷也常使他们遇到了艰苦的退却,因此以流亡生活经历为题材的报告文学作品也产生得相当多。如刘白羽的《逃出北平》,塞先艾的《塘沽之日》,都是记载他们怎样从敌人监视检查下走到后方的。于逢的《溃退》叙述了增城、广州的退却,王西彦的《四个鸡蛋》写出了徐州的突围,这些作品除了表现出军民一致的愤激的抗战情绪外,也写出了一些负责者不作准备的和懦怯的荒唐事实，其中有些是不能不令人愤慨的。此外暴露敌寇的轰炸和屠杀中国人民的血腥暴行也是常见的一种题材。1939年5月敌机疯狂地轰炸重庆以后，全国文协的会报《抗战文艺》曾出过《轰炸特辑》，其中如老舍的《五四之夜》，宋之的的《从仇恨生长出来的》等篇，都有力地表现了中国人民的不可征服的坚强意志。其他如草明的《遭难者的葬礼》报道了敌机在广州的惨炸，魏伯的《伟大的死者》记录了敌寇在晋南的屠杀；就在这些敌人的血债罪行里，中国人民的战斗决心更加坚强了，而敌人自己反而陷在悲观绝望的泥沼里。有的兵士厌战以至自杀了，也有的进行反战的活动；立波的《敌兵的忧郁》，以群的《听日本人自己的申诉》，何其芳的《日本人的悲剧》等，都是报道这一类事实的。沈起予的长篇报告文学作品《人性的恢复》是写日本俘虏的转变情形的，书中以一个担任训练俘虏工作的人的第一人称口气开始叙述，自第一批俘虏到达，到正式组织在华日本人民反战同盟为止，清新地叙述着如何尊重俘虏人格以恢复其人性的过程。这些人从以做俘虏为耻，到积极参加反战工作，至前线向敌兵宣传，那过程是极其委曲繁复的。其中有几个人物的性格也写得很好，如喜欢表现自己的船山，爽朗硬戆的植木，以及书中的主人公负责工作者自己。文字真纯朴素；为了适应日本读者的爱好，其中也渲染了一些日本生活的气氛，如日本歌谣及拳脚比赛等；这使本书格外添了一种感染的力量。在华日籍反帝作家鹿地亘的长篇报告文学作品《我们七个人》是写日本反战同盟在前线对敌广播的活动经过的，旨在努力说明日本帝国主义者侵略战争的本质，浸透着崇高的国际主义的内容。

但随着政治逆流的袭击，报告文学经过一段轰轰烈烈的表现以后，就逐渐消沉了。这并不是客观上已不需要这样的作品，而是作家首先遭受压迫不易和实际生活接触了；好些抗战初期到过前线和农村的作者又都被政治压迫挤到都市中来，过着一种近乎窒息的半饥饿状态的蛰居生活，而且即使能写出来也找不到发表的地方了。写小说、戏剧还可以自称那故事是"虚构"，虽然也都是触目惊心的现实；但写报告文学就很不容易逃过检查制度的罗网了，统治者是可以据以问罪的。何其芳说："人家爱伦堡在苏德战争中有文章，莫斯科是用电报打到世界各处去；而我们的作家所享受的特权，却是检查制度。人家可以在前方和后方自由地走来走去，而我们的作家却只有逃往香港。在只能就说诳与沉默两者来选择的时候，沉默也是好的。"[3]这就充分地说明了抗战后期报告文学作品减少的原因。就抗战初期的这些作品的收获说，虽然由于作家对所写的生活还体验得不够深刻，写作时也没有足够的艺术加工，但那内容却都是和战斗现实密切结合着的，从各种角度来有力地反映了中国人民反帝的坚强斗争，这是对于读者和作家自己都发生过很好的教育作用的。而且其中也尽有一些写得比较好的，经得起时间磨炼的作品；例如我们上面所举过的那些作品中，就有不少写得相当好的。

二 杂 文

抗战开始后，有的人以为既然大家已经团结抗战了，对于社会或政治现象就不应该再取尖锐的讽刺态度；因此像鲁迅那样的杂文已经过时了，不再需要了；说杂文好像炸弹，如果在自己的阵营里也玩这个武器，是非常危险的。这其实就是一种取消批评和斗争的右倾文艺思想；实际上如果真的取消了批评，那团结也不会巩固的，更不用说经得起战斗了。事实上在抗战阵营里有的是消极抗战、积极反人民的人物，社会上有的是阻碍进步的黑暗势力，文艺如果要负起它教育人民坚持抗战的任务，就绝不能放松了它在思想战线上的斗争；因此杂文这一形式不但仍然需要，而且是必须努力加强的。像上海出的期刊《鲁迅风》，桂林出的期刊《野草》，就都是专门登载杂文的刊物。此外各地报纸的副刊中也常有这类作品，如重庆的《新华日报》的《新华副刊》，《新蜀报》的《蜀道》，就常常登载一些杂文。《野草》的成绩最好，曾经出过一套"野草丛书"，可以说是杂文作者的总集，得到过很多读者的爱好。绀弩是这时期最有成绩的杂文作者，他的杂文集有《历史的奥秘》和《蛇与塔》，后来又合并选编为《二鸦杂文》一书，仍以原题分为上下二辑。《历史的奥秘》是杂论社会现象的，他对中国历史很熟悉，对事物的爱憎又分明，而且笔墨隽永，写来好像很随便，却援古证今地给人以很大的启示和教育。即如题名《历史的奥秘》的一篇，以秦桧、岳飞为例，说明这样一个意思：

> 一个人演了神圣的角色，他的一切缺点，一切过失，甚至一切罪行，都被他所尽的任务遮住，洗清了。不但这样，还有许多实际上与他毫不相干，而在当时是可能的神圣的传说，都全被加到他头上，使他更为神圣。还不但这样，好事的人们还一定要把他的父母妻子亲戚朋友无一不神圣化起来，以显得他的神圣并非偶

然。如果演的相反的角色，不言而喻，他的一切美德，会被一齐抹煞，一切丑恶都和他脱不了关系，而父母妻子亲戚朋友也就没有一个好人。……这是历史的奥秘，也是历史的可怕处。就今天说，祖国的抗战正和苏联的建设一样，都是神圣不可侵犯的。谁能献身抗战，坚持抗战，谁就是民族英雄，谁就是岳武穆；已有悠久的光荣历史自然更好；虽然没有，纵然有的不够光荣，也毫无关系。谁要是背叛抗战，打击抗战，谁就是民族罪人，谁就是秦桧，不管过去怎样了不得。而且，背叛，打击抗战，事实上也绝不可能，徒然使自己走向汪精卫，也就是托洛斯基的路而已。

这其实就是中国人民对那些曾经两手染过鲜血的国民党统治者的庄严告诫，在民族战争中希望他们痛改前非，积极抗战，否则历史是无情的，摆在他们前面的就只是托洛斯基式的道路。《蛇与塔》中收的多半是关于妇女问题的杂文，如果妇女像传说中的蛇，那么旧社会的礼教，封建统治的暴力就是一座塔。作者不只同情被压迫的妇女，而且有力地鞭挞了压迫之下的变态的女性，从而启示奋斗的道路。这里提出的问题很多，都是值得人去注意解决的。作者才气纵横，语句精警透辟，而且文章于议论中带有浓厚的抒情意味，读来是很引人入胜的。夏衍有《此时此地集》和《长途》，后来又出过《边鼓集》和《蜗楼随笔》；他做过新闻记者，又是著名的戏剧工作者，因此除《长途》中有一部分旅途见闻的记录外，其余大半是评论社会现象与戏剧运动现象的。他的文字简洁扼要，风格清新，富于热情，议论也极深刻。孟超有《长夜集》和《未偃草》二集,他在《未偃草》序中说:"把杂文比成小草好了,让他野生好了,只求其临风不偃。"他是努力以泼辣的笔调来维护真理和正义的;《长夜集》中还包括了一部分纪念文字。秦似的《感觉的音响》中共分四辑,第一辑为随感;第二辑是论述妇女问题的;第三辑是关于文化方面的;第四辑是关于历史时事的。所论虽不能说深刻入微,但直书所见,也很有启发读者的作用。罗荪的《小雨点》中有一些是论文艺现象的,如《文学应否与抗战有关》等,他用杂文笔调写来,反而更能动人;其余也有一些社会杂感的文字,但不如前一部分好。此外何家槐的《冒烟集》,以群的《旅程记》,林林的《崇高的忧郁》,也都是收在"野草丛书"中的。《野草》从1940年10月在桂林创刊起,一直到1949年还在香港继续出版,这个期刊对打击国民党反动统治与反动文艺思想是发生了一定作用的。收在丛书中的各家集子虽然成就不一,但以进步的立场来揭露社会不合理现象的精神,却都是相同的,而这正是杂文应有的战斗精神。在写法上,有的固然自成风格,但其中部分地也有一些专门在形式上模仿鲁迅的倾向,结果文章的思想反而因表现得过于曲折而隐晦了。

宋云彬的杂文集《破戒草》中多论文学界及学术界的现象,他在《序》中说:"抗战以来,各方面都团结起来了,文坛上也很少论争,这现象自然是好的。可是我积习未忘,偶尔得到某人变节或某公消极等消息,总是愤恨与感慨交并,想写些短文来发泄一下;有时看到一些倒退与落后的现象,更是痛心切齿,觉得有许多话要说。因此,……我又破了戒。"文坛上很少辩论并不是好现象,坚持进步、反对倒退是我们持久战中的重要战略之一,是应该加以评论的。在这些文章中作者表现了他对进步力量的热烈同情,而对倒退现象则寄予很大的愤慨,这完全是合理的。唐弢的杂文集有《劳薪辑》,以后又有《识小录》,并编选过一本杂文选集《短长书》。他是一直留在上海坚持文化工作的,经历过很多艰辛,从这些文字中是可以看出他的战斗经历的。他曾说:"多少年来,我都应用着这一文体,还被看作是鲁迅风格的追踪者,使许多人不舒服,也使许多人看不起。"[4]他的文笔锋利,文中针砭社会不合理现象和一些人的丑态,切中要害;是很有成就的杂文作家。胡风的杂文集《棘源草》中的上集是抗战前写的,下集是抗战期间写的,其中收有一些纪念鲁迅、抗议日本政府摧残文化、迫害进步作家以及杂论文坛现象的文字等。他在《写在昏倦里》一文中说:现实的黑暗使他觉得昏倦了,但"我们非从这昏倦中间突出,把这昏倦的罩子一锤一锤地敲碎不可"。这些文字就是在这种心情下写成的。《秦牧杂文》中分两辑,第二辑七篇都是历史小品,如《死海》写文天祥、陆秀夫的爱国故事,《火种》写燧人氏钻木取火的故事等。第一辑是评述当时社会现象的杂文,文笔尚清利,但观察事物不够深刻,所论的也多半不是鲜明突出的问题,而且似乎很喜欢炫耀知识,常常拉许多外国的事例来说明,结果反而把想要表现的那点意思也弄淡薄了;倒是后边的历史小品还写得动人一些,譬如那篇为了纪念苏联军队守斯大林格勒而写的《拿破仑的石像》,就很真实地画出了一个没落的统治者最后失败的面貌;这是值得那些侵害别人生活的分子们深省的。

  郭沫若在这时期所写的文字都收在《羽书集》《蒲剑集》和《今昔集》三书里;《羽书集》中所收的都是抗战初期的作品,他对抗战有极坚定的信心,认为抗战将"把我们的民族精神振作起来,把罩在我们民族头上的陈陈相因的耻辱、悲愁、焦躁、愤懑,一扫而空"。那时他参加了政府中的宣传机构,事实上是进步文化界的领导者,因此所写的文字也多半是一种洪亮的声音。那些如火如荼的语句,有力地激励着全国人民的抗敌意识。以后的两个集子《蒲剑集》和《今昔集》后来合并为《今昔蒲剑》一书,里面就多半是学术文字和讲演录等,不像《羽书集》那样热情横溢了;这当然是受了政治逆流的影响。但即使是在学术性的文字中,作者也并没有放弃他的战斗任务,在《今昔蒲剑》的《总序》中,他说:

> 这个合集所讨论的问题虽然并不单纯,但差不多以屈原问题为讨论的中心。屈原的爱人民,反贪佞的精神是被强调着的,结果曾引起了反动。一时间带着政治意味的人尽量地想把屈原抹杀或贬值,甚而至于定端午节为诗人节以纪念屈原都遭了忌刻。而在另一方面,不必带政治意味的一部分学者,却又提出了屈原是弄臣的新说,于是乎屈原的价值不贬也就自贬了。
> 我们本不必替屈原争身份,诚如闻一多所说,屈原是奴隶而能图解放,那是更可宝贵的。但我们所要求的是真实,要证明屈原是弄臣或奴隶出身,证据可惜依然不充分。
> 中国有人民存在一天,人民诗人的屈原永远不会被任何反动势力抹杀。二千年前的上官大夫和令尹子兰,他们的威风到哪儿去了?二千年后的上官大夫和令尹子兰,请问又能威福得好久呢?

尽管是在言论不自由的环境下,作者还是曲折地打击了那些反人民的势力。除谈古代学术的文字以外，这里面也有谈中苏文化交流、鼓励文艺作家和木刻工作者等文字；他是以那样坚定的毅力和磅礴的气魄来推动进步文化运动的开展的。这些文字与一般杂文的笔调不同，其实就是各种长短不同的论文的结集；但其中到处流露着作者的热情，文艺性仍然是很强的。而且就坚持抗战与进步、打击反人民的倒退势力说，我们上面谈过的这些作家，都是把这当作他们的努力目标的。

三　散文随笔

以抒情叙事为主的散文，这一时期产生得相当少；各期刊虽也间有发表，却并不丰盛，专门致力写作的作者和收辑成书的专集，都不算多。虽属如此，但也仍然有一些清新可读的作品。譬如茅盾，就是不断写散文的。抗战初期他所写的都收在《炮火的洗礼》一书中。1939年他赴新疆，归来后写了《见闻杂记》，从这里可以看出由海防、昆明至兰州、迪化的几乎是整个后方的战时风光。1941年他从香港归国后，又以香港陷落时的情形为题材，写了《生活之一页》。这些文字都是极清新缜密，很受读者爱好的。特别是《见闻杂记》写出了大后方自南至北、从都市到乡村，各种人物在战时所起的变化；一些都市畸形地繁荣起来了，到处是串通官僚机关来发国难财的"魔术家"，他们过着穷奢极欲的生活；而劳动人民则苦于物价飞涨，"都像害了几年黄疸病似的，工作时候使不出劲，他们已经成为'人渣'！"[5]西北公路上有一种人力拉的"拉拉车"，一个人要拉着几百十斤翻过秦岭，"看他们上坡时弯腰屈背，脑袋几乎碰到地面，那种死力挣扎的情形，真觉得凄惨；然而和农村里的他们的兄弟们相较，据说他们还是幸运儿呢！"[6]华侨慰劳团到了西安，就有宪兵特务跟着"保护"；法国人在海防，要把旅客都驱到"黑房"做"人身检查"，这种种旧中国的疮疤在战时反而更加明显了；但作者是乐观的，他在《白杨礼赞》一文中说：

> 白杨不是平凡的树。它在西北极普遍，不被人重视，就跟北方农民相似；它有极强的生命力，磨折不了，压迫不倒，也跟北方的农民相似。我赞美白杨树，就因为它不但象征了北方的农民，尤其象征了今天我们民族解放斗争中所不可缺的朴质，坚强，以及力求上进的精神。
> 让那些看不起民众，贱视民众，顽固的倒退的人们去赞美那贵族化的楠木（那也是直干秀颀的），去鄙视这极常见，极易生长的白杨吧，但是我要高声赞美白杨树！

这书虽然是旅行记性质，但并不着重在描写自然风物，而用力地写出了战争对于人民生活的影响；作者观察事物又极敏锐正确，因此作品的思想性就强了。《生活之一页》虽然记的是个人在港变时的经历，但由此也可以看出在危急临头时一些人的生活态度来，那观察也是很深刻的。作者的散文虽着重在事实的叙述，但娓娓有致，读来极饶兴味。

巴金的散文游记有《控诉》《感想》《无题》《龙·虎·狗》及《旅途杂记》等。在《龙·虎·狗》一书中，他说："我活着不能够做一点事情，我成天谈着理想，却束着双手看见别人受苦。"又说："我要的是丰富的充实的生命。"他苦恼地倾诉着他要改变这个不平世界的愿望。这些文字中包括杂感、短论、随笔等等，但都是情思横溢的散文，中心思想也是一致的。他在《无题》前记中说："我从来不会将就题目做文章，过去所作虽然不免效法前辈在篇前也每每加一个标题，其实我只是信笔直书，随便发抒个人浅见，且往往越出题目的限制，更没有依照作文法规。"这甚至在旅行记中也是这样，他不大描写风景，只清淡地像日记似的写出所见所闻；哪里有人吵架了，哪里又逢见一位朋友，等等。但也并不只见身边琐事的记录，抒情的成分仍然很重，我们是可以从中看出作者自己的感触的。笔调极清丽流畅，是很优美的散文。叶圣陶的《西川集》收的也是短论随笔等文字，以议论及叙事为主，抒情的成分不多。其中有几篇《小记》是人物的速写，意在写出社会上各种不同阶层的人物对抗战的态度，写得很真实生动。例如《春联儿》一篇记一个推"鸡公车"的车夫对战争的看法和关心，那种爱国热情是很令人感动的。郑振铎抗战期中留居在上海，他的《蛰居散记》就是这时期生活的记录。他一方面在敌伪的迫害下竭力做一点有益文化的事情，一方面的确也受尽了蛰居的苦痛；其中有一些关于搜求古籍的记录，可以看出他治学工作的辛勤来。文笔清淡朴素，感情是深沉蕴蓄的。

聂绀弩有散文集《沉吟》，这的确是散文，完全是以抒情叙事为主的优美文字，和他的杂文集有别。即使是带评论性质的如《忆曹白》等篇，也是极富诗意的。各篇以记述人物为主，包括他的太太、小孩、朋友以及曾经一度的邂逅者，等等；但并不着重在表现自己，内容仍然是很广阔的。他的生活经历很丰富，而且才华横溢，好像不经意地随手写来便是动人的好文章，读者总是喜欢一口气读下去的。萧红有《萧红散文》和《回忆鲁迅先生》两书，都写得很细致清丽，在好像引不起别人注意的细节地方，她常常着重地描绘几笔，于是就很生动了。因为散文可以写断片，不必用全力写人物，因此这些文章好像比她的小说更自然，更令人喜爱。

何其芳的《星火集》是作者从1938年到1941年在成都和延安所写的散文。这些作品就作者自己说，是走向革命以后第一阶段的思想状态的记录；读者不但从里面可以看出当时国统区和解放区的不同面貌，也正可以从中体会到一个知识分子改造过程的曲折和艰苦。作者在《后记》中说：

> 集名《星火》，并无旁的意思，不过是生命中飞溅出来的一点火花之简略说法而已。……从积极方面来说，慰情聊胜无，就名之曰《星火》。若从另一方面来着眼，对过去的思想感情加以严格地考察，则更适当的书名应该是《知非集》，也真曾经想到过这个名字。……这集子里的第一辑是我1938年在成都所写的杂文的一部分。从它也就可以看出一个初上战场的新兵的激动。然而当时并不懂得如何与各种社会力量合作，尤其不懂得如何投身实际斗争中去深入群众，改造自己，因之在一个小圈子里很快就感到了孤立。……我是这样到延安去的，带着一脑子原有的思想与个人的愿望。……到前方去了以后……不去参加下级部队生活与战斗行动，不去与那些民运工作人员一起到敌我争夺的区域跑，经常与老百姓打交道，只是待在政治部里和几个同时上前方的知识分子天天在一起，哪里能接触真正的战斗生活呢。这样，旧的情感就越来越抬头了。挂包里的日记本上也从客观材料的记录变为了个人情绪与感

想的抒写。这不仅仅是写作的失败。更严重的乃是走进新的军队,人民的军队中去了,但并不能和他们打成一片。最后,竟感到我在前方是一个完全没有用处的人。

1939年秋天我回到了延安,这是一个可羞的退却,这是畏难而退,在这集子里的第二辑中的报告实际只有一篇是在前方写的。其余关于华北人民与军队的报道,都是回到了延安,翻开材料薄,硬把它们写出来的。……这些,仅是抽取一部分要点来说而已。在当时,从文艺见解到对于各种问题的看法大体上我自有一套小资产阶级的立场与方法,自成一个系统。这种立场与方法,这种系统,当然是和客观真理与广大人民的利益并不符合的。这是由于出身、生活、教育(对于我,尤其是过去文学作品的影响)所构成。

这《后记》是他以后在1945年写的,带有严格的回顾检讨的性质。但在当时,这些作品仍然是发生了进步作用的。而且就作者自己的创作历程说,《星火集》比《刻意集》充实,比《画梦录》健康,也是向前跃进了一大步的。观察事物比以前深刻了,作风也趋于单纯了,内容显然有了一种明朗刚健的气息,例如常常用平淡朴素的语言来描写日常所见的事物,就是和他以前的作风很不相同的;而这些正表示出了作者的坚实的进步。

李广田这时期的散文集有《雀蓑记》《圈外》和《回声》;后来连同他以前写的两个集子,他自己又精选过一本散文选集《灌木集》。这几个集子的风格、内容和以前的并没有显著的不同,只是在流亡迁徙的路途中,增添了一些关于人生跋涉的新的感喟而已。其中也有关于自然风物的描写,但只是淡淡的几笔,并不着重;主要的仍在抒写自己的感触和心绪。在《江边夜话》一篇里,他看到当年"剿共"留下的碉堡,就感到"这里的青山绿水也曾经染过人们的鲜血"。他对国事是有感慨的,不过不多谈罢了。在《两种念头》一篇里,他说:"更奇怪的是我又看见——不是梦见——一个婴儿,这婴儿已经很久不见笑容了,他也许就要死了,但是那小脸上又忽然显出一点微笑,那微笑显示一个光明世界,照得每个人心里都发亮,然而可惜,那微笑瞬息即逝,而我的心里却在说,这就是我们的国家,这就是中国。"这是1941年写的,正是中国抗战史上最黑暗的时期,他为这感觉到痛苦和怅惘,但还没有认识到正在壮大中的人民的力量,因而常常露有一点彷徨寂寞的感情。在这篇文章的结尾说:"有两种互相矛盾的念头,在人类的内心越冲突得厉害了,——想做得好一点的念头和想生活得好一点的念头。在现存的生活的乌烟瘴气里,要调和这两种倾向是不可能的。"这"两种念头"正是"庄严"与"无耻"的两条不同的道路,自然是无法调和的;但事实证明作者是选择了"想做得好一点的"一条路的,这就使他逐渐走向了革命,接近了人民。在以后出的另一本散文集《日边随笔》中的内容,就比这些更明朗健旺了,连文章的风格也多少摆脱了一些沉郁的调子,逐渐趋向于明快畅达。他看到了:"为了吃一口粗饭,人们把什么方法都想到了。你想想看吧:北平的天桥、十刹海,济南的北岗子,泰山下的岱桥,叙永的大桥……我们这人间真够丰富,也真够惨!"[7]他对青年人说:"但是你既不能改造环境,你就应当埋头于自己的工作,只要你不是为埋头而埋头,而是为了要抬起头来,要正视黑暗,控诉黑暗,并和黑暗斗争。"[8]态度比以前显然坚定多了。他在《日边随笔》的序中说:"不管自己多么糊涂,时代却不断折磨你,教育你,绝不让你不顾一切地去清静自在。……因为外敌之外却又由人民的血汗养出了很多内敌,而这些内敌又正是专和人民作对的。"就是在现实的折磨教育中,作者逐渐地进步和坚定起来了;由这些文章是可以看出他的这种变化历程的。

抗战初期报告文学的蓬勃气象是在民族革命战争的高潮之下产生的,它也的确尽了迅速敏捷地反映现实的战斗责任;但可惜没有得到繁荣发展的正常条件,就随着政治逆流的袭击而消沉下去了。在国民党反动统治的卑污黑暗愈演愈烈的情形下,杂文这一形式就匕首似的担任了暴露和打击的工作,收到了帮助读者认清现实的效果。以抒情叙事为主的散文随笔虽然是以抒写作者自己的经历或感触为主,但却因此更能给读者以亲切同情的感受,因而提高了他们的认识的和思考的能力。总之,不论采取什么形式,如果作品的思想性强而写作技术又相当圆熟的话,总是会在读者中起一定的进步作用的。

* * *

[1][3] 何其芳:《关于现实主义·报告文学纵横谈》。
[2] 曹白:《呼吸·半个十月》。
[4] 唐弢:《短长书·序》。
[5] 茅盾:《见闻杂记·战时景气的宠儿——宝鸡》。
[6] 茅盾:《见闻杂记·拉拉车》。
[7] 李广田:《日边随笔·日边随笔二》。
[8] 李广田:《日边随笔·书简二》。

第 四 编

沿着《讲话》指引的方向[1]

（1942—1949）

第十六章 新的人民文艺的成长

一 文艺界整风前后

抗战后期，中国共产党所领导的解放区和人民军队，抗击着侵华日伪军百分之六十以上的兵力；而且与国民党战场的溃退情形相反，解放区战场已开展了局部的反攻，占有的面积日益扩大。解放区事实上成了中华民族的抗日根据地，成了全国人民所瞩望的灯塔。而且由于党的英明领导，虽然是在战争环境下，解放区各地已实行了各种合理的政治、经济和文化的改革，建设着光明的新民主主义社会。各地普遍实行了民主选举，成立了各地方性的联合政府，巩固了人民民主政权；又发动了深入的减租减息和大生产运动，改变了经济困难的情况，启发了农民的觉悟，并为1945年以后的土地改革运动作好了准备。这就使解放区和国统区不只成为两个不同的地区，而且也成为两个不同的时代。在这个工农兵和人民大众民主专政的社会里，给文艺运动和文艺工作者开辟了新的广阔的道路和灿烂的远景，使新文学多少年来所探讨的文艺大众化问题，有可能得到彻底的解决。

1942年2月，为了加强党的思想领导，团结全党并领导全国人民战胜敌人，毛泽东同志作了两次关于整顿学风、党风、文风的报告，号召"反对主观主义以整顿学风，反对宗派主义以整顿党风，反对党八股以整顿文风"。[2]要求全党党员和各级干部认真学习马克思列宁主义，使马克思列宁主义的普遍真理与中国革命的具体实践结合起来。同年4月，中共中央宣传部又颁布了《决定》，号召学习毛泽东同志的报告和党中央发布的整风文件，从此即展开了深入的整风运动。整风的精神是"结合工作，检查思想"。每个工作者都严肃地和严格地在思想意识及工作作风上进行了检讨，使立场、观点、方法都更坚定和正确了，在思想上打下了"将革命进行到底"的基础。文艺工作者也严格进行了整风运动，而且结合工作，检查思想。这就更密切地联系到文艺运动及创作实践的方向和方法的问题。在整风运动进行的过程中，5月23日，毛泽东同志发表了《在延安文艺座谈会上的讲话》，批判了当时存在于一些人思想上的错误倾向，具体地用马克思列宁主义来解决了中国革命文艺运动中的根本问题，纠正了中国革命文艺运动中的小资产阶级偏向，提出了明确的完整的无产阶级的文艺路线。他号召说：

> 我们延安文艺界中存在着上述种种问题，这是说明一个什么事实呢？说明这样一个事实，就是文艺界中还严重地存在着作风不正的东西，同志们中间还有很多的唯心论、教条主义、空想、空谈、轻视实践、脱离群众等等的缺点，需要有一个切实的严肃的整风运动。[3]

在整风运动之前，解放区文艺的主要问题也正是新文学史上流传下来的两个基本弱点——内容上的小资产阶级的思想情感和形式上的过于欧化。这样的作品虽然也有或者曾经发生过一定的进步作用，但却并不能更为有效地为工农兵服务，为人民大众服务。就是说这样的作品以及它的作者都需要努力改造，才能够更好地表现新的群众，新的时代。解放区的许多文艺工作者都是抗战后由上海等都市去的，特别是皖南事变以后新到解放区的一些人，思想上还不大明了无产阶级和小资产阶级的区别、国统区和抗日根据地的区别，因此虽然在理论上说文艺运动应该到群众中去，但实际上文艺活动仍然停留在知识分子与干部中间，圈子非常狭小。譬如鲁迅艺术学院的"关门提高"的偏向，就是很显著的例子。何其芳说：

> 我们当时的错误是机械地把提高与普及分开，而又把这种提高当作我们第一位的，甚至唯一的任务。在文学系，我们缺乏批判地强调学习西洋的古典作家，片面地强调技巧，不适当地强调"写熟悉的题材，说心里的话"。既然大家参加新的生活都不久，过分强调写熟悉的题材就会走到写过去的经历和旧人物，而不积极地去理解新的生活，新的人物，并大胆地写他们。既然大家都还是并未无产阶级化的小资产阶级出身的知识分子，过分强调说心里的话就会使一些不健全的思想情感得到肯定，而对于改造自己的重要反而忽视或甚至不认识。……在戏剧系，那时也不适当地强调技术，演外国戏，大戏，硬搬史坦尼斯拉夫斯基体系。比如曾演过果戈理的《婚事》，在我们这类观众中，这个戏是成功的，然而听说老百姓看了这个戏，却不大发生兴趣，说是傻子招亲。当时我们不能从这类事实感到其中包含一个严重的问题，却反而当作笑谈材料。现在看来，这到底是谁可笑呢？不是老百姓而是我们自己。……

总之，在普及与提高，在接受文学遗产，在文艺批评的标准等具体问题上，我们都有过一些不清楚的观念。轻视普及，片面强调提高，又不知道应该从工农兵的基础即普及的基础去提高，同时用这种提高去为工农兵服务即去指导普及。在接受文学遗产上缺乏批判地强调学习外国资产阶级现实主义的名著，忽视中国过去的文学，尤其是民间文学，不知道中国过去的文学有属于封建阶级的，也有属于人民的，又不知道封建阶级的文学固然很旧，资产阶级现实主义的文学也并不很新。对于作品往往不是把政治标准放在第一位，而把艺术标准放在第一位，同时脑子里面又无形中有一个抽象不变的艺术标准，即那些资产阶级现实主义的名著。这一系列的毛病都来源于一个根本问题，即艺术为群众与如何为法的问题还没有在思想上真正解决，还不能在各种艺术问题上都贯串着群众观点。[4]

整风以后，在鲁艺的学风总结讨论会中得到了结论，认为是犯了主观主义教条主义的错误。周扬在检讨中说："鲁艺的教育和实际脱节的现象是很严重的，这现象并不是个别的，偶然的，而是贯串于从教育方针到每一具体实施的全部教学的过程中，这是根本方针上的错误。'关门提高'四字出色地概括了方针错误的全部内容。"[5]类似这种偏向，在整风以前是很普遍的。譬如对于秧歌的看法，最初就有这样的意见：

这种舞，这种歌，这种乐，偶尔扭扭、唱唱、吹吹，间或还可聊以解颐，但也只能给人以肉麻之感，丝毫没有半点革命战斗的气息，因而到得今天，便形成了一种为着女人而看秧歌的现象。[6]

由于思想上存在着瞧不起民间文艺的偏见，因此只看到了秧歌中的一些缺点，甚至把优点当缺点，更不理解这是为老百姓所喜闻乐见的形式，以及由这个基础出发可能发展的前途。在整风运动以前，抱这样看法的人是很多的；直到延安文艺座谈会以后，秧歌才有了顺畅的发展，并由此开展了新型歌舞剧的广阔前途。此外如毛泽东同志所举的当时在延安存在的各种糊涂观念："人性论""文艺的基本出发点是爱，是人类之爱""从来文艺的任务就在于暴露""还是杂文时代，还要鲁迅笔法""我是不歌功颂德的，歌颂光明者其作品未必伟大，刻画黑暗者其作品未必渺小""不是立场问题，立场是对的，心是好的，意思是懂得的，只是表现不好，结果反而起了坏作用""学习马克思列宁主义就是重复辩证唯物论的创作方法的错误，就是妨害创作情绪"——这些糊涂观念都是在当时实际存在着的。毛泽东同志经过周密的调查研究，具体地概括了新文艺的经验和存在着的基本问题，应用马克思列宁主义提出了明确的解决办法，中国的新文学也从此得到了毛泽东思想的光辉照耀，走上了正确广阔的前途。1943年11月7日，中共中央宣传部作出了《关于执行党的文艺政策的决定》，其中说：

> 10月19日《解放日报》发表的毛泽东同志《在延安文艺座谈会上的讲话》，规定了党对于现阶段中国文艺运动的基本方针。全党都应该研究这个文件，以便对

于文艺的理论与实际问题获得一致的正确的认识，纠正过去各种错误的认识。全党的文艺工作者都应该研究和实行这个文件的指示，克服过去思想中工作中作品中存在的各种偏向，以便把党的方针贯彻到一切文艺部门中去，使文艺更好地服务于民族与人民的解放事业，并使文艺事业本身得到更好的发展。

经过了整风运动，经过了对于毛泽东文艺思想的深入学习，许多文艺工作者检讨了自己过去思想中和作品中存在的某些偏向，认真地面向人民群众，走向实践，进一步与工农兵结合。他们到农村，到部队，当乡长、乡文书、指战员、合作社秘书，等等；而且和过去的"作客"完全不同，从思想情感上和群众打成一片，成为工农兵行列中的一员。他们自己在实际工作中得到了改造，同时也帮助群众开展文艺活动。这就使新文学在中国的土地上，深深地扎下了根基，促成了新的人民文艺的成长。

随着时局的进展，1945年4月中国共产党举行了第七次全国代表大会，毛泽东同志发表了政治报告《论联合政府》，修改了党章，确定毛泽东思想是一切工作的指针；这就为彻底消灭日本侵略者和建立新中国作了有力的准备。同年8月8日，苏联对日宣战出兵，中国人民军队进行了大反攻。8月15日日本正式宣布投降，抗战胜利结束。但国民党反动政府勾结美帝国主义，阴谋独吞胜利果实，屠杀广大人民，从此遂展开了三年多的艰苦的人民解放战争。在中国共产党的英明领导下，全国人民打垮了国民党反动派，终于在1949年10月1日正式成立了人民民主专政的中华人民共和国，这个日期标志着新民主主义革命的胜利以及社会主义革命和社会主义建设的开始。这一时期（1942至1949年）中，解放区的文艺工作者们在战争的艰苦环境下，深入工农兵群众，配合政治上和军事上的各种政策，辛勤地、勇敢地进行了创作活动和群众文艺的组织工作；教育了广大人民，并推动了军事和政治上的革命工作的进展。在毛泽东文艺思想的领导下，文学开始走上健康发展的道路了。

二 《在延安文艺座谈会上的讲话》

在《在延安文艺座谈会上的讲话》中，毛泽东同志明确地解决了文艺是为什么人和如何为法的问题。我们说大众化是新文学史的中心问题，就是说如何使文学有效地为人民大众服务，是新文学运动的中心环节；也是"五四"以来努力追求而一直没有得到很好解决的问题。毛泽东同志说："什么叫做大众化呢？就是我们的文艺工作者的思想感情和工农兵大众的思想情绪打成一片。"大众化并不简单地仅指容易懂的形式或语言问题，主要的还在作品内容所表现的思想情绪是不是工农大众的。我们新文学的作家们大都出身于小资产阶级，主观上虽然有为大众服务的革命热忱，但不自觉地流露在作品中的仍然是小资产阶级的思想情感；这是与工农大众距离很远的。毛泽东同志说："小资产阶级出身的人们总是经过种种方法，也经过文学艺术的方法，顽强地表现他们自己，宣传他们自己的主张，要求人们按照小资产阶级知识分子的面貌来改造党，改造世界。"这就使得新文学和人民大众之间有了很大的距离。我们过去的作品中以很大的篇幅反映了知识分子的烦恼、进步和斗争，描写了小市民群的苦闷、挣扎和分化，也暴露了不少反人民的上层分子的残暴、堕落和腐化。这些作品大体上都表现了人民的愿望，都是有一定进步意义的。但对于创造历史的和占全国人口绝对多数的人民——工农兵及其干部，他们在文学中所得到的反映就简直是沧海一粟；而且就在这少数写工农兵的作品中，大半"也是衣服是劳动人民，面孔却是小资产阶级知识分子"。为什么会如此呢？因为作者都是小资产阶级出身，对工农兵的生活和语言都不熟悉，思想感情没有变过来。因此要使文学能很好地为工农兵服务，就必须要求作家的自我改造，将自己的思想感情由一个阶级变到另一个阶级。毛泽东同志说："我们知识分子出身的文艺工作者，要使自己的作品为群众所欢迎，就得把自己的思想感情来一个变化，来一番改造。没有这个变化，没有这个改造，什么事情都是做不好的，都是格格不入的。"因此文艺工作者要能很好地为人民服务，就必须在群众生活和实际工作中改造自己，使自己的思想情感和工农大众的思想情感打成一片。对于一个作家，在和人民结合的过程中，还必须努力学习人民的语言。毛泽东同志在《反对党八股》中说："人民的语言是很丰富的，生动活泼的，表现实际生活的。"过去的大众化运动曾以语言问题当作运动的中心，而且还有过大众语运动，这都是为了纠正新文学史中的另一主要缺点——"欧化"而提出的。但当时提倡大众语的目的，主要是为了群众容易接受，并没有注意到群众语言在艺术创造上的重要性，而且也低估了群众接受新词汇、新语法的能力，因此反而形成了高级的（实际是欧化的）和大众化的两种作品的对立状态，使普及与提高二元化了。总之，这些毛病的产生都是由于作家不了解接受对象的关系，因此也只有在作家与工农结合的改造实践中才能够得到解决。《在延安文艺座谈会上的讲话》正确地解决了文学为群众以及如何为法的问题，实际上也就是解决了中国新文学建设中的两个最根本和最具有决定性的问题。毛泽东同志把感情的变化看作由一个阶级转变到另一个阶级的重要标志，这对于一个文艺工作者尤其重要，只有在实践中解决了个人与群众的关系问题，才有可能很好地为群众服务。

为什么人的问题弄明确了，接着而来的就是如何为法的问题，也就是普及与提高的关系问题。过去有许多人在理论上是承认大众化的，但在强调艺术性的理由下，却把普及和提高对立起来了，而把提高放在第一位。这是永远也不会解决大众化问题的。毛泽东同志则把普及与提高辩证地结合起来，而肯定了普及是第一位。他说："我们的文艺，既然基本上是为工农兵，那么所谓普及，也就是向工农兵普及，所谓提高，也就是从工农兵提高。"他规定了普及与提高的正确关系的科学的公式："我们的提高，是在普及基础上的提高；我们的普及，是在提高指导下的普及。"普及只有用工农兵自己的东西，提高也只有从工农兵的现有文化水平与萌芽状态的文艺基础上去提高；这是文艺运动的方向，也是创作实践的方向。历史证明了这个指示是正确的，只有遵照这个方向所产生的优秀作品，才够得上说是真正具有了"新鲜活泼的为中国老百姓所喜闻乐见的中国作风与中国气派"。"普及"是大众化的首先要求。因为就一般新文学的作品说，它的不普及实在是因为它还不能真实地反映人民现实生活中的要求和力量，以及创造和这内容相适应的民族形式。这就是说作品的所以不够大众化,是因为它的思想性和艺术性都脱离了人民群众,程度不同地忽视和轻视工农群众的要求、欣赏习惯和水平。因此要使正常的而不是悬空的提高能够达到,就必须从文艺的真正群众化做起,也就是从普及做起。因此绝不能把"普及第一"理解为新文艺的降级,而是新文艺远大发展的历史的指标。为什么人和如何为法这两个问题如果正确地解决了,可以说也就连带地解决了新文学史遗留下来的许多问题。毛泽东同志说:

> 在为工农兵和怎样为工农兵的基本方针问题解决之后,其他的问题,例如,写光明和写黑暗的问题,团结问题等,便都一齐解决了。如果大家同意这个基本方针,则我们的文学艺术工作者,我们的文学艺术学校,文学艺术刊物,文学艺术团体和一切文学艺术活动,就应该依照这个方针去做。[7]

在延安文艺座谈会以后,解放区的许多文艺工作者都深入到群众中去,从而使作品带来了崭新的气息,显现了新的人民文艺的气派。这些作品不只内容上表现了人民大众的思想感情,而且和这相适应的也创造了新的民族形式;所用的语言是用心洗练过的平易生动的群众语言,表现方式也和自己民族的、特别是民间的文艺传统保持了密切的联系。对于民间旧形式,已不再是简单的旧瓶装新酒,而是推陈出新,这是完全符合一个民族的文艺发展的正常规律的。因此作品的艺术性和思想性就有了较高的结合。这成就虽然还只是开始,但却无疑是伟大的。正如周扬在《坚决贯彻毛泽东文艺路线》一文中所说:"假如说'五四'是中国近代文学史上第一次文学革命,那么《在延安文艺座谈会上的讲话》的发表及其所引起的在文学事业上的变革,可以说是继'五四'以后的第二次更伟大、更深刻的文学革命。"从此巩固了无产阶级思想对于文学事业的领导,严格地区别了无产阶级文艺思想和一切资产阶级、小资产阶级文艺思想的界限,这就解决了新文学发展中的一个最具有决定性的关键问题,因此也就使新文学的面貌从此一新。

文学为工农兵服务,为人民大众服务,当然应该以写工农兵为主,但工农兵的生活和斗争也只有在与其他阶级的一定关系上才能被完全地表现出来,因此也绝不能理解为不允许写别的阶级的人物或生活。主要的还是写作的立场问题。就说写小资产阶级吧,如果是站在无产阶级的立场,引导小资产阶级和读者一道去接近工农兵,去参加工农兵的实际斗争,那即使写的是小资产阶级,也仍然是为工农兵的。当然,重点仍必须放在工农兵身上,因为他们是国家建设的主体,文学必须用全力来表现他们。

三 工农兵群众文艺活动

在中国共产党成立之初,就作过一些工人的文艺活动,但由于客观条件的限制,规模是很小的。后来在十年内战中,由于共产党领导的红军英勇地创造了革命根据地和建立了革命政权,文艺运动就与兵士和农民迅速地结合起来,在农村中,在部队中,广泛地开展了文艺活动。当时红四军九次代表大会决议案说:"红军的宣传工作,是红军的第一个重大工作。若忽视了这个工作，就是放弃了红军的主要任务，就等于帮助统治阶级剥削红军的势力。"关于部队中宣传队的组织也有规定，认为是"党要加紧努力工作之一"，"要从理论上纠正官兵中一般对宣传工作及宣传队轻视的观点，闲杂人，卖假膏药的等等奇怪的称呼，应从此取消掉"。"宣传要切合群众斗争情绪"，"宣传文字要简短，使他们顷刻间能看完；要精警，使他们一看起一个印象"。虽然我们所见到的材料极不完全，但也可以看出红军中注重文艺活动的优良传统。傅钟全国第一次文代大会《关于部队的文艺工作》的报告中说：

远在工农红军时代的古田会议决议当中，毛主席根据教育士兵的需要，发动群众斗争的需要和争取敌方群众的需要，就指示了很多为当时条件所能实现的文艺工作方法，规定要很艺术地编制士兵教育课本，要把革命故事、歌谣、图、报当作教材，要提倡打花鼓、演剧、游戏、出壁报等类活动，要把宣传队当作红军宣传工作的重要工具，把整理训练宣传队当作党要加紧努力的工作之一，把红军中的艺术股充实起来，出版石印、油印画报，要宣传队化装，宣传股组织和指导化装宣传，要士兵会里面建设俱乐部，另外还要各政治部负责征集并编制表现各种群众情绪的革命歌谣。可见军队的文艺工作一开始就是在毛主席的正确指导之下进行的。从那时起，文艺工作就是部队政治工作的一个组成部分，就是必须要有而不是可有可无的一种部队工作形式和生活形式。从那时起，文艺活动就广泛地表现于广大指战员的各种活动之中。在部队中，往往紧跟着工作任务或战斗任务而来的,就有文艺活动的协同动作。这些情形,从开始到现在基本上都是一样。

由这些活动也可推知当时苏区农民们注重文艺活动的情况。据毛泽东同志的《长冈乡调查》说:"全乡俱乐部四个,每村一个。每个俱乐部下,有体育、墙报、晚会等很多的委员会。每村一个墙报,放在列宁小学。十篇文章中列小学生约占八篇,群众占两篇,俱乐部都有新戏。"才溪乡的情形也差不多,可以约略看出当时农村文艺活动普遍展开的情形。这些文艺活动虽然是粗糙的,但确乎是向着普及方向来为工农兵服务的;而且从发展上看来,这正是当时新文艺运动的源头。李伯钊在《回忆瞿秋白同志》一文中说:

> 苏区当时群众性的文艺工作中心在红军大学。红军大学先后由叶剑英同志和刘伯承同志任校长。他们都很重视文艺工作对教育工作所起的辅助作用。由外来的少数文艺工作的爱好者与红军中高级干部发动组织的工农剧社,很短时期就推广到各省、县,以至于区,都组织起工农剧社的分社。工农范围扩大,文艺工作干部的需要也随着增加,中央苏区就创办了第一所戏剧学校。当时瞿秋白同志提议学校的名称应以高尔基来命名。

高尔基戏剧学校训练了一千多学生,后来编成了六十个戏剧队,到农村部队巡回演出,很受农民兵士们的欢迎。譬如他们创作的一个剧本《无论如何要胜利》,是写白军如何蹂躏赤白交界区的人民的;一个不满十岁的儿童团员和他瞎了眼的姐姐终于用生命来保持了秘密，至死不说出红军的行程。这戏当时在各农村演出时群众都自动高呼"打倒白匪"，效果是极好的。红军部队中的文艺活动甚至在最艰苦的二万五千里长征途中，都没有停止过。潘自力在《长征回忆断片·我们怎样通过了雪山和草地》中说：

> 在草地表现最活跃的，还是那些年轻活泼的剧团与宣传队的同志们。队伍在休息的时候，宣传队的青年同志们，不顾自己的疲劳，处处为战士服务，给战士唱歌、跳舞、演戏，因而也就处处受到同志们的欢迎与爱护。

虽然现在保存下来的作品和记载资料都不很多，但这一优良传统却是在人民解放军和解放区农村中继续保持并发扬了的。到抗日战争开始后，不断有革命的文艺工作者到人民的军队和农村中，群众性的文艺活动在各抗日民主根据地便都蓬勃活跃起来了。到延安文艺座谈会以后，大批的文艺工作者下乡、下部队；为工人的文艺虽然在当时受到限制，但仍然是有一定活动的。由于解放区的人民在政治经济上翻了身，因此他们对于文化的要求也极迫切，经过文艺工作者的启发和帮助，广大的人民都积极参加了文艺活动，并由此表现了惊人的创造能力。这样，工农兵群众的文艺活动就在各地区广泛地展开了，解放区到处都是欢欣鼓舞的气象。周扬在全国第一次文代大会的报告中说：

> 在人民解放军部队里面，继承着红军时代的优良传统，文艺成为政治工作的有力武器，无论练兵、整训、

行军、作战，战士们自己搞俱乐部、鼓动棚、墙报、火线传单、阵地画报和战壕演出等，反映他们自己的生活和斗争，这些在战士当中已形成了广泛的群众性的运动。这里只随便举几个例子：在东北锦西阻击战中，四野某纵队从战士们创作的枪杆诗、火线传单、快板等等里面选印了七十一种，二万五千多份，战士们在战壕里抢着阅读，并且根据这些内容进行检讨、挑战、比赛，又随时根据情况，创作更多新的快板诗歌来教育大家和鼓励斗志。二野某部队在淮海战役中，枪杆诗、战场传单也创作很多，仅他们选印出版的就有二十九首，近二万字。

人民军队中开展的连队文艺运动，在部队的文艺工作团与宣传队的帮助指导之下，随着人民军队走遍了广大的战场，表现了战士们丰富的创造性，产生了很多的优秀作品和无名作家。部队文艺已成为广泛深入的群众性活动，反映和指导着广大指战员和人民群众的斗争生活。许多文艺工作者都深入了连队，他们的工作已与部队的群众性文艺活动结为一个整体，并由此产生了很多的优秀作品。部队中文艺活动的形式通常有演唱运动，枪杆诗运动，兵演兵或兵写兵运动，广场歌舞剧运动，等等；几乎要使人人会唱，人人会写。因此在集体的部队生活中，一个好歌子就有成千成万的歌手；一种出版物，一个好作品就有成千成万的读者；剧团的剧要能在部队中轮回演出，是绝不会没有观众的。而且他们坚持要使文艺为部队的实际需要服务，因此文艺运动的方向从来是很明确的。傅钟在报告中说："部队文艺工作是在党的坚强领导下进行的。必须服从党的阶级的路线，不能允许有背道而驰的活动。部队文艺工作是与战争的要求密不可分的。一切软弱无力,缺乏斗志,忧伤颓废,怯懦自私,贪生怕死,害怕困难,等等,是与革命战争的要求不相容的。"因为部队党的组织是按军事系统建立的,各级党委以至连队支部就能密切地加强对于文艺工作的领导,因此文艺活动也就能有很好的开展。譬如第四野战军政治部,于1949年发布了《加强部队文艺工作的决定》,在政治部宣传部领导下,成立了"全军文艺工作委员会",加强领导。《决定》中认为"应把部队文艺工作当作鼓励斗志、鼓励情绪、提高觉悟程度、活跃部队生活与传播优良作风传统的一项重要工作来看待,对部队的思想建设与文化建设不通过文艺活动,是难于收到很好效果的"。经过了许多年不断创造和逐步地改造之后,认为"广场歌舞剧"是表现军队最适宜的戏剧形式。"广场"指演出的场所,"歌"是指戏剧里面的语言音乐化,使音乐与戏剧结合起来,"舞"是指戏剧里面的人物行动舞蹈化,使舞蹈与戏剧结合起来。这种歌舞剧,从其表现的手法来说,不像话剧那样受着严格的限制,可以用形象来代表实际的事物。从其效果来说,它适合于中国人民喜爱音乐的情感,使戏剧更能吸引观众,发挥作用。对于部队的文艺活动,这是一种好的形式。

农民的群众性文艺活动,具有更广大的规模和影响。周扬说:

> 在老解放区,农村剧团是非常之普遍的,有的地方,甚至村村都有。他们的活动一般带有季节性,新年就是他们的艺术节。他们自编自演,他们写的大都是他们本村的事情,而且紧密配合着当前的中心工作,主人

公就是他们自己。这些作品虽然大都以民间旧形式为基础，但都或多或少地经过了改造，成为多样的群众文艺的新形式。这是真正农民自己创造的戏剧，他们所产生的节目是数以千百计的。各地所已出版的农村剧团的剧本，只不过是挑选出来的极少一部分；有很多且是没有文字记录的。这些作品对发动农民斗争，推动农村生产，教育与改造农民自己，发生了直接的立即的效果。农民把新秧歌叫"斗争秧歌"，在土地改革运动中，把很多戏叫作"翻身戏"，这实在是很正确的称号！秧歌舞、秧歌剧已成为群众生活中不可缺少的部分。[8]

这个运动的大规模开展，是从1943年延安春节时的新秧歌、秧歌剧运动开始的。这次差不多延安所有的文艺团体都参加了，老百姓不但演出，而且自己也编写了节目。在内容上，它与当时抗战、拥军、拥政、爱民及大生产运动等紧紧结合着，在文艺形式上，戏剧、秧歌、音乐结合在一起，还结合着文学、美术等。它从内容、形式到演技，都表现了充分的群众情趣和民间文艺的色彩，但它是提高了的为群众的文艺。代表作是由铁锤、镰刀领头的鲁艺大秧歌和《兄妹开荒》。周扬说："这次春节的秧歌成了既为工农兵群众所欣赏而又为他们所参加创造的真正群众的艺术行动。创作者、剧中人和观众三者从来没有像在秧歌中结合得这么密切。这就是秧歌的广大群众性的特点，它的力量就在这里。"又说："秧歌的群众性和艺术性是必须统一的，这个统一只有经过现实主义的道路才能达到。这就是，必须文艺工作者与工农兵结合，工农兵与文艺结合，新文艺与民间形式结合。有了这三方面的结合，新文艺运动就有了坚实的基础和广大发展的前途。秧歌已经成为新文艺运动的一支生力军了。"[9]这种斗争秧歌真可说是"新鲜活泼的、为中国老百姓所喜闻乐见的中国作风与中国气派"。农民一旦翻身之后，就表现出了他们丰富的创造天才；他们自己集体创作、编导、演唱，反映他们自己的斗争和生活。有许多就是本村的真人真事，这样就鼓舞了群众和村剧团；再加上党和文艺工作者的帮助，水平也就逐渐提高了。冀中在1942年曾发动"冀中区创作征文"，稿件多到用大车拉；北岳区在1943年的群众创作征文时，收到作品近七百件，其中很大部分是剧本，入选作品一百五十八篇，并有农民自制的油彩和瓢琴。[10]这种运动的面是非常广泛的，而且也产生了不少很好的作品。赵树理说："从他们每一个作品的整体看来，虽然大多数难免不成所以，但差不多都有它的独到之处，而这些独到之处又差不多都是我们想象不到的。"[11]据太岳二十二个县的统计：临时性的秧歌队有二千二百多个，农村剧团有七百多个，农村剧团的演员有一万二千四百余人。[12]照这个比例推算起来，散布在各抗日民主根据地的文艺队伍，真是一个惊人的数目，这说明群众的确是翻身了；不只政治经济上是如此，文化上也是如此。太岳、晋城的秧歌队前面的旗上写着"群众翻身，自唱自乐。"[13]再也没有比这两句话更能清楚地说明农民文艺活动的性质了，他们热烈地要求表达和歌颂自己翻身后的快乐。后来经过土地改革以后，凡是土地改革工作做得好的地区，文艺活动也就特别活跃，否则就显得比较消沉。一般地说，农村文艺活动的形式都是以各地群众所喜闻乐见的民间形式为基础的，例如陕北的社火、道情班子、自乐班子、秧歌队，山西的梆子，河南的落子，河北的乱弹等。这些形式都经过了相当的改造，使它适宜于表现群众的现实生活与感情，从而使传播封建毒素的旧戏、旧秧歌的活动范围大大缩小，新文艺运动占领了前所未有的广大阵地。1947年"邯郸边区文化工作者大会"上关于农村剧团的总结说："第一，确定是群众性业余活动，不违农时，照顾生产。第二，与农村中心工作密切配合，反映当前现实，演真人真事，表扬群众新英雄的模范事迹。第三，在组织领导上不闹独立性，服从村政领导；在经济上不浪费民力，自己动手解决困难。第四，演出形式短小精悍，创作走群众路线。"[14]从这里可以看出农村文艺活动的一般情形。由于中国广大农村都有演出地方戏曲的传统，因此具有新内容的戏剧成了文艺运动的最主要的活动形式；这些活动对广大群众直接起了组织教育的作用，也帮助贯彻了党和政府的政策法令，作用是很大的。

由于革命长期在农村中进行，工人的文艺活动是比较少的。但这也并不是说在解放区完全没有工人；大规模的战争首先不能离开兵工生产，在太行山、五台山、沂蒙山区，都有很大的兵工厂，乡村中也有逐渐建设起来的小规模的轻工业，在这些工厂中，自然也有群众性的文艺活动，不过规模比较部队、农村微小罢了。到石家庄、天津、东北等地的各大城市解放之后，工人的文艺活动就立刻展开了。好些工厂都成立了歌剧团、话剧团等，自编自导自演，用来反映工人自己的新的思想、新的生产关系。1949年3月新华社报道《天津展开工人文娱活动的经验》中说：

天津解放后三个多月来的工厂文艺活动，证明解放区的新文艺深为广大的工人群众及一部分职员所欢迎,他们并已开始用它来反映自己的新的思想与新的生活。……

现在天津至少有四十个工厂建立了新的文艺组织,他们一般都能在不妨碍生产的原则下,坚持与开展工厂的新文艺活动。铁路机友剧团及中纺二厂、联勤被服厂、恒源、人立等六七个工厂的职工们已开始自编自导,自演自唱。

由于工人的文化水平比较高,政治觉悟也比较高,因此不但群众性的文艺活动很快搞了起来,而且出现了好些工人作家,表现了劳动人民优秀的创作才能。像石家庄工人魏连珍所作的话剧《不是蝉》,天津搬运工人集体创作的《搬运工人翻身记》等,不但内容反映了工人的现实生活,艺术水平也很高,给我们的新文学史增添了新的光辉。周扬说:

广大工农兵群众的参加文艺活动给解放区文艺灌注了新的血液,新的生命。解放区文艺是由专业文艺工作者的活动与工农兵群众业余的文艺活动两个方面构成的。工农兵群众不但接受了新文艺,而且直接参加了新文艺创造的事业。工农群众蕴藏的革命精力,一经发挥出来,是吸之不尽,用之不竭的;同样地,他们在艺术创造上也能发挥出无穷的精力和才能。发动群众创作的积极性,就成为了普及工作的最重要的条件。专业文艺工作者一方面指导群众创作,一方面又从群众创作中吸取营养,以丰富和提高自己的创作。[15]

另外，团结教育民间艺人和改造民间文艺，是开展群众文艺运动，特别是农村文艺运动的重要关节。这些民间文艺是中华民族的重要文艺遗产，为广大群众所熟悉爱好，因此为了肃清封建主义、帝国主义文化对于人民所发生的不良影响，为了使新文艺和自己民族的文艺传统保持血肉的联系，改造民间文艺的一切形式，特别是戏剧，便成了文艺运动中的一项非常重要的工作。在开展这项工作时，必须要能适当地掌握旧技术，才有可能"推陈出新"。但新的文艺工作者不只在数量上不能适应广大地区人民的需要，而且在掌握旧技术上也不是一件简单的事情，因此团结和教育民间艺人的工作就非常重要了。这些民间艺人在旧社会都是贫苦出身，地位是被压迫者，一般地都熟悉群众生活，因此争取他们不但可以缩小封建文艺的阵地，而且可以转过来为人民服务。这个工作在解放区收到了极大的效果，许多有成绩的农村剧团就是旧戏班子改造过来的。再如武乡左权的盲人宣传队，阳城刘金堂的朗诵队，都是由经过改造的民间艺人组织的，表现了很好的宣传成绩。边区文教大会《关于发展群众文艺的决议》中曾说：

> 艺术的新旧，基本上决定于其能否为群众的利益服务，能否为群众的斗争、生活、教育等服务。因此，凡能正确表现新生活（与新观点的历史）的艺术，都能得到发展，反之都应受到改造；同样，凡能正确表现新内容的形式，也都应得到发展，反之都应受到改造。[16]

对于人民的文艺来说，无论封建文艺形式，或资产阶级的文艺形式，都是旧的，都需要加以改造。但民间文艺的形式，在群众中仍占优势，是绝不能依靠行政命令的办法来解决的；因此通过改造旧艺人的办法来改造这些旧文艺，注入新的内容，使之能为人民服务，也就成为必需的了。而且民间形式经过改造之后，其中一些合理的可以发展的东西就会逐渐提高，变成新文艺的组成部分，从而丰富了新文艺。解放区各地在改造旧艺人的工作上，曾表现出了很大的成绩。例如冀鲁豫地区，就训练过七百一十多个艺人，组织过各种研究会，自1947年起二年间，由他们创作的新唱词剧本、年画等达六七十种。[17]又如华北的坠子艺人沈冠英三年中写了三十五种唱词，都是以现实生活为题材的，配合参军、生产、战争胜利向广大群众进行了有效的宣传。[18]又如陕北说书的民间盲艺人韩起祥，在陕甘宁边区文化协会和延安县政府的领导和帮助下，他在思想上得到了改造，自1944年7月，到1945年12月的一年半中间，他自己编了二十四本书，约有二十万字以上，都是新的内容。其中如《刘巧团圆》，已是全国皆知的作品。类似的典型例子还有华北的说书艺人王尊三。此外如在陕北的刘志仁的秧歌、李卜的郿鄠、拓开科的快板，等等，都是改造后的民间艺人的典型例子，在他们的努力下，民间文艺也有了新的灿烂的表现。许多新文艺作家也参加了对旧唱词剧本的改编改写工作，也都很有成绩，在群众中得到了很好的反映。周恩来在全国第一次文代大会的政治报告中曾对这个问题作了重要的指示，今节录如下：

> 凡是在群众中有基础的旧文艺，都应当重视它的改造。这种改造，首先和主要的是内容的改造，但是伴随这种内容的改造而来的，对于形式也必须有适当的与逐步

的改造，然后才能达到内容与形式的和谐与统一。使我们高兴的，就是旧文艺界许多有成就的朋友，愿意参加这个改造的工作，而且希望同新文艺界的干部团结在一起来进行这个工作。我们应当用很大的热情来欢迎他们。旧社会对于旧文艺的态度是又爱好又侮辱。他们爱好旧内容旧形式的艺术，但是他们又瞧不起旧艺人，总是侮辱他们。现在是新社会新时代了，我们应当尊重一切受群众爱好的旧艺人，尊重他们方能改造他们。我们过去作了一些改造工作，但是成绩还很小。今后一定和全国一切愿意改造的旧艺人团结在一起，组织他们，领导他们，普遍地进行大规模的旧文艺改革。如果不团结广大的旧艺人，排斥他们，企图一下子代替他们，是不可能的。应该使包含几十万艺人并影响几千万观众、听众、读者的旧文艺部队的巨大力量，动员起来积极地参加这个改革运动。

中华人民共和国成立后，在文化部的领导下，这个工作更在全国范围里广泛开展。

四　国统区文艺运动

抗战后期，国民党采取了"消极抗战，积极防共"的政策，除严厉统治与镇压人民外，对日寇实际上没有真正的军事抵抗。1941年11月太平洋战争爆发，12月底，香港沦陷，遂使上海、香港两个文化运动的据点丧失，许多作家都突围回到了后方，集中在湘桂一带，桂林尤其成了文艺活动的中心。1944年日寇为了打通大陆交通线，遂对国民党由诱降改为进攻,"国民党军队表现了手足无措,毫无抵抗能力。几个月内,就将河南、湖南、广西、广东等省广大区域沦于敌手。"[19]国民党政治的腐败,军事的无能,至此更暴露无遗了。许多作家经历了香港沦陷时的逃亡,又经历了湘桂战事的溃退,从事实教训中对国民党的统治面目完全认清了,于是更强烈地发出了要求团结、要求民主的呼声。如1944年6月郭沫若写的《为革命的民权而呼吁》一文中说:

> 为争取战争的胜利,为促进训政的完成,在革命民权所允许的范围内,我们文化工作者应有权要求思想言论的自由,学术研究的自由,文艺创作的自由。
>
> 工具因愈用而愈利,军队因愈战而愈强,不用之具,不战之军,虽巾笥而藏诸庙堂之上,结果必趋于腐朽。三民主义之图腾化,实即三民主义之无用化。事苟如此,决非创导者中山先生之初心,谅亦决非奉行三民主义者诸公之所宜企冀。
>
> 我们要求民主的尺度,以人民为本位的尺度。文艺在作为人民的喉舌上应该有绝对的创作自由。有光明固然值得歌颂,有黑暗尤须尽力暴露。十足的光明可容许只写一分,一分的黑暗应该要写得十足。民主国家是不容许有丝毫的黑暗存在的。讳疾忌医,是最危险的慢性自杀。

1945年2月各文化工作者更在各报发表了由郭沫若起草的《文化界时局进言》:

> "道穷则变",是目前普遍的呼声;中国的时局无须

乎我们危辞悚听，更不容许我们再要来巧言文饰了。

内部未能团结，政治贪污成风，经济日趋竭蹙，人民无法动员，军事不能改进，文化教育受着严重扼制，每况愈下，以致无力阻止敌寇的进侵，更无力配合盟军的反攻，在目前全世界战略接近胜利的阶段，而我们竟快要成为新时代的落伍者。全国人民都在焦虑，全世界的盟友都在期待，我们处在万目睽睽的局势当中，无论如何是应该改弦易辙的时候了。

办法是有的，而且非常简单，只须及早实行民主。在野人士正日夕为此奔走呼号，政府当局最近也公开言明，准备提前结束党治，还政于民。足见人同此心，心同此理，无分朝野，共具悃忱，中国的危机依然是可以挽救的。

然而"日中必昃，操刀必割"，在今天迫切的时局之下，空言民主固属画饼充饥，预约民主亦仅望梅止渴。今天的道路，是应该当机立断，急转舵轮，凡有益于民主实现者便当举行，凡有碍于民主实现者便当废止，不应有瞬息的踌躇，更不应有丝毫的顾虑。其有益于民主实现者在我们认为，应该是：

（一）由国民政府立即召集全国各党派所推选的公正人士组织一临时紧急国是会议，商订应付目前时局的战时政治纲领，使内政外交、财政经济、教育文化等均能有改进的依据，以作为国民会议的前驱。

（二）由临时紧急国是会议推选干练人士组织一战时全国一致政府，以推行战时政治纲领，使内政外交、财政经济、教育文化等均能与目前战事配合。

以上二大纲实为实行民主的必要步骤，政府既决心还政于民，且不愿人民空言民主，自宜采取此项步骤，使人民有实际从政的机会，共挽目前的危机。

更就有碍于民主实现者而言，则有荦荦六大端，应请加以考虑：

（一）审查检阅制度，除有关军政机密者外，不应再行存在。凡一切限制人民活动之法令均应废除，使人民应享有的集会、结社、言论、出版、演出等之自由及早恢复。

（二）取消一切党化教育之设施，使学术研究与文化运动之自由得到充分的保障。

（三）停止特务活动，切实保障人民之身体自由，并释放一切政治犯及爱国青年。

（四）废除一切军事上对内相克的政策，枪口一致向外，集中所有力量从事反攻。

（五）严惩一切贪赃枉法之狡猾官吏及囤积居奇之特殊商人，使国家财力集中于有用之生产与用度。

（六）取缔对盟邦歧视之言论，采取对英美苏平行外交，以博得盟邦之信任与谅解。

以上诸大端如能早日见诸实施，则军事形势必能稳定，反攻基础必能确立，最后胜利也毫无疑问必能更有把握了。（中略）

形势是很显明的，民主者兴，不民主者亡。中国人民不甘沦亡，故一致要求民主团结，在这个洪大的奔流之前，任何力量也没有方法可以阻挡。

我们恳切地希望，希望全国人士敞开胸襟，把专制时代的一切陈根腐蒂打扫干净，贡献出无限的诚意、热情、勇气、睿智，迎接我们民主胜利的光明的前途。

后来郭沫若叙述此事说:"那时的高压之下要找人在宣言上签名是多么困难,就连宣言两个字也还不敢用,只好使用'进言'。结果呢,'进言'一进去之后,费巩教授失踪了,至今还无下落;文化工作委员会被撤销了,有好些朋友一直都还失了业。"[20]但这"进言"在当时是发生了广泛影响的,因为它实际上就是要求革除法西斯政令、实现联合政府的民主运动的体现。这运动早已在各地酝酿着,自1944年9月中国共产党代表向"国民参政会"提出了"改组国民政府和统帅部,成立民主的联合政府"的议案后,对全国人民起了号召的作用,国统区各地的民主运动便更蓬勃地开展起来了。到1945年4月,毛泽东同志的《论联合政府》发表,对国统区的民主运动更发挥了指导性的作用。同年全国文协规定"五四"为文艺节,就是为了号召发扬民主与科学的精神。人民对国民党的法西斯统治再也不能忍耐了,而国民党反动派却在美国代表的暗中支持下,到处散布特务爪牙,压迫民主运动;被捕被杀的事件,日有所闻,一切主张彻底抗日和民主的进步文化,都受到极野蛮的迫害。例如一向出版和发行进步书籍的生活书店的几十个分店,都被迫停闭了。美帝国主义在1941年太平洋战争以前,是力图牺牲中国而与日本妥协的,现在却利用抗日战争把自己的势力进一步伸入中国,企图在战争结束以后代替日本独占中国的市场,并使中国变为美国殖民地,因此它就积极努力于维持国民党的反动统治。1945年夏,法西斯德国完全溃退,抗战胜利即将来临,为了建设新中国与防止内战,全国的民主运动更形高涨。在全国人民的压力下,国民党也不得不和中共开始谈判,虽然只是毫无诚意的欺骗。毛泽东同志说:

中国人民要求废止这个反人民专政的呼声是如此普遍而响亮了,使得国民党当局自己也不能不公开承认"提早结束训政",可见这个所谓"训政"或"一党专政"的丧失人心,威信扫地,到了何种地步了。在中国,已经没有一个人还敢说"训政"或"一党专政"有什么好处,不应该废止或"结束"了,这是当前时局的一大变化。[21]

1945年8月8日,苏联对日宣战并出兵东北,解放区普遍展开了反攻,至8月15日,日本帝国主义乃接受无条件投降,抗战完全胜利。但国民党反动集团勾结美帝国主义,阴谋独占胜利果实。虽然在全国人民要求民主的强大压力下,也曾与中国共产党作过无数次的谈判,并发表了四项诺言,成立了五项协议及整军方案,1946年1月还和各民主党派召开了政治协商会议,决定了《和平建国纲领》;但在他们与美帝勾结的反人民内战的部署完成以后,就把这些一起都撕毁了。中国人民为了"将革命进行到底",遂不能不在八年抗战之后又坚持了三年的反美、蒋的人民解放战争。事实上国民党残害人民和压迫民主运动的行为一天也没有停止,"政协"刚闭幕就有较场口事件,后来沧白堂事件、南通血案、北平中山公园事件、下关惨案,层出不穷,打风遍于各地。1946年7月15日,更暗杀了爱国诗人、西南联大教授闻一多,但这除了更暴露其狰狞的面目外,还有什么用处呢?各地人民广泛地展开了争民主与反内战的运动,后来更成为"反迫害,反饥饿""反美扶日"等规模极大的群众性运动。很多文艺工作者都参加了这些运动,并运用文艺的形式来为这些运动服务;对配合人民解放战争的进展,发生了良好的作用。全国人民对美帝的面貌逐渐认清了,也出现了许多反美的文艺作品。1946年7月,国民党开始发动内战,当时郭沫若就说:"中国的现状闹到今天这样绝望,认真说,完全是美国反动派跟我们搞出来的。"[22]接着国民党宣布禁止了将近五十种的呼吁和平民主的刊物,许多作家不得不被迫流亡香港。国民党反动政府"召集了伪国民大会,颁布了伪宪法,选举了伪总统,颁布了所谓'动员戡乱'的伪令,出卖了大批的国家权利给美国政府,从美国政府获得了数十亿美元的外债,勾引了美国政府的海军和空军占据中国的领土、领海、领空,和美国政府订立了大批的卖国条约,接受美国军事顾问团参加中国的内战,从美国政府获得了大批的飞机、坦克、重炮、轻炮、机关枪、步枪、炮弹、子弹及其他军用物资,以为屠杀中国人民的武器。南京国民党反动政府在上述各项反动的卖国的内政外交基本政策的基础上,指挥它的数百万军队,向着中国人民解放区和中国人民解放军举行了残酷的进攻。"[23]1947年10月10日,人民解放军发表宣言,其中说:"联合工农兵学商各被压迫阶级,各人民团体,各民主党派,各少数民族,各地华侨及其他爱国分子,组成民族统一战线,打倒蒋介石独裁政府,成立民主联合政府。"这就是人民解放军的、也是中国共产党的最基本的政治纲领。根据这个纲领,中国人民终于在中国共产党的英明领导下,打垮了国民党反动统治,争取到最后的胜利。1949年10月1日,成立了光辉的中华人民共和国,展开了历史的新的一页。

在这期间,国统区的文艺运动基本上是以要求民主自由和暴露国民党反动统治的腐化黑暗为中心的。但在政治的高压之下,活动就不得不采用隐蔽曲折的方式,来和一些反动的、市侩的、法西斯的文化作斗争；但大体上说，是担负了时代所赋予文艺的任务的。茅盾叙述这时期国统区的文艺运动说：

> 文艺运动立刻参加到了这时候的民主运动中。许多民主的集会通过文艺讲习会、文艺座谈会的方式而举行，在许多的群众运动中，群众自己创造了活报、漫画等鼓动强烈的作品，收得了巨大效果。有些作家投身到民主运动的前列，直接参与政治活动；在作品上，则除戏剧以外，短小精悍的政治讽刺诗与杂文又盛行起来。……抗战结束以后，经过旧政协前后以至人民解放战争的这几年间，……在国统区内的爱国民主运动中，莫不有文艺工作者的参加。有些作家们的诗歌、杂文，成了群众运动中的武器。到了1946年7月，国民党反动派在美帝支持下悍然发动全面的反人民反民主的内战，并颁布"戡乱"法令，封闭报馆，查禁书刊，迫害作家，暗杀绑架，肆行无忌，但是无论国民党反动派如何压迫，进步的文艺工作者还是坚持岗位。……而一部分到了香港的文艺工作者在反帝、反封建、反官僚资本主义的总目标下进行工作，所起的影响不仅限于海外各地的华侨，而且还渗透了国民党反动派的封锁而到达国统区内的人民大众中间。[24]

中华全国文艺界抗敌协会于胜利后改名中华全国文艺界协会，对争取民主和反内战、反美蒋的斗争，也做了许多工作。这里我们可以举一些实例来说明这种国统区文艺运动的成绩；譬如抗战胜利的消息一传来，《文艺杂志》的主编邵荃麟就写了《在伟大的胜利前面》一文，其中说：

> 在八年抗战中间，中国的新文艺曾经坚持着它民主主义与现实主义的立场，为人民服务，今后仍然将坚持着这同样的立场。在总的方向上，应该并没有什么大的变更，但是由于人民生活新的变动，人民愿望更迫切地需要倾诉，以及文化辐射区域更加广阔，文艺工作便将更加复杂和繁重了。首先，作为我们当前迫切任务的，便是为彻底消灭法西斯汉奸和打击一切反人民反民主的思想而斗争，这在主观方面是要求文艺的战斗与人民的战斗的更密切结合，而在客观方面一个迫切要求，即是言论出版创作研究的自由。……其次，从文艺工作者本身来说，我们应该更肩负起国民精神代言人的职责，更深广地去反映和倾诉今天人民的愿望和表达人民的意志。这就要求每个作家更勇敢地投身于现实斗争，加强自己的战斗力量。巨大的时代浪潮正向我们猛扑过来，我们必须以加倍的力量，去和这浪潮相搏击而不至被淹没，而也只有从这种猛烈的搏击中间，才能深入到时代精神的深处，同时也从这中间去获得巨大的艺术力量。

这是可以代表胜利初临时一般进步文艺工作者的态度的。1945年曾在各地有过广泛的援助贫病作家的运动。自然，这运动本身就包含着政治斗争的意义。由各界人民参加援助运动之热烈，也可看出新文学的社会影响是扩大了，人民对文艺工作者寄有很高的期望，这自然也提高了作家自己的责任感。胜利之后，国民党反动派针对着广大沦陷区人民在长期战争的痛苦里面所高扬起来了的爱国心,企图歪曲地扭到所谓"正统观念"中去,文艺工作者曾多方面地揭穿和暴露国民党反动集团的本质,对教育沦陷区人民起了很大的作用。又如旧政治协商会议开会前,茅盾等二百余人曾发表过《陪都文化界人士对政治协商会议之意见》。茅盾、冯雪峰等又都签署过《陪都文艺界致政治协商会议各会员书》,书中说:

> 抗战八年,敌寇屈服,我们得到了建国的千载难逢的机会。然而,四个月以来,国内依然不团结,不民主,人民过着比抗战时期更加黑暗更加惨淡的生活,如果不及时改革,大祸就要临头。政治协商会议就是改革政治的会议,我们拥护这样的一个会议。因此,我们愿将文艺界人士的对政治协商会议的希望及意见,择要略陈于左,以供参考:
> 一、我们要求这个会议有权策划并监督停止国内军事冲突以立刻恢复和平生活的各种措施。我们要求这个会议有权策划并监督改组中央至各级政府,结束一党专政,制订和平建国纲领,在民主原则上重选国民大会代表,草拟宪法等措施。
> 二、我们以文艺工作者的地位,又要求切实解决下列与文化教育有关的问题:
> (1)废止文化统制政策,确立民主的文化建设政策。中国文化的现状是思想的倒退,科学精神的缺乏,学术研究无由发展,讲学、写作、学习均受束缚,学校及文化机关的衙门化,舆论的萎靡不振,出版事业的破产,文化工作者对政府的措施失去信心,以至感到

绝望，人民则永远被抛弃于文化圈外，毫无精神生活可言，这是多年来文化统制政策所造成的文化危机。这种政策只能做成愚昧黑暗的中国，而不可能做成富强康乐的中国。必须痛切检讨过去的错误，依据民主与科学的精神，重订新的文化建设政策。

（2）为积极动员全国文化工作者参加建国工作，首先应确切保障他们的各项基本自由权，从人身自由起以至讲学、研究、写作、发表、出版、集会、结社、公演、展览等自由。

（3）改组各级文化教育行政机构，废止党化教育，党团退出学校，保障学校自治，特务分子应即停止活动，并取消豢养特务的政策。

（4）有关限制文化学术团体及文化活动自由的法令，应一律废止。（其著者，如出版法，非常时期的报纸、杂志、通讯社登记管制暂行办法，管理收复区报纸、通讯社、杂志、电影、广播事业暂行办法，戏剧电影检查法，邮电检查制度等。）

（5）彻底调查文化汉奸。并迅速予以审判及处罚。

（6）缩减军事费至最低限度，大量扩充文化教育经费预算。

（7）发展勤劳人民的文化教育，普遍提高国民文化水准。

（8）改革并建立各种培植奖励文化工作者的制度。

（9）协助文化工作者复员，并救济贫病作家。

这是当时全国人民的呼声，对国民党反动统治是发挥了斗争的作用的。

毛泽东同志的《在延安文艺座谈会上的讲话》，在国统区也具有指导作用。解放区的各种文艺作品也从各方面广泛地流行于国统区，给文艺工作者带来了新的方向和新的文学风貌，并发生了极大的教育作用。1945年春，曾提出了"面向农村"的口号，就是宣传"人民文艺"方向的。但由于客观环境的不同，文艺运动主要表现于争取自由民主的斗争，没有积极地重视作家自身的改造问题，因之也就很少产生出真正群众化的作品。到人民解放战争期间，流亡在香港的作家们才把进行自我改造与加强群众观点作为重要的问题来讨论，使国统区的作家们在思想上向前进了一步；不过深入地研究还是很不够的，尤其未能根据延安文艺座谈会的精神，进行具体的反省与检讨。但总的说来，毛泽东同志所指示的文艺方向仍是国统区文艺运动向前进行的目标，而这努力也是有成绩的。郭沫若说：

> 在抗日战争的后期和人民解放战争的三年当中，在运动的主流方面，更有重要的发展和成绩。在国民党统治区，文学艺术工作者在百般压迫之下坚持了工作，一直到最后这支文艺军队并没有被打垮，而且产生了一些对国民党反动派作斗争的有强烈政治意义的作品，开始了若干在毛泽东文艺新方向的影响之下的和人民大众结合的努力。[25]

茅盾也说：

> 从斗争的总目标上看，国统区与解放区的文艺运动

是一致的；从文艺思想发展的道路上看，双方在基本上也是一致的；而就国统区的革命文艺运动的主流来说，最近八年来也是遵循着毛主席的方向而前进，企图同人民靠拢的。国统区的文艺工作者在政治的、经济的、文化的三重压迫下，和日本帝国主义、美国帝国主义、国民党反动派斗争，固守着自己的岗位，对于抗日民族解放战争，对于在反动统治下的民主运动，对于人民解放战争，都起了积极的推动或配合的作用。反动派扼杀新文艺运动的企图，从来没有成功过。[26]

同时不只解放区的作品广泛地流行在国统区，国统区的好作品也是能流行于解放区的。周扬说："郭沫若的《屈原》、茅盾的《清明前后》《腐蚀》，以及国统区许多优秀的有思想的作品，都在解放区获得了广大的读者，对他们起了教育的作用。"[27]国统区和解放区文艺运动的不同处只是表现在由于政治环境不同所造成的内容上边和所形成的活动方式上边，总的目标并无二致，而且也同是遵循着毛泽东同志所指示的文艺方向前进的。随着全国人民的胜利，"国统区"已成为单纯的历史性名词了。

五　思想斗争

　　自由批评与思想斗争，是和民主运动的统一战线不可分离的。因为无论为了在文化战线上清除反民主的毒素，或促进民主力量自身的团结与进步，思想斗争都是非常必需的。在国统区，由于反动的统治势力，也拼命运用文艺来作为他们麻醉人民、欺骗人民的工具，因此这任务就更其重要。茅盾说：

> 反动文艺阵营的所谓"作家"们，在他们的作品中，或者把特务扮作英雄而公然歌颂，或者卖弄色情而煽扬颓风，他们的政治目的既然是人所一目了然的，也就从来没有能在广大读者群中抵消进步文艺所起的积极影响。但是同时，我们也不能不指出，反动文艺在国统区的城市中并不是毫无市场的。由于进步的、革命的文艺作品的基本读者仍限于小资产阶级的知识分子，就留下了很大的空隙给反动文艺做活动场所，带着浓厚的封建愚民主义气味的旧小说和有些无聊文人所写的神怪剑侠的作品，在反动统治势力下散播其毒素于小市民层乃至一部分劳动人民中。[28]

但进步的文艺界对这些现象也是经过无数次的抨击和斗争的。譬如1948年郭沫若写的《斥反动文艺》一文，就曾把反动文艺分为红黄蓝白黑五种，对黄色读物以及沈从文、朱光潜等的文学活动给予了严厉的批判。该文最后说：

> 今天是人民革命势力与反人民革命势力作短兵相接的时候。反人民的势力既动员了一切的御用文艺来全面"戡乱"，人民的势力当然有权利来斥责一切的御用文艺为反动。但我们也并不想不分轻重，不论主从，而给以全面的打击。我们今天主要的对象是蓝色的、黑色的、桃红色的这一批"作家"，他们的文艺政策（伪装白色，利用黄色等包含在内），文艺理论，文艺作品，我们是要

毫不容情地举行大反攻的。我们今天要号召读者，和这些人的文字绝缘，不读他们的文字，并劝朋友不读。我们今天要号召天真的无色的作者，和这些人们绝缘，不和他们合作，并劝朋友不合作。……我们也知道一味消极的打击并不能够消灭所打击的对象。我们要消灭产生这种对象的基础。人民真正作主的一天，一切反人民的现象也就自行消灭了。我们同时也要积极地创造来代替我们所消灭的东西。人民文艺取得优胜的一天，反人民文艺也就自行消灭了。凡是决心为人民服务，有正义感的朋友们，都请拿着你们的笔杆来参加这一阵线上的大反攻吧！

这种斥责反动文艺思想的工作虽然在言论极不自由的环境下，但自抗战后期以来都未中断，对廓清反动思想的影响起了很大的作用。即以作品中的色情倾向而论，由于抗战后期国民党反动统治的腐化堕落，一般小市民感觉到生活的空虚和苦恼，又找不到或不愿找到出路，因此就追求无聊的安慰与麻醉。他们也不满现实，但他们自私的习性使他们逃避真实的革命，满足于幻想中的平庸的小康生活。这些人对于文艺的要求就是要那种单纯消遣的、读了等于不读的东西，以及低级趣味、色情、黑幕、噱头，等等。而一些市侩主义的或为反动统治服务的作者们，就迎合这样的文艺市场，制造出大批含有这种倾向的作品了。这些作品使原来生活在灰黯与沉闷中的小市民读者，更加颓唐和昏聩，影响是极坏的。但进步的文艺也曾对这些现象加以抨击，譬如抗战胜利前对于小说《春暖花开的时候》中色情倾向的批评，一直继续了两年多。胜利后，对于李健吾的剧本《女人与和平》中的色情噱头，也曾展开了批评。许多带有色情倾向的作品，表面上似与"抗战"或"民主"有关，甚至还带点"革命"的色彩，也有所谓讽刺与攻击，但这种讽刺攻击只集中于个别的现象或坏人，如发国难财的商人之类。其中有的写战地青年们的罗曼斯，有的写敌区女间谍的风流史，有的写都市中青年男女的性纠葛，也有的写什么神恋鬼爱；总之，目的都在挑拨情欲，刺激官能，而效果则是思想的麻痹与堕落。这种坏的倾向也沾染到一些一向比较进步的作家身上，因此对它加以严厉的批评是非常必要的。事实上也有许多人对这种现象不断地加以斗争和批判，我们摘引一段1945年冯雪峰批评当时话剧倾向的文章，可以代表新文艺对这种不良思想的斗争态度。他说：

> 由于抵抗种种阻力的艰难和曲折，也由于战斗上的取巧和方便，甚至于借口"为了话剧的生存"，市侩主义便乘机而起，得以比什么时候都发达了。这结果是逐渐地冷淡于从社会的根底来批判社会的要求，而以"迎合"未经批判过的小市民层的趣味为急务了。终于弄到剧作者或演出者，据说，就很少将社会的批判和艺术的价值问题放在心里，倒非常以"物色漂亮的女演员""华丽夺目的布景"和台词中的"噱头""笑话"，以及油腔滑调的种种"打诨"为成功的必要的条件了。这样，为了成功，为了博得观众的莫名其妙的喝彩与倾街倾巷的轰传，当然就一切办法都可以采用；所以，吃饭屙尿之类都可以在舞台上大演，虽然谁也说不出那必要和意义在哪里，固不用说了，即"好人""坏人"也都必须给观众

以暗示，那就是谁，就是某某，使观众的好奇心完全可以满足。但这用的却至少是近于"黑幕小说"的，堕落的，也是低能的，最没有出息的办法了。因为所谓"黑幕小说"的办法，就是要暗示给读者和观众，这是在骂谁，使他们的注意从社会和黑暗势力移开，专神往于种种"话柄""奇闻"和个别的丑态，单成为低劣的好奇心的满足。这样，虽然暴露了个别"丑态"，或从浮表上揭发"黑暗"，却将深掘黑暗的社会根源的事放弃，也将对现实的正视的眼移开；既不能铸出有深广的社会的真实性的普遍的形象，也没有暗示出现实矛盾之根本的深刻意义，一切社会的"恶"就都变成了个别的人的"话柄"或"丑闻"了。于是，就不仅不能使读者或观众由于感动而更认清斗争的目标和提高战斗的意志，并且连他们原有的对于现状的不满，也可能因为对于"话柄"的追逐和低劣的好奇心的满足而给"消遣"掉了。尤其是小市民层，他们的趣味，总可说是已经够"低级""油滑""恶劣"的吧，而现在则不仅受不到"批判""鞭笞"，反而受到了"迎合"，多了一个发泄、学样和发扬的机会。总之，这是研究了小市民层（这类作品的主要的读者与观众）的"趣味"之后，再采用着传统的"黑幕小说"之流的办法，他正是市侩主义者的天生的本领。[29]

同样地，对于朱光潜在《文艺上的低级趣味》一文中所主张的"文艺不能与政治在一起"的为艺术而艺术的观点，冯雪峰这篇文章中也给予了严厉的驳斥："他们对于人生虽是喊喊嚓嚓，其实是非常贪或卑、而又非常小的，而对于艺术的主张或要求却总要说得高不可及。"[30]我们对不正确思想的批判工作是一贯地坚持下来了的。

又如这时期曾流行一种无批判地崇拜外国作家的风气，许多翻译者或介绍者常用一种阿谀或倾倒的言辞来把被介绍者脱离了历史实际地乱捧乱吹，对读者的害处很大。如有一位先生介绍纪德说：

> 三十年来纪德在世界文坛上的地位声誉——本次世界大战后纪德已被认为不仅是当今法国，而是欧陆最伟大的作家，而一部分批评家已把法国在第一次大战至第二次大战这一阶段的文学史称之为纪德时代。
>
> 纪德曾享有当代作家中稀有的荣誉之一：即是及今花在论纪德与其作品的笔墨，在数量上远超过纪德自己六十年来所写的作品，而自来却还没有人能说明纪德之为纪德。[31]

像这样无条件崇拜式地介绍的例子很多，特别是关于古典作家方面。这除培养了读者们的殖民地心理而外，是很难说可以收到向外国文学借鉴的效果的。对于像纪德这样脱离了法兰西祖国和人民的作家，尤其显得荒唐可笑。我们文艺界对这些现象也曾不断给予应有的打击与批判；原因是一些市侩主义者们以为只有把被介绍者说得如何地了不起，才能显出自己学识的高明来。实际上既没有为读者着想，而介绍者自己也缺乏明确的认识。关于这类情形，进步文艺界发表的批评文字很多。

1948年在香港出版的《大众文艺丛刊》中曾发表过《对

于当前文艺运动的意见》一文,由荃麟执笔,其中说:

> 反动的文艺思想影响,在中国可谓极微弱的,早已为群众所唾弃,但是在反动统治直接支持之下,它们仍然不断的出现,或化装而露面。对于这些,我们必须揭露它的毒害性,而予以彻底打击。在这里,首先是美帝国主义对中国的直接文化侵略。这中间,有麻醉广大市民的美国黄色的电影,有鲁斯系杂志所介绍过来的黄色艺术,特别是最近美国所宣布的文化援华计划,是种深谋远虑的阴谋。这一切必须为我们所揭露和打击。其次,也是更主要的,是地主大资产阶级的帮凶和帮闲文艺。这中间有朱光潜、梁实秋、沈从文之流的"为艺术而艺术论",有徐仲年的"唯生主义文艺论"和"文艺再革命论",有顾一樵的"文艺的复兴论",以及易君左、萧乾、张道藩之流一切莫名其妙的怪论。这些人,或则公然摆出四大家族奴才总管的面目,或者扭扭捏捏化装为"自由主义者"的姿态,但同样掩遮不了他们鼻子上的白粉。不久前,连沈从文之流,也来配合四大家族的和平阴谋,鼓吹新第三方面的活动了(《一种新希望》,见《益世报》)。以一个攻击艺术家干政治的人,也鬼鬼祟祟干这些浑水摸鱼的勾当,它的荒谬是不堪一击的。但我们决不能因其脆弱而放松对他们的抨击。因为他们是直接作为反动统治的代言人的。
>
> 再次,是那种黄色的买办文艺。这中间,有色情的,恶劣趣味的,鸳鸯蝴蝶的,宣传西欧资产阶级没落思想的,它们是帝国主义官僚买办的帮闲文艺,然而却

具有麻痹城市小市民意识的恶毒作用。它们一方面作为半殖民地的意识形态而存在，一方面又是反动统治的恶劣宣传者。在色情与无聊文字中间夹杂一些反共反苏的宣传，国民党的机关报刊中就充满这一类的黄色文艺。

这些反动文艺思想，它们共同的目的，即是企图掩遮今天统治阶级崩溃的命运，麻醉人民的反抗意识，宣传反共反苏，反人民翻身，毫无疑义是应该列为我们直接打击的敌人。

这里只是集中的概括的叙述，其实关于这些反动现象，是不断有作者来随时著文批判的；这正是思想斗争的最重要的对象。

在解放区，文艺界的思想情况自然不像国统区那样杂乱，而且有各级党的坚强领导，因此规模很大或延时甚长的思想论争的事件并不多。这里要提及的是1948年在东北发生的萧军及其《文化报》事件。萧军在抗战期间至延安，解放战争开始后，党帮助他在哈尔滨出版了他所编辑的《文化报》。由于在《文化报》上发表了一篇批评白俄人对中国人耀武扬威的读者投稿《来而不往非礼也》的小说，和《文化报》1948年《新年献词》中提到社会上存在着一种对土地改革不满的言论，以及另一篇《各色帝国主义》等文章，而引起了哈尔滨《生活报》和东北文艺界的批评。当时许多批评文章把问题提得很高，东北文艺协会做了结论，认为是反党反人民性质的问题。中共中央东北局还做出了《关于萧军问题的决定》，号召"在党内外展开对于萧军反动思想和其他类似的反动思想的批判，以便在党内驱逐小资产阶级的、资产阶级的和地主阶级的思想影响，在党外帮助青年知识分子纠正同类错误观点"[32]。当时批判的规模是相当大的，后果也相当严重。但历史证明这次批判是错误的。萧军当时虽然也不免有缺点错误，但毕竟是人民内部的问题，而当时的批判事实上是混淆了两类不同性质的矛盾。1980年4月，中共北京市委对萧军问题进行了详细的复查，并做出了实事求是的结论。其中说："1948年东北局《关于萧军问题的决定》，认为萧军'诽谤人民政府，诬蔑土地改革，反对人民解放战争，挑拨中苏友谊'。这种结语缺乏事实根据，应予改正。"[33]这件事情的经过表明，我们在坚持思想斗争的原则性的同时，必须严格区分两类不同性质的矛盾，必须坚持实事求是的科学态度。[34]

六　关于"主观"问题的论争[35]

抗战后期，特别是《在延安文艺座谈会上的讲话》传到国统区之后，进步文艺界对抗战以来进步文艺运动进行了回顾与总结，对国统区文艺的发展方向作了认真地讨论与探索。这次讨论涉及新文学发展中一系列根本性的理论问题，既有共同认识的互相补充，更有针锋相对的论争，逐步形成了由"主观"问题引发的进步文艺界内部的一场论争。

早在1942年底至1943年底，胡风先后发表《关于创作发展的二三感想》《现实主义在今天》等文，引起了黄药眠的驳难。1945年1月，胡风主编的《希望》杂志在重庆创刊。创刊号发表了胡风在1944年写的《置身在为民主的斗争里面》和舒芜的长篇论文《论主观》。胡风在《编后记》里特地表示：《论主观》是"一个使中华民族求新生的斗争会受到影响的问题","希望读者也不要轻易放过,要无情地参加讨论"。抗战胜利前后,国统区进步文艺界曾以"过去和现在的检查及今后的工作"为题,在重庆组织多次座谈会,对文艺问题广泛交换意见,同时对《论主观》及胡风文艺思想有所批评。在座谈会后,不少理论家都发表文章,系统地阐述自己的观点;比较有影响的文章有:茅盾的《八年来文艺工作的成果及倾向》,冯雪峰的《论民主革命的文艺运动》,何其芳(傅履冰)与吕荧《关于"客观主义"的通信》,黄药眠的《论约瑟夫的外套》等。1945年11月至1946年,中国共产党在国统区的机关报重庆《新华日报》又组织了关于话剧《清明前后》《芳草天涯》的讨论;在讨论中,何其芳发表《关于现实主义》,与王戎的《从〈清明前后〉说起》、冯雪峰的《题外的话》进行了正面思想交锋。随后,胡风把他在1942年以来发表的文章编成《在混乱里面》《逆流的日子》两书先后出版。《泥土》《呼吸》等刊物也发表不少文章,提出同胡风文章类似的观点。

1948年在香港出版的《大众文艺丛刊》(共六辑),连续发表邵荃麟执笔的《对于当前文艺运动的意见》《论主观问题》,乔木(乔冠华)的《文艺创作与主观》,胡绳的《评路翎的短篇小说》《鲁迅思想发展的道路》等文,对舒芜的《论主观》、胡风的《文艺思想及其在创作上的影响》,进行了更为尖锐的系统的批判。胡风则写了《论现实主义的路》一书,进一步阐述了他的观点并对批评文章的观点加以反驳。直到1949年全国第一次文代大会召开,这次论争才暂告一段落。

这场关于"主观"问题的论争前后持续五年之久。论争双方的意见分歧集中在以下几个方面。

首先，从历史经验的总结与对现状的分析看，妨碍国统区抗战文学，以至整个新文学健康发展的主要错误倾向究竟是什么？胡风坚持认为，主要危险来自主观公式主义和客观主义这两种脱离现实主义的倾向，而客观主义越来越上升为主要倾向。他指出"主观公式主义是从脱离了现实而来的，因而歪曲了现实"；创作上的"客观主义""是对应着思想方法上的经验主义"，是"对于现实底局部性和表面性的屈服"[37]。胡风特地指出"在现实主义的新文艺传统里面，主观公式主义和客观主义都是有着深远的渊源的"[38]，这一点与冯雪峰的认识十分接近。冯雪峰在《论民主革命的文艺运动》中，"在肯定着'五四'以来革命文学的根本传统的同时"，对于革命文学运动中的左倾机械论和主观教条主义、宗派主义进行了系统的清算。而争论的另一方，则针锋相对地指出，"今天严重地普遍地泛滥于文艺界的倾向，乃是更有害的非政治的倾向"；"有一些人正在用反公式主义掩盖反政治主义，用反客观主义掩盖反理性主义，用反教条主义掩盖反马克思主义，——反马克思主义成了合法，马克思主义成了非法的"[39]，这显然是一个权威性的论断。1948年，香港《大众文艺丛刊》展开对胡风的系统批判时，更明确地指出"这十年来我们的文艺运动是处在一种右倾状态中"，"今天文艺思想上的混乱状态，主要即是由于个人主义意识和思想代替了群众的意识和集体主义的思想"[40]，胡风的理论即是个人主义意识的一种强烈表现。

其次，由于对文艺形势、倾向估价不同，由此而决定的文艺方向、路线，也出现了根本分歧。胡风认为，为纠正文艺上的主观教条主义与客观主义，当务之急是提倡"主观精神和客观真理的结合或融合"的"现实主义"[41]。他具体阐述说:"这指的是创造过程上的创造主体（作家本身）和创造对象（材料）的相生相克的斗争；主体克服（深入、提高）对象，对象也克服（扩大、纠正）主体，这就是现实主义底最基本的精神"[42]。胡风强调，文艺"是通过作家主观的能动作用的、现实内容的反映"[43]，"客观对象没有进入人底意识以前，是'不受作家主观影响的客观存在'，但成了所谓'创作对象'的时候，就一定要受'作家主观影响'的，否则就不会有什么'创作'"[44]。在胡风看来，作家的主观能动作用，"思想立场"都"不能停止在逻辑概念上面，非得化合为实践的生活意志"，"这就一方面要求主观力量底坚强，坚强到能够和血肉的对象搏斗，能够对血肉的对象进行批判，由这得到可能，创造出包含有比个别的对象更高的真实性的艺术世界。另一面要求作家向感情的对象深入，深入到和对象底感性表现结为一体"，"而对象也要主动地用它底真实性来促成、修改，甚至推翻作家底或迎合或选择或抵抗的作用，这就引起了深刻的自我斗争"[45]。胡风的结论是："争取（作家）主观的思想立场或思想要求的加强，从这里拓大以至开发通向人民的道路（为人民服务）。"[46]这就是现实主义的中心点，也是推动文艺向前发展的中心环节。胡风的这条文艺路线自然是他的反对者们所不能接受的。正像何其芳所尖锐指出的，"重要的（是），到底今天大后方的文艺上的中心问题在哪里？是不是就是在于革命作家缺少革命的搏斗和冲激，与他们的革命的主观精神还没有与客观事物紧紧地结合？"何其芳认为，"今天的现实主义要向前发展，并不是简单地强调现实主义就够了，必须提出新的明确的方向，必须提出新的具体的内容。而这方向与内容也并不是简单地强调什么'主观精神与客观事物紧密地结合'，而是必须强调艺术应该与人民群众结合，首先是在内容上更广阔、更深入地反映人民的要求，并尽可能合乎人民的观点，科学的观点，其次是形式上的更中国化"。在何其芳看来，"作品更群众化"的关键在于知识分子（作家）的"更加革命化，也就是更加工农化"；这才是"今天这大半个旧中国的文艺上的中心问题"[47]。因此，胡风的批判者们在指责胡风的理论，特别是舒芜的《论主观》"把生存斗争代替了阶级斗争"[48]，"在马列主义外衣下散布了唯心主义观点"[49]的同时，把胡风文艺思想的实质归结为"虽然抽象理论上强调了战斗的要求和主观力量，但实际上都是宣扬着超脱现实而向个人主义艺术方向发展"[50]，认为这是一种"强调自我，拒绝集体，否认思维的意义，宣布思想体系的灭亡，抹煞文艺的党性与阶级性，反对艺术的直接政治效果"的理论[51]；是"小资产阶级的文艺思想"在"革命文艺阵营中"的"反映"[52]。值得注意的是，在论争中，冯雪峰对胡风上述理论的评价显然保留着自己的见解；他虽然也认为胡风理论中"夹杂着非常不纯的东西，例如个人主义的残余及其他小资产阶级性的东西"，但他明确表示自己不同意"有人将这些当作了危险的倾向来看"；他认为"我们先应该对问题从积极的时代的意义上去看，得出积极的要点和我们领导的方向。现在就正是革命发展，人民的力量和斗争高扬的时代，知识分子和青年和作家的某些热情的表现和要求，也不能不是寄寓着文化和个性的解放，未来的生活和艺术理想之追求的东西；它不免要对教条主义和客观主义的思想态度抗议，但更本质地说,却更多是对于压迫青年的生机和热情的旧社会和恶势力的反抗,也是对于部分的知识分子的精神上崩落状态的抵制。这些情形,主要的应看作对于革命的接近和追求,而反映到文艺和文艺运动的要求上来是非常好的,也正为我们文艺所希望的"[53]。但冯雪峰的这些意见当时不能为胡风的批判者们所接受。

第三,更重要的分歧,在于作家与人民的关系。由上述介绍可以看出,关于创作中"主观与客观的关系"的讨论必然要涉及"作家与人民的关系"。围绕着对"作家"(也即中国知识分子)与"人民"的估价,以及二者的关系问题,不同的观点展开了激烈的论争。胡风认为,"五四"以来知识分子始终"是思想主力和人民之间的桥梁,开初是唯一的桥梁,现在依然是重要的桥梁。那么,就这样的具体内容看,可以说革命知识分子是人民的先进的分子"[54];他尖锐地指出:"说'任何'知识分子的作家只能'实际上宣扬小资产阶级所有的一切',这样的'文艺断种'论就不知道是替什么人帮忙,更不知道是根据一种什么古怪的'历史唯物论'了。"[55]胡风同时认为,"作家应该去深入或结合的人民,并不是抽象的概念,而是活生生的感性的存在。……他们的精神要求虽然伸向着解放,但随时随地都潜伏着或扩展着几千年的精神奴役的创伤。作家深入他们要不被这种感性存在的海洋所淹没,就得有和他们的生活内容搏斗的批判的力量"[56]。在胡风看来,作家(知识分子)"和人民的结合过程",既是"对于对象的体现和克服过程,就必然要转变为作家自己的分解和再建过程";作家"从人民学习"或"思想改造",绝不是"善男信女式的忏悔",而表现为"深刻的自我斗争"[57]。胡风的上述观点得到了冯雪峰的支持,冯雪峰也提出要与"拿人民的力量看作命运或神力"的"革命宿命论"作斗争[58]。他们的这种理论自然受到了反对者的极严厉的批判。乔木(乔冠华)以为胡风实际上是"取消了作家和人民结合的基本命题"[59];邵荃麟则指出"胡风所谓的自我斗争,是作家和人民一种对等地迎合和抵抗的斗争,……而在我们,这个思想改造,正是一种意识上的阶级斗争,有如毛泽东同志所说的'长期地无条件地全身心地到工农中去',小资产阶级意识必须向无产阶级'无条件地投降',它不是对等的斗争,而是从一个阶级走向一个阶级的斗争"[60]。这就相当清楚地概括了争论双方的根本分歧。

在这次论争中,还涉及文艺与政治的关系问题。冯雪峰曾以"画室"的笔名发表《题外的话》一文,提出"对于作品不仅不要将艺术的价值和它的社会的政治的意义分开,并且更不能从艺术的体现之外去求社会的政治的价值"。何其芳批评了冯雪峰,指出他的观点是对毛泽东关于"政治标准第一,艺术标准第二"的思想的"不明了"[61];林默涵则更进一步提出,艺术价值"必须附丽于政治的价值",因此,"所谓批评,主要的应该是思想批评"[62]。

抗战后期和解放战争时期关于"主观"问题的论争是国统区进步文艺界内部的一次文艺思想的交锋。它发生在新、旧中国与文艺自身的历史转折时期,反映了人们对于"五四"以来新文学运动的历史经验与即将展开的文艺新篇章的不同的认识与要求。这次论争,无论其内容,还是论争方式、态度,都对建国以后的文学产生了深远的影响。

七　创作趋向

我们说解放区文艺作品是新的人民的文艺，因为这些作品是运用了革命现实主义的创作方法，具体地反映了中国人民的新的生活和斗争，并实际上得到了广大人民群众的欢迎。这些作品中包含着从来没有过的新的主题和新的人物，从里面可以看出中国人民解放斗争的各方面的面貌和经历。周扬说：

> 解放区文艺工作者学习了马列主义、毛泽东思想，参加了各种群众斗争和实际工作，并从斗争和工作中开始熟习了、体验了中国共产党、中国人民解放军与人民政府的各项政策，这就是解放区文艺所以获得健康成长的最根本的原因。所以，很自然地，我们的作品充满了火热的战斗的气氛。我们已经有了若干反映抗日战争、人民解放战争与人民军队，反映农村各种斗争，反映劳动生产的比较成功的作品。[63]

这些作品中的主要人物都是工农兵，知识分子一般地只是以干部出现，是与工农结合了的、或正在结合过程中的人物。民族斗争与阶级斗争，劳动生产与翻身快乐，成为最习见的主题。许多作品描写了在斗争中获得成长的新的人物的优良品质，而这些品质正是我们民族的优良传统的发展。作品中那些人物的性格并不是虚构的，有许多英雄人物就是写的真人真事；周扬说："这种情况正表现了新的人民时代的特点。我们是处在这样一个充满了斗争和行动的时代，我们亲眼看见了人民中的各种英雄模范人物，他们是如此平凡，而又如此伟大，他们正凭着自己的血和汗英勇地勤恳地创造着历史的奇迹。对于他们，这些世界历史的真正主人，我们除了以全副的热情去歌颂去表扬之外，还能有什么别的表示呢？"[64]这些英雄人物本身便带有典型的意义，我们应该尽情地歌颂这些人物。所谓现实主义的创作方法，是必须在现实生活和现实的斗争过程中才能体验和运用的。解放区的文艺工作者在毛泽东同志指示的文艺方向的直接领导下，经过了长期革命斗争的锻炼，因此能够把握历史的动向，具有明确的阶级性和政治倾向；他们的创作实践与革命实践是统一的，因此也就掌握了革命的现实主义的创作方法。这正是我们新文学史的新发展，而这也正是反映着中国人民革命的新发展的。

以上只是就其主流说，偏向也并不是没有的，虽然是在不断纠正与提高的过程中。偏向之一就是经验主义倾向。柯仲平说：

> 当我们写"真人真事"时，每每缺乏周密的调查研究，缺乏、选择、批判，缺乏组织、集中，结果就不能使已经带若干典型性的人物事件更典型。我们常是平铺直叙，很繁冗、散漫，主题不集中。这就是创作上的一种经验主义或自然主义的倾向。……经验主义还表现在我们写"真人真事"以外的作品上。这就是我们还不善于"根据实际生活创造出各种各样的人物来，帮助群众推动历史的前进"。也就是说，还不善于"把这种日常的现象组织、集中起来，典型化，造成文学作品或艺术作品"。[65]

文艺工作者在实际锻炼中积累了经验与知识，是很好的；但如果思想水平不够高，就难免有被淹没在材料中的危险。必须去掉思想上的经验主义和教条主义，学习马克思列宁主义与毛泽东思想，经常总结新鲜的经验，文艺作品的思想性才会提高，而这也正是许多作者所努力的方向。

在国统区，虽然环境不同，取得的成就也不同，但当作文艺创作方向的主流的，自然也是革命现实主义。因为民主斗争既是政治目标，也是文艺目标；那么作品中对于帝国主义和封建主义的控诉，对于法西斯黑暗统治的暴露，对于人民解放和民主的要求，正是现实生活的要求；而能把这样的生活和思想有力地体现在作品中的，自然也只有现实主义。但事实上由于大多数作者的思想意识还没有经过认真的改造，因此反现实主义的偏向也是存在的。首先仍然是公式化的倾向，这是经过多次批判的，因此有的就把"公式"藏在所谓"形象化"和"技巧"之下，好像不是"公式"了，但又不是生活的真实的形象，作品贫乏空虚，其实仍是那流行颇久的公式化倾向。因为这些作家不向现实生活追求和发掘，无视于现实社会的主要矛盾与主要斗争，而出之于将政治的一般概念加上"形象化"的办法，遂出现了上述的倾向。另外就是以所谓"冷静的观察"为特点的，其实是对人民的现实斗争抱着一种冷淡的态度，因此作品中的形象就是灰白的，没有生命的，读者从中体现不出强烈的爱憎，其实这也是一种反现实主义的倾向。除此以外，也确实有一些在生活上与艺术上认真追求而仍然苦闷的作者[66]，这反映了小资产阶级知识分子的内心矛盾，他有苦闷，也想深入现实，但又不愿"毫无保留"，于是在生活上和创作上就都有了一种战战兢兢之态了，这当然也就不能不影响到创作的成就。

有的作者由于醉心技巧，产生了一种无批判地崇拜西欧古典作家的倾向，这也影响到创作；有些人甚至以为熟读西欧名作就可获得创作上的艺术性。这种情形反映了当时知识分子本身意识上的弱点和迷乱。他们向古典作品去追求"充实"与"高深"，去追求"形象"和"技巧"，在现实斗争中形成游离状态，结果创作上便有了接近于19世纪自然主义的倾向。荃麟说：

> 这种倾向表现为对于历史中与现实批判底软弱无力，人道主义的微温的感叹与怜悯；以"含泪的微笑"来代替当前中国艰苦的战斗，以伦理的观点来认识社会与人生，甚至赞美了一种无怨无艾，不忮不求的忍受精神，称之为中国知识分子传统的美德。在创作方法上，则走向于烦琐的和过分强调技巧的倾向。这种倾向，我们以为是政治逆流中知识分子软弱心境的一种反映。[67]

这种反现实主义倾向的根源，其实都是小资产阶级文艺思想。这些作者们在主观上是革命的，愿为人民服务的，但由于革命的主观愿望与原来的阶级意识之间还存在一些矛盾，这种思想情况就以不同的方式表现为各种不同的倾向了。如果作家去和人民大众的现实斗争相结合，在实践中改造自己，这些反现实主义的倾向就自然会纠正过来的。而且即使在当时，就创作的主流说，不少进步的文艺工作者还是坚持了正确的方向与作风的。

八　全国第一次文代大会[68]

随着北京、上海等各大城市及全国广大地区的解放，使解放区的文艺工作者和长期在国统区艰苦奋斗的作家们有了聚首会合的可能。1949年3月，遂由郭沫若等组成了全国文学艺术工作者代表大会的筹备委员会，积极进行筹备工作。7月2日，大会正式开幕，正式代表共七百五十三人（后增至八百二十四人），包括了全国文学艺术界的各方面的代表人物——党与非党的，老解放区与新解放区的，新文艺界与旧文艺界的，部队、地方与少数民族的；的确是从来未有也不可能有的一个广泛的富有代表性的团结大会。大会通过丁玲等九十九人为主席团，郭沫若为总主席，茅盾、周扬为副总主席。会期历时半月，于7月19日正式闭幕。

在会期中，毛泽东主席、朱德总司令等都曾到会上讲话，他们的带鼓励性的讲话给了文艺工作者以无比的兴奋和勇气。周恩来副主席在会上作了总的政治报告，其中叙述了三年来人民解放战争的经过；说明了文艺界大团结的胜利，不能不归功于人民解放战争的胜利；这胜利是依靠人民解放军，依靠农民、工人、革命知识分子和一切爱国民主人士所形成的人民民主统一战线的。"但从根本上说，造成这个胜利的最有决定性的因素，却是中国人民革命的组织者中国共产党的正确领导，却是中国人民领袖毛泽东同志的正确领导"。他号召大家学习毛泽东思想，把革命理论和革命实践结合起来。号召大家认识中国共产党，因为只有这样才能认识和表现中国人民的生活和斗争的主要部分。号召大家去熟悉工农兵，因为工农兵是人民的主体，而又是大家所不熟悉或不完全熟悉的。此外又讲了"发扬团结精神""为人民服务""还是普及第一""重视改造旧文艺""文艺界要有全局观念""成立群众组织"等问题，都是正确的原则性的指示，给文艺工作者很大启发。最后说：

> 同志们，朋友们，这次文艺界代表大会的团结是这样一种情形的团结：是从老解放区来的与从新解放区来的两部分文艺军队的会师，也是新文艺部队的代表与赞成改造的旧文艺的代表的会师，又是在农村中的，在城市中的，在部队中的这三部文艺军队的会师。这些情形都说明了这次团结的局面的宽广，也说明了这次团结是在新民主主义旗帜之下、在毛主席新文艺方向之下的胜利的大团结，大会师。
>
> 在全国接近于最后胜利这样的局面下，我们七百多位代表能够有这样的大团结，大会师，我们应该感谢毛主席，他把中国革命领导到今天这样伟大的胜利；我们应该感谢毛主席，他给予了我们文艺的新方向，使文艺也能获得伟大的胜利。

郭沫若在《大会开幕词》中叙述这次大会的主要任务说："时代所给予我们的历史使命是什么呢？是要我们总结以往的经验，策划未来的方略，把文学艺术这项有力的武器，有效地运用来提高革命的敌忾，鼓励生产的热情，使新民主主义的建设迅速地得到全面胜利，稳步地过渡到更高的历史阶段。"会议开始后，郭沫若作了《为建设新中国的人民文艺而奋斗》的总报告，其中说：

> 假若我们过去还可以说我们的文学艺术工作的这个缺点和其他缺点主要是由于客观条件的限制的话，那么现在应该说是万事俱备，只欠东风了，这个东风就是我们文学艺术工作者本身的努力。我们应该创造出无愧于我们伟大民族的文学艺术作品，我们应该满足广大的中国人民对于文学艺术的要求。
>
> 各位代表先生们，我们的任务是重大的，但我们已经有了明确的方向，已经有了许多重要的、成功的经验。而这些经验中的最重要的经验就是我们文学艺术工作者自己必须经过各种不同的途径去和人民大众结合。这应该成为一种文学艺术工作者的自觉的运动。

另外茅盾在会上作了十年来国统区革命文艺运动的报告《在反动派压迫下斗争和发展的革命文艺》，周扬作了解放区文艺运动的报告《新的人民的文艺》，都严肃深刻地叙述和总结了已有的成绩和缺点，并对此后的工作任务提出了指示和勉励。譬如茅盾鼓励文艺工作者"向时代学习，向人民学习"，周扬强调了"仍然普及第一，不要忘记农村"，都是为了使新中国的人民文艺建设走上正确道路的。傅钟在会上作了《关于部队的文艺工作》的报告，说明了人民解放军中文艺工作的重要性和重大成就。最后说："我们很欢迎文艺工作同志到部队来参观，把人民解放战争多多反映出来。"此外好些代表都在会上作了"专题报告"，分别总结和介绍某一地区或某一艺术部门的工作经验，使这些经验互相交流；

这对此后的工作有很大的帮助。也有许多代表写了不少的纪念文字；有的叙述他的兴奋的观感，有的贡献出他的工作或创作的经验，也有的对大会或会后工作提出了积极性的建议。在大会进行过程中，举办了文艺运动的资料和各种文艺作品的展览；各戏剧、音乐团体举行了多次的戏剧演出和音乐演奏，动员到两千多人；可以说是文艺工作成绩的大检阅。在会议中，许多代表热烈地表示了要为人民服务、要和工农兵结合的愿望和决心；许多人在提案中要求到工厂、到农村、到部队中去生活，去反映工农兵。大家认识到毛泽东同志《在延安文艺座谈会上的讲话》虽然是七年前的指示，但今天在原则上仍然完全正确和适用，仍然是今后文艺工作者应该实践的方向。郭沫若在《大会闭幕词》中肯定了这次大会是成功的，他说这首先要感谢毛泽东主席、朱德总司令、周恩来副主席等首长的鼓励和指示。他宣布大会开支约为一百万斤小米，相当于三千至四千农民一年的生活费，因此特别要感谢中国的农民群众；然后他又指出大会能够安全地在北平开会，更要感谢在前方英勇作战的人民解放军和保卫北平的武装部队。最后他号召大家努力学习，使新文艺能够不断地辉煌地生长。会上大家一致通过了下面的决议：

> 大会听取了周恩来副主席的政治报告与郭沫若关于新中国文学艺术运动的总报告，一致认为他们所指出的在毛泽东主席的文艺方针之下，中国文学艺术工作者今后努力的方向和任务，是完全正确的。我们一致同意他们的报告，并接受作为我们今后工作的指针，决心以最大努力来贯彻执行。

闭幕前并以大会名义电毛泽东主席致敬，电朱德总司令暨人民解放军致敬，电人民政治协商会议筹备会祝贺。向毛泽东主席的致敬电说：

敬爱的毛主席：
　　在你伟大思想的光辉照耀下，我们举行了空前盛大空前团结的全国文学艺术工作者代表大会，广泛交换了工作经验和意见，确定了今后共同努力的方向和任务，经过了十四天的会议，大会于今日胜利地闭幕了。我们愿意在你面前郑重表示：我们将坚决地遵循着你所指示的方向，为开展人民的文学艺术工作，建设中华人民民主共和国而奋斗到底，我们向你致最敬礼，并祝你永远健康！

大会又通过了全国文学艺术界联合会的会章，其中规定了纲领性的宗旨和任务；讨论了一百多件富有建设性的提案；选举了全国文联的委员，并选郭沫若为主席，茅盾、周扬为副主席，正式成立了文学艺术界的统一组织。大会是胜利地完成了任务的。最后发表了大会宣言，其中叙述了大会的胜利经过情形，表示了坚决拥护新的政治协商会议的召开和由此产生的民主政府，表示了坚决站在以苏联为首的世界和平民主阵营里，发扬革命的爱国主义和国际主义的精神，争取世界的持久和平与人民民主。最后说：

　　从"五四"以来，中国新文艺运动已历时三十年了，在人民革命斗争中起了很大的作用。特别是1942年毛主席《在延安文艺座谈会上的讲话》发表以后，中国的文艺工作者，尤其是解放区的文艺工作者开始和广大的人民群众相结合。这些年的经验证明了毛主席文艺方针的卓越的预见与正确。文艺工作者和劳动人民结合的结果，使中国的文学艺术的面貌焕然一新。我们感谢毛主席对文艺的关心与领导。今后我们要继续贯彻这个方针。更进一步地与广大人民、与工农兵相结合。只有首先向人民群众学习了，才有可能教育人民群众。我们的工作，必须在人民群众的面前取得考验。

我们要加强学习与自我批评，我们的文学艺术既然是为人民服务的，我们的目的也就是使人民能取得胜利与巩固胜利。一个名副其实的真正爱国的民主的文学家与艺术家，就必须掌握正确的世界观与人生观，只有这样，他才有可能正确地了解中国社会的阶级关系，表现中国人民中新的英雄人物与英雄事迹，也才有可能使自己的作品富有思想性，也才有可能有效地正确地为人民服务，发扬文艺的伟大教育效能。

我们知道我们的任务是艰巨的，我们的工作是对人民负责的。因此，我们只有密切联系群众，虚心学习，努力工作，才不致辜负全国人民对于我们的热望。

全国爱国的民主的文学艺术工作者紧密地团结起来，在中国共产党和毛泽东主席的领导之下，和全国人民一起，为人民共和国的建设与人民文学艺术的建设而奋斗！

大会是成功的，正如新华社社论《我们的希望》所说："这样的大会的确是革命所需要的大会。大会所完成的这些工作的确是对于革命有好处，对于人民有好处的。"大会闭幕以后，接着就有许多作家到了工厂、农村和部队里，决心和工农兵结合，改造自己，全心全意地为人民服务。

大会通过的中华全国文学艺术界联合会章程第三、四两条中，明确地规定了全国文联的宗旨和任务：

> 本会宗旨，在团结全国一切爱国的民主的文学艺术工作者，和全国人民一起，为彻底打倒帝国主义、封建主义和官僚资本主义，建设中华人民民主共和国和新民主主义的人民文学艺术而奋斗。
>
> 本会任务为发动与组织全国文学艺术工作者进行下列各项活动与工作：
>
> （一）积极参加人民解放斗争和新民主主义国家建设，通过各种文学艺术形式，反映新中国的成长，表现和赞扬人民大众在革命斗争和生产建设中的伟大业绩，创造富有思想内容和艺术价值、为人民大众所喜闻乐见的人民文学艺术，以发挥其教育人民的伟大效能。
>
> （二）肃清为帝国主义者、封建阶级、官僚资产阶级服务的反动文学艺术及其在新文学艺术中的影响，改革在人民中间流行的旧文学旧艺术，使之为新民主主义国家服务。批判地接受中国的和世界的文学艺术遗产，特别要继承与发展中国人民的优良的文学艺术传统。
>
> （三）积极帮助并指导全国各地区群众文艺活动，使新的文学艺术在工厂、农村、部队中更普遍更深入地开展，并培养群众中新的文艺力量。

（四）开展国内各少数民族的文学艺术运动，使新民主主义的内容与各少数民族的文学艺术形式相结合。各民族间互相交换经验，以促进新中国文学艺术的多方面的发展。

（五）加强革命理论的学习，组织有关文学艺术问题的研究与讨论，以建设科学的文艺理论与文艺批评。

（六）加强中国与世界各国人民的文化艺术的交流，发扬革命的爱国主义与国际主义的精神，参加以苏联为首的世界人民争取持久和平与人民民主的运动。

这其实就是此后文艺运动和工作实践的具体纲领，任务是非常明确的。接着又在全国文联的组织之下，分别成立了文学艺术各部门的协会和各地方性的分会，这些协会是巩固团结和实现方针任务的必不可少的组织。其中中华全国文学工作者协会也成立了，以茅盾为主席，丁玲、柯仲平为副主席。全国文联出版机关刊物《文艺报》，全国文协出版机关刊物《人民文学》，都负起了推动全国文艺工作的重要责任。1949年10月1日，中华人民共和国正式成立；在毛泽东主席领导的中央人民政府之下，设有专门领导文化艺术工作的文化部。从此文艺运动有了政府行政机构的有计划的领导，全国文联及其系统下的各兄弟团体更易于作组织和推动的工作；文艺工作者在新社会中努力学习马克思列宁主义和毛泽东思想，努力与工农兵结合，这些都保证了我们可以产生出无愧于伟大的中华人民共和国的新作品，在中国新文学史上将展开光辉灿烂的一页。

＊　　＊　　＊

〔1〕1953年初版原题为"文学的工农兵方向（一九四二——一九四九）"。——编者注。

〔2〕毛泽东：《整顿党的作风》。

〔3〕毛泽东：《在延安文艺座谈会上的讲话》。

〔4〕何其芳：《关于现实主义·关于艺术群众化问题》。

〔5〕周扬：《表现新的群众的时代·艺术教育的改造问题》。

〔6〕转引自周而复：《新的起点·秧歌剧发展的道路》。

〔7〕毛泽东：《在延安文艺座谈会上的讲话》。

〔8〕〔15〕〔17〕〔27〕〔63〕〔64〕周扬：《新的人民的文艺》。

〔9〕周扬：《表现新的群众的时代》。

〔10〕〔18〕沙可夫：《华北农村戏剧运动和民间艺术改造工作》。

〔11〕赵树理：《艺术与农村》。

〔12〕〔13〕穆之：《群众翻身，自唱自乐》。

〔14〕转引自荒煤：《关于农村文艺运动》。

〔16〕转引自默涵：《论文艺的人民性和大众化》。

〔19〕〔21〕毛泽东：《论联合政府》。

〔20〕郭沫若：《天地玄黄·我更懂得庄子》。

〔22〕郭沫若：《天地玄黄·司徒、司马、司空》。

〔23〕见《中共中央毛泽东主席关于时局的声明》。

〔24〕〔26〕〔28〕茅盾：《在反动派压迫下斗争和发展的革命文艺》。

〔25〕郭沫若：《为建设新中国的人民文艺而奋斗》。

〔29〕〔30〕冯雪峰：《高洁与低劣》。

〔31〕转引自周而复：《新的起点》。

〔32〕关于当时批判萧军及《文化报》文章和文件，见《萧军思想批判》一书。

〔33〕见北京市委《关于萧军同志问题的复查结论》。

〔34〕本书初版本沿用《萧军思想批判》一书材料，作了错误论述，今据复查结论改正。

〔35〕本节按著者最后改稿录入。此改稿原为本书新版本所写，在著者生

前寄上海文艺出版社备用。——编者注。

〔36〕黄文题目为《读了〈文艺工作底发展及其努力方向〉以后》。

〔37〕〔38〕〔44〕〔46〕〔54〕胡风：《论现实主义的路》。

〔39〕《〈清明前后〉与〈芳草天涯〉两个话剧的座谈会》，1945年11月28日《新华日报》。

〔40〕〔50〕〔51〕〔52〕〔67〕邵荃麟（执笔）：《对于当前文艺运动的意见》。

〔41〕胡风：《现实主义在今天》。

〔42〕胡风：《人道主义和现实主义的路》。

〔43〕胡风：《一个要点备忘录》。

〔45〕〔56〕〔57〕胡风：《置身在为民主的斗争里面》。

〔47〕〔61〕何其芳：《关于现实主义》。

〔48〕邵荃麟：《论主观》。

〔49〕黄药眠：《论约瑟夫的外套》。

〔53〕〔58〕冯雪峰：《论民主革命底文艺运动》。

〔55〕胡风：《论现实主义问题》。

〔59〕乔木（乔冠华）：《文艺创作与主观》。

〔60〕邵荃麟：《论主观问题》。

〔62〕林默涵：《从何着眼》。

〔65〕柯仲平：《把我们的文艺工作提高一步》。

〔66〕1953年初版此处原引冯雪峰的话批评"想从公式主义跨出去一步"，"而又受了客观主义的毒害"，"遂成为所谓繁琐的描写主义或平庸的印象主义"（《有进无退·什么是艺术力及其它》）。——编者注。

〔68〕本节引文均见《中华全国文学艺术工作者代表大会纪念文集》。

第十七章 人民翻身的歌唱

一 工农兵群众诗

周扬说："解放区的文艺，除了专业文艺工作者的创作活动以外，还有工农兵自己业余的文艺活动，解放区人民由于政治、经济上的翻身，文化上也开始翻身，因而广大的工农兵群众积极地参加了文艺活动，并表现出了惊人的创造能力。"[1]在这些群众创作里面，收获最丰富的是表现人民翻身斗争的诗歌。这首先是因为在中国民间文艺的传统里，诗歌是群众比较熟悉的形式，容易运用它来表现感情；而且群众在翻身得解放以后，有着强烈的表现自己的生活与斗争的要求。他们不是先在技术上着手，而是先在政治上开口；以主人公的资格用诗歌的形式来表现自己，显示了丰富的情感和雄伟的气魄。当时解放区提倡群众诗歌运动最热心的太岳军区副司令员孙定国曾说："这一次路过晋城，听群众工作汇报，每一个群众斗争都有一段诗，群众如诉苦、斗争发言的时候，常常就一段一段念开了，我听了一天汇报，就听了一天诗歌朗诵！"[2]晋城天水岭群众，对当地恶霸地主的组织同泰会的斗争是当时一个典型的事例，人民文艺丛书《东方红》中收有《赵清泰诉苦》一篇，就是当时的记录。《序》中说："群众翻身诉苦，赵清泰哽咽不能成语；他不是在说话，而是在唱，在哀歌，一字一泪，是痛苦，也是愤恨，直诉到晕死过去，情况非常动人。翻身群众忙着营救他，年老的女人用颤抖的声音给他招魂：'清泰，回来吧！这里不是同泰会的世界，这是咱农会诉苦的地方。回来吧！咱们挖穷根吧！'"下面是赵清泰诉苦词中的第一节：

> 同泰会呀！
> 吃人虫呀！
> 真可恨呀！
> 你逼死我九口人呀！
> 今天反了同泰会呀，
> 明天打了我黑枪也甘心呀！

这里包蕴着多么强烈的阶级仇恨和斗争情绪！像这样的诗歌，随着群众翻身运动的开展已在各地普遍地产生了。如在《翻身说理》一篇中说：

> 你不凭黄牛耕，
> 你不凭黑牛耕，
> 手搭心头问一问，
> 你好吃好穿凭的甚？

除"诉苦"的外，群众诗歌中也有歌唱翻身后的愉快乐观的民主生活的。如陕北的《信天游》：

> 革命的势力大无边，
> 红旗一张天下都红遍！

这是多么雄壮和乐观的革命气魄！下面是歌唱解放区民主生活的诗《选好人》：

> 金豆豆，银豆豆，
> 豆豆不能随便投，
> 选好人，办好事，
> 投在好人碗里头。

而最有名的歌颂人民领袖毛泽东主席的《东方红》，就是陕北农民李有源的作品；这歌声十分有力地表现出了中国人民对自己领袖的热爱。这些诗的主题现实具体，感情健康率真，语言又通俗生动，标志着人民诗歌的新的主流和方向。形式虽然简单，但这是人民歌颂自己的文艺的萌芽，是有无限宽广的发展前途的。

另一种在农村中极其普遍的群众歌唱形式是快板。快板自然也是一种诗；由于它的句法整齐和有节奏、有韵脚等的特点，很便于记诵，也很适宜于叙事，因此特别受群众的欢迎。荒煤说：

> 快板运动，在今天广大农村所起的影响与作用是非常惊人的！无论男女老幼都熟悉并且能掌握这个形式，那样迅速普及地反映一家、一村所发生的事迹，而且流行传播得那样快。真是有所闻，有所倡，就"有口皆传"。这是从群众涌现出来的一个空前的艺术运动，在土地改革运动中，曾经产生了不少生动的、充满鼓动情绪的快板，通过它甚至就可以了解，这一个村的土地改

革运动中的各个关节的微末。[3]

这些快板在群众中通过朗诵,就会产生巨大的鼓舞力量。孙定国曾在《人民的朗诵》一文中总结太岳区的情形说:

> 即以我区而论:刘金堂鼓书队,就是最好的一支朗诵军,其威力普及于阳城全境。翼城霍全福同志,每到一村一地,群众即要求他朗诵快板;开干部会,大家也要求他朗诵。盂县女诗人安娘之斗争口歌,一经朗诵起来,会使听众静听入神,转瞬间掀起紧张的斗争。毕金川在欢送新战士大会上朗诵《蒋介石是颗沤谷子》,博得群众热烈拥护。……

这种情形在解放区是普遍存在的;人民一旦翻身以后,就会涌现出天才的歌手。譬如陕北劳动诗人孙万福的一首歌:

> 半辈子福——务树木,
> 眼前的福——压粪土,
> 七十二行,庄稼为强;
> 一籽归地,万籽归仓。
> 劳动英雄,秋夏二令,
> 做得大大地乐他一场。
> 打下来先完这一点儿救国公粮,
> 剩下的余粮吃起来比别人都香。

这里亲切地表现了翻身农民对于劳动的喜悦和对于自己政府

的拥护。又如陕北木匠汪庭有创作的有名的歌《表顽固》，"这是一个长歌，分十二个月份来唱，每个月八句，很仔细地叙述了友区（国统区——引者）人民受顽固分子糟蹋的痛苦，配的是珍珠倒卷帘调，唱起来声音很哀伤"。[4]其中如"顽固要把边区占，汉奸穿针来引线"，"放下日本他不打，破坏抗日我后方"，沉痛地控诉了国民党的勾结日伪、欺凌人民的事实。歌的最后说："高举大旗向前进，最后胜利是我们！"态度是非常坚决和乐观的。此外他还有歌颂人民领袖、政府和部队等的歌《十绣金匾》。艾青说：

> 从汪庭有的这个《十绣金匾》歌里，我们可以看出来劳动人民对于革命领袖，革命部队，革命政权，革命根据地的最纯真的爱，和对劳动生产的热情，这样的歌，是只有在民主政治下面生活的人民，才能发出的快乐的歌。[5]

这些歌博得了解放区人民的热烈欢迎。又如陕北"练子嘴英雄"拓开科的得意创作《闹官》，是"一篇关于1932年清涧农民反对旧政权压迫的叙事诗"，是他"自己最得意的，也是最受人欢迎的，有气魄、有组织、很完整的一个打通民间的艺术作品"。[6]此外像韩起祥的说书，也可以说是一种诗；这是一种民间的口头文学。它用琅琅上口的生动活泼的语言叙述动人的故事，很具有叙事诗的特点。说书可以说是一种用音乐伴奏的诗歌朗诵，在农村很受群众的欢迎。陕北民间盲艺人韩起祥所编的新书《刘巧团圆》和《张玉兰参加选举会》等，出版后行销全国，得到了很多人的爱好。以上这些人大都是不识字的农民，但因为他们亲历了翻身斗争的胜利与快乐，所歌唱的是群众的也是他们自己的思想感情，语言又丰富生动，作品自然就简劲有力了。此外参加群众工作的干部也有采用人民朴素的语言形式来表现农民的翻身斗争生活的，这些诗也同样在群众中受到了欢迎；譬如王希坚作的翻身民歌《佃户林》《被霸占的土地》等，就是这一类。而且就诗歌的发展前途说，诗歌工作者与群众相结合，虚心向群众学习，并在群众的素朴的诗歌基础上，给予应有的加工与提高，也正是一条正确、宽广的发展道路。

在部队中，战士们把他们的诗贴在枪杆上、炮筒上，或登在火线出版的小报上，来表示他们的誓言和胜利的信心，鼓励同志们的斗志，那起的作用是难以描述的。这种诗歌的产量非常之多，仅陕甘宁出版的《战士诗选》中就选入了一百多首。即在战斗进行的当中，诗歌也同样活跃地传诵在战壕里面。下面是"锦西阻击战中的一个实例"：

  锦西阻击战，十一纵各部的宣传鼓动工作很活跃。据不完全统计，从10月12日到28日的十七天阻击战中，各部编印快板式的宣传品（《火线传单》《战斗传单》《枪杆诗》《快报》等）达七十一种，二万五千余份。
  这些东西的特点是：（一）及时地配合着政治动员，与当前任务相结合。（二）切合战士的心情和要求。（三）形式简短、活泼，内容切实、新颖；用通俗语言编成的"顺口溜"，大量地传播在战壕里，克服了过去一打仗就没有文化活动的现象。[7]

"顺口溜"就是快板，在战斗中可以用它来提高战士认识、鼓动战斗意志，这和枪杆诗是同样有很大效果的。枪杆诗如某指挥员写在旗子上的一首：

> 我的旗子红通通，
> 指挥立大功，
> 伤亡还不重。[8]

田间说："就是这三句小诗，可以叫我们看到人民指战员多大的英雄气概，由于这种英雄气概，这首短诗简直是一个字一声雷，勇敢坚决，声势浩大，这只有毛泽东的战士，只有在人民革命战场上的人才能创造出这种诗来。"[9]又如司号员张尽忠写的一首：

> 我的号，
> 真是行，
> 只要一响全连动。
> 滴滴哒哒连声叫，
> 全队同志往前冲，
> 冲得敌人好像老鼠找不着洞，
> 乱碰乱窜当了俘虏兵。[10]

这是多么高昂的革命英雄气概！快板（顺口溜）更是在连队中普遍流行的；其中有练兵的，有讽刺敌人的，有表扬进步的，也有自我检讨表示决心的。事实上快板成了连队政治工作中的有力武器之一；上级的号召、党的政策，都可以通过快板变为具体的群众行动的口号，变为决心和力量。部队中也常常出现善编快板的天才歌手，譬如四野战士王启春编的快板就很受战士们的欢迎，大家都称呼他"王老板"。下面是他在东北编的《辽西会战》中的最后一段：

> 如今东北全解放，
> 关里还有敌据点，
> 咱们要往关里打，
> 协助他们把敌歼，
> 拿下天津、北平市，
> 华北人民把身翻，
> 彻底消灭蒋匪军，
> 才能保住房子田。
> 蒋匪帮是落水狗，
> 趁热打铁继续干，
> 千万不要松了劲，
> 斩草留根有祸患！

他在歌唱了我军全部解放东北的伟大胜利之后，并号召大家必须将革命进行到底；而且念起来顺口，大家都能记得住，产生了很好的宣传效果。像这样的作品在部队中多得很，有力地保证了部队中战斗情绪的不断巩固与提高。第十八兵团快板诗人毕革飞说：

> 如果说文艺是一种阶级斗争的武器，那么，快板诗歌正是这种武器中的刺刀和手榴弹。从它的形式上看，

短小精悍，从它的作用来看，可以进行白刃肉搏打交手战（见景生情、随编随念），在紧张而又分散的战斗环境中，最能够发挥它的威力。从它的群众基础上看，能够掌握快板诗歌这种武器的人最广泛，指战员们很喜欢运用这一武器进行思想战，因此快板诗歌最容易普及发展。[11]

他著有快板诗集《运输队长蒋介石》，其中包括时事快板诗与战斗快板诗，都是用战士的语言讲部队生活的，充分发挥了宣传鼓动与教育指导的作用。战士们曾用快板称赞他说：

> 要格劲、要顺嘴
> 　　好懂好记有趣味
> 内容具体又实际
> 　　介绍方法又鼓励
> 拿它娱乐都欢喜
> 　　指导工作有意义

他把自己写的快板分成："介绍方法总结经验""传好表模鼓励士气""纠偏和批评""对敌""对群众的"和"时事快板"六类。[12] 譬如《再把刀刃加些钢》一首就是属于"纠偏"的，在临汾战役时，战士们在战壕里蹲了一两个月，情绪有点低落，他这首快板中就说：

> 乱估计，乱猜想，
> 不看地图胡测量，
> 有说坑道坑不动，

>有说恐怕转方向，
>有说演习太俗烦，
>天天演习一个样，
>有说东关打得好，
>攻城像是翻手掌。
>思想不往正处用，
>火车开到汽车路上，
>这些都是坏思想，
>总结他伙食账……

最后号召大家"再把刀刃加些钢"，鼓励大家准备攻城；这个快板在部队里普遍传开，有许多战士当批评人时就说："你的思想又是把'火车开到汽车路上'去了！"可见发生的影响之广大了。[13]他自己谈创作经验时说："一个作者，他对领导意图和群众思想情绪两方面越了解得透彻、全面，在他的快板诗歌里所反映出来的现实就越具体深刻，对斗争的指导也就越有力量。"[14]

工人也是喜欢创作有韵的诗歌的，草明在《工人与歌谣》一文中说：

>工人喜欢创作哪一种形式的文艺呢？这个问题我越来越感觉有趣味了。
>我在不同的地区里，帮助过几种不同性质的企业工人搞过文艺工作，接触到了上面这个问题。在宣化龙烟炼铁厂的油印报《龙烟生活》里，工人作的歌谣——有韵的歌谣，是特别出色的。他们的散文和短论，写得少，

也写得较韵文差,我当时没有太注意这个问题。后来我到了东北,做过邮政工人的教育工作、电力工人的教育工作和沈阳铁路工厂工人的教育工作。从他们的壁报的投稿中,又再三再四地证明了这一点。特别在铁路工厂里,工人稿件中百分之五六十是歌谣——有韵的诗歌。

在控诉反动派的罪行,在歌颂自己的政党中国共产党和人民领袖毛主席的时候,他们用那么简短有力、淋漓痛快的歌记录下自己的感情,记录下爱和恨。

这因为诗比较容易更集中简练地表现人们的思想和情绪,而从民间歌谣和小调里,他们也受到过一些文艺的影响和锻炼,因此比较容易利用这种五七言的韵文形式,来反映他们解放后的喜悦和对于政策的热情。譬如十五岁女工朱桂芳作的《纱厂女工歌》,"就是说络纱的和看车的,在分车竞赛中怎样积极工作,得上红旗,怎样高兴的情形"。开头说:

> 一台细纱车长又长,
> 四百纱锭子转得忙,
> 姐妹三人来看车,
> 一个更比一个强。

看车的积极,络纱的也"络完纱了不休息,又到车上去接头",为的是"建设新民主主义新中国,大家美满地过太平年"。和这同类的如织布工人王森林作的《太阳出来圆又红》:

> 太阳出来圆又红,

工人起床赶做工。
脚踏机子一声响，
梭子综子齐转动。
手脚不停不知倦。
织成布匹一大片。
生产为什这样多？
为的是要送前线。

这种通过积极生产来支援前线的劳动态度，体现了领导阶级的气魄。他们在政治上翻身以后，也要求在文化上翻身；他们要用诗歌来表现他们对于过去统治者的控诉、翻身后的喜悦和对于劳动生产的积极态度。工人诗歌很多都是歌颂的诗篇，他们毫无保留地歌唱心头的喜悦，抒发全心全意拥护革命的热忱。如东坊的《共产党恩情实在多》：

不怕天翻和地覆！
不怕大海起洪波！
红旗握在劳动人民的手，
大家跟着红旗走！

这完全是投身在革命队伍里边的前进阶级的洪亮声音，是有极坚定的革命气概的。王滨的诗《毛主席好比太阳光》说：

话越说来越没完，
眼泪顺腮往下淌，
过去工人好比沟里草，

> 毛主席好比太阳光。
>
> 昨夜做梦真欢喜,
> 梦见咱们毛主席,
> 毛主席紧紧握住我的手,
> 让我好好保身体。

这里深刻地表现了工人阶级对于自己领袖的热爱,这是一种最真挚的感情。先进阶级的政治敏感,使他们能够非常迅速地觉察到新的政权的性质,因而对革命领袖发出了由衷的感激和歌颂。大致说来,解放初期的作品,以诉苦的题材居多;而在诗的后面就用新旧社会的对照来显示出解放后的愉悦与骄傲。经过党的教育,工人阶级认识到自己在人民民主政权中的领导身份,自己在公营企业中的主人公地位,那表现在诗里的劳动态度与生活态度就显然与以前大不相同了。像潮清的《北石坑》中说:

> 国民党,小日本,
> 小日本,国民党,
> 十六斤大锤代代重。
> 来了毛泽东,
> 大锤还是十六斤,
> 抡起大锤轻如风!

这里表现了工人热爱劳动的崇高品质;当他们一旦获得了主人公地位的时候,就从过去的"十六斤大锤代代重",一变而为"抡起大锤轻如风"了。艾青说：

> 中国的工人阶级已产生了自己的诗歌。这些诗歌，是新中国的文学创作中十分重要的收获。这些诗歌，一般地都采用了比较庄严的主题，它们感情健康，声音洪亮，传达了新中国的胸廓里强盛的呼吸和有力的脉搏，看了这些诗歌，感到一种巨大的力量在摇撼着我们，好像有千百个马达在震响——新中国在前进！让我们为工人诗歌的成长与繁茂而祝贺吧！[15]

工农兵群众的语言是生动活泼的，这种丰富的语言是由他们丰富的生活产生的。他们不咬文嚼字，不装腔作势；因为他们本身就是人民的英雄，因此常常能创作出新鲜活泼的、喊出了人民心声的作品。但因为他们长期处于被压迫的地位，过去绝少享有文化教育的机会，因此一般地说，诗中的思想和技术都还不能说是很丰富的，对于事物的刻画也不够深刻；形式多数是采用了民间歌谣或唱本的现成格式，因此语言上也有一些现成的套语，如"叫一声""不由人""想当年""恨只恨""听我言""表一表"，以及"解放好、解放妙"之类；这些形式的套用，的确发生了帮助群众迅速掌握表达工具的作用，但如果忽略了创造，就使人感觉不够新鲜了。缺点当然是有一些的，但我们不能以专业作家的创作水平去要求群众，而只能长期地、逐步地将群众创作引向专业作家的水平。而且由于这些诗是从劳动人民的生活土壤中产生出来的，具备先天的优越的品质，因此其中某些宝贵的成分常常是专业作家所缺少的，值得诗人们去虚心学习的。新时代的诗应该是人民意志的代表,是用精练的语言来表现劳动人民思想情绪的艺术,因此这些群众的作品是特别值得文艺工作者重视的。郭沫若在全国第一次文代大会的结束报告中说:

> 我们的文学家、艺术家不但要用群众所喜闻乐见的作品来教育群众,而且还要帮助群众自己学会使用文艺这个武器来教育自己。这得有一定的过程,并且得有一定的分工,但我们必须适当地把这两方面联系起来,去进行工作。专业的文学家和艺术家如果不关心或帮助广大群众业余的文艺活动,其创作就有可能脱离群众。另一方面,文艺普及运动也不能离开专业作家的指导而孤立发展。现在的情况是普及工作迫切需要大量专业文艺工作者去注意,去指导,去提高。群众业余文艺活动有它的一定的特点和弱点。因为它是业余的,不是专业的,首先它在创作上就不可能十分深刻与精致。因之教育作用就不够深刻。专业作家的创作可以有更高的思想性与艺术性,因为它是由专业产生,因此我们必须十分珍视专业作家及其创作。

但这首先要求专业作家能够和群众相结合,虚心向群众学习,从群众创作中吸取营养,或以之作为加工的素材。像《王贵与李香香》那样为人传诵的名作就是在吸取了陕北民歌的营养后才产生的。诗既然是劳动人民意志的表现,这劳动人民也同样应该包括专业文艺工作者诗人自己。这个中国历史上空前的人民大创作的活动,是必然会随着新中国的繁荣富强而长出丰硕的果实来的。

二　长篇叙事诗

　　李季的叙事长诗《王贵与李香香》是得到过广大读者爱好的作品，郭沫若和陆定一都给它写了《序》。郭沫若说："中国的目前是人民翻身的时候，同时也就是文艺翻身的时候。这儿的这首诗，便是响亮的信号。"陆定一就夺取旧文化的堡垒及学习劳动人民所喜闻乐见的民族形式两点，赞扬了它的成功。这首诗是用民歌《信天游》的形式，写陕北三边农民的革命和爱情的故事的。死羊湾的恶霸地主崔二爷趁荒年逼租打死了佃户王麻子，掳来他的十三岁儿子王贵作羊工。王贵在崔家过着牛马般的生活，因此受到了老农民李德瑞的照顾，从他那里得到了阶级友爱的温暖，日子久了便和李家的独生女香香发生了爱情。但崔二爷也看中了李香香，当他调戏她碰了钉子后就转恨王贵。这时土地革命运动发展到这里了，王贵暗地参加了赤卫队；崔二爷知道后，将王贵吊起毒打。正在生命危殆时，李香香把游击队请来了；死羊湾解放了，农民们分到牛羊土地，死羊湾变成了活羊湾。王贵和李香香自由结婚了，"一杆红旗大家扛"，三天后王贵就参加了游击队。但革命并不是一帆风顺的，敌人又占领了死羊湾，游击队奉命转移，于是崔二爷向农民凶狠地反攻，害死了李德瑞，把香香软禁了起来。到他要强迫和香香成亲的那天，游击队突然打来了，恶霸被捉，农民重获解放；最后是以王贵和李香香的团圆结束的。故事生动曲折，用优美的民间口语和形象，描绘出了一幅陕甘宁边区土地革命时代的农民斗争的图画。它是劳动人民自己的生活故事，又是运用

劳动人民所喜闻乐见的形式表现的,因此就受到广大人民的热烈欢迎了。延安《解放日报》于发表时有文章介绍说:

> 《王贵与李香香》的作者真实地处理了这革命与恋爱的历史故事,写出了革命斗争的曲折历程,人民翻身运动的正义性及胜利的必然性,王贵的不为利诱,不怕牺牲及其对革命事业的不可摇撼的信心,强烈地表现了劳动人民的坚强不屈的高尚的战斗品质。这些被崔二爷们所不齿的"穷汉们"是真正地热爱生活的,他们懂得爱,更懂得在必要时牺牲这个爱去为自己阶级,去为人民服务。作者的诗篇正是由衷地歌颂着这个美善的性格。……
>
> 《王贵与李香香》的创作,又一次说明民间艺术宝藏的无限丰富,值得我们文艺工作者去虚心地学习,这样才能使我们的作品增加一些新的手法、新的意境及新的血液。[16]

《信天游》的形式是两句一首,有时用好几首组成一段情节,形式自由而生动,很适宜于表现人民的思想和生活。民间语言本来是平易简练而又丰富隽永的,这些特点被作者吸收融化在他的作品里,因此就特别显得自然动人。其实王贵与李香香的情感与行动本身就是诗,王贵是"身高五尺浑身都是劲,庄稼地里顶两人"。他不只"闹革命的心劲一满高",而且他懂得"我一个死了不要紧,千万个穷汉后面跟"。李香香呢?"香香的性子本来躁,自幼就把有钱人恨透了。"她对王贵的爱情是:

> 烟锅锅点灯半炕炕明,
> 酒盅盅量米不嫌哥哥穷。
>
> 妹妹生来就爱庄稼汉,
> 实心实意赛过银钱。

因此在他们的爱情关系中,处处流露着阶级的友爱。诗中有许多叙事、抒情的场面都写得很好;不过在描写战争的时候,就似乎不够浓重和强烈,这是受到了《信天游》的舒缓形式的限制。故事的传奇性似也太浓;《信天游》的民歌本来主要是以爱情为内容的,这可能也是受了形式的影响。虽然如此,在夺取旧文化的堡垒和学习劳动人民所喜闻乐见的民族形式这两点上,《王贵与李香香》的成就无疑是空前的。周而复说:

> 一颗光辉夺目的星星,从西北高原上出现,它照耀着今天和明天的文坛,这就是《王贵与李香香》。
> 《王贵与李香香》的出现,无疑地,是中国诗坛上一个划时期的大事件。……不仅是题材新鲜,也不仅是风格简明,它给我们提供了新诗写作的严肃课题,说得更广泛一点,它给我们提供了人民文艺创作实践的方向。[17]

这话并不夸张,好些有成就的诗人都是从学习人民生活和民间文艺的形式中吸收到丰富的养料的。

田间的叙事长诗《赶车传》是写山西盂县贫农石不烂的惨苦经历和翻身经过的。村里的大户朱桂棠逼着要娶他的闺女兰妮。他进城告状,又被一脚赶出;在强逼成亲的那天,他烧了朱家的楼房,但"空手往墙上打,墙哪能一下推倒"?朱家开了枪,抢回了兰妮;兰妮掉在火坑里,受尽了折磨和虐待。石不烂逃到了晋冀察边区的河北,仍然赶车度日。在店中他对一位八路军的战士说:

  我看共产党一来
  老天也开了
  共产党说减租
  天底下出了活路
  我石不烂
  眼下赶的车
  这车的名字
  也就叫找路

他要"找路"!他要找共产党!他知道了"受苦人要翻身,要走三条路:第一条,换脑筋!第二条,结团体!第三条,要领导!"。于是他回去了,而且找到了当地的共产党员贫农金不换,金不换办法多,石不烂胆子粗:

  一个像是水
  明明又亮亮
  一个像是火
  轰轰又烈烈

于是便在村中搞起了轰轰烈烈的群众性的减租运动。石不烂给兰妮带来一张毛主席像,告诉她说:"它叫恩人像,他是毛主席!"

> 他老人家住的延安府,
> 大心眼望的一天下,
> 哪怕隔的千山万水,
> 他也是看的咱,
> 扶的咱,往活路走!

在毛主席的像前,群众开了斗争会,沉痛地倾诉了过去的苦处,成立了农会。又向朱桂棠斗争、减租,换了新约。兰妮回了石家,"不再做石头,重做了人"。作者在《赶车传·序》中说:

> 《赶车传》上说,
> 翻身有两宝;
> 两宝叫什么?
> 名叫智和勇。
> 智勇两分开,
> 翻身翻进沟;
> 智勇两相合,
> 好比树上鸟,
> 两翅一拍开,
> 山水都能过。

这就是全诗的主题。在减租翻身以前,石不烂和金不换都进行过不同方式的个别的反抗，但都失败了；说明了只有在共产党的领导下，农民有了觉悟并团结起来，才能得到最后的胜利。全诗分十五回，用的都是五字上下的短句，有许多句法也是民谣风的。诗意凝练，组织剪裁得很妥帖。全诗动人地写出了农民翻身的曲折过程、党在农民心目中的地位和在翻身运动中的领导作用。

收在人民文艺丛书《圈套》一书中的，有阮章竞的三首诗：《圈套》《送别》和《盼喜报》，都是叙事诗。作者自称《圈套》是"俚歌故事"，他的诗的确是熟练地运用了民间形式和形象的口语的；读来美丽动人，含有浓厚的劳动人民的生活气息。《圈套》一首是写地主利用农民的落后面，设了许多圈套来破坏他们对农会主任的信任，想暗中操纵农会，以达到"变天"的目的；但由于一个农妇"不顾死活救同志"，他的阴谋完全失败了，知道了"人民力量大如山"。故事写得经济含蓄，说明了地主阶级的确是"柿柿甜甜柿树荫，好皮好面藏黑心"的。诗中也写出了农民爱戴农会主任的阶级情感，并没有忽略了农民的进步的一面。《送别》注明是"记豫北×村参军小景"，用的是两句一章的信天游体。比如：

去吧孩孩你去吧！
去当咱毛主席个好部下。

你娘今年七十八，
还想美美地活到整一百。

> 往日的苦时光都死了，
> 如今的好日子我丢不下。

的确写出了解放区翻身农民的真实情感。《盼喜报》是记"一个士兵妻子给丈夫的信"，她看见别人家中来了"喜报"，写信鼓励她丈夫在前线立功的。诗中说：

> 你瞧人家多光荣，
> 为甚你还没立下功？
> 莫不是病了没去打？
> 莫不是你们连没调动？
>
> 春风吹，草发芽，
> 加油早把功立下。
> 人民军队为人民，
> 为了大家也为了咱！

诗中亲切地写出了夫妻爱情与爱国热情的高度统一，这的确是在战斗中的中国人民的情感。以后出版的长诗《漳河水》是歌颂华北太行山妇女的解放的；它通过了三个姑娘在解放前的不同的悲苦遭遇、翻身斗争的经历和解放后浸沉在生产互助组的劳动愉快的生活里的情绪，画出了一幅反封建胜利以后的农村妇女健康快乐的图像。作者在《小序》中说：

> 太行山的妇女，过去在封建传统、俗习的野蛮压迫下，受到了重重的灾难。但随着抗日战争，减租减息，

解放战争,土地改革,这两个时期的伟大斗争,她们获得了自由,认识了自己的力量。十多年来,她们忍受着难以设想的重负,支持人民解放事业;并且不断地和封建传统俗习作斗争。在党的领导下,积极参加生产,获得妇女彻底的解放自由。她们的丰功伟业,在祖国解放的史诗中,占着光荣的一页。

诗里深刻地写出了解放以后农村中对封建传统习俗和思想意识的斗争;翻身后的妇女选择对象的条件是:

> 种玉茭要种"金皇后",
> 嫁汉要嫁个政治够。

因为她们自己也已经是"爱劳动""政治够"了。全诗分三部分,紧凑地贯穿着三个妇女的转变和翻身;诗句采用了许多民间歌谣的形式;但变化很多,也适合于所要表现的情绪,并不单调。最后用《牧羊小曲》来结束了这篇长诗,热烈地歌颂着今天生活的快乐,歌颂着未来的新的胜利:

> 漳河水,九十九道湾,
> 漳河流水唱得欢:
> 桃花坞,长青树,
> 两岸踏成康庄路。
>
> 万年的古牢冲坍了!
> 万年的铁笼砸碎了!

自由天飞自由鸟,
解放了的漳河永欢笑!

张志民的《天晴了》收《王九诉苦》《死不着》等五首诗,都是写在共产党领导下农民翻身的叙事诗。他在《序》中说:

> 我没有写诗的天才,我只是靠着勤苦地挖掘生活实际,因此我的《王九诉苦》《死不着》《野女儿》等诗就是在与农民一起吃糠饼子的生活里写出来的。我发现了他们新颖的言语,他们喜欢的格调,我以他们的话记录了他们的斗争、生活,又读给了他们听,当他们认为那一句那一字不实在时,我就毫不怜惜地,去删改那些字句,直到他们认为"真了""行了"也就算完成了我的诗。

《王九诉苦》一首写农民王九控诉孙老财对他的压迫,开首就说:"进了村子不用问,大小石头都姓孙。"写得非常有劲。控诉词中说:

王九的心里像开了锅,
几十年的苦水流成河。

"你逼死我父命一条,
你逼着我葱葱(他女儿——引者)上了吊!

我十几年的苦营生没赚过你的钱,

你把我全家十冬腊月往外赶。"

萧三在《我读了一首好诗》一文中说:"这诗简单、朴素、生动,有力地描写出孙老财的整个'身份''生平',使人顿起一种憎恶之感。下面第二段'王九的账',算是孙老财罪恶的具体表现。——第一段算是'概论'——也算非常真实、具体,同时形象突出,很有力量。整个长诗的手法、形式也非常好,既通俗、顺口,也极能感动人。"又说:"总之,我最近读到许多关于土地改革,农民斗争诉苦翻身的诗歌,很少有这样写得好的。"这些特点其实是可以概括他的别的诗的。如《死不着》一首写"五十七岁翻身农民死不着的回忆",先写了他过去被剥削压迫的悲惨经历,"五十七年没见亮,毛主席叫我还了阳",翻身后有了房,有了地,而且还结了婚。"我老汉还要多生产,多打粮食支前线;我吃不愁呀穿不愁,一心跟着毛主席的道儿走。"全诗的表现也是通俗顺口、生动有力的。作者自己说:"我要纵情地歌唱人民的胜利,要无情地咒骂敌人的罪恶,我要温柔地抚慰自己弟兄的创口,要致命地打敌人的嘴巴,所以我的诗里不要那伤感、徘徊的悲观,绝望的呻吟;而要的是吼叫,是手掌,是牙齿,是枪杆。"[18]这说明了他的创作态度。除前面那些咒骂敌人罪恶的以外,歌唱人民胜利快乐的诗如《欢喜》,这是写一个翻了身的农村妇女在丈夫参军后的劳动愉快情绪的。诗中首尾都用了下面一节诗:

雨停了!
天晴了!

> 杨柳梢儿发青了！
> 翻身的日子过红了！
>
> 李二姐扛锄下地去，
> 满肚子装着——一个"欢喜"！

这诗生动地表现出了劳动人民翻身后的快乐；作者以"天晴了"命名他的诗集，也说明了诗人自己的衷心的快乐！

艾青的诗集《雪里钻》中包括两篇叙事诗。《雪里钻》一首下注"一个年轻的记者向我夸奖他的马"，这马有四个白蹄，人们就叫它"雪里钻"；诗中借它来写出敌后抗日根据地人民武装英勇斗争的故事。在战争中，人的生命是和马的生命连接在一起的，由马的勇敢正可见出那些战斗的人民的勇敢。《索亚》一首是写苏联卫国战争中光荣牺牲的女英雄索亚的事迹的。全诗从索亚被俘叙起，集中地写出了德寇的淫暴虐狂和索亚的坚贞不屈的高贵品质；接着写索亚受审、临刑时的顽强不屈和对苏联人民的鼓舞。诗中强烈地表现了苏联人民的爱国情绪和对于"斯大林就会来的"胜利的信心。此外他尚有抒情诗集《欢呼集》，这是至情的歌唱欢乐的诗篇；有歌颂抗战胜利的《人民的狂欢节》，有歌颂张家口的《人民的城》，有歌颂毛主席、共产党及全国人民的长诗《欢呼》，也有祝贺苏联人民领袖斯大林七十寿辰的《献给斯大林》。这些诗感情都很丰富，强烈地表现出了人民对于自己事业和领袖的热爱！

严辰的《新婚》叙写了翻身农民的结婚光景；夫妻俩互诉以前的苦处和今日的欢乐，那情景是非常动人的。"天上玉女配金童，解放了的尼姑配长工。"贫农团给他们送的大红对联上写着："细耕细作多生产，同心同德闹翻身。"这光景的确是值得歌颂的。末尾说："太阳出来满天红，多谢做媒的恩人毛泽东。"深切地写出了翻身农民的真实感情。李冰的长诗《赵巧儿》以巧儿被地主强迫结婚受尽折磨为线索，写出了农民在翻身斗争中的整个过程。诗中叙写的真实很多：反恶霸、分土地、闹参军，都写进去了，但并不凌乱。除巧儿外，作者用力地写出了一个典型的农民虎儿，他在民兵队里、在各种运动里，都是最积极的。作者安排了他和巧儿青梅竹马的爱情关系，最后翻身了，他们结了婚。虎儿得到巧儿的鼓励，参军去了。诗写得很细腻，但并不是现象的罗列，而是围绕和衬托着主题的；诗句也显然受到了民歌的影响。

除了上面所述的解放区的诗歌以外，产生在国统区的也有一些长篇叙事诗作品。不过因为社会环境不同，所写的不可能是新的人民英雄的事迹；但也有写得比较深刻的作品，这我们可以举出玉杲的《大渡河支流》来。这诗是写四川的一个地主家庭里的悲剧的；从这里我们可以看出，地主土豪的残酷剥削和灭绝人性的惨毒是农村黑暗的主要根源。山耳老太爷是"地主、商人、高利贷者、本地的体面人、绅士、一个刻薄寡恩的老头儿"，他和有钱有枪的乡长胡玉廷有冲突，于是为了缓和他们之间的矛盾，山耳把他失掉母亲的女儿琼枝许配给了胡家的傻儿子。但琼枝却和一个"长得像一头小牛，机敏像一只猎狗"的青年农民然福相爱了。然福年轻好胜，自动报名入伍抗日去了，但琼枝已怀了孕。然福走后，山耳的大儿子到他家逼租，牵走了他唯一的财产一头牛；他的老父亲气死了，老母亲又被山耳轰走，这个农民的家庭因之拆散了。琼枝出嫁后，每天发愁：

  然福给她种下了祸根呵
  她绝望地揣测和等待
  那不可知的灾祸的降临

山耳的二儿子在外边读书，做了地主阶级的叛徒，山耳老头子又奸污了他的二媳妇。这时，琼枝生产了；她婆婆把孩子摔死，许多人把她打得死去活来，赶回娘家。她疯了，她飞跑在田野：

  "孩子，妈跟你死……"
  这是从古到今，一切慈母的呼声呵！
  这是真正的人性的呼声呵……
  "孩子，妈跟你死……"
  那声音在夜空里战栗
  震醒了一切的人……

山耳为了挽回他一部分的名声，把女儿捆回家去，夜里用绳索勒毙了，告诉人说是她自己上了吊。故事到这里发展到了高峰，下面写了一点那守着活寡的二媳妇被老头子欺凌以后的悲剧，和二儿子背叛家庭的来信，最后老头子决断地说："为这个家，我要拼……而他又颓然地叹息了……"这一章的题目叫《这并没有完》，显然，这故事本身就说明了这家庭和这阶级的前途必然是绝望的，是必须由革命去毁灭的。诗里面的农民虽然是在阴惨的生活下面,但那是落后的内地农村的一般情形;只要有一把火,这些被压榨已久的农民是立刻就会动起来的。这里写的虽然不是农村阶级斗争的正面图景,但它却画出了正在和没落命运挣扎着的地主阶级的性格和心理;山耳的谋杀女儿和奸污儿媳的行为在他都显得自然合理,这和他残酷地剥削农民在他认为是极其合理的是一样的道理。剥削阶级的本质使他的自私阴险的特性得到极端的发展,自然就会产生灭绝人性的行为;这种悲剧之所以产生的社会基础还是从地主对农民的残酷剥削来的。这也就说明了只有农民起来革命才能消灭这样的制度和这样的悲剧,这是读者在诗中可以明显地得到的暗示。妇女在封建的关系下本来是受着更多的残酷压迫的,因此这诗能引起读者很大的同情;因为迫害她们的人就是革命的主要对象,就是大家共同的敌人。作者从山耳对农民的剥削及与胡玉廷之间的冲突,发展到谋杀亲女,奸污儿媳,使得山耳的性格发展得非常完全和真实;诗的结构也很完整,读后会感到沉重的压力。冯雪峰在《序》中说:

> 我觉得这是一篇史诗(我以为这是可以这样称它的,虽然我也以为它还不是所谓伟大的史诗),有着惊心动魄的力量,首先就因为这悲剧在现实上是惊心动魄的(但诗的到达也就在这里,除了完成这史诗的那诗的表现以外,我们还不能不深深地感受着诗人的那一贯到底的紧迫的真挚的爱和憎,以及幽愤的跳跃的情绪,织成这诗篇的生命和光辉)。……作品所能给予的暗示,除了革命以外,再没有别的能够超脱的路了。因为最要

紧的是,这个中国地主家庭的悲剧,固然为地主和土豪阶级的狠毒及其内在矛盾的必然结果,但尤其这一切都建筑在他们对于农民的残忍的非人的榨取掠夺的制度上面的。……由于这悲剧在现在的胜利的农民革命中有着这样的意义,也由于诗人之全心的灌注,诗的高度的到达,这成为一篇很珍贵而重要的史诗,我想读者是马上会发现它的。

比起解放区那些作品来,这是一篇知识分子气比较浓厚的诗;在语言和表现形式上,在对于农民然福的刻画上,特别在写地主的二儿子对旧家庭的叛逆上,都可以看出来。这说明了作者对战斗生活的体验和群众语言的掌握上都还有值得进一步努力的地方;冯雪峰对这诗所作的估计是相当适切的。

三 政治讽刺诗

在国统区,由于国民党反动统治的日益法西斯化,由于人民民主运动的日益高涨,因之政治讽刺诗是这一时期诗创作中的主流。这是配合着群众性的民主运动和民主集会而产生的;通过朗诵,它能立刻引起群众对反动统治的强烈的憎恨,因而效果也是很大的。朱自清《论朗诵诗》一文中说:

> 朗诵诗是群众的诗,是集体的诗。写作者虽然是个人,可是他的出发点是群众,他只是群众的代言人。他的作品得在群众当中朗诵出来,得在群众的紧张的集中的氛围里成长。那诗稿以及朗诵者的声调和表情,固然

都是重要的契机，但是更重要的是那氛围，脱离了那氛围，朗诵诗就不能称其为诗。朗诵诗要能够表达出来大家的憎恨、喜爱、需要，和愿望；它表达这些情感，不是在平静的回忆之中，而是在紧张的集中的现场，它给群众打气，强调那现场。……它不止于表示态度，却更进一步要求行动或者工作。

宣传是朗诵诗的任务，它讽刺，批评，鼓励行动或者工作。它有时候形象化，但是主要的在运用赤裸裸的抽象的语言；这不是文绉绉的拖泥带水的语言，而是沉着痛快的，充满了辣味和火气的语言。这是口语，是对话，是直接向听的人说的。得去听，参加集会，走进群众里去听，才能接受它，至少才能了解它。单是看写出来的诗，会觉得咄咄逼人，野气，火气，教训气；可是走进群众里去听，听上几回就会不觉得这些了。

朱自清自己正是在民主斗争的行列中，实事求是地考察了朗诵诗的政治的集体的性质的。这种诗有一部分是直接鼓励行动的，那大半产生于非职业的文艺青年们之手，"现场"的效果很大，却不大容易得到发表、流布的机会；另一部分是属于讽刺暴露性质的，虽然辛辣，却究竟较含蓄，因此也比较容易发表和流布。这大半成于作家之手，就是我们这里所谓政治讽刺诗。当时在国统区的进步诗人，几乎都作过这一类的诗。

在这些作品中，"从城市市民现实生活的表现中激发了读者的不满、反抗与追求新的前途的情绪"[19]的，是《马凡陀的山歌》。作者袁水拍，这时期著有抒情诗集《沸腾的岁月》,及以马凡陀笔名出版的讽刺诗集《马凡陀的山歌》《马凡陀的山歌续集》和《解放山歌》。其中最引起广泛注意和影响的,是以马凡陀笔名发表的山歌;对它的批评之热烈,是《尝试集》以来所少见的。冯乃超说:

> 马凡陀是革命的知识分子,他企图为城市小市民而写作。生活不尽如想象中那么平稳的时候,小市民是爱发牢骚的,但必需区别有些牢骚是从"庸俗的心灵"出发来反对革命的主义,有些呢,是从生活的不安定出发来反对他们朦胧地认识到的原因。马凡陀把小市民的模糊不清的不平不满,心中的怨望和烦恼,提高到政治觉悟的相当的高度,教他们嘲笑贪官污吏,教他们认识自己的可怜的地位,引导他们去反对反动的独裁政治。作者的这个企图,他的山歌给读者的客观效果,是不能够说没有可取的。城市小资产阶级是工人阶级的可靠的同盟军,我们就应该给他们一些有益而为他们所能接受的读物。《马凡陀的山歌》就是其中的一种。[20]

在这些山歌里,我们可以清晰地看到时代的面貌。作者从那种为小市民所关心的日常事件中摄取题材,从政治上揭示出它的本质,以引起读者的憎恨和愤怒,使他们觉悟到自己是生活在一个什么样的环境里,结果是会发生很大的反抗力量的。譬如在《主人要辞职》一首中说:

> 我想辞职,你看怎样?
> 主人翁的台衔原封奉上。

> 我情愿名副其实地做驴子,
> 动物学上的驴子,倒也堂皇!
>
> 我亲爱的骑师大人!
> 请骑吧! 请不必作势装腔!
> 贱驴的脑筋简单异常,
> 你的缰绳,我的方向!

这里解剖了国民党官僚口中所声称的"主人"和"公仆"两个名词的实质,让读者认识到自己其实只是驴子,因而引起对统治者的憎恨和对于民主政治的要求;通过讽刺的手法,那效果是非常强烈的。他很注意报纸的新闻,常常很快地就把那些丑恶的现象反映在诗里了。他的机智的表现手法使那些贪官污吏们的"德政"迅速地显出了原形。譬如《万税》一诗中说:

> 印花税,太简单,
> 印叶印枝也要税。
> 交易税不够再抽不交易税,
> 营业税不够再抽不营业税。
> 此外,抽不到达官贵人的遗产税和财产税,
> 索性再抽我们小百姓的破产税和无产税!

这并不是玩弄文字的游戏,他替读者们说出了郁结在心里的语言,是会引起人们的强烈的憎恨的。对于小市民自己的那种易于满足和努力向上爬的卑微心理,他也给以渲染和讥

刺。譬如在那首《老王求婚记》中：

> 我的姐夫的同学有一个表兄，
> 他的乡亲现任某府娘姨。
> 有什么事只管拜托她，
> 包管什么都不生问题；
> 我有身份证，购盐证，特约证，
> 合作社社员证，买东西特别便宜。
> 家里还存有半匹阴丹士林。……
> 密斯李！我看我不必再说下去！

《马凡陀的山歌》取材广泛，表现朴素明确；形式的变化也很多，有儿歌、流行小调、五七言体，等等。他从民间歌谣中取得了诗歌的营养，因之那形式多半是人民大众所喜闻乐见的民族化的东西。吕剑曾说：

> 去年（1946年）年底，在一次"总结一年"的文艺座谈会上，C先生曾说："马凡陀的诗对上海的民主运动起了很大的作用，他今天作一诗发表，明天游行时就唱出来了，不估量到这种作用是不可以的。"前天一位朋友从上海来，也说："上海反饥饿反内战游行，写在旗子上的是马凡陀体的诗。"这可见，马凡陀的诗真正成了一般老百姓的东西，引起了普遍的爱好。在香港，我曾看到了一次极有声色的演出：建国剧社的朋友们把马凡陀诗《一九四六年的回顾与展望》《珍馐逼人》《大人物狂想曲》《黄金我爱你》《亲启》《上峰颂》《上海物价大暴

动》《抓住这匹野马》《公务员呈请涨价》《主人要辞职》等共十首,编成了一个崭新的形式的剧,有歌,有诵,有舞,极为有趣;因此我就想,马凡陀不是还可以更加发展吗?不是应该更加普遍吗?不是还可以再创造吗?[21]

作者曾写过一篇《读陶派诗》,推崇陶行知的通俗的讽喻诗和格言诗;受鲁迅的《好东西歌》《公民科歌》《南京民谣》等的影响也很大,那讽刺的表现手法也很接近鲁迅的杂文。他在《祝福诗歌前程》一文中说:"这是民谣复兴的时代!这是明白清楚的诗的时代!这是方言诗、社会诗、讽刺诗、政治诗的时代!这是为大多数人创作的时代!这是作者争取更多的、更广大的听众的时代!这是民主的诗、诗的民主的时代!"在《沸腾的岁月》的《后记》中他也说:

> 近年来,我们常看到报上登载的各地新产生的民谣,它们是动人的,使人颤栗的。因为这些无姓名的作者,自己身受苦楚,滚动在死亡之中,才从心底迸发了这些声音。它们,以及深入民间的诗人,才真正是这时代的描绘者。

《沸腾的岁月》中收的是1942至1946年所写的抒情诗,他说这"不过是这些沸腾的岁月留在一个知识分子心上的刻痕罢了"。其中有歌颂人民胜利的(如《阳台山之春》),也有暴露国民党反动统治的黑暗的(如《死亡的制造者》)。有的已经显著地受到了民歌的影响,立场观点与山歌是一致的,只是形式和写法还不是通俗体的山歌罢了。

臧克家这时期有诗集《宝贝儿》《生命的零度》和《冬天》。《宝贝儿》和《生命的零度》中的第一辑都是政治讽刺诗；诗句直接朴素，讽刺中带着强烈的愤怒。在《枪筒子还在发烧》一诗中，他说：

> 大破坏，还嫌破坏得不够彻底？
> 大离散，还嫌离散得不够惨？
> 枪筒子还在发烧，
> 你们又接上了火！
> 和平，幸福，希望，
> 什么都完结，
> 人人不要它，它却来了——
> 内战！

这是善良的人民的控诉，是当时全国人民的反内战的声音。作者在《宝贝儿》的《代序》中说："这一年来，讽刺诗多起来了，这不是由于诗人们的忽然高兴，而是碰眼触心的事实太多，把诗人'刺'起来了。诗人们并不是不想歌颂光明——光明像流水泻下一样，都积汇到另一些地方去了。"国统区是没有光明的，诗人们的热情只能化为愤怒。《宝贝儿》就是愤怒的诗篇。《裁员》一首是写国民党政府裁减机关职员的，诗人说：

> 裁员，
> 应该先从他们开刀。

对于那些一贯地勾通敌伪和美帝来践踏人民的家伙们，是应该当作"战犯"来受人民的审判的。他们：

> 渎职，贪污，假公济私，
> 忘了公仆的身份，
> 无法无天，自大自尊，
> 踏在民众——主人的头上，
> 把自己升成伟人。
> 裁掉这些枯朽的老干，
> 裁掉他们，一点也不冤！
> 裁掉他们，他们不仅是"冗员"，
> 而且在做着，勇敢地做着
> 做着神圣的事业一样
> 在制造罪恶卑污的事件！
> 裁了，还太便宜了他们！

在题名《宝贝儿》的那首诗中，诗人愤怒地列举了国民党反动派屡次撕坏"四项诺言""政协决定""停战协定"等的血腥事实：

> 今天，什么也不要看了，
> 今天，什么也不要听了。
> 快快地，快快地，把它请出来，把它请出来——
> 千万人呼唤了千万遍的
> 那个"事实"的宝贝儿。

作者不大用轻微的嘲讽的手法，诗中都是愤怒的和抗辩的声音，是真挚的政治感情。《生命的零度》中也收了十首讽刺诗，如这样的句子：

> 这年头，哪儿去找繁荣？
> 繁荣全个儿集中在战地；
> 这年头，什么都冰冷，
> 发热的只有枪筒子！[22]

《你们》中说："我有太多的悲愤要把胸膛爆炸开呵，我有太多的感情要冲涌而出呵！"这就是他一定要写诗的原因。在表现方面，改变了过去的特别注意雕琢的作风，而倾向于自然朴素了。他在《生命的零度·序》中说：

> 雕琢了十五年，才悟得了朴素的美，从自己的圈套里挣脱出来，很快乐地觉得诗的田园是这么广阔！"生活得，斗争得，如同一个老百姓，最真挚的憎爱用最平易的字表现出来——表现得深，表现得有力，表现得美！"

除讽刺诗外，在《生命的零度》和《冬天》中也收有一些抒情诗和几首叙事诗。

绿原有诗集《又是一个起点》，其中的诗在群众的民主集会中常被朗诵，颇受青年知识分子的欢迎。《终点，又是一个起点》一首是为抗战胜利的消息写的，诗中说：

人民的军队呵，
　当那些没有流血，没有流汗，甚至做梦也没有想到中国还会胜利的坏蛋们
　　面对着
　　中国人民的狂欢
　　而心惊，
　　而肉跳，
　　而阴险地策动中国的第二次难关的时候，
　　我们的武器
　　不能放下！

他是把抗战胜利当作新的斗争的起点的。在《咦，美国！》一首中，对美帝国主义者发出了轻蔑的反抗的声音：

　　不要——
　　不要放肆，
　　不要
　　忘记了
　　这是中国！

　　从前
　　吴佩孚
　　段祺瑞
　　那些买办们
　　所不能办好的，
　　今天

在你底
"租界法案"下面
啃骨头的
这些木偶们
也一样
不能办好！
也一样是
废料！
它们永远卖不了
中国！

这诗作于1946年，正是美国装着"公正"的面孔调解中国内战的时候；它是表现出了城市学生、群众在反内战、反美运动中的思想情绪的。

在革命斗争最尖锐的时期，诗，当作人民意志的代表和人民情绪的集中表现，是更突出地显出了它的战斗的和群众的性质的。我们已有了大量的工农兵自己所作的诗篇，就是专业作家的作品，也一样表现了人民群众的斗争、愿望和力量。在形式和语言上，专业作家也有向中国民间文学的优秀传统用心学习的趋向，这都是诗的进步的面貌；而这正是反映了中国人民革命斗争的进展和胜利的。

* * *

〔1〕周扬：《新的人民的文艺》。
〔2〕《群众翻身诗歌座谈会》孙定国发言记录，见荒煤编《农村新文艺运动的开展》。

〔3〕荒煤:《关于农村文艺运动》。

〔4〕〔5〕艾青:《汪庭有和他的歌》。

〔6〕萧三、安波:《练子嘴英雄拓老汉》。

〔7〕方洪:《战壕里的文化活动》。

〔8〕《东方红·我的旗子红通通》。

〔9〕田间:《关于诗的问题》。

〔10〕《东方红·我的号》。

〔11〕〔14〕毕革飞:《谈快板诗歌创作的点滴经验》。

〔12〕〔13〕方明:《兵的诗人》。

〔15〕《谈工人诗歌》。

〔16〕解清:《从〈王贵与李香香〉谈起》。

〔17〕香港版《王贵与李香香·后记》。

〔18〕张志民:《天晴了·序》。

〔19〕茅盾:《在反动派压迫下斗争和发展的革命文艺》。

〔20〕冯乃超:《战斗诗歌的方向》。

〔21〕吕剑:《诗与斗争·听马凡陀》。

〔22〕《生命的零度·发热的只有枪筒子》。

第十八章　新型的小说

一　解放区农村面貌

在解放区的小说中，主题和人物都出现了新的面貌。新的主题是中国共产党领导下的抗日战争、人民解放战争和反封建的阶级斗争，以及巩固边区、建设边区的生产运动；新的人物是经过民主改革翻身做了新社会主人的工农兵群众。"主题既然是新鲜的，人物也是新的，一切的战斗的场面都是新的，那么文艺的形式也就为着适应内容的需要，和作者对文艺形式与语言的不断探求与努力，与过去的革命文艺，欧化的文艺形式，或庸俗的陈腐的鸳鸯蝴蝶派的形式都要显得中国气派、新鲜而丰富。"[1]这就是说无论就主题内容或语言形式说，解放区的小说都是富有新鲜气息的；比之"五四"以来的小说作品，这是一种新型的创作。

当时的解放区主要还是农村环境，因此小说也以写农村的居多。其中赵树理的作品就最足以代表解放区小说的一般特点。周扬称他为"一位具有大众风格的人民艺术家"，并评论说：

在被解放了的广大农村中，经历了而且正经历着巨大的变化。农民与地主之间，进行了微妙而剧烈的斗争。农民为实行减租减息，为满足民生、民主的正当要求而斗争；这个斗争在抗战期间大大地改善了农民的生活地位，因而组织了中国人民雄厚的抗敌力量。抗战胜利以后，减租减息与反奸、复仇、清算的斗争结合起来，斗争正在继续深入发展。这个斗争将摧毁农村封建残余势力，引导农民走上彻底翻身的道路。经过八年抗战，农民已经空前地觉悟和团结起来了。他们认识了他们贫穷的真正原因，他们决心为根本消灭这个原因斗争。他们把斗争会、清算会很正确地叫作"挖穷根"。这就是说，要把贫穷的根子挖出来，将它斩断。农民的革命精神正在被充分地发挥，这个力量是没有什么东西能够抗拒的，是无穷无尽的。它正在改变农村的面貌，改变中国的面貌，同时也改变农民自己的面貌。这是现阶段中国社会的最大、最深刻的变化。一种由旧中国到新中国的变化。

这个农村中的伟大变革过程，要求在艺术作品上取得反映。赵树理同志的作品，就在一定的程度上满足了这个要求。[2]

这些话说明了赵树理作品的特点，同时也说明了写解放区农村面貌的作品的一般特点。

赵树理的第一个短篇小说《小二黑结婚》，发表于1943年，这是写在新社会中农民反对封建势力、争取婚姻自主的胜利的，发表后立刻受到了广大读者的欢迎。接着发表了著名的中篇《李有才板话》和长篇《李家庄的变迁》，都引起了强烈的反响。在《李有才板话》中，作者围绕着改选村政权与减租的事件，展开了农民与地主之间的复杂的斗争。这是解放区建设初期的新旧力量变化的一种反映；作者描述了地主恶霸阎恒元的老奸巨猾的性格，他隐瞒黑地、腐蚀干部、破坏群众发动工作、阻止减租减息法令的执行,但群众是看得很清楚的,李有才就用他的快板真实地表达了农民的要求和心声。起初犯了主观主义和官僚主义毛病的章工作员完全不了解村中的真实情况,还说阎恒元是"开明士绅";后来县农会主席老杨到了村里,深入群众,团结了一伙年轻积极的贫苦农民,才重新组织了农救会,发动了斗争,改组了村政权,并实行了减租法令。斗争的过程是复杂曲折的,作者写出了农村中的各阶层的人物和两种类型的工作干部,但光明的、新生的一面始终是作品中支配一切的因素。这就使这部作品成了中国农村在变革中的纪念碑。长篇《李家庄的变迁》的主题也是写农民与地主之间的斗争的,但范围更广,过程更长;虽然写的只是一个村的事情,但它反映了十多年来山西政治的背景和抗战期间许多的重要事实。李家庄是晋东南的一个山村,这可以说是封建势力最强大的中国北方农村的缩影。故事开始于1928年,李家庄的统治者大地主李汝珍正在残酷地压迫着农民;抗战初期,"牺牲救国同盟会"在这里展开了抗日工作,实际上也就是展开了农民与李汝珍等人的斗争。这些恶霸地主们千方百计地反对一切民主改革,但在群众抗日的高潮下,地主流氓的势力暂时被镇压下去了。后来日寇来了,他们公开当了汉奸,对人民施行了血腥的报复。到八路军第二次解放了这个村子时,村里剩下的人连一半都不到了。斗争是残酷的、长期的;其中有挫折,有牺牲。最后人民胜利了,公审了李汝珍等一群,李家庄变成了巩固的抗日根据地。茅盾说:

《李家庄的变迁》不但是表现解放区生活的一部成

功的小说,并且也是"整风"以后文艺作品所达到的高度水准之一例证。这一部优秀的作品表示了"整风"运动对于一个文艺工作者在思想和技巧的修养上会有怎样深厚的影响……现在单来说一说这部书的技巧。用一句话来品评,就是已经做到了大众化。没有浮泛的堆砌,没有纤巧的雕琢,朴实而醇厚,是这部书技巧方面很值得称道的成功。这是走向民族形式的一个里程碑,解放区以外的作者们足资借镜。[3]

此外他尚有《邪不压正》《福贵》《传家宝》等短篇。《邪不压正》是借一件农村的爱情故事,写初期土地改革中的偏差问题的;《福贵》是写二流子的改造过程的;《传家宝》是写妇女应该参加农业劳动的。他自己说:"我在做群众工作的过程中,遇到了非解决不可而又不是轻易能解决了的问题,往往就变成所要写的主题。"又说:"在工作中找到的主题,容易产生指导现实的意义。"[4]这也说明了他的高度重视社会效果的精神和严肃的写作态度。关于他作品中的人物创造,周扬曾分析为三个特点:(一)他总是将他的人物安置在一定斗争的环境中,放在这斗争中的一定地位上,这样来展开人物的性格。每个人物的心理变化,都决定于他在斗争中所处的地位的变化,以及他与其他人的相互间的关系的变化。他没有在静止的状态上消极地来描写他的人物。(二)他总是通过人物自己的行动和语言来显示他们的性格,表现他们的思想情绪。关于人物,他很少做长篇大论的叙述,很少以作者的身份出面来介绍他们,也没有做多少添枝加叶的描写,而还每个人以本来面目。(三)明确地表示了作者自己和他的人物的一定关系。他没有站在斗争之外,而是站在斗争之中,站在斗争的一方面,农民的方面,他是他们中间的一个。他没有以旁观者的态度,或高高在上的态度来观察与描写农民。农民的主人公的地位不只表现在通常文学的意义上,而是代表了作品的整个精神、整个思想。因为农民是主体,所以在描写人物、叙述事件的时候,都是以农民直接的感觉、印象和判断为基础的。[5]总之,他这些作品从各个角度来反映了解放区农村伟大变革的过程和面貌,是毛泽东同志指示的文艺方向在创作实践上的一个重要胜利。在形式上,他运用了简练丰富的群众语言,创造了故事性和行动性很强的民族新形式。这种单纯明朗的形式很适宜于反映群众的生活与斗争,也就是说在他的作品里,丰富的内容与新颖的形式是一致的。周扬曾概括地总结他创作的特点说:

> 赵树理的突出的成功,一方面固然是得力于他对于农村的深刻了解,他了解农村的阶级关系、阶级斗争的复杂微妙,以及这些关系和斗争如何反映在干部身上,这就使他的作品具有了高度的思想价值;另一方面也是得力于他的语言,他的语言是真正从群众中来的,而又是经过加工、洗练的,那么平易自然,没有一点矫揉造作的痕迹。在他的作品中艺术性和思想性取得了较高的结合。[6]

这就是说赵树理的作品之所以成功,为广大群众所欢迎,是因为他能够比较深入地实践了为工农兵服务、为人民大众服务的文艺方向的缘故。

康濯的短篇集《我的两家房东》中包括三篇小说,都是以细致朴素的笔调，写晋察冀边区的农村生活的。在《我的两家房东》这一篇里，作者从一个农村干部的角度，写出了农民在新社会里处理爱情和婚姻问题的新的态度。自由恋爱在年轻一辈的农民中成了自然的习惯，因为封建势力的阻碍力减少了；而且他们选择对象的条件是村干部、觉悟了的积极分子，这种新的爱情观念正反映了在新社会里农民思想感情的解放。在《初春》里，作者通过一个老汉对新鲜事物的态度来写出新的农村变化。每当这老汉碰到新的东西，他总是经验地先抵抗一番，然后才由事实的证明来使他乐意地接受了；这说明在旧社会的消灭过程中，旧的意识形态也是在逐渐被克服的。《灾难的明天》是写农民祥保和他的母亲、妻子，一家三口由憎恨吵闹而变为互相亲爱合作的过程的。由于旧社会造成的猜嫌和癖性，在旱灾和饥饿的状态中，他们仍互相吵闹和怨恨；这时灾荒很严重，逃荒与反逃荒成了具有政治斗争性质的严重问题，也成了祥保家中吵闹的中心。后来在民主政府的领导下，展开了"生产自救"的救灾运动；这运动也改善了祥保一家的家庭关系。祥保参加了运输工作，婆媳二人通过纺线工作，也由竞争而合作了。作者对这种改变过程有很细致的描写，他把这故事放在现实的活动和斗争中，当作征服旧社会的罪恶、改造劳动人民性格的斗争过程来处理。这些短篇都以一种清新朴素的风格，真实地写出了旧农民变为新农民的细致曲折的过程；而这也正是中国农村在革命中的改造的过程。

柳青在抗战初期曾写过一些描写八路军战士的短篇，集为《地雷》一书。整风以后，他写了反映陕北农村在组织变工队过程中农民思想变化的长篇《种谷记》。这是以清涧王家沟的集体种谷、组织变工队的工作为线索，来写出这个村子里的农民围绕在大生产运动这件工作上的活动与斗争的。王家沟共有六十二户：一家地主，两家富农，四家中农，四十五家贫农，十家非农业户。已成立变工小组的有三十二家，还有十九家犹疑不决。全书的结构即循着变工组织工作的程序开展下去。从县里布置下来集体种谷的指示，王家沟就召开了村民动员大会，村干部进行了宣传鼓动工作。种谷户在变工小组的基础上酝酿合并小组、扩大小组或重新组织。中间遇到的困难是中农"行政"王克俭和反动富农老雄不易说服。本书前半着重在王克俭，写他的自私和动摇。反动富农又离间他和群众的联系。后来乡长与乡文书到村里布置了检查工作，村干部再进行动员说服，表面上争取王克俭参加变工是成功了。但反动富农老雄借着伊盟事变，向王克俭进行反动宣传，结果他又动摇了，私自下了种。其他有八家也跟着个别点了籽。于是故事发展到了高潮，群众起来反对"行政"。后来请来了区长，召开大会，撤换"行政"。新中农积极分子模范王存起当选了"行政"，种谷才顺利地展开。作者写出了新社会农村阶级力量的变化，农村中各阶层的人物性格及其复杂的斗争。在农村中成立劳动互助组织，使农民分散的个体生产逐渐走上集体化的道路，是一场改变农村生产制度的革命；只有这样才能促使中国农村走上新的道路，才能使农村面貌起根本的变化；《种谷记》正是反映了解放区农村的这一历史特点的。作者善于结构故事和塑造人物，也善于把握主题思想，因此这书在艺术表现上很真实，也很细腻朴素。但对于人物心理与生活细节上有时刻画得过于周密详细了，显得不够简练。他不大善于运用经过提炼了的形象去表现主题,却用了许多生活细节的描写来衬托主题,读来遂觉得有点烦琐而缺乏一种鼓舞力量。他自己后来曾说,他"不愿割弃"那些与表现作品主题、刻画人物性格无关的素材,甚至反而有意加以重视,同时又过于"醉心""旧现实主义的人物刻画和场面描写"[7]。虽然有这些缺点,但作者写出了在革命进展中的农村新面貌,在新社会中成长起来的新的人物和品质,而且写得真实生动、完整朴素,因此仍然是一部相当成功的作品,是这一历史时期具有代表性的优秀作品之一。

孙犁有短篇集《芦花荡》《荷花淀》《嘱咐》和中篇《村歌》等。他的作品大都以抗日时期的冀中农村为背景,能够生动地描绘出农村男女的勤劳明朗的性格和英勇斗争的精神,有着浓厚的生活气息和抒情的风格;尤其着重于表现农村青年妇女在战争中的心理变化和她们的伟大贡献。如《荷花淀》一篇写白洋淀妇女游击队的成立过程;《蒿儿梁》一篇写一个山村妇女主任怎样勇敢地掩护和照料八路军伤员的故事;《嘱咐》一篇表现农村妇女及人民战士对国民党匪帮破坏和平的痛恨及对革命成功的殷切希望。中篇《村歌》是写抗战期中冀中农民怎样在党的领导下,积极组织互助生产、支援前线,并进行抗旱及减租减息等运动的情形的。他描写了在这些运动中成长起来的新人物的风貌,并批判了个别干部的错误思想。作者刻意写出的妇女双眉和党员李三就是他所要表现的正面积极人物。在他这些作品中,关于农村女性活动的描绘往往占很重要的地位,其中有勇敢矫健的革命行为,但也有一些委婉细腻的男女爱情;有时这种细致的感触写得太"生动"了,就和整个作品的那种战斗气氛不太相称,因而也就多少损害了作品所应有的成就。笔调是含蓄凝练的,常常于单纯的素描中暗示出比较丰富的意义；语言朴实自然，也与文中的抒情气氛相协调。他的长篇《风云初记》是写冀中平原上的一个村庄在抗战初期所起的变化的。这里的农民在抗战开始、国民党匪军南逃以后，在党的号召下勇敢地组织起了自己的抗日力量，同日寇和村中的地主汉奸展开了尖锐的斗争。作者正确地处理了抗战初期的民族斗争与阶级斗争之间的关系，说明了人民的力量是怎样在和内外敌人的斗争中发展壮大起来的。书中通过对各阶层人物生活的描写，表现了敌后农村所起的巨大变化，歌颂了农民的优秀品质和他们在党的领导下向内外敌人进攻的英勇姿态。其中一些正面的积极人物写得异常真实生动，如农民斗争的领导者之一共产党员高庆山，他在十年前曾是这个村庄的农民暴动的领袖，后来到了江西，参加了二万五千里长征，现在又回家乡抗日来了；由群众对他的依靠和感情，也可以看出党在群众中的崇高威信。青年女性春儿热情勇敢，领导着妇女自卫队，有极坚强的战斗信心。这些人物在斗争的发展中孕育了新的优良品质，作者热爱他们，文笔中充溢着自己的情感，这就使作品带有强烈的抒情意味，使读者能从中感到人物的呼吸和战斗的气氛，感到在这种生活中所含有的积极的思想意义。像这样伟大的历史事件是应该用力地去表现，尽情地去歌颂的。

王林有短篇集《十八匹战马》和长篇《腹地》《女村长》。他的小说多是以战争环境下的冀中农村为背景的，如《十八匹战马》写在敌人的残酷扫荡下，农民和骑兵团的战士们太善良了，舍不得杀掉那十八匹马的心情；结果让敌人全抢去了。但这心情是完全可以理解的，他们怎么能舍得下手杀死跟自己一同出生入死过的"战友"呢！《女村长》是写一个冀中妇女的斗争经历的；她在抗战初期翻身了，当上了村干部，但自"五一大扫荡"以后，环境改变，她受尽了恶霸汉奸们的折磨，丈夫和儿子也被逼逃走了；后来在解放天津的前线上，她赶着大车带头支援前线，恰巧逢着她丈夫和儿子都在解放军里，全家就在这时团圆了，并且抓住了她村中的阶级仇人，就由她押回去受当地人民的审判。后来她到北京参加了新中国的开国典礼，她说："我这一辈子算心满意足了，我看到了新中国，我看见了毛主席！"这是一个动人的故事，说明了人民和党、和人民军队的血肉相连的关系。《腹地》是最受读者欢迎的，这是写冀中人民在1942年反抗日寇"五一大扫荡"的斗争的：英勇的农民在党的领导下，面对着日寇的暴行，进行着曲折而巧妙的战斗。作者通过一个村中一群干部在长期斗争中的转变和分化，来写出这一民族战争的伟大史迹。书中的主人公辛大刚是作者刻意描写的一位英雄，他有斗争的热情和胜利的信心，作者企图通过英雄人物的形象，来反映农村内部的斗争和人民群众的生活风貌；其中有一些片段相当精彩，如人民坚持斗争的不屈精神和对于抗日干部的热爱等。但人物性格是写得不够完整的，特别是把辛大刚的恋爱事件渲染得太过分了，而且占了过多的篇幅，甚至变成了事件发展和党内纠纷的关键；而辛大刚是打过"大小仗顶少有一百回"的回乡的荣誉军人，又是有很长党龄的共产党员，是领导反扫荡战斗的主要人物，这就显得不可理解了。此外在对于群众活动（如村剧团）、对于村干部的描写方面，也都有不够真实的地方。在后半部反扫荡中的一些战斗的描写是很动人的，例如在五月之夜，辛大刚舍身渡河、组织群众抢救大批伤员的一段。但总的说来，他的作品常常在生活细节的描写上，好像知识十分丰富，但没有经过很好地剪裁和集中，观察事物又不够全面和深入，因此虽然有许多片段写得还好，但当作完整的作品来看，是不大能反映我们根据地农村中的丰富复杂的斗争面貌的。

收在人民文艺丛书中的一些短篇，也有许多是写农村生活的变化和斗争的，而且写得很好。如菡子的《纠纷》写农村妇女反封建压迫的惨烈场面；她们平日受压迫最深，但在民主政权下经过了斗争，也过上愉快的新生活了。王铁的《摔龙王》、葛洛的《卫生组长》，都生动深刻地写出了农村中反迷信的斗争；科学与迷信的斗争正是在民主政权下新旧事物推移的一种反映，也正是反封建内容的一部分。袁毓明的《由鬼变人》正像题目所显示的，是写大烟鬼二流子的改造过程的。方纪的《魏妈妈》写由国统区逃难至延安的农民的感受。"我五十多的人了，过了一辈子苦日子，可没想到世界上还有这么个好地方！"这正是新旧世界的面貌的强烈的对比。洪林的《李秀兰》和《莫忘本》都写出了劳动人民怎样在学习和实践的锻炼中，克服了自己从旧社会沾染来的不好的思想和作风，最后终于愉快地积极工作起来了，这也表现了党对人民的教育力量。这些作品都在一定的深度上反映了解放区的农村面貌，农民在伟大历史变革中的生活与斗争，而这正是新中国诞生前的辉煌的史实。

二　减租减息与土地改革

在抗日战争期间，民族矛盾的地位超过了国内的阶级矛盾，为了建立抗日民族统一战线共同抗敌，党停止了没收地主土地的政策。但农村阶级矛盾本身仍然存在,也并未减弱;要在抗日的大前提下解决农民的土地问题,使农民能够发挥抗日的积极性,就不能不在农村进行适当的民主改革;因此在抗战期间,党对农村执行了减租减息的政策。这在当时是完全正确的;因为它在可能的条件下,相当程度地解决了一大部分农民的问题,发动了农民的抗战积极性,也适应了抗日民族统一战线。毛泽东同志在《论联合政府》中说减租减息政策是让了一大步,虽然这样,但这政策的贯彻还是需要经过复杂的阶级斗争的,这是在抗战时期解放区农村中的重大变革。到抗战胜利以后,为了彻底将封建半封建的土地所有制改变为农民的土地所有制,完成中国革命中的一个最基本的任务,遂实行了没收地主土地来分配给无地少地的农民的土地改革政策。中国原来的土地制度是极不合理的,"这就是我们民族被侵略、被压迫、穷困及落后的根源,是我们国家民主化、工业化、独立、统一及富强的基本障碍。这种情况如果不加改变,中国人民革命的胜利就不能巩固,农村生产力就不能解放,新中国的工业化就没有实现的可能,人民就不能得到革命胜利的基本的果实"[8]。但土地改革是一场激烈的阶级斗争,是不可能用和平的办法来推行的;因此需要发动农民,进行轰轰烈烈的阶级斗争。减租减息和土地改革的斗争是同一性质的,都是解放区农村所经历的对地主阶级的伟大斗争,是改变农村面貌和取得战争胜利的根本原因。这种历史性的变革必然会在文学上得到反映,也应该有所反映,因此在新的小说中,我们就产生了许多反映这种斗争的作品。

写减租减息斗争的作品如王若望的《吕站长》,它写了一个负责支援前线的粮站站长帮助新解放区农民进行减租斗争的故事。这真是一个典型的全心全意为人民服务的好干部，在他的指导下，农民算账、减租、回地、找地、分粮……热辣辣地干开了，对全县工作起了很大的影响。他采用的是"中心突破、四面开花"的工作方法，先搞好一个庄，又去推动四外的庄。经过对农民的启发教育，他的粮站工作也因之进行得很顺利，群众用小车子很快地把粮食运到前方去，不然几十万斤粮食就要糟蹋坏了。作品生动地写出了我们干部的密切联系群众、全心全意地为群众打算的工作作风。俞林的《老赵下乡》也是写一个干部下乡推动种麦，经深入群众了解后，才发现地主并未执行减租的经过的。老赵心里明白，想推动种麦，"一定要贯彻减租政策，群众才能动起来"。经过深入工作，才发现"高租地很普遍，明减暗不减的、杂租、上打租还有的是"。后来群众把地主像老鼠一样从洞里掏出来，减租胜利了，不但突击种麦不成问题，而且在远处敌人的炮响下，民兵到处高唱着"李勇变成千百万"，抗日的力量也增强了。束为的《红契》写出了地主伪装开明的诡计和最后失败，此外他还有写土地改革后农民愉快生活的两个短篇《第一次收获》和《卖鸡》；经过土改，"人世间的快乐开始走进贫农的窑洞里"了。

  以上这些都是短篇。用比较大的篇幅来写减租减息运动的有王希坚的长篇《地覆天翻记》，这是用章回体的通俗形式写的，共二十二回。从工作组下乡工作写起，中间经过了好多的曲折，起先错让地主当了农救会长，又被地主布置了转移目标的假斗争；后来一个当特务汉奸的地主回家了，统一了地主内部的摩擦，伪装开明，暗杀了村中积极分子；而且一面和敌寇勾结，组织"暗杀团"，一面又打入了合作社，伪装积极，专门做麻痹腐化干部的工作。后来竟乘村中积极分子参军，让"暗杀团"又勾结日寇来"扫荡"了一次。最后群众觉悟了，整顿了队伍；民兵的反"蚕食"斗争也胜利了，活捉了恶霸地主，就地处死。小说有丰富的故事性，情节是异常曲折复杂的，真是"地覆天翻"的斗争。群众反对恶霸地主的胜利也就是反对敌人"蚕食"的胜利，具体地说明了农村民主改革与抗日战争的关系。作者是做群众工作的，这书用的全是群众性的语言和形式，是很好的普及作品。他自己说：

  群众语言的朴素，生动，尖锐，明确，都可以在群众的劳动和斗争生活中找其根源。所以必须了解群众的情感，才能把握群众语言的本质。我们必须想象当时环境，设身处地地力求再现群众的思想情绪，然后再找恰切的词句去表现它。在这种情况下，我们有时候还能自己创造新的语汇，丰富群众的语言。[9]

这些体验就是《地覆天翻记》一书语言形式的最好说明。

  伟大的土地改革运动彻底地摧毁了封建的土地所有制度，彻底地打垮了地主阶级，因而也就给文艺创作带来了无限丰富的内容。丁玲的长篇《太阳照在桑干河上》是最初出现的写土地改革运动的小说。这是以一个叫暖水屯的村庄为背景，写华北土改初期的情形的；主要是描写群众怎样起来斗争了一个恶霸地主钱文贵，同时也写出了农村复杂的阶级关系以及土改工作干部的作风问题，是当时农村激烈的阶级斗争的真实反映。它说明了必须先把为群众所痛恨的恶霸斗倒，才能使群众相信自己的力量，消除害怕变天的思想，热烈地进行土地改革斗争。譬如钱文贵，他用尽了各种方法来保卫自己，把儿子送去参军，把女儿嫁给了干部，还企图用侄女来俘虏农会主任程仁，说明了地主是会不择手段地为他那阶级的灭亡命运挣扎的。作者另外还写了一个因胆小绝望而逃走的地主。对于地主家庭内部的人物，作者也根据他们不同的处境来写出不同的倾向和特征，同时还写了一家富农和农村各种阶层相联系的复杂关系，也写了村中干部们的不纯问题。这说明作者处理题材的态度是完全现实的，她写出了农村中的复杂的阶级关系，和这些人在尖锐的斗争面前的不同的表现。在工作队的干部方面，面貌也是彼此不同的，队长文采是一个主观主义的自高自大的人物，他不从群众的实际需要出发，因此也就不能做好工作；而另外的干部如对革命非常忠诚的章品，就和他完全不同。在村干部方面，忠诚老练的雇农张裕民是作者着意写出的正面人物；程仁的从动摇到坚定，张正典的蜕化和叛变，作者也都作了深刻细致的分析。她写人物一般都从他们过去的历史和社会关系叙起，然后把他们和目前正在进行的尖锐的阶级斗争联系起来，因此那面貌是非常鲜明真实的。作者原来的计划很大，她说："原计划分三个阶段，第一是斗争，第二是分地，第三是参军。"现在这书主要是写斗争，分地和参军已成了结尾，而且后半写得较前边"压缩"，大概是因为写作中途改变了计划的关系。作者在书的最后说："暖水屯已不是昨天的暖水屯了，他们在开会的时候欢呼，雷一样的声音充满了空间。这是一个结束，但也是开始。"这话是对的，这正是新中国诞生前的叙事诗。这书现在已经是驰誉国际的名作，它反映了中国人民的创造历史的伟大激烈的斗争。

周立波的《暴风骤雨》分上、下两册，上册写了东北土地改革初期，即自1946年中共中央"五四"指示到1947年9月全国土地会议以前的一段时期；下册写了东北土地改革的次一个时期，即1947年10月《中国土地法大纲》颁布后的一段时期。上册从萧祥率领的土地改革工作队到了松江省的元茂屯写起，开始时由于工作队对当地情况不够了解，采用了比较简单的工作方式，因此工作很难开展。后来发觉恶霸地主韩老六正在暗中大肆活动，情况很复杂，才开始深入群众，布置斗争。但因为群众没有充分发动起来，三次斗争韩老六都失败了；后来扩大了农会组织，监视了地主狗腿们的行动，组织了自卫队，才斗倒了韩老六，分了土地。下册写萧队长带着《中国土地法大纲》回到元茂屯，整顿了农会组织，纠正了过去工作中的一些偏差，继续斗争地主，清洗暗藏特务，并召开了贫、雇、中农会，最后写到农民热烈参军为止。书中通过生动真实的描写，使读者看到了农村阶级斗争的激烈的图景。像地主韩老六、胡善人的狡猾阴险，雇农赵玉林、郭全海和贫农白玉山等的对革命无限忠诚的高贵品质，都是写得非常鲜明的。他也写出了一些生动的干部形象，像工作队萧队长的关心群众生活、从群众的实际出发的工作作风，是很令人感动的。他常说："到处有工作，到处有困难，革命就是克服困难的连续不断的过程。"这就概括了一个好干部的虚心向群众学习的实事求是的工作态度。作者写作时很注意作品的政策性，他曾说："作者的任务还得把政策思想和艺术形象统一起来，千万不要使作品的形象和政策分家，使政策好像是从外面加进去似的。"[10]这在《暴风骤雨》中也很明显，譬如他写到当对团结中农的政策略有疏忽时，中农便大吃大喝地浪费,并到处破坏工具,窝藏财物,生产的情绪很低。但当召开了贫、雇、中农会,注意保护中农利益时,中农才和贫、雇农团结起来,向地主斗争。这说明了只有巩固地团结中农才能壮大自己的队伍,并保证阶级斗争的胜利进行。关于这书形式方面的特点,陈涌曾评论说:

> 不少读者认为《暴风骤雨》在思想性方面,在反映现实的深度方面,较之《太阳照在桑干河上》是有逊色的。然而《暴风骤雨》也自有其优点,其中也有一些为《太阳照在桑干河上》所不及的形式上的优点。《暴风骤雨》几乎完全排除了那一切引不起艺术效果而相反的会引起读者厌倦的叙述,它也追述每一个重要人物的过去,但我们看到的也往往是和对于现在的描写同样活跃的镜头。加之作者善于描摹农村日常生活的动态,甚至没有忘记在现实生活中间存在的那许多幽默的、有趣的细节,而且这一切都出之于单纯、明快、简洁的语言形式。许多同时读过《太阳照在桑干河上》和《暴风骤雨》的人表示,《暴风骤雨》更使他感到亲切,这里的原因自然很多,但它在形式上的优点是起了重大作用的。[11]

这是和作品所运用的语言有关系的,《暴风骤雨》所用的语言比较接近农民的口语,因此读来也就比较生动活泼了。作者曾说:"我欢喜农民的语言。在乡下工作时,曾经记录一些农民生动的言语,看书报时,也很留心别人怎样运用农民的口语。我以为农民的语言比知识分子的语言生动得多了。……学会运用劳动人民的语言必能改革我们的文体。"[12]这种语言的特点也是《暴风骤雨》比较成功的原因之一。

马加的长篇《江山村十日》是以十天中所经过的事件来反映土地改革的全部过程的。作者在《前记》中说：

> 江山村是松花江南岸的一个村子，在佳木斯正东五里地，原名高家村。平分土地时才改成江山村。……这村子在平分土地当中，出现了新的面貌，也出现了一群新的人物，工人和贫、雇农。新的人物流露出新的喜悦情感，我被他们喜悦的情感所鼓舞，我和他们相处的日子是快活的、健康的，给予我创作上最大的勇气。……这个故事是写江山村平分土地斗争开头十天的生活，那翻天覆地的十天呵！日子过得比上了钩的鱼弦还要紧张，大江沿刮着烟泡，炸弹壳嗡嗡地响着。会场敞着门，工人和贫、雇农一齐动手，划阶级，成立贫、雇农大会，研究情况，抓地主，起浮产，过堂，开斗争会，分浮产，组织生产小组，丈量土地，建立支部，支援前线，这不是人民发扬了创造性与组织性吗！他们以主人的身份走进了这个世界。他们来了，给这个世界添置新的财富，他们带来了自己的气派、智慧和天才。

这个地方原来是荒地，农民开荒时剩下最后一棵松树，取名"一棵松"；后来被高姓地主霸占了，改名"高家村"；到土地改革后才改名"江山村"，村名的变更就是东北农村几十年来阶级斗争的具体表现。作者以干部下乡和离开为起讫，用了近于素描的概括的方法，比较完整地写出了土地改革的全部过程。当中插入了一个爱情故事，说明了合理的婚姻和爱情的关系，也是必须通过土地改革的伟大斗争才会获得的。杨朔说：

> 全书读起来似乎有些平，故事性不够强。可是只要你一拿起书，就会被一种强烈的生活气息所吸引。鲜明的色彩，浓厚的风土气味，人物也都赋有一定的性格，这就使本书的生活气氛特别迷人。为什么能达到这一步呢？我研究了一下，觉得主要的是语言运用得好。东北的语言相当丰富。比起先前所有用东北语言写东北题材的作品，这本书可以说最突出，语言最好。正是因为语言的乡土气味十足，所以不管写人写事，色彩气味便显得格外浓。[13]

这书写成后，作者曾在江山村的贫、雇农大会上给群众诵读过，因此可以说用的完全是群众的语言；因为语言有色彩，所以无论在叙述、对话或描写人物上，就都很新鲜生动了。

除《江山村十日》外，他另有短篇集《双龙河》，长篇《滹沱河流域》和《开不败的花朵》。《双龙河》中有几篇是抗战期间在延安写的，也有几篇是写东北土地改革中或土地改革后的一些片段的。《滹沱河流域》是写抗战初期共产党和八路军在晋察冀边区建立抗日民主政权后，农村中的一些变化情况的。减租减息的政策使农民的生活初步改善了，他们兴奋地组织了农会，踊跃地参军；妇女们也在妇救会的发动领导下活动起来了。地主则摇头叹息，玩弄他们那一面逢迎上级、一面又搪塞减租的两面手法。这时政府采用的是团结教育的政策，希望他们能起来抗日。书中虽然有些地方写得还细致，但牵涉到的方面太多，结构有些松散，人物也不够鲜明。这还是他的初期作品。《开不败的花朵》写于《江山村十日》之后,这是写 1946 年 5 月间从张家口去东北的干部队的沿途经历的;他们由通辽到瞻榆县,通过东科尔沁大草原的时候,坚决击溃他们所遭遇到的被蒋匪勾引而叛变的蒙古队,胜利地到达了目的地。作者在《后记》中说:

> 我到东北局后,分配在北满乡下做群众工作。一有闲空,我常常问我自己:我为什么能够在这里工作?我们干部队为什么能通过蒙古草原,胜利地到东北局?这不是一件容易的事。首先,我觉得我们干部队是有组织性的,发挥了组织作用,组织就是一种力量、一种胜利的源泉。其次,是领导的才能,像曹团长这样的同志,战斗经验丰富,指挥机动灵活,又联系群众,有气魄,有决心,才能粉碎敌人的进攻,突围出去。全体同志呢,在党和人民事业的面前,都有着充分的信心。尤其是王耀东同志,他的英雄气概和他的自我牺牲精神,取得了胜利。对于这种强烈的政治感情,我能够体会,我能够理解,我也企图把它表现出来,写成小说。
> 　　写这篇小说,我感觉有容易的地方,也有困难的地方。容易的地方,是我对于生活的熟悉,自己经历过的事情,感觉特别亲切。……那么,困难的地方在哪里呢?不消说,我面临着一个新的主题。我要通过这主题描写新的英雄人物,新的道德品质,新的爱国主义情绪。……我苦心捉摸着:我怎样给蒙古草原一种新鲜喜悦的感觉,我怎样给英雄人物一种觉醒的灵魂。

书中通过曹团长、王耀东、蒙古老头那申乌吉等少数几个人物,生动地写出了经过党的长期教育的干部队善于联系群众,无畏地克服困难,并战胜敌人的英勇精神。同时也表现出了党的帮助少数民族解放与发展的民族政策,说明了内蒙古封建统治集团的对内压迫、对外投降的道路,是与内蒙古人民的利益相违背的。书中穿插了嘎达梅仁起义的故事,说明只有广大人民起来争取自己的解放,才是民族的真正出路。像作者在《后记》中所说的,"人民的力量是无穷尽的,正如草原上开不败的花朵"。书中人物写得很真实;环境色彩也非常鲜明,如对草原风光的描写,冒雨前进和夜间迷失方向的描写,都很逼真,这是因为他有亲切的生活体验的关系。柳青说:

> 马加有十几年的创作历史,他写小说是很下功夫的。但是他的《滹沱河流域》人物不够逼真,语言也有些过分雕琢。《江山村十日》无论在人物上和语言上,都比前一本好得多,只是金成和周兰恋爱的故事,因为两个人都不是土地改革斗争中积极活动作用很大的人物,看起来对全书并没有好的影响。我认为《开不败的花朵》在各方面都相当远地超出他过去的水平,语言比《江山村十日》也使人读起来舒畅,有些地方好像诗,很有感情地传达出了气氛,塑造了形象。[14]

《开不败的花朵》所以超过他以前的创作水平,主要是因为他相当成功地写出了新的英雄人物的新的品质;这对读者是有很大教育意义的。

减租减息与土地改革运动是中国人民反对封建主义的伟大的革命斗争；尤其是土地改革，这是一个具有历史意义的群众性的革命运动，是一个极其复杂的、激烈的阶级斗争的过程。毛泽东同志在《湖南农民运动考察报告》中说："你若是一个确定了革命观点的人，而且是跑到乡村里去看过一遍的，你必定觉到一种从来未有的痛快。无数万成群的奴隶——农民，在那里打翻他们的吃人的仇敌。农民的举动，完全是对的，他们的举动好得很！"通过这样一个伟大的运动，是最能够纵横地写出农村的面貌和阶级关系，也最能够深入地写出农民的生活和性格的。

三 部队与战争

我们说解放区的新的人民文艺中充满了火热的战斗的气氛，这在以部队与战争为题材的作品中尤为显著。我们已经有了不少的反映抗日战争、人民解放战争与人民部队生活的作品。周扬说："中国人民解放军（抗战时期的八路军、新四军）所进行的战争，是中国历史上前所未有的真正人民的战争，它取得了人民的全力支援和他们在各方面斗争的配合。这个战争的群众性质，在我们的许多作品中反映出来。"[15] 在小说中，像马烽、西戎的长篇《吕梁英雄传》，是写晋绥解放区人民在党的领导下组织民兵、劳武结合，配合八路军主力作战，最后粉碎了敌人"扫荡"的故事的。书中用章回体形式，生动曲折地写出了民兵英雄们在艰苦环境下英勇斗争的战绩。作者在《起头的话》中说：

晋绥解放区人民，在共产党新政权领导下，许多热血男儿都参加了八路军，在家的就参加了民兵。民兵们平时在家生产，抽空练兵习武，一到战时便拿起步枪、火枪、手榴弹、地雷，和敌人战斗，保护群众，日夜打击敌人，并且配合主力军作战。尤其自执行了毛主席"挤敌人"的方针以来，军民创造了明的、暗的、软的、硬的各种战法，组织了"变工爆炸"，实行了"劳武结合"，粉碎了敌人的"蚕食政策""怀柔政策""三光政策"，以及数次"强化治安"，挤得敌人统治区日益缩小，由面变成线，由线变成孤立的据点，把晋绥解放区保卫得铜墙铁壁一般。

书中以吕梁山的一个小村庄康家寨为背景，写农民怎样由宿命论地忍受而逐渐觉悟勇敢起来，终于反掉了"维持"，对日寇作战。这是很不简单的事情。村里有恶霸地主康锡雪，还有一批他的爪牙和汉奸；但同时也有勇敢积极的农民像雷石柱、孟二楞等，他们在党的武工队员武得民的领导下，找到了解放自己的道路。武得民成了当地人民的希望的寄托，他也的确了解群众的生活与要求，于是在他的领导下，联合了附近的村庄，一起将敌人赶走了。全书以日本投降、民兵参军结束，共八十回。其中充满了故事性和行动性，因为作者本来是根据许多典型生动的斗争故事写的；但也正因为如此，因此在故事的发展和人物性格的描写上，有些地方就不够自然和完整。但它生动地说明了我们的敌后抗日根据地是怎样在党的领导下，在军民同心协力的对敌斗争中建立起来的，这对读者会有很大的教育意义。

柯蓝的《洋铁桶的故事》也是以章回体的形式，写解放区军民协力抗战的故事的。这是以晋东南沁源为背景的。"洋铁桶"是民兵队长抗日英雄吴贵的小名，因为他性情暴躁，说话声音粗重，因此当地群众叫他"洋铁桶"。书中通过这样一个人物，写出了解放区军民积极抗日锄奸的活动。全书共四十段，从中可以看出我们的民兵游击队是怎样由无到有地成长壮大起来，并巧妙地打击了日寇汉奸的。作者一向致力于群众文艺工作，除《洋铁桶的故事》外，他还有写陕北大生产运动时期，劳动英雄领导变工生产情形的中篇《红旗呼啦啦飘》，和写农村故事的短篇《乌鸦告状》等。由于他虚心向群众学习和运用了老百姓所喜闻乐见的语言形式，因此这些作品在群众中很受欢迎。柯仲平在《红旗呼啦啦飘》的《序》中说：

> 他向群众学习，是各方面都学习，群众的生活、思想、感情、作风、言语、民间文艺都学习。他写的也不止一种形式。群众性的小说、诗歌他都写，他的生活同他的作品，都在"从群众中来，到群众中去"的这个方法下，锻炼着，进步着。《红旗呼啦啦飘》是更充分地运用了这个方法了。……因此，组织群众生产的规律，生动的生产竞赛的情况，人物的心理、言语和动作，他都能做到相当的典型化。在推动进一步的生产运动、改进领导作风方面，这作品特别有显著的效果。

这些特点同样可以概括他的别的作品，他写作的态度完全是从群众的需要出发的。

邵子南的《地雷阵》虽然是个短篇，但却是受到广大群众热烈欢迎的作品。主人公是共产党员青年农民李勇，他一边生产，一边组织民兵抗日，成了当地的群众领袖。他的武器只有埋在地下的地雷，但凭了他的机智和勇敢，地雷在他手里变"活"了，敌人不来踩时地雷会去找他们来。在革命和战斗的锻炼中，李勇变成了英雄，他学会了迎战，学会了指挥，学会了许多应付敌人的急智。他不只能摆各色各样的地雷阵，"敌到雷到"，而且能"敌不到叫敌到"，"敌未到雷先到"。日寇到处都逢着地雷的爆炸，结果吓得不敢到处骚扰了。"李勇变成千百万"成了解放区人民的流传口号，我们的农民就是用这样的机智勇敢来打败了敌人的飞机大炮的。他另有短篇《阎荣堂九死一生》，写一个管公粮窖的共产党员村干部被日寇俘虏了，敌人用了各种刑罚和利诱来对待他，但他是"软硬不吃"，表现了无比的英勇与顽强。经过了很多的痛苦和折磨，他终于逃跑回来了。正像作者所写的："任你，用水攻，用火攻，要枪毙，要杀头，我是颗，煮不烂，捶不扁，响当当，铜豌豆。"此外在人民文艺丛书《无敌三勇士》一书中尚收有一些写部队生活的短篇，如谭虎的《四斤半》写一个战士挥动四斤半的镢头，一年单独开了一百一十亩生荒，镢头只剩下了三斤七两，当了劳动英雄，镢头也被征集为延安生产展览会的展览品之一。会后上级命他另外带头去创造一个模范班、模范连，他团结大家一起干，克服了一连串的困难，最后终于成功了。刘石的《真假李板头》写两个青年战士比赛着苦练战斗技术的故事，结果都当上了练兵模范。胡田的《生长》写一个曾长期在旧军队里当兵的战士，到连上来不几天就开小差了，大家追他回来以后，不但没有责罚他，而且从思想上、生活上尽量帮助他，最后他放声哭了起来，决心干革命到底。这些故事生动地说明了人民部队的本质、战士们的阶级觉悟和艰苦朴素的战斗作风。周而复写了长篇传记小说《白求恩大夫》，这是写加拿大共产党员诺尔曼·白求恩博士抗战初期在晋察冀边区从事医疗工作的情形的。在艰苦的物质条件下，白求恩大夫坚持施行医疗，建立医院，培植医务干部，亲自上火线治疗伤员，亲自输血，那种对中国革命事业的无限忠心，充分表现了国际主义的伟大精神。有一次在为伤员动手术时他的手指中了毒，但他仍坚持工作，后来竟发炎不治了，1939年11月在中国逝世。毛泽东同志在《纪念白求恩》中说："一个外国人，毫无利己的动机，把中国人民的解放事业当作他自己的事业，这是什么精神？这是国际主义的精神，这是共产主义的精神。每一个中国共产党员都要学习这种精神。"他死前还谆谆地对他的翻译说："努力吧！向着伟大的路，开辟前面的事业。"这种崇高伟大的精神是永远值得我们学习的。

徐光耀的长篇《平原烈火》是写1942年日寇"五一大扫荡"后，冀中平原上的一支游击队如何由失败、退却、隐蔽，而逐渐走向稳定、发展，并最后战胜了敌人的英勇斗争的事迹的。在敌人的疯狂"扫荡"下，平原上"满眼尽是敌人的势力，白日满天都是膏药旗，黑夜遍地都是岗楼灯"。这是抗日斗争最艰苦的时代，但共产党和人民是不会屈服的，冀中子弟兵采取了分散隐蔽、缩小目标、抓空隙来打击小股敌人的办法，在作为党代表的副政委薛强的领导下，贯彻了党的对敌斗争的方针，也和内部的右倾情绪作了斗争，因此环境虽然是无比的艰苦，这支游击队终于发展壮大起来了，也终于胜利过来了。作者自己是有亲身体验的，他说：

> 环境越残酷，斗争越激烈、紧张，出现的英雄事迹也就越多，自己所受的感动也就越来越强烈。日子长下去，不仅感到那些战士和英雄们用鲜血所创造的事迹，很伟大，很壮烈，就是那连自己也参加在内的一天又一天的生活，也感到是很不平凡的了。……特别使我常常记起的，是那些战争中的英雄们，他们用自己的青春、鲜血和头颅，创造了无数无数惊天地、泣鬼神的事迹！是那般的伟大，那般的壮烈，那般的动人！又是那般的多样和丰富！任你有多少支笔都是写不完的。[16]

这种可歌可泣的惊心动魄的史诗是足够震撼人心的；作者用力写出了周铁汉这样一个新的英雄人物，这个贫农出身的受尽了地主虐待的青年小伙子正是党所教育出来的坚强忠贞的有高度觉悟的新人。在战斗里，他总是站在最危险的岗位，出生入死；在监牢里，他受尽了百般折磨；但在任何困难的情形下，他都是满怀着革命胜利的信心，充满了乐观的情绪。他是个在战斗里锻炼出来的英雄，从没有灰心失望的时候；只有在他为自己的残废而不能再到前线时，才流下了眼泪。这种在党的培养和斗争的锻炼里产生出来的崇高品质，对读者是有很大的鼓舞力量的。书中虽然也写了个别的投降分子，说明这种思想蜕化的人的结果只有灭亡，但却更多地和更用力地写出了正面的积极人物，有的由胆小变为勇敢，有的始终勇敢乐观，通过这些人物的积极活动来发挥主题思想，因此就写得非常明朗突出了。除了主题思想的积极性外，语言风格也是单纯朴素的，他运用了冀中一般农民的语言，又加入了部队语言的特点，这就给了作品以生动的表现力量。这书得到了读者的普遍爱好,因为作者有真实亲切的体验,因此读者处处会感到强烈的生活实感和新鲜气息。

孔厥、袁静的长篇《新儿女英雄传》是写冀中一个敌后地区在抗战八年中的整个对敌战斗过程的;它生动地写出了在抗战期中人民力量的生长和发展,敌伪势力的削弱和死亡。内容有丰富的故事性,形式又大众化,因此得到了广大读者的爱好。作者写出了敌人的残暴和环境的艰苦,但人民却并无任何悲观失望的色彩,而是运用了各种不同形式的斗争来打击了敌人。书中的人物写得朴素真实,在不断地斗争中表现了这些新人物的进步和成长,读来使人感到非常亲切。不少读者在阅读的过程中关心着牛大水或者杨小梅的命运,为他们的生动丰富的英勇事迹所吸引了。这样的人物和这样的故事,在敌后的抗日战争中是存在的,而且是很多的;作者把它们集中地组织起来,通过几个固定人物来把它们表现在八年抗战的整个过程中。书中用了冀中地区的一般口语,而且相当通俗,这也是受到读者欢迎的一个原因。作者之一袁静说:"在写作之前……我们还把白洋淀一带八年抗战的大事列了个年表,此外又拟定了人物表,编好了故事提纲,经过许多次讨论、研究才动笔。"[17]据竹可羽的分析,作者是用了三条线索来连贯全书的:"第一是八年对敌斗争和敌我对比力量的转变过程;第二是张金龙、牛大水和杨小梅三人之间婚姻关系的发展过程;第三是大水、小梅作为新英雄的成长过程。"[18]这和作者自己所讲的创作过程也是相合的。作者是把许多敌后抗日斗争的动人场面和事件,来通过张金龙、牛大水和杨小梅三个人物之间的婚姻变化来贯串的;全书的故事是从"牛大水二十一了,还没有娶媳妇……"开始写起;

以下就从两方面来展开,一方面是以铁匠出身的共产党员黑老蔡为领导的农民游击队的曲折艰苦的战斗,一方面是以何世雄为首的封建地主势力的投靠敌人、逞凶作恶的情形,而贯串在这斗争中的线索就是牛大水等人的婚姻关系。不过因为作者过分注意于这几个人物的婚姻故事了,因此虽然有许多战斗的场面写得很出色,如打汽船和拿岗楼等,但就全书看来,故事虽很曲折动人,彼此间的联系却是不够紧凑的。很多读者的兴趣都放在大水和小梅是否能团圆这样一件事情上,就说明作者所要表现的新人物的性格和他的成长过程还不很成功。此外,如陈涌所指出的:"总之,对于群众抗日斗争表现不够,对于群众的民主要求以及怎样满足了他们的民主要求表现不够,是这作品的主要缺点。这就使这作品降低了它的阶级内容,降低了它的真实性和思想性。"[19]这些缺点是存在的,但它能够比较全面地写出党领导下的敌后广大人民,在八年抗日战争中的斗争和胜利的过程,而且由于它形式的大众化和有浓厚的故事性,得到了广大读者的欢迎,使读者认识到这些平凡的农民们的英勇不屈的高贵品质,认识到党在抗日战争中的伟大的领导作用,因此这还是一部好的作品。在《新儿女英雄传》以前,他俩还合写过中篇《血尸案》,这是写地主、特务在土地改革以后,由于我们一些干部的麻痹、腐化,竟然混入了和把持了村政权和党的支部,进行了种种破坏暗杀的罪恶活动,竟至发展到公开地杀死了农会主任,后来由于群众报告到区上后才被发现了。这书因为对提高工作干部对阶级敌人的警惕有教育意义,因此也很受读者的欢迎。但作品中把大部分力量放在表现地主、特务的阴谋活动上,而对党和群众的力量则写得很不够,使人读来觉得有一种阴暗的气氛,这是很不恰当的。

刘白羽是写部队生活比较著名的作家,他在部队里亲自参加了四年人民解放战争中的许多重要战役,广泛接触到部队中的干部和战士,他的作品也深受到部队读者的欢迎。《战火纷飞》是他的短篇集,写于由1947年7月起始的一年内,这正是人民解放军从防御转入进攻的时期;作者所反映的东北战场当时正得到了许多新的胜利,农村正实行土地改革,部队在进行了诉苦教育后,阶级觉悟空前提高,这些时代的特点在他的小说中是可以看出来的。而且他把当时东北的一些重要战役作为作品的背景,这就使作品的历史特点,更为显著。作者在《代序》中说:

> 从昨天,从今天,我们都可以看出人民军队优良的品质。伟大的时代考验了他们,因为他们是从人民当中来的,所以个个英勇无比,纯洁可爱,在为人民利益而战的时候,他们能以牺牲自我,忠实于斗争。他们从激战中,总结经验,提高自己,他们不但是勇敢的部队,而且是有思想、有教育、有高超作战技术的优良的人民部队。

在这些短篇中,他着重表现了我们部队的阶级本质,说明它是由共产党所领导的劳动人民的队伍。譬如在《无敌三勇士》一篇里,他写三个战士开始时闹不团结,但经过阶级教育后,他们都了解到"我们是穷人,我们有苦处,苦变成力量,团结起来就能天下无敌"。作品通过对战士们连队生活的真实描写,深刻地反映出了我们部队的阶级本质。人物也写得很好,三个战士各有各的特点,但又都是出身于被压迫的劳动人民，都有一番血泪的经历；他们一旦觉悟以后，对革命认识得非常具体，觉得现在打的就是他们自己所痛恨的压迫过自己的敌人。其他各篇中也一样，如在《政治委员》里，作者正面写出了一个中级干部的艰苦奋斗的作风；在《血缘》里，写出了战士间的伟大的阶级友爱。他通过这样一些单纯明朗的新的人物，写出了战士们忠于革命、忠于人民的感情，也写出了我们部队的各种优美的品质。他的中篇《火光在前》反映了人民解放军渡江作战的历史壮举，作者不只写出了这一行动的一些伟大动人的场面，而且写出了几个突出的人物，在规模上和成就上都是超过了他以前的短篇的。在渡江前，解放军遭遇到无数的困难：没有渡河船只、渡口被炸、船过不去、前面是悬崖绝壁、战士不服水土、病号很多，等等；但由于解放军的高度勇敢的精神，在正确的领导下，坚决依靠群众，终于克服了一连串的困难，胜利地完成了任务。战士们的心中都充满了阶级的仇恨，耳中时时震响着这样的声音："快去吧！老百姓在受刑呀，流着血等你们呀！"真如书中的政委所说："同志，在斗争前线上的人总会学会一切。"这就是为什么作者充满了胜利的欢乐和信心的道理。在人物方面，作者写出了两个较高级的领导干部的形象：师长陈兴才的严肃坚定的革命气概，给人以无限的信心和力量，这正是典型的人民将领的面貌；师政治委员梁宾不断关怀着战士们的思想情绪，新形势下的新的问题；这个人有极锐敏的政治感觉、强有力的组织才能，作者对于他的描写是相当成功的。要想写出一个伟大的历史行动，不了解领导干部的活动是很难反映出这个行动的全貌的，这自然是一个困难的工作，但却是一个重要的工作。此外本书中还写了许多的干部和战士，所涉及的范围和问题也很多，因此有些方面就没有能够很好地展开，结构也就有点不够集中和匀称；但就作者所要表现的主题思想来说，这还是一部很好的作品。丁玲说："当刘白羽投身到东北战场上三年之后，由于他生活的深入部队和他在写作上的努力，他的作品不同于他在抗战前的作品，就是较之他在抗日战争中的那些作品，都大为改观；他过去的那些冗长的、意义含混的语句，几乎全部肃清，而那些兵士、政治委员都不是徒有一些概念的内容，而是栩栩如生。"[20]他这些作品的作风都是明朗刚健的，这首先是由于部队生活本身的明朗刚健所决定的；他运用了新的语言形式来表现新的部队生活，因此读者就感到新鲜可喜了。

李尔重的长篇《领导》是以一个工人出身的、后来参加铁道纵队的战士姜明山的经历为线索，来表现集体生活中的领导的作用和意义的。姜明山在当小队长时，他心里是这样想："参加革命都不愿落后的，都是那处受了病，打下去了！人，就是个领导，领导好了，没有不高兴的。"他自己以前曾开过小差，也有过骄傲情绪，但在党的领导下，在他领导这个小队的工作中，他克服了初期的混乱状态，改造了许多落后分子，推动了学习。……后来上级总结了他的领导经验，推广到全大队，并提升他为排长。在他的思想里，这样的想法是非常明确的："好党员，就是做战士的勤务员。"书中所反映的生活是非常丰富广泛的，不过作者似有点为素材所包围，枝节甚多，而缺乏精练和集中；人物也写得不够生动。但它反映了我们部队基层组织的有领导、有纪律的生活，而且说明了劳动人民本质上都是很好的，只要领导者切实关心群众利益，一切落后现象都是可以克服的。这样的一个主题是富有积极的教育意义的。另外他还有短篇集《落后的脑袋》。其中《落后的脑袋》一篇是写一个落后战士的转变的,《舒队长》一篇写一个卫生队长在抗日战争期间的英勇事迹,《解放前后》一篇写武汉工人在保厂、护厂和开始恢复生产时的斗争经历。他自己批评《落后的脑袋》说:

> 主要是忙于追逐事物,往往为事物所局限,无形中在思想上扩大现象的分量,降低事物本质的分量,这就容易忽略全面和本质。……在典型的发展中,批判许多落后现象,无形中扩大了落后的成分,掩盖了解放军优秀的本色,提到原则上来看,在创作思想与方法上,都是不妥当的。[21]

产生这些缺点的主要原因是因为他虽然有很丰富的生活体验,但还没有突破"记录事实"的创作方法,许多经历过的素材还未能经过很好的提炼和集中,因此就不大容易写出比较完整的新的人物来了。

四 工厂与生产

新中国的建设过程,基本上就是一个变农业国为工业国的过程,因此生产和经济的建设是社会生活中极重要的一环。但因为当时解放区还在战争环境下,工作重心在农村,因此反映生产建设和工人阶级的作品就比较少;但党从来没有放松过对于生产建设的领导,到一些比较大的城市陆续解放以后,反映这方面的作品也就逐渐地多起来了。工人阶级是人民民主政权的领导阶级,生产建设是我们国家的主要工作,我们的文艺是应该更多地和更好地来反映这方面的生活和斗争的。就是当以前工作重心在农村的时候,经济建设也还是很重要的,欧阳山的长篇《高干大》就是反映抗日战争期间陕甘宁边区的合作社经济的发展道路的。当时为了支援前方,为了繁荣农村和改善人民生活,合作社经济是必须要办好的。《高干大》这部小说就具体地描写了应该怎样依靠群众来办好合作社。毛泽东同志在 1942 年写的《经济问题与财政问题》第五节中,关于发展合作社有极详尽的指示。当时延安建设厅提出了"克服包办代替,实行民办官助"的方针,作为边区合作社发展的方向。《高干大》中所写的任家沟合作社的斗争过程是完全形象地说明了这个方向的正确性的。高干大是一个农民出身的革命干部,他在办任家沟合作社中,贯彻了群众路线,和一些官僚主义的干部作了坚决的斗争;他为人民利益忘我地工作着,终于得到了群众的支持,顺利开展了业务工作。而且依靠党的教育,克服了他自己的许多缺点,成了为边区人民所爱戴的发展生产、繁荣经济的劳动英雄。这本书不只是写了合作社的发展道路,也写了一个农民出身的共产党员的成长过程。这个人物是写得很成功的,他抱着全心全意为人民服务的思想,努力想使合作社为人民办事,因此他总觉得一些人的作风和他的目的是相违背的,他遂依靠群众,对官僚主义者进行了顽强的斗争。他没有很高的理论修养和文化水平,不会耐心说服人,但他懂得依靠群众,忠心耿耿为人民办事,这就使他有了很大的积极性和创造性,使任家沟的合作社得到了壮大和发展。书中又用了几乎二分之一的篇幅写了高干大与巫神的斗争,反巫神是当时的一个重要的政治运动，作者也把它和书中的故事情节联系起来了，有些地方也写得很好；但这方面的篇幅占得太多了一些，结构上就不够集中和匀称，对主题思想的表现也没有太多的帮助。书中对一般人民生活的环境气氛也表现得不太够，冯雪峰曾批评说：

> 我有这样的感觉：仿佛它不是一株生在旷野间的树，而是一株砍倒了的，并已经当作木材用了的树。这原因，大概由于作者还没有把人民的生活和意识的历史、对新的生活的渴望和理想，当作主题的必要背景和作品的生力的重要来源而加以充分地掘发和反映的缘故。[22]

在语言形式方面，作者表现了一种明朗朴素的风格，这在作者个人的创作历程上说，是一个很大的进步。丁玲说："以欧阳山那么欧化难懂的《战果》而进到他的那么生动、引人入胜的《高干大》，且不谈它的内容已经如何切实得多，其中所经过的途径是不短而且是不易的，它的政治性及其思想性已经不是那么简单平常，即仅就其形式与语言说，也不知道精美多少；所有熟悉他的读者都会看出这种很大的进展来的。"[23]这正是作家深入生活、深入实际斗争中的结果。

草明的长篇《原动力》是写东北的一个水力发电厂的复工过程的，这是人民文艺中最早出现的表现工人阶级的优秀作品。镜泊湖的水力发电厂在解放时被日寇和国民党匪帮破坏得乱七八糟：冰雪埋住了机器，空气是死一样的沉寂；但在党的领导下，工人们克服了公开的和隐蔽的敌人的阻挠，克服了各种技术上的困难，终于修复发电了。工人们自己也在这过程中得到了教育和成长。如书中的主要人物之一的老孙头,他从日本人开始建立电厂时就在这里,受了不知道多少的欺凌压迫,眼看着许多中国工人在饥饿与疲劳中死去了,他自己的儿子就是在爆炸大石头时死去的,因此他有一种极高贵的阶级品质:爱护机器、爱护工人。在修复的过程中,他能发挥群众的力量,领头并推动大家保护工厂,节省和收回原料器材,并善于促进领导和群众打成一片。他最后被选为副厂长,很多人也都在修复的过程中变成了新人,工程师吕屏珍接近了群众,进步工人吴祥泰做了工会主任,妇女也热情地参加了工作,大家都以一种新的劳动态度,为一个共同目标而奋斗。电厂修复后,在许多来参观的客人中,当有一位说水是此地主要原动力的时候,另一位来客纠正他说:"不,主要的是这些优秀的工人!"副厂长老孙头却补充道:"没有民主政府领导,光有工人也不成呀!"在党和政府的正确领导下,依靠工人阶级的积极劳动的主人公态度,正是我们新中国工业建设的"原动力";这个主题思想是为作者所正确地表现出了的。她自己说:

> 《原动力》的整个故事,已不是镜泊湖水力发电厂的原原本本的故事了。比如我加插了小丰满水电厂工人哄骗大员故事的影子,加上了管理干部犯了辛辛苦苦的官僚主义,并单依赖积极分子,因而在修复机器上走了弯路的一段,也加了事先破获了匪特阴谋的一段。总之,我加入了当时好些工厂发生过的事,或存在着的问题,使故事丰富些,主题突出些。在人物方面,也是集合了工业上的好些劳动英雄和模范的形象来写的。写起来比真人真事自如些。后来茅盾先生给我的信中说《原

动力》写出了典型环境里的典型故事和典型人物,我才私心庆幸自己把材料综合起来写这个主意没有打错。但我知道我所写的《原动力》离开典型环境,特别是典型人物还远。……我写作时竭力避免写长句子,或者把长句子化成几个短句。竭力避免描写(心理描写、状物描写和自然描写),当然,必要的描写还是保留了。寓意的、暗示的、要人揣测的地方也尽量避免。[24]

比之她以前的那种"欧化"的语句来,《原动力》在形式方面也有了显著的进步。小的缺点自然也是有一些的,如对于经理王永明的描写就很不够,故事情节的偶然因素也太强等。但它写出了工人们怎样忍受寂寞,忍受国民党与土匪的蹂躏,解放后又怎样恢复了工厂,并钻研技术,掌握了管理。这一连串的事实正说明了新中国工人阶级的伟大的革命气魄和积极工作的精神,而这正是建设新中国的"原动力"。

李纳的短篇集《煤》中收小说五篇,除《父亲》与《不愿做奴隶的人》两篇是写东北人民怎样在艰苦的日子里忘我地支援抗日联军的情形以外,其余三篇都是以工人生活为题材的。其中《出路》是写一个抱着"有钱就花,有饭就吃"的混世哲学的煤矿工人的转变的;《姜师傅》是写一个有单纯技术观点的老钳工怎样理解了"一支笔写不出两个无产阶级",后来积极立功入党的。《煤》一篇比较写得最好,这是写一个哈尔滨有名的小偷被人民法院判处徒刑后,送到矿山生产,在劳动中的改变过程的。主人公是个充满旧社会恶习的二流子式的人物,但也在领导上耐心地帮助下转变了。这些故事说明了工人阶级本质上是有优良品质的,他们的落后思想只是在旧社会里长期被压迫、被毒害的结果,到他们一旦提高了觉悟以后,那种对劳动的热情就立刻涌现出来了,这种情形正是解放初期工厂、矿山中的普遍情形。

康濯的长篇《黑石坡煤窑演义》是以通俗文艺的形式,写山西阳泉黑石坡村恢复煤窑生产的过程的。这个村里土地很少,人们全靠煤窑过活。书中以一个技术很高、性格直爽的工人大三的经历为线索,上部写日伪及国民党统治时期大三所受的折磨和压迫,黑石坡村土豪恶霸欺凌人民的情形;下部写解放后煤窑恢复生产,大三立功并入党的经过。这村的工作在解放初期因工作干部不太了解工矿区的特点,曾走了一些弯路;后来纠正了,斗倒了土豪恶霸,工作重心转入生产,才根据群众的需要和自愿,发动了集股开窑的工作。大三的积极性空前地发挥了,在他的指挥下,克服了种种困难,最后把东、西两窑的风筒行道胜利地打通了;大三光荣地入了党。后来把煤窑改组成煤窑生产合作社,订立了正式的规章和生产计划,人民的生活也大大改善了。作者在最后一节中说:

> 像这样的农村手工业,被日寇和阎锡山大大摧毁了,刚解放以后,公私两方面的确都没力量恢复,工人们自动组织起来,发展了生产,解决了生活,这种合作社在当时的阳泉闹起来很多,特别是铁炉更多,这是一段活生生的历史!应该说:农村手工业不同于城市的机器工业,组织合作生产是很好的!当时还只是实验着做,只是工人自己起来做着,像黑石坡煤窑这样,做得还不赖,那就好好做下去吧!

这是根据真人真事写的，故事性很强，文字也单纯朴素，但人物性格不够生动鲜明，这也许是过分受了真人真事的拘束的缘故。作者另有短篇集《工人张飞虎》，其中除几篇是写农村斗争的以外，最长的一篇《工人张飞虎》是写一个张家口的电业工人在解放前后的经历与转变的。这个工人的技术很高，但因为他受了一个同院住的特务的影响，沾染了不少的流氓气。张家口第一次解放时，他对共产党还不了解，认为党对他重视是因为他技术高；到我军暂时撤退以后，他受了国民党匪帮的不少欺凌，又吃不饱饭，现实残酷地教育了他，他渴望解放军再来。到张家口再获解放时，他保护机器，保护线路，勇敢地抓住了特务，积极忘我地工作，当选为工会委员，和以前完全变成两个人了。这篇作品生动地说明了我们政权的性质和它在工人群众中的影响。

杨朔的中篇《红石山》是写工人阶级在抗日战争中的英雄事迹的。红石山就是察哈尔龙烟铁矿庞家堡矿山，作者写出了在日寇统治下矿工们所遭受的痛苦与压迫，以及如何参加游击队、组织地下军，最后终于胜利地解放了全矿山的故事。书中几个主要人物的经历说明了，工人阶级只有在党的领导下，才能真正得到解放。作者说：

　　日寇投降后，我到了察哈尔宣化的龙烟铁矿去。……后来，我在矿山上动笔写《红石山》这部小说。我初步地接触了生活，熟习了人物，感染到他们的思想感情，一拿起笔，许多形象就在我眼前乱跳，自然而然跳到一起。最困难的倒是语言。我能听懂工人的每一句话，我为他们的富有形象色彩的语言所绝倒，但我不会那样说，叫我照样学说一遍，也会结结巴巴的，说走了样。……由于我与工人的结合还不到家，小说里就存在了这样的缺点：（一）人物达不到典型性，只是一般的个性；（二）在语言上，有的工人同志看了，觉得还不够通俗。〔25〕

作者通过三个不同类型的工人来写他们对于日寇统治压迫的态度：一个只对敌人痛恨而缺乏反抗的勇气，最后是在痛苦下面牺牲了；一个对敌人有仇恨也敢于反抗，但只凭个人力量自发地去斗争，结果被敌人惨杀了；另外一个（作者所要表现的正面人物）却在斗争的过程中认识了组织的力量，得到了党的领导，参加了武装斗争，最后终于胜利地解放了矿山，也解放了工人自己。主题思想是很明确的，具有深刻的教育意义。不过故事的情节虽然很曲折，但写正面人物的性格反不如次要的人物写得好，这就多少影响了作品的成就。作者另有短篇集《月黑夜》和中篇《望南山》。《月黑夜》中的各篇大都是写抗战期间农村抗日斗争的面貌的。书中写出了党对抗日工作的领导和坚持，也写出了农民中的一些勇敢坚强的性格和他们的英雄事迹。譬如像《麦子黄时》一篇中的那个受了伤还勇敢地和敌人肉搏、终于刺死敌人的农民，《月黑夜》中的那个在敌人统治下，牺牲了自己来护送我军夜半渡河的老村长，都是非常动人的。《望南山》写的是1946年我军暂时撤出张家口后，察南蔚县川又陷入敌手，土匪、地主等对一度解放过的人民进行了残酷的报复，人民在党的领导下，组织了游击队，坚持着保卫土地的斗争，一直到重获解放时的情形。通过农民的英勇斗争的事迹，作者企图表现出土地能使农民产生出伟大的力量，能把人团结得像一座大山。这样一个主题，是明确而富有教育意义的。但同《红石山》一样，新的人物性格还是缺少鲜明的色彩，这多少影响了主题的力量。

赵熙的中篇《问题在哪里》是写天津解放后私营工厂的工资调整问题的。作品的主人公是一个市工会的负责干部宗明，他被派到一个私营纱厂去解决工人要求调整不合理工资的问题；在他的正确的活动与努力下，经过工人对于"劳资两利"的政策的了解和政治觉悟的提高，克服了资本家使用"手段"和坏分子从中捣乱的困难，切实依靠群众，终于通过职工代表与资方正式进行谈判，签订了集体合同。起先工会工作组的作风是有缺点的，犯了一些经验主义的错误，有的盲目地支持工人不断增资的要求，有的只简单地劝工人努力干活，结果引起了群众很大的不满，事情发展得很严重，但宗明作了详细的调查研究，了解了工资问题的真正关键，宣传了政策，依靠了群众，遂使问题得到了初步的解决。作者对这一正面人物处理问题的正确的态度与方法是写得相当成功的。作品中也正确地表现了政策思想，生动地写出了解放初期大城市中工人运动的重要的一面。

由于大城市解放得较晚，正确地表现工人阶级面貌的作品还只是一个开始，因此数量是比较少的。工人阶级是我们国家的领导阶级，工业建设本身就是斗争，因此表现工业生产和工人生活的作品将必然地要大量产生，因为这种题材本身就是有重要意义的。

五　腐烂与新生

国统区的小说创作虽然和解放区的面貌不同，但也产生了一些发生过广泛影响的名篇。这些作品反映了国统区的现实，旧的腐烂的统治势力灭亡前的挣扎，和方生的新的人民力量的成长；这对于人民革命也尽了鼓舞或推动的作用。茅盾的未完成的长篇《锻炼》是企图概括整个抗战时期的一部巨作，本来在《文汇报》连载，后来国民党查封了《文汇报》，就没有再看见了。此外他也写过一些短篇，《委屈》一书中包括小说五篇，大都是抗战后期写的。如《委屈》一篇借一个工业家的太太在享受上所受的委屈，来写出民族工业在国民党反动统治下所受的委屈。这位工业家梦想着"总该有一天，一张图不用绕这许多弯，过这许多关，而工业的巨轮能昼夜不歇、有规律而且有配合地旋转；总该有这么一天，我不惜用我的生命争取这一天的到来，不论是何年何月，……"，这样日子的到来自然就是人民民主革命的胜利，而只有在这样的日子里，工业才会得到正常的发展。《报施》一篇写一个因病退伍的下级军官在物价高涨下怎样打破了自己想给家中买一条牛的幻想，而用他那仅有的药费赠送给了一个渴望儿子回来的抗日战士的家属，他最后说："我总算把师长给的钱作了合理的支配了。"这里表现出国民党军队制度的不合理，也说明了人民自己之间的友爱是极其崇高的。在解放战争期间，茅盾在香港主编期刊《小说》，也写过一些短篇。如《惊蛰》一篇辛辣地嘲讽了那些想走"中间路线"的自由主义者的实质，画出了他们那"卿卿哼哼"的"豪猪"式的嘴脸，战斗性是非常强的。这样的作品也是为人民革命事业服务的，同样是人民文艺中的一部分。

老舍的《四世同堂》是百万字的长篇，包括《惶惑》《偷生》《饥荒》三部。这是以沦陷后的北京为背景，企图全面地表现整个抗战期间人民遭受的苦难和不屈不挠的奋斗历史的。作者在这里憎恶地写出了敌人的残暴统治、大小汉奸群卑污活动的丑态、知识分子的善良而懦弱的苦闷，也写出了一些下层市民的坚强不屈的意志。有的人到城外打游击去了，也有的在城里坚持着抗日宣传工作。故事是以祁家祖孙四代为中心，包括了那条小胡同中的各种人物，来展开了错综复杂的描写的。作者对北京市民的生活情形很熟悉，又有强烈的爱国热情，因此对那些富有民族气节的人物寄予了崇敬和同情，而对那些汉奸败类的嘴脸则给以厌恶的嘲讽。骨架虽大，结构却很匀称；人物的对话也能传神，画出了沦陷区人民苦难生活的一个大致轮廓。但对于人民力量的坚持奋斗方面写得少了一点，例如祁家老三出城参加游击队以后，这人物就不出现了。如果能把城外人民抗日武装的活动和城内斗争呼应起来，那不仅可给读者以更大的鼓舞，而且城里的那些善良不屈的人物也可写得更有力量一些。单纯歌颂民族气节究竟抽象和薄弱了一点，因而书中的人物也多少有点类型化了；汉奸都是小丑，而善良的又几乎都是无力的。这书对暴露帝国主义者的血腥统治是有效果的，尤其在《饥荒》中，那是不由读者不愤怒的。

巴金在这时期写了长篇《憩园》《第四病室》《寒夜》和短篇集《小人小事》。其实那些长篇写的也都可以说是小人小事；以前的那种激动的热情收敛或潜藏起来了，他诅咒不合理的制度和社会所加于善良的人们的悲惨与不幸。这些人都是无辜的和值得同情的，而他们的悲惨命运又都似乎是无可避免的；作者以深厚的人道主义的悲悯的胸怀，写出了这些不大为人注意的小人物的受损害的故事和结局，目的只在控诉那个不合理的社会。这说明了在反动政治高压下的作者的低沉的心情：他收敛起了他那股鼓吹变革和反抗的激情，而用平淡的笔沉重地诉出了一些善良的人所受的精神的和物质的摧折；那对旧社会极端厌恶的沉重的心情是可以理解的。他坚信他的理想和信仰，因此要用作品给人间添一点温暖，要读者在别人的痛苦和不幸里面发现更多的爱。"活着究竟是一件美丽的事"[26]，这句话说明了作者的坚强，但同时也说明了作者所感到的压力的沉重。他在《寒夜·后记》中说：

> ……我只写了一些耳闻目睹的小事，我只写了一个肺病患者的血痰，我只写了一个渺小的读书人的生与死。但是我并没有撒谎。我亲眼看见那些血痰，它们至今还深印在我的脑际，它们逼着我拿起笔替那些吐尽了血痰死去的人和那些还没有吐尽血痰的人讲话。……在这中间"胜利"给我们带来希望，又把希望逐渐给我们拿走。我没有在小说的最后照"批评家"的吩咐加一句"哎哟哟，黎明！"，并不是害怕说了就会被人"捉来吊死"，唯一的原因是：那些被不合理的制度摧毁，被生活拖死的人断气时已经没有力量呼叫"黎明"了。

这充分地说明了作者写作这些作品时的沉郁的心境。《憩园》借着一所房屋的线索，写出了前后两家主人的不幸的故事。这是两个很富裕的家庭，但富裕恰好把人给毁坏了。《寒夜》写的是一个贫穷的家，婆媳之间的隔阂和经济的压迫严重地损害了夫妻之间的情感，结果妻子走了，丈夫病死了，而孩子也受到了很大的折磨。《第四病室》是用在病院中的日记体写的，在那样一个简陋而不负责的医院里，却有一个善良热诚的女医生；她自己有无数的不幸，却随时在努力帮助别人减轻痛苦；这说明了社会上并不全是阴暗，是存在着光明和希望的。作者在《前记》中诅咒了这样的现象："我一个朋友刚刚害霍乱死去，这里的卫生局长却还负责宣言并未发现霍乱。"这是国民党反动统治下的普遍现象，作者是有他抑制不住的愤怒的。这期间他所写的都是些平淡而悲痛的故事，没有离奇的情节和动人的场面，但作者以优美的文字素朴地写来，仍然是很感动人的。

谷柳的长篇《虾球传》共出三部：《春风秋雨》《白云珠海》和《山长水远》。这是比较成功的一部作品，在华南曾得到过读者广泛的欢迎。茅盾在全国第一次文代大会的报告中曾举《虾球传》来说明抗日战争胜利前后几年间民主运动激流中小说方面的新的成绩，说它"从城市市民现实生活的表现中激发了读者的不满、反抗与追求新的前途的情绪"，而且在风格上有"打破了'五四'传统形式的限制而力求向民族形式与大众化的方向发展"的倾向。这的确是一部比较好的作品。它以喜闻乐见的接近群众的形式，通过了流浪无产者少年儿童虾球的经历，错综地展开了香港、国统区和游击区的各种动态，解答了许许多多群众所关心的问题；因而争取了广大的在黄色文艺或反动文艺影响下的读者，产生了宣传教育的作用。它语言通俗，而且运用了很多广州方言；人物写得生动活跃，充满了童话式的绚烂的色彩。主人公虾球生长在香港，小贩出身，他脱离了家庭流浪着，经过了各种惊险曲折的遭遇，做过流氓头子的爪牙，坐过牢，捉去当兵又逃脱了，遇到过沉船；最后是回到祖国，走进了人民武装的队伍，建立了出奇的功绩，成了一个战士和英雄。这个人物曾感动过许多读者，他赋性善良，又是那么天真聪明、热情勇敢，曾遇到过许多的坎坷和不幸，但凭他那份机智和聪明，都绝处逢生地逃过了；最后走上了革命的正路，他的才能才得到了正常的发展。故事是非常之曲折动人的。书中穿插着许多复杂的社会生活的描绘，也成功地写出了其他几个人物的性格，如流氓头子腐烂势力的代表者鳄鱼头的凶残骄淫、难童牛仔的天真坦率，都给人以深刻的印象，尤其是鳄鱼头。作者写这一类反动的都市渣滓，是远较革命工作者生动真实的。第三部《山长水远》是正面描写游击区的，作者企图在这里给读者勾画出一个新的世界；但或许是由于生活体验的关系吧，写得似乎还不如前两部动人。1949年春在香港《大众文艺丛刊》和《文汇报》等报刊上，曾展开过关于"虾球问题"的讨论。适夷、周钢鸣等都写过文章，对于《虾球传》的成功是肯定的，但也提出了一些批评的意见，其中最主要的是关于虾球这个人物的真实性问题，说虾球带有过多的小资产阶级性格，而作品中对他的弱点缺乏批判；作者以生物学的生存竞争的面貌来冲淡了社会阶级斗争的本质；故事发展中的偶然因素过多，缺乏必然性的发展轨迹等。这些意见都是可宝贵的，但也都是在首先肯定了这作品的成功的一面之下，基于对作者的恳切期望才提出来的。因此尽管还存在着一些缺点，但《虾球传》直接明快地反映了广东人民生活斗争的激烈与残酷，指出了历史的真实动向，是尽了文学的宣传战斗的任务的。作者说："新中国在胎动中，新的人、新的英雄在不断涌生。"他在这作品里塑造出了腐烂势力的代表人物如鳄鱼头，也塑造出了代表新生力量的虾球,说明了人民的新生力量是必然要成长壮大起来的。

六 烦闷与愤怒

艾芜是这一时期在国统区写作很努力的一个作家,不只成就比较高,产量也很丰富。适夷于1949年曾说:"艾芜,我们应该以尊敬和感激的心情来称呼这个名字,这是一位在今天极度艰苦的文艺田园中最为辛勤而有很大成就的作家。"[27]他的《我的幼年时代》和《我的青年时代》是两部自传体的长篇,虽然以过去为题材,但没有感伤或夸耀,平实的叙述使我们看到了一个青年怎样奋斗过来的历程,对读者是有不少启示的。《故乡》是五十多万字的长篇,写于1940到1945年期间,写的是抗战初期在扬子江以南多山地带内一个边远的小县份的面貌。借一个地主兼放高利贷家庭的儿子余峻廷(他是上海某大学的毕业生,因为战争回到了故乡)回家后二十多天的经历,展开了这个小县份中各种人物的活动情况。其中有地主豪绅的鱼肉乡民,有贪官污吏的卑鄙活动,有商人的操纵市场,有退伍军人的跋扈行为,也写了善良的被逼得无路可走的农民;说明了一些青年农民并不是不愿当兵抗日,而是兵役机构和基层政治太腐败,志愿入伍的也病死在里边了。书中写了一个刚强坚毅的农民儿子雷志恒,他是省城印刷厂的工人,回家后无法生活,终于被逼着引导农民们和衙门里进行了斗争。在这个人物身上,作者是寄托了他对中国农村新生的期望的。大学生余峻廷和其他几个知识分子一样,有抗战的热情和浓厚的正义感,愿意为家乡做一些有益于抗战的事,但又是那样脆弱和温情,终于到处碰壁，又只好单身离开那里了。这就是在抗战期间国民党反动统治下的所谓大后方的面貌：政治贪污腐败，农民仍在地主高利贷等层层剥削下呻吟着，"抗战"只给一些人增加了剥削和发财的机会，除了农民自身潜在的反抗力以外，看不见一点光明和新生的气象。作者把握住了半封建的中国农村的基本性质，而把斗争的意志赋予了正在觉醒中的农民身上，说明了他对新中国前途的坚定的信念。篇幅虽大而结构很完整，也照顾到这个小县中各方面的描写，有几个人物写得很好。文字朴素单纯，对话和背景的叙述也带着浓厚的地方色彩。虽然有些地方写得不够，如一般农民的生活；有些人物比较模糊，如廖氏兄妹；但仍不失为一部相当好的作品。长篇《山野》把抗战时期相持阶段的全部战争生活，压缩在"一个小小的山村地方一天小小的战斗生活"[28]中；共有二十几万字，人物有几十个，场面有大到几十几百人的，而事情只在二十四小时之内展开；结构复杂而严密，高度地表现了作者艺术概括的能力。这简直就是一幅抗战史的缩影，这次战斗的领导者地主兼商人的村长，在最严重的情况下动摇起来了，打算和敌人接头谈条件；说明了这种人在抗战阵营中虽似精明干练，但对抗日的坚定心是极有限度的。另外，还有更消极的人物。但广大的劳动人民却在斗争中逐渐提高了政治觉悟，成了坚持抗战的重心和实际的领导者。这里写出了坚强的贫苦农民，也写了比较保守一点的中农；还有挖煤工人组织的矿工游击队，他们的工作是比较严密的；好些出身上层阶级而有抗日热情的知识分子也是本书描写的重点，他们以类乎政工人员的姿态在战斗中发生着重大的作用，有进步的一面，也有脆弱的一面。作者塑造了各种不同阶层的人物，也指出了这山村以后斗争的方向和性质：它必然是以广大贫苦农民为重要骨干而与矿工游击队配合进行的，地主商人的领导者一定要没落。这说明了坚持并实际领导抗战的不可能是别人，而必然是无产阶级及其同盟军——广大农民和知识分子。故事从第一天深夜发现敌情写起，第二天午后接战，天黑时胜利结束战斗，给了敌伪重大的打击；但当天深夜又发现敌情，于是艰苦的战斗又要开始了。这个战斗过程是非常艰苦复杂的，作者在这样一个偏僻的山村里，在这样短促的时间内，却给抗日战争作了一个全面的解剖，展开了那么多的人物和复杂的社会关系，使人物都相当鲜明，布置得有条不紊，那写作手腕是很卓越的。作者对于农民性格和知识分子生活向来很熟悉，交错地表现在这部作品里，遂使它成为以抗日战争为题材的有数的成功作品之一了。当然也有不足之处，譬如对于知识分子在这次战斗中所发生的作用，就有点过于渲染，结构上也有小疵，但都不是很重要的。此外他尚有长篇《一个女人的悲剧》，中篇《乡愁》《流浪人》和另外一些短篇。创作量很丰富，但并不粗制滥造，都是有相当分量的。例如《一个女人的悲剧》写一个贫苦农妇，她的丈夫被抓去做壮丁了，她因此遭受到各种悲惨的经历：乡政府保长和地主高利贷等农村剥削势力一起压在她身上，最后她拖着两个孩子一块跳崖自杀了；说明在反动政权统治下的农民是如何的痛苦和无法生活，集中地表现了反"三征"的意义。《流浪人》是《南行记》的续篇，写出了中国西南农村中的一些卑微人物的平凡故事；虽然没有曲折的情节和宏大的场面，但由他们真实的生活和彼此间的阶级友爱中，我们是可以体会到这些"流浪人"的感情的。短篇中也有写得很好的，譬如《猪》是写美帝国主义者的在华暴行的，这种反美的主题本身在当时就有丰富的现实意义，对人民有很大的教育作用。作者的创作成就是比较高的，无论从所达到的水平或所写成的数量上说，都是如此。他有相当高的写作手腕，又运用了生动的民间语言，而且所选择的题材和主题都有丰富的现实性；这些作品是给我们的小说创作增添了光辉的。

沙汀继《淘金记》之后，写出了《困兽记》，这是《播种者》一书中《没有演出的戏》等篇的扩大，是以四川乡村小学教师的生活为题材的。在抗战初期，这些乡村知识分子们也是热烈地参加了当时轰轰烈烈的演剧宣传活动的；但到了抗战后期的沉闷的政治气压下，这些人不只受着物价高涨和待遇菲薄的物质痛苦，精神上的苦闷尤其令人窒息。他们也打算再振作起来，从事演剧活动，但事实上证明这是不可能的了。作者在里面布置了一个凄凉的毫无希望的爱情故事，来说明这群人的不满现状和憧憬光明的情绪；但又束手无策，结果只能增加更多的烦恼与苦闷。当知识分子还看不到人民的伟大力量时，便只有倒退和落荒了。作者自然是希望这些人"困兽犹斗"的，他写了两个能够克服苦闷的人物：一个比较勇敢地回前线去了，另一个则坚定地固守小学教员的岗位，做"土拨鼠"的工作。作者不满意于一般乡村小学教员的沉闷厌倦，把职业看作苦役的态度，他赞扬那种"不忮不求，无怨无艾，切切实实致力于一种平凡寂寞的工作"的"美德"，要他们坚持做"土拨鼠"的工作。这群知识分子的苦闷心境和作者自己的善良的鼓励都是可以理解的；但作者对这种苦闷的根源和应该如何坚持斗争的方式却写得很少，说明他自己的心境也是相当烦闷的，因而对那群知识分子就有点同情过多了。长篇《还乡记》的出现使他的创作达到了一个较高的水平，这是超过他以前的那些作品的。《还乡记》写的是农民自发性的由个人到集体的反抗和斗争。农民冯大生被卖为壮丁，他忍受不了国民党军队中的非人的虐待，偷跑回来了，但他的田地和妻子金大姐都已被人强占。故事便是以金大姐的被占和保长等图谋剥夺农民们打笋子的利益的两条线索展开的。作者发掘了农民性格中的优良的一面，他写出了农民的集体反抗斗争，而且取得了部分的胜利，和他们彼此间的阶级友爱等的优良品质。在农民冯大生和金大姐一类年轻人身上，是和老一代的农民有着显著的不同的，他们不屈服，不容忍，显然已生出了集体的反抗意识；这给读者一种乐观的气氛，表现了作者对新中国的殷切的期望。在《淘金记》中出现的农民是善良的，然而无知的；《困兽记》写的是知识分子，但也还蒙有一层灰暗的色泽；但《还乡记》比较不同了，这里出现了一群富有反抗力的可爱的农民形象。这是正面描写农村阶级斗争的，而且没有夸张，也不浮面，写得非常生动和真实。虽然结构上没有《淘金记》完整，但力量却坚强多了。《呼嚎》和《医生》两书中的各短篇差不多都写于解放战争期间，人民革命势力的壮大和进展给了作者很大的希望与力量，这些作品几乎都是以人民的现实痛苦为题材，写出了革命的要求和作者自己的愤怒的。譬如《呼嚎》一篇写自从抗战胜利后，廖二嫂便一心巴望着她那被麻索套走的丈夫回来——但结果只得到了一封简单的信，说他被调到河南，又在打内战了。作者清晰地描绘了一个等待丈夫的女人的心境，这是一个"赋性硬直"的敢于挑起担子的女人，是逐渐在现实生活中觉醒了的人物。这篇小说在反内战运动的高潮时期出现，是产生了良好的影响的。《医生》一篇写国民党反动政府所发行的金圆券成了废物，一个热心治病的老医生存了许多的金圆券，最后他不得不利用这些纸币来粘膏药，他诅咒地把膏药向钞票上那张"突颧骨的丑脸"上涂，说明了人民对蒋介石的痛恨！那写法是非常有力的。在别的作品中他写过国民党包办的大选，写过地主们在解放前夕的恐惧和诡谲，这些作品及时地戳穿了国民党反动统治的伪善面貌，战斗气氛是很浓烈的。他的作品题材较狭，场景不多，但挖得深，抓得紧，读后是能给人以深思的。从这些作品中，我们可以感到作者的感情已由烦闷转化为愤怒了，因此作品也就有了较大的力量。

路翎的创作量是很多的，这期间他有短篇集《求爱》《在铁链中》，中篇《蜗牛在荆棘上》和八十万字的长篇《财主底儿女们》。他取材的范围相当广，矿工、农民、兵士、知识分子，都曾写过。短篇中如《王老太婆和她的小猪》写王老太婆怎样在小猪上寄托了她的希望和幻想，而这幻想又如何地破灭了。《两个流浪汉》写一个人对各种职业都不满意，想过流浪汉生活，遂和另一个人合作耍起猴戏来，到处流浪。作者是厌恶平庸和麻木的，常常对流浪者寄予深厚的同情，也喜欢写一些神经质人物的心理状态。《蜗牛在荆棘上》是写一个农民出身的兵士回乡复仇的故事的，他仇视家乡的一切黑暗，由于听到了妻子不贞的传闻，他回家了，在周围的敌视中他被迫成为一个孤立者；但他鄙视周围这些人，他憧憬于"流浪者有无穷的天地"。作者竭力讽刺那种麻木平庸的性格，而企图在一些卑微的人物身上发现那种突发的崇高情绪。这本质上是一种小资产阶级知识分子的个人主义思想，因此很难写出人民群众的真实面貌来。关于这类作品中的缺点，胡绳曾有过扼要的分析：

> 他们因为觉得知识分子孤军奋斗的无力，转而相信在人民群众中有着力量；但在当时当地所接触到的群众中，从表面上看去，却呈现着沉寂、落后、麻痹的现象。那么人民的力量到底在什么地方呢？他们不了解人民的力量存在于人民大众从被压迫生活中的觉醒与可能觉醒中，却反而想去从人民中找什么"原始的强力"了；他们不了解人民的力量存在于觉醒的人民的集体斗争中，却片面地着重了"个性解放"的问题。[29]

这就是作者喜欢写在社会生活中浮游不定的流浪汉的主要原因。他要找出人民的原始强力，在这种流浪者的人物身上好像是可以装入作者自己的理想的，但实际上是不行的。在长篇《财主底儿女们》中，作者企图以青年知识分子为辐射中心，写出从"一·二八"开始到德苏战争为止的十年间的历史动态。全书分为两部，第一部以抗战前为背景，叙述了一个阀阅世家的分散崩坏的情形。这个家庭的次子蒋少祖原来是一个家庭的叛徒，但最后终于又和旧势力妥协了，以这样一个个人主义型的知识分子为中心，展开了这个封建旧家的各种人物的丑恶自私的活动。第二部主要是蒋纯祖在抗战期间的生活传记，叙述他的斗争经历的。他是蒋家的幼子，是一个作者赋予了很大同情的知识分子；这个人物逐渐在抗战洪流中改变了自己，后来他到了乡下，和一群朋友们在一起，曾对地主流氓作过斗争；在爱情纠纷与残酷的精神斗争中，最后他倒下死去了。书中有七十多个人物，包括的方面

极广,他要写出中国社会在这动荡的十年中的蜕变,计划是很大的。他自己在《题记》中说:

> 我所追求的,是光明、斗争的交响和青春的世界的强烈的欢乐。在有些地方,如前面所说的,这是失败了。……
> 我不想隐瞒,我所设想为我的对象的,是那些蒋纯祖们。对于他们,这个蒋纯祖是举起了他的整个的生命在呼唤着。我希望人们在批评他的缺点,憎恶他的罪恶的时候记着:他是因忠实和勇敢而致悲惨,并且是高贵的。
> 他所看见的那个目标,正是我们中间的多数人因凭信无辜的教条和劳碌于微小的打算而失去的。

蒋纯祖是作者所加意塑造并赋予很大同情的人物,对于这样一个盲目的疯狂性的个人主义知识分子,作者是用了全力去歌颂的;因此这书虽然表面上是鼓吹革命的,但它的实际效果却正是助长了知识分子的弱点,阻碍了他们去接近真正的革命。后来舒芜在《致路翎的公开信》一文中批评说:

> 《财主底儿女们》,实际上就是企图用托尔斯泰的眼睛来看中国,企图把抗日战争前后的中国的现实,硬装到《战争与和平》的框子里去。抗日战争中的英雄的中国人民,就因为你硬要把他们写成反拿破仑战争中的俄罗斯人民的缘故,结果不知成了什么东西。你自命阐明了抗日战争为什么是人民的力量所支持的这个问题。实际上,读者很难看到这一点;看到的倒只是人民在无组

织、无领导、几乎在被遗弃的状态之下,各自分散,进行着悲惨无望的挣扎。而你还要一再指给读者看,说就是这个力量支持着战争。

这种情形的产生是和作者的创作态度有关的。在《求爱·后记》中他说:"人们应该以自己的血肉感受来说明客观世界,而不应该沾沾自喜或随波逐流。"我们在前面第十六章讲过当时有一种强调"主观精神"的文艺思想,就正是他进行创作时的理论依据。茅盾在全国第一次文代大会的报告中讲到这时期国统区的各种创作倾向时,其中有些话是批评路翎等一类作品的:

> 他们为了使作品"有力",就着重去描写人物的精神状态。然而不幸,他们所写的人物和斗争既未能反映出主要矛盾和主要斗争,而且又往往不能完全按照客观的真实而加以表现,甚至竟以作家的主观任意解释和说明客观的现实。他们以为作品中愈是显露着作者的强烈的主观,就愈能表现出主题的积极性,但事实上,脱离了社会中的主要矛盾和主要斗争,主题的积极性就无所依附。[30]

在解放区的各种作品中,表现的完全是新的面貌、新的主题和新的人物;人民在解放自己的革命斗争中产生了许多可歌可泣的事迹,也成长了许多的新型的英雄人物;革命文艺是尽了反映和歌颂他们的任务,从而教育了广大的读者的。国统区的作品内容主要是暴露了国民党反动统治的黑暗和罪恶,表现了人民的不屈不挠的反抗与斗争,这也同样是有鼓舞或推动人民革命的作用的。

* * *

〔1〕〔20〕〔23〕丁玲:《跨到新的时代来》。

〔2〕〔5〕〔6〕周扬:《论赵树理的创作》。

〔3〕茅盾:《论赵树理的小说》。

〔4〕赵树理:《也算经验》。

〔7〕柳青:《毛泽东思想教导着我》。

〔8〕刘少奇:《在人民政协全国委员会第二次会议上关于土地改革问题的报告》。

〔9〕王希坚:《我写作通俗文艺的经过和体验》。

〔10〕〔12〕周立波:《关于写作》。

〔11〕陈涌:《丁玲的〈太阳照在桑干河上〉》。

〔13〕杨朔:《〈江山村十日〉读后》。

〔14〕柳青:《读〈开不败的花朵〉》。

〔15〕周扬:《新的人民的文艺》。

〔16〕徐光耀:《我怎样写〈平原烈火〉》。

〔17〕袁静:《〈新儿女英雄传〉创作经过》。

〔18〕竹可羽:《评〈新儿女英雄传〉》。

〔19〕陈涌:《孔厥创作的道路》。

〔21〕李尔重:《写作杂谈》。

〔22〕冯雪峰:《欧阳山的〈高干大〉》。

〔24〕草明:《写〈原动力〉经过》。

〔25〕杨朔:《人民改造了我》。

〔26〕巴金:《憩园·后记》。

〔27〕适夷:《一九四八年小说鸟瞰》。

〔28〕艾芜:《山野·后记》。

〔29〕胡绳:《评路翎的短篇小说》。

〔30〕茅盾:《在反动派压迫下斗争和发展的革命文艺》。

第十九章　歌剧与话剧

一　新歌剧的产生

　　毛泽东同志的《在延安文艺座谈会上的讲话》发表以后，开始澄清了文艺界的思想，明确了文艺为工农兵、为人民大众服务的方向，首先就在延安出现了以民间秧歌为基础的新秧歌运动。这种新秧歌立刻得到了广大群众的欢迎，称之为斗争秧歌；这就鼓励了戏剧工作者为人民群众服务的决心和学习民间文艺的信心，于是就产生了一种融音乐舞蹈在内的新的戏剧形式——秧歌剧。像《兄妹开荒》这样的小型歌剧就是初期作品的代表。这种新的戏剧形式是为中国老百姓所喜闻乐见的，但已经和旧日的民间秧歌有了质的区别；事实证明，这是表现人民生活很有力的一种戏剧形式。它吸收了旧秧歌和秦腔、郿鄠等民间艺术的特长，又适当地融合了话剧的一些特点，例如它也要求情节的密切连贯和戏剧发展气氛的一致；但表演时仍掺用象征手法，而且充分利用了歌与舞的效能，用舞蹈动作和歌唱道白来结合表情，这一切如何配置则完全视内容的需要来决定。这种形式能够生动地表现人民的现实生活，有着广阔的发展前途。在这个基础上逐渐发展，剧情和歌舞形式等皆由简单而复杂，由掺杂而谐和，遂逐渐产生了成功的大型作品，具有了新型的歌舞剧的规模。这是在农村解放以后，人民成了主人翁的条件下产生的，因此它的内容是反映和歌颂人民自己的生活与斗争的，是一种群众的新型的歌剧。这种戏剧就它的演出说，是熔戏剧、音乐、舞蹈、诗歌等于一炉的综合艺术，但若仅就它的剧本说，则更近于一种长篇的叙事诗。它的唱词用的是群众的语言，大致押韵，就是对白也很注意于语言的旋律，以求得歌剧气氛的和谐，因此若仅就剧本说，是很近于诗的，也可以说是诗剧。从戏剧的角度来考察，它在情节的提炼、冲突的设置和人物性格的塑造诸方面，都要求有较高的艺术表现力。实践说明，成功的新歌剧塑造了令人难忘的艺术典型，在演出上获得了很大的成功，教育了千百万的观众；即仅当作文学作品来阅读，也仍然是很动人的。这因为新歌剧的产生，从开始起就不只是一个形式问题，而更重要的是内容的变革；它以工农兵的切身的和他们关心的事情，代替了过去的主要以恋爱与调情为内容的主题。张庚说：

> 我们特别重视秧歌作为新戏剧的一种形式，就是因为它是老百姓所熟悉的，同时又是现存旧形式中间最生动活泼、最富于表现力的形式，而且，也是最容易改造成为表现新生活的形式。在创造新秧歌的过程中，我们主要是由于内容的需要去突破旧形式，我们没有特别去注意形式的完整性。一直到今天为止，秧歌剧的形式还是多种多样的，许多地方不统一、不调和的。这是一种新形式产生过程中间必有的现象。形式的完整性是较长的积累琢磨之后逐渐产生的，我们也曾有少数人，在某一个短时期内试图光从形式一面去创造或提高秧歌，而不从内容上去着手，但是，凡是这种努力，无不最后证明，这条路走不通。因为我们今天的生活正是在飞跃发展和生长中，生活的内容正一天

天在多样化，我们不可能设定一个固定完整的形式去范围它，也不能只运用一套有限的手法去限制它，否则就一定歪曲了内容，无法表现新生活的精神了。秧歌剧的最大特点是一种新的生活气氛。这是所有中国过去的戏剧所没有过的一种愉快、活泼、健康、新生的气氛。这就是秧歌剧的艺术性之所在，这是由于我们正确地表现了新生活而来。[1]

歌剧在中国的戏剧形式中，有悠久的传统，为广大群众所喜爱；在戏剧工作者搜集研究和改造各种传统戏剧的工作基础上，就有可能创造出一种新型的适合于表现新的人民生活的歌剧形式。鲁迅说："旧形式是采取，必有所删除，既有删除，必有所增益，这结果是新形式的出现，也就是变革。"[2]这个预言是完全符合于解放区新歌剧的发展情形的。像《白毛女》，就是在小型秧歌剧的基础上创造出来的新型的歌剧，事实证明这是为中国人民所喜闻乐见的。陆定一在《王贵与李香香》的序言《读了一首诗》中说：

> 自从"文艺座谈会"以来，首先表现出成绩来的是戏剧。那年就有新式的秧歌出场了。《兄妹开荒》现在已经传遍全国。新的戏剧运动，范围非常广大，改良的平剧出现了，《血泪仇》和《保卫和平》等秦腔戏出现了，新式的歌剧《白毛女》出现了。这方面的收获最快、最丰富。戏剧真正到了人民大众里面去了。

改造秦腔、京剧等旧剧，是和创造新秧歌的目标一致的。周扬说：

戏剧上各种形式应该让它们同时并存，共同发展。任何艺术形式，只要它是能够反映人民大众的现实生活和斗争与历史的革命内容的，都应当让其存在，促其发展。艺术上各种形式的同时并存，或互相交替，决定于社会的条件、群众的需要；最后的判断者是群众，是历史。我们的任务，只是将各种艺术形式引导到一个共同正确的方向，而同时使之互相配合，各尽所长。[3]

改造旧剧的目的首先是为了夺取封建文艺的堡垒，使它能够表现新的生活内容或对历史事件的新的看法，再由新内容来突破旧形式，使之逐渐创造出新的形式；从这里产生的作品也属于广义的新歌剧。在这方面，解放区的戏剧工作者也创造出了辉煌的成绩，马健翎说：

这里我举一个例子，我们陕甘宁边区民众剧团，坚持运用西北人民所喜闻乐见的，代表西北地方剧秦腔、郿鄠曲子戏的形式，编写新内容的剧本演出，已经有十二年的历史了。前后编写演出有政治意义及配合各种任务的剧本几十个，如《查路条》《十二把镰刀》《血泪仇》《大家喜欢》《官逼民反》《保卫和平》《巫神打架》《穷人恨》等。又为了满足群众对戏剧要求更多的欲望，同时为了更深入地学习旧技术，掌握其规律，以增强提高、改造的条件，我们于四二年，又建立了历史剧，前后修改、改编、创作了《反徐州》《斩马谡》《潞安州》《鱼腹山》等十几个剧本。以新内容的剧为主，历史剧为辅，走遍了全边区，边区的群众及各级干部，大家热情地爱护我们，使我们非常兴奋、非常感动，既相当地达到了宣传、动员的目的，又相当地满足了群众的戏剧要求。秦腔、郿鄠曲子戏是如此，我坚决相信其他各地人民喜闻乐见的各种地方剧，一定也是如此。比如《血泪仇》就有几个地方用当地的地方剧演出。[4]

就连一般认为程式化了的比较不易改造的平剧（京剧），在毛泽东同志指示"推陈出新"之后，延安平剧院也创造了《逼上梁山》《三打祝家庄》等新的历史剧。这证明各种形式的旧剧都是可以经过改造来表现新内容的，而新的历史剧也仍然是群众所需要的。从这里可以逐渐创造出各种各样的新的群众歌剧。这和秧歌剧的发展方向是一致的，是要通过"百花齐放，推陈出新"的途径来创造出能够表现新的人民生活内容的新型歌剧。1942年以来，我们已经产生了许多优秀的歌剧，并且已得到了广大群众的欢迎；仅人民文艺丛书中所收的就有数十种，这些成绩充分地证明了这个方向是完全正确的。

这些成绩的产生，是和党的正确领导分不开的；1943年11月7日中共中央宣传部发布的《关于执行党的文艺政策的决定》中说：

> 在目前时期，由于根据地的战争环境与农村环境，文艺工作各部门中以戏剧工作与新闻通讯工作为最有发展的必要与可能，其他部门的工作虽不能放弃或忽视，但一般地应以这两项工作为中心。内容反映人民感情意志，形式易演易懂的话剧与歌剧（这是融戏剧、文学、

音乐、跳舞甚至美术于一炉的艺术形式,包括各种新旧形式与地方形式),已经证明是今天动员与教育群众坚持抗战发展生产的有力武器,应该在各地方与部队中普遍发展。其已发展者则应加强指导,使其逐渐提高。

因此许多剧本都是在党的领导下,有组织地为了宣传教育的目的而创作的,而且通常都采用集体创作的方法。这种方法在进行中不是寻求机械的平均、划一,少数服从多数,而是在参加者充分发挥个人创造性的基础上,使彼此的特长相得益彰,融为一体。由于新歌剧是音乐、诗歌和戏剧的综合艺术,它的集体性很显著,因此成绩也比较突出。譬如大型歌剧《白毛女》吧,作者之一贺敬之就说:

> 《白毛女》的整个创作,是个集体创作。……仅就剧本来说,它所作为依据的原来的民间传奇故事,已经是多少人的"大"集体创作了。而形成剧本时,它又经过多少人的研究、批评和补充,间接或直接地帮助与参加了剧作者的工作。……最重要的一点,《白毛女》除了接受了专家、艺术工作者、干部的帮助之外,它同时是在广大群众的批评与帮助之下形成的。……假如说,《白毛女》有它的成功方面,那么这种"成功",即是在这样一个不断的、群众性的、集体创作的基础上产生的。[5]

又如新京剧《三打祝家庄》,也是在平剧院院长刘芝明领导下,经过许多人的补充修改才写成的。即使是个人的创作,经过各方面的批评,作者再根据这些意见作细密的修改,那也可以说是带有一定的集体创作的性质;而这正是这些作品的一个重要特点。

有许多作品是写真人真事的;用戏剧的形式来表扬具体的英雄人物,对观众也是富于教育意义的。就作者自己说,在他去了解和熟悉这些模范人物的事迹当中,也同样会受到很大的教育。像刘胡兰、李国瑞这样的人物,他本身就有很大的典型意义,这是在人民革命斗争中所产生的有代表性的英雄人物,因此只要选择的对象适当,又有一定的艺术上的加工,是同样可以成为富有艺术价值的作品的。写真人真事比较多这个特点,是反映了人民翻身的时代特点的。

这些新的戏剧作品,都是在延安文艺座谈会以后,戏剧工作者深入了群众生活,体会了政策思想,并在创作过程中吸取了群众的意见产生的;它们一般都有比较高的思想性,与当前的政治斗争有比较密切的结合,因此对读者或观众也就会有很大的教育作用。周扬说:

> 解放区的文艺,由于反映了工农兵群众的斗争,又采取了群众熟悉的形式,对群众和干部产生了最大的动员作用与教育作用。农民和战士看了《白毛女》《血泪仇》《刘胡兰》之后激起了阶级敌忾,燃起了复仇火焰,他们愤怒地叫出"为喜儿报仇""为王仁厚报仇""为刘胡兰报仇"的响亮口号,有的部队还组织了"刘胡兰复仇小组"。文艺与人民、与政治的关系是达到了如此密切地步,解放区文艺工作者不能不充分地考虑与重视观众读者的要求和反映,并且把全心全意为他们服务,当作自己光荣的愉快的任务。[6]

这里所举的例子都是几个有名的歌剧，它说明了新歌剧的确是为广大群众所接受的、生动活泼的、适合于表现新生活的一种成功的戏剧形式。

二　新　歌　剧

《兄妹开荒》是在陕北民间秧歌的原有基础上予以加工的第一个好剧本，是值得重视的。它简洁地歌唱出解放区人民的劳动热情和生产中的欢快情绪。它通过兄妹之间在劳动时所发生的一些谐趣，加强了戏剧的新鲜活泼的气氛；因此尽管结构和技术还很简单，但它所反映的当时当地的人民生活是很真实动人的。收在人民文艺丛书中的优秀的小型歌剧还很多，像写转变后的二流子参加变工队积极生产的《动员起来》，其中还运用了很多段的快板诗歌。《夫妻识字》是写劳动人民翻身后学习文化的热情的，《小姑贤》是写妇女参加识字班后婆媳关系的转变的，都说明了在新社会里，劳动人民当家作主人以后，学习热情和进步速度是惊人的。《买卖婚姻》是宣传人民政府的婚姻政策的，《算卦》和《神虫》是反迷信的，《货郎担》写了合作社扶植生产的情形，《钉缸》写了老百姓捉拿特务的故事。这些小型歌剧有的是根据旧秧歌改写的，例如《钉缸》；有的完全是群众性的集体创作，例如《买卖婚姻》；但都用简洁活泼的形式表现了一个鲜明的主题。《改变旧作风》写解放区某村的村干部们慢慢滋生了脱离群众的官僚腐化的作风，不愿参加生产，男女关系很乱，引起了群众很大的不满；后来在区政府的领导下，村干部们作了检讨，改变了旧日的作风，积极领导生产，于是和群众的关系也逐渐改变了。在这些写农村的作品中,我们是可以领会到解放区人民的欢乐的情绪的。

在另外一些写军民关系的小歌剧中,真实地表达出了老百姓与共产党、八路军之间的血肉关系,人民对于人民武装的衷心爱戴和感激。《牛永贵挂彩》写出了沦陷区的人民怎样冒着生命的危险来掩护和抢救八路军的伤员,说明了军民合作的力量是无敌的。《大家好》写出了人民与军队之间的互相敬爱的热烈情绪,也可以看出八路军的严格纪律和根据地人民丰衣足食的欢乐气氛。《模范妯娌》写妇女们努力做鞋来慰劳前线、争做拥军模范的热烈情形;《宝山参军》写妇女克服落后情绪送丈夫参军的经过;《沃老大娘瞅孩儿》写一个七十四岁的老大娘跑到老远去看解放军伤员的故事,尤其动人。人民军队的爱护老百姓的情形是和老百姓拥军的热烈情绪分不开的;《刘顺清》写八路军的连长为了减轻人民负担,怎样在缺乏工具的情况下,克服困难,完成了开荒生产的任务;《张治国》写战士张治国挖甘草,他每天挖的数量要比别人多一半,两手挖肿了都不肯休息,使老百姓也惊异了,但他情愿把他找到的一片好甘草地送给老百姓挖,军民关系真是亲密得像一家人。《红布条》一剧说明军队人员的工作方式不好,老百姓是会发生抗拒心理的;但如果军队人员善于团结群众,那军民关系一定是会非常融洽的。这个剧内容真实,故事完整,是上演次数最多的一个小戏,受到过广大群众的热烈欢迎。三幕歌剧《不要杀他》也是写军民关系的,这里写出一个带有军阀主义思想残余的参谋竟开枪打死了一个带路的村民,上级机关召开群众大会给群众赔罪,并宣布了判决犯事者以死刑;但群众(包括死者父母)竟起来拦阻，要求"不要杀他"，执行者无法坚持原来判决，遂准予转呈上级决定。群众这种伟大的宽恕也给了犯事者以极大的教育，他决心痛改前非，立功赎罪。这虽然只是个别的偶然事件，但从这里正可以看出人民觉悟的提高和对于自己军队的热爱来；对教育部队中的某些不良作风也有很好的作用。

写部队生活的小歌剧也不少，特别在部队中开展了"兵演兵"运动以后，这类作品产生了很多。《王克勤班》是写班长应如何带领新兵的，这是真人真事。班长王克勤实行了行军互助、练兵互助、思想互助、战斗互助，使勇敢与技术结合，把落后的新战士带成了战斗英雄。他说："天下没有不能打仗的兵，就看咱们老同志带得好不好，我们在家靠父母，革命靠互助。"充分地表现了人民军队中阶级友爱的本质。《两种作风》写在一个连队里，连长积极热情，就是脾气暴躁爱骂人，引起战士们的很大不满，常常在后面说怪话；但在指导员的正确作风的影响下，连长和战士们都改变了态度，上级爱护下级，下级尊重上级，紧密团结，发扬了八路军的优良传统。另外也有写部队中革命英雄主义的立功运动的，如《杨勇立功》写一个落后战士在群众的激励推动下，终于转变，后来在战斗中负伤不下火线，坚决完成爆炸任务，立下了大功。《大庆功》通过为功臣家属庆功的场面，表扬英雄的功绩和立功后的光荣。苏里等作四幕歌剧《钢骨铁筋》是写解放军的钢铁般的革命意志的。他们一排人坚持在一个山头，为了掩护老百姓撤退，被敌人包围了；他们打退了好些次敌人的疯狂进攻，最后在突围当中，排长等三人不幸被俘。但他们在敌人的残酷拷问下，表现得无比顽强与勇敢，终于坚持到解放，我军消灭了敌人，他们才得到了自由。这种高贵的宁死不屈的革命品质,正是人民军队的无敌力量的根源。

在解放战争后期,大城市得到解放以后,也产生了写工人生活的歌剧。旅大船渠工会锻工厂工人王水亭编的《二毛立功》,是写落后工人王二毛经过别的工友的说服教育,经过自己的思想斗争,终于在学习上和工作上都成了积极分子,使他们小组得到了"生产先锋"的奖旗。这个作品反映了解放后工人的生产热情。李鹰航等作的《立功》是写哈尔滨某公营铁工厂中一个生产小组在赶增产任务支援前线中的活动情况的;在活计多、材料缺、时间少的情形下,终于由工人们集体地发挥了高度的创造能力,提前完成了任务,得到了"模范组"的红旗。雁军的《新态度》是写石景山钢铁厂在解放后三个月的清点运动中,工人们清点家产、献交公物的积极态度的。这些剧本说明了工人们一旦解放,认识到了自己在国家政权中的领导身份,那劳动态度就显然与以前不同了,而这种新态度就自然会创造出钢铁般的建设力量。

在新歌剧的发展过程中,有些戏剧工作者的努力是特别值得提起的。譬如马健翎,就是一直致力于歌剧写作的;在延安文艺座谈会以前,他已经创作过朴素健康的如《查路条》《十二把镰刀》等歌剧。当时柯仲平介绍他的《查路条》说:

> 《查路条》,又名《五里坡》,是马健翎同志创作的一个剧。他创作的剧,由他自己导演的,还有《好男儿》《一条路》《拿台刘》等,都是民众剧团最受老百姓欢迎的戏。我现在特别介绍《查路条》,因为这一剧是更进步的、富有教育意义的作品。

这是一个喜剧。主题，是表现冀察晋一带的农民，在参加抗战的工作中，进步了，组织性和警觉性都提高了。

　　这剧的优点，总括地说，是在它能把握住一段抗战的现实，选用了旧剧的技巧，利用旧形式而又不为旧形式所束缚，达到了相当谐和的境地，这是我们看过的许多利用旧形式的剧本尚未能达到的。其次是人物个性的真实、明朗，一般地克服了利用旧剧时所易犯的公式主义、脸谱主义。再其次是剧情的发展并不勉强，对话非常活泼（这样的对话，作为话剧看，也是很出色的）。选用了一个才进步了的老太婆，作为这剧上的最主要的人物，这更能将一般农民的进步表示出来，而且从她的进步就表现许多逗人发笑的地方，这也是很聪明的办法。演给民众看，采用了秦腔与郿鄠的一部分曲调，这不但不使人觉得陈旧，反而觉得很有些新鲜。[7]

到延安文艺座谈会以后，他更长期地努力于新歌剧的写作，写出了《血泪仇》《穷人恨》《大家喜欢》《保卫和平》等许多著名的大型歌剧。他写的时候大都是利用秦腔的形式，不过因为各种地方剧虽然腔调不同，但戏剧结构、歌词、字数的排列、组织和演出的方法，是差不多的，可以沟通互用，因此这些剧本都可在各地用地方戏的形式演出，对戏剧改革有很大的贡献。他自己说：

　　地方剧的形式，的确有不少要不得的东西，但是地方剧的形式，的确也有不少能够表现人民生活、性格、情调、思想的东西；如果没有这些东西，难道我们中国老百姓都是傻瓜，完全是糊里糊涂地爱上了旧剧吗？抛弃坏的，采纳好的，再加以提炼充实，用以表现新的进步的内容，完全是可能的，而且是必要的。[8]

这就是他自己努力的方向，他用创作实践来证明了这一方向的正确。《血泪仇》写农民王仁厚一家怎样被国民党匪帮逼得妻离子散，无法生存。田地卖光了，儿子被抓去做了壮丁，老婆与儿媳被匪军逼死了，最后他领着两个小孩逃到了陕北，得到了边区政府和人民的帮助，才又衣食无忧了。他衷心地拥戴政府，但他的儿子被匪军派遣，到边区井中放毒，又要谋害边区人民，结果被害的对象正是王仁厚一家。最后他儿子觉悟了，回去炸死了国民党军官，投向了解放区；同时检举了特务，坦白了自己的放毒罪行。这故事生动地说明了谁是人民的凶残敌人，和应该怎样来进行斗争，对启发观众的阶级觉悟，是有很大作用的。《穷人恨》写恶霸地主利用旧政权勒索农民，掠夺妇女，逼得农民全家离散，无法生活；最后这地方终于解放了，农民成立了农会起来报仇雪恨。作者说：

《穷人恨》是在这样的地方里发生的事情：抗战时被敌伪蹂躏，日本投降后，又受蒋匪政权的摧残，终于在人民解放军大进攻的浩大声势中解放了。主要的表现蒋匪与投日汉奸及地方上的封建土豪，对人民残暴的剥削、压迫；人民在简直活不下去的水深火热中，自动地组织起来，武装起来，配合着解放军的进攻，解放了自己。

我的主观目的，想让这个剧使观众看后，认识封建社会的罪恶；认识中国共产党，人民解放军，是为解放中国最大多数受苦受难的同胞而斗争；尤其是新解放过来的士兵们，看了此剧，知道自己家中老小，被蒋匪恶政府及地主封建土豪剥削、压迫成个什么样子；知道自己现在参加解放军，是在为解放大众，也是在为解放自己家中受难的父母妻子兄弟姊妹而斗争。[9]

这个剧本结构紧密，故事真实动人，演出时是可以收到作者所预期的效果的。《大家喜欢》是描写在村干部的热情帮助下，农村二流子的转变过程的；二流子积极生产了，家庭关系也好转了，全家和全村"大家喜欢"。《保卫和平》是写抗战胜利后的新解放区人民，在国民党匪军占领后，怎样宁死不屈地掩护八路军伤员，终于配合八路军反攻，得到了胜利的。剧中写出了国民党军官的阴险毒辣、下级士兵的反内战情绪，也设置了一些父子相遇、兄弟相逢的戏剧性场面；故事是生动曲折的，有力地写出了广大人民痛恨国民党匪帮发动内战的情绪。他的这些剧本虽然是根据中国民间歌剧的结构与演出方法写成的，但在形式上也仍然有新的创造。他说："因为新的内容，不成问题有些地方就和旧的形式矛盾了，矛盾了就要斗争，一斗争就会斗出新的东西来。"[10]这些戏群众很容易了解与接受，演出条件简单，群众也很容易自己来演出。他说："我所写的大剧本及小剧本，都是一张桌子几个凳，便可以演出，没有布景。"[11]这样的确是容易普及和深入的，因此这些戏演出的次数都很多。

周扬说："《白毛女》《血泪仇》，为什么能够突破从来新剧的纪录，流行如此之广，影响如此之深呢？其主要原因就在：它们在抗日民族战争时期尖锐地提出了阶级斗争的主题，赋予了这个主题以强烈的浪漫的色彩，同时选择了群众所熟习的所容易接受的形式。《白毛女》是在秧歌基础上，创造新型歌剧的一个最初的尝试。"[12]贺敬之、丁毅执笔的《白毛女》是新歌剧的进步与发展的一座里程碑，它的故事已传遍全国，受到广大人民的热烈欢迎。这个剧已完全突破了秧歌的形式的限制，而大量吸收了京剧、话剧和其他民间戏曲的长处，成为完全新型的歌剧。旧社会把人逼成"鬼"，新社会把"鬼"变成人，喜儿的命运是旧中国千千万万被压迫妇女的命运，杨白劳的遭遇也正是多少年来农民共同的遭遇；但凶残的地主阶级终于在人民革命的胜利中倒下去了，剧本深刻地反映了中国农民遭受地主阶级的迫害和他们翻身解放的经历，指出了中国人民由自己的斗争经验所认识了的革命的道路。剧中的情节原是流行于河北西北部的一个民间故事，作者之一贺敬之说：

> 这个故事是老百姓的口头创作，是经过了不知多少人的口，不断地在修正、充实、加工，才成为这样一个完整的东西。这故事从开始形成的一天起，便很快地流传开来，得到无数群众、干部的喜爱。在晋察冀的文艺工作者，曾有不少人把它作成小说、话本、报告等。1944年，这故事流传到陕甘宁边区的延安。……当我们听到了这个故事以后，我们被它深深感动，这是一个优秀的民间新传奇，它借一个佃农的女儿的悲惨身世，一方面集中地表现了封建黑暗的旧中国和它统治下的农民的痛苦生活，另一方面又表现了在共产党领导下的新民主主义的新中国（解

放区）的光明，在这里的农民得到翻身。[13]

这个故事充分地表现了现实斗争的重大意义。农民一旦翻身以后，他们的创作智慧便也由生活中激发出来，这就是这个故事所以产生的现实根源。《白毛女》剧本的成功，首先也就是因为它的主题思想有高度的积极意义。冯乃超说：

> 《白毛女》这个剧本，深刻地反映出中国革命的历史的主题，集中地暴露出地主阶级杀人喝血的罪恶和他们所统治的社会的黑暗与落后；在揭发旧社会精神世界的蒙昧与欺骗，戳穿它的神话与鬼话这一方面，又尽了破除迷信的教育作用。……《白毛女》写出一个荏弱的农女，由于报仇和求生的欲望，逃出了旧社会的天罗地网，过着一种野生的非人生活，同时又以鬼怪神仙的非现实的存在而再现于旧社会里面。用这个逃避荒山过野兽一般的生活，因而毛发变色而失去人形的白毛女，来描写着旧制度下的农女以及一般穷苦农民所过的非人生活的故事，在表面上看来也许使人觉得太离奇而非现实的，但还有比这样离奇的故事，更雄辩地暴露地主阶级的罪恶和被压迫人民的惨痛的吗？……这个剧本写出了一个阴森惨酷的地主世界，和这个惨淡的世界在现代的农民解放运动的曙光之前而烟消云散；《白毛女》所象征的农民大众的非人生活——地主阶级的剥削是以不断地破坏农民的生产力而迫使他们穷困到不得不过野生的生活——在这里得到实质的反映。……这就是《白毛女》这个歌剧在政治上和艺术上获得伟大成就的地方。[14]

除《白毛女》外，著名的大型歌剧还有很多。傅铎的《王秀鸾》是写一个以劳动生产来改变了自己的生活、影响了全家和全村的青年妇女的经历的。她在冀中民主政权的帮助下，参加了"耕地、担粪、锄草、拉犁、浇园、打场"一系列的生产斗争，"打的粮食大囤流小囤满，买了牲口又买羊"。由一个受婆婆蔑视、挨丈夫打骂的家庭妇女，一变而为全边区光荣的劳动英雄；而且在困难危险的情况下，她坚持了抗日工作，当秘密通信员，做军鞋，这自然就引起了人们的爱戴与尊敬。在她的影响下，好吃懒做的婆婆也决心改过了。作者通过这样一个新女性来写出"妇女要是不生产，一辈子都是吃菜货"的鼓励劳动的主题，来反对那种不劳而食的懒散作风，是有其积极意义的。

阮章竞的《赤叶河》写出了劳动人民辛苦地开山地、刨荒坡，但被地主占为己有，百般勒索，以致终年生活在饥饿的状态中；该地解放以后，又适遇干部犯了脱离群众的错误，地主伪装开明，钻了空子。到后来纠正偏向，地主被逮捕以后，他还穷凶极恶地说："咱们打的是生死仗，不是你活就我亡。"这里鲜明地描绘了激烈的阶级斗争的图景。作者在《后记》中说：

> 1947年土地改革运动深入阶段，封建地主阶级悄悄地从他们的垃圾箱里，翻出两件护身"法宝"：一是"良心"，一是"命运"，农村中发生了"土地是怎么来的"的问题。于是封建土地占有者出来说："三皇治世，开天辟地，分纸占单，老君爷安下，谁有命谁就有土地。""命里有八斗，一石贱了口。"……土地真是老

君爷安下给地主的吗？用这山沟的来历，可以清脆地给土地占有者们一两个耳光！……构思到第四部，又发生了一个副题目，党群关系，干部作风问题。这是我在农村工作时常常碰到的。干部的立场模糊与忘本思想，因而使地主有空可钻，因而有些群众未能彻底地翻身。因此，我考虑到在回答现实问题时，这情形同时应得到批判。所以才有了这个副题目。

这就是剧中所要表达的主题。作者是诗人，因此歌词特别富于诗的气氛，感情真挚，语句自然有力。

魏风、刘莲池等集体创作的歌剧《刘胡兰》是写真人真事的。1946年蒋、阎匪帮向我解放区晋中边沿疯狂侵犯，强迫群众"自白"；十七岁的农村女共产党员刘胡兰在村中领导群众保卫胜利果实，积极支援前线，当地主特务勾通匪军包围村中时，刘胡兰为了群众，为了掩护解放军伤员，晚离开了一步，不幸被捕。她在敌人面前表现了坚定的革命气节，拒绝了敌人的无耻审问，高呼"共产党万岁！""毛主席万岁！"，英勇地就义了。毛主席听到她殉难的消息后，曾赠以"生的伟大，死的光荣"的挽词；这种壮烈英勇的精神感召了无数的人民，到处响起了"为刘胡兰报仇"的声音。故事以人民的胜利结束，刽子手们终于被擒正法了。剧本中所写的人物与事件都有高度的真实感，它通过这样一个英雄，表现了中国人民创造新社会的崇高理想和共产党员的英勇顽强的革命精神。剧中有力地表现了刘胡兰对人民军队的爱护，在"表扬气节，激发斗志"的主题下，教育观众要化仇恨为力量。这是特别适合于部队观众的。作者之一刘莲池说：

> 《刘胡兰》的演出，起了很大的教育作用，战士们看了有的要求立即打仗，有的提出来要和刘胡兰同志比骨头，有的部队因此而造成了运动。在刘胡兰同志共产党员的高尚气节影响下，也解决了某些下级干部的思想落后问题，他们自我检讨、作反省，决心好好工作，要向刘胡兰同志学习。彭副总司令看过《刘胡兰》后，号召各个部队剧团排演它，大量在部队中演出，以教育部队。[15]

这个剧本所以能收到如此好的效果，主要是因为通过这样一个真实的英雄人物，表现出了一个积极性的主题。只有置身于人民革命斗争的最前列的人，才会具有这样的"生的伟大，死的光荣"的高贵革命品质。

柯仲平的《无敌民兵》写出了抗战胜利后陕甘宁边区的一个民兵游击小组在边境上的英勇活动；国民党匪军勾通地主特务，大肆扰乱边区人民的和平幸福的生活，但边区人民是忠贞不屈的，游击小组的英雄们劳武结合，守哨保乡，英勇地配合八路军，给敌人以无情的打击，使敌人一听见游击小组就惊魂落魄。像小组长王登高的一家人，无论是他的父亲或妻子，都可以说是边区人民的英勇的画像。这说明了我们的民兵是在群众中植根的，因而也就是无敌的。

李伯钊的《硫磺厂》写的是到山西阳泉去发动土地改革的干部，看到这地方只有一户破落地主，而农民生活极穷困，后来发现这里以前曾烧过硫磺，而硫磺对解放战争的军用工业很需要，遂改变工作重点，领导大家来办硫磺厂。起先群众没有信心，但在工作干部的坚持说服下，依靠了积极分子，克服了一连串的困难，硫磺厂终于办起来了。由开始时的一两个破炉子，逐渐发展到七十多个炉子，全村二百多口人都投入了生产，生活大大富裕了，呈现出了一片兴旺的气象。这说明了在党的领导下，依靠群众，与自然斗争也一定是会获得胜利的。

由改革旧剧出发，也产生了一些用新观点写的历史剧。1942年在延安成立了平剧研究院，即在毛泽东文艺思想的指导下，确定了创造新的历史剧来改造平剧的方针；目的是要"推陈出新"，使程式化了的平剧也能为新民主主义政治服务。到石家庄等城市解放以后，又吸收了许多觉悟了的旧艺人参加工作，这对于推动旧剧改革是有好处的。平剧院曾创作了许多新历史剧。《逼上梁山》是根据《水浒传》改编的，写林冲受高俅陷害、误入白虎堂、遇刺野猪林、颠沛沧州道、火烧草料场，最后杀死州将、投奔梁山的故事；其中也说明了高俅与金国素有来往，火烧草料场是为了破坏边防，便利金国进攻的。这说明汉奸恶霸与贪官污吏是分不开的，人民只有起来反抗才有出路。《三打祝家庄》也是根据《水浒传》写的。此外《中山狼》是根据传说来写对敌人不能有任何幻想的；《进长安》和《红娘子》都是写明末农民起义的。《进长安》说明了革命队伍进入城市后要提高警惕，防止腐化，否则敌人就会钻空子，侵蚀革命力量。《红娘子》说明知识分子必须与广大人民结合，才可能有成就。《四劝》是用平剧来写土地改革后的农民生活的，是平剧改革的一个新的尝试。这是一个土地改革后由贫农上升为中农的家庭，农民大拴和他的母亲、妻子、妹妹，共四口人，在生活态度上四人都各有一些缺点，因此家中常常吵嘴。小组长王大娘掌握了他们的特点，用批评教育的方式来分别说服四人，结果一家人都团结起来闹生产了。

浙东解放区曾有过改革越剧的实验,也写过一些新的剧本。越剧是为江南广大人民所欢迎的一种地方戏,形式没有固定化,与民间生活有比较密切的联系,容易表现新的人民生活,因此就有比较好的收获。如柳夷作的《红灯记》,写浙东解放区某地因新四军北撤了,地主便乘机利用乡镇政权,欺凌人民。但该地一个参军的新四军战士竟因家庭观念浓厚,不愿北撤,开小差回家了;到家后才看到父亲被打,妻子被捕,他自己也险被捕去。于是他觉悟了,通过党留下来坚持工作的地下组织,又连夜追赶部队去了。这些剧本的出现,说明了党制定的对旧剧改革的"百花齐放,推陈出新"的政策,是完全正确的。

民族形式的新歌剧还在发展的过程中,当时所得到的成就是很大的,但还并不能说是理想的。不过可以肯定:从内容着手,从反映现实生活和正确表现主题思想着手,是创造新歌剧首先必须注意的事情;一切关于形式问题的探讨,只有当它能更恰当地表现人民大众的生活与斗争(包括历史性的内容),才有其积极的意义。

三 新 话 剧

话剧是现代化的进步的戏剧形式,但从"五四"以来,它一直是在都市中发展着的,内容上与小市民的血缘极深,形式和语言也没有摆脱欧化的束缚。要使话剧能为人民群众服务,能很好地表现工农兵的情感与思想,那么它必然也得经过一番改造;这个改造也是从延安文艺座谈会以后开始的，并且获得了很大的成绩。就内容说，新的话剧与当前的各种革命现实有了比较密切的结合；通过演出，可以在思想上帮助群众，解决他们在生活与斗争中所碰到的问题。这虽然是一切形式的文艺作品的共同任务，但因为群众的文化程度一般还不高，戏剧必然地成了最普遍和最主要的教育武器，因此对于戏剧说来就更其重要。就形式说，新的话剧也有许多新的创造：它突破了过去舞台语言和动作的一些旧框框，创造了一些新的单纯活泼的人民语言和形象。这样就使话剧有可能走到工农兵群众中间，为他们服务；而这些新的作品也就比以前的剧作，具有不同的色彩。

这种形式的改变或创造，主要也是为了适应新的内容的表现的，譬如林扬等作的五幕话剧《九股山的英雄》，形式上就有一些新的特点。林扬说：

> 这个戏，虽然采用了话剧形式，但还尝试采用了秧歌剧的过场手法，这样一来，过去一般话剧中介绍环境、幕后事等冗长的对话就减少了，一切都开门见山地用动作来表现。在语言问题上，为了更真实地反映今天西北人民解放军部的具体情况（如老战士绝大多数是河北人，新参军的子弟兵都是陕西、山西人，解放军战士都是四川、河南人），我们就采用了河北、陕西、山西、河南和四川等省的方言，这种话剧夹过场，各省方言同时并用，在许多次的演出中，观众也并不觉得形式不统一或者别扭，语言上并使战士群众感到十分亲切。[16]

又如鲁易等作的《团结立功》，分十幕二十场，采取"全本连台"形式,二幕前后的戏交替着,可以毫不间歇地将全剧一直演完。这可以克服一般话剧换幕费时的缺点,而且全剧用音乐伴奏,也可衬托出戏剧的感情气氛。又如在魏连珍作的《不是蝉》中,接连着直接表现两个敌伪时期的和国民党反动统治时期的回忆场面,像电影剪接似的,造成舞台的气氛。看惯了一般话剧结构的人,有好几幕都以为已经完了,可是后边还有。适夷说:

> 《不是蝉》完全打破了我们一部分文艺工作者一向循循遵守的所谓近代剧的规范,好像契诃夫、高尔基打破了欧洲近代剧的规范一样,在舞台上进行的,常常使我们感觉到不是由戏剧作家匠心构成的"剧",而是真实的生活的本身,它是被提炼了的生活,但仍旧是真实的生活。[17]

必须说明:我们并不是说这些新形式都是最好的,或完整无疵的;我们只是说在话剧群众化的改造过程中,新的内容是必然会使那些旧的形式也发生一些变化的。这在语言上尤其显著,人民群众的语言已完全代替了过去的那些"舞台腔"的对话;因为这是表现新的人民群众生活所必需的。

在延安文艺座谈会精神的指引下,我们已产生了不少优秀的话剧作品,这些成就是和党的领导分不开的。譬如李之华的《反"翻把"斗争》,就受到了中共中央东北局的奖励;陈其通的《炮弹是怎样造成的》是东北军区政治部交给他的创作任务,并且是在领导同志的帮助下修改完成的,写作中曾改至九次以上,这样就大大提高了作品的水平。华北大学第三部剧作组的负责人光未然说:"如《民主青年进行曲》《红旗歌》《思想问题》等剧的创作与修改,是在华大校长及其他负责同志的积极支持与具体帮助下进行的;而《红旗歌》的创作,和周扬同志的鼓励和督促是分不开的。"[18]剧本《思想问题》的作者之一蓝光说:

> 这次创作中我们深深感到从领导上有计划、有组织地领导创作,从事写作的同志们会增加信心,得到一种关切和协助的力量。尤其在政策思想的掌握上不致把握不定。而且接触到的问题是全面的、深刻的、有中心有重点的。[19]

好些作品都是用集体创作的方式完成的,然后再吸收来自各方的意见,反复修改。光未然说:"经验证明,每一次集体创作和集体讨论的过程中,必使作者有所收获,有所进益,明确了若干问题,这样也就培养了作者。集体创作和集体讨论,在我们也已经成为了一种习惯、一种传统。"[20]这种做法,就使得新的话剧和以前的作品有了鲜明的不同色彩,使得话剧真正能为群众服务了。

有一些话剧是反映了农民群众在抗日战争时期的生活和斗争的,如成荫的独幕剧《打的好》,是写在敌人据点附近的人民,怎样来帮助和掩护八路军敌工股长的活动,而对敌人进行了曲折巧妙的斗争的。洛丁等作的独幕剧《粮食》,是写在游击区的抗日两面政权,怎样机智巧妙地应付敌人,保存了三十多万斤粮食的。从这里可以看出八路军与人民的血肉关系,也可以看出中国人民的智慧勇敢来。胡丹沸执笔的独幕剧《把眼光放远一点》是写冀中群众的对日斗争的。冀中是抗战期间敌后斗争最紧张的地区，这剧以1942年"五一大扫荡"后敌人最猖獗的时候为背景，写一个农民家庭中两兄弟妯娌之间的对斗争的不同态度：老大夫妇是要坚持斗争的，老二虽然也曾"革命"过，但在环境逆转时却动摇了。作者对农民的自私与眼光短小的一面给予尖锐的讽刺和批判，而老大一家却懂得把眼光放远点，打走鬼子才会有安生日子的道理。作者用对比的方式，反映了革命力量在人民群众中是扎根的、是不可摧毁的。周扬说：

> 这个剧本充分地表现了它的现实主义的特色。它用轻松的喜剧形式传达了严肃的斗争的故事，通过一个农民兄弟的家庭反映出了敌后人民的精神的世界、他们必然要走的斗争的道路。各种矛盾集中着，而一切矛盾都用斗争来解决。这里行动盖过了一切：没有长篇大论，语言是精练的，性格从行动中显示出来。[21]

1949年胡丹沸又写过以除奸反特为主题的三幕剧《不拿枪的敌人》。反动派永远不甘心于失败，在新政权建立以后，他们仍然要利用干部不团结等空隙，散布谣言，破坏生产；因此提高警惕，克服麻痹情绪，是非常必要的。剧中的干部们在团结作风等各方面都有很多缺点，遂致引起地主特务的"焚烧麦场事件"。作者是意在借此教育干部的，但由于过分夸张了敌人的强暴，又没有写出我们的反奸除特运动是在党的领导和广大群众的支持下进行的，因此作品的教育意义就不够全面和有力了。

贾霁等作的三幕剧《过关》是写老根据地的农村干部带头参军的经过情形的。青年农民刘纪湘勇敢地报名参军了，但他家中确实有困难，妻子和父亲的觉悟程度也不高，因此发生了"扯后腿"现象。经过村干部及群众，特别是识字班中的妇女群众，用各种方式来启发动员，说服教育，最后大家都想通了，高兴地给参军的人披红戴花，开会欢送，认识到这是最光荣的事情。剧情生动活泼，有力地表现了根据地人民的生活情绪。胡奇的三幕剧《模范农家》是写一个老农民张乐旺一家怎样来团结生产的过程的。张乐旺夫妇有三个儿子、三个儿媳，家里穷得没有饱饭吃，但每人都各有私心，希望分家；后来经过大家在一块检讨和批评，家庭中发扬了民主，全体都齐心搞生产了。结果不只光景过得很好，而且这一家就出了一个模范家长、一个模范民兵、一个纺织英雄，受到政府的表扬和奖励。这剧对鼓励农民发展生产是有作用的。

　　李之华的独幕剧《反"翻把"斗争》是写东北解放区农民对地主阴谋的斗争的。剧中用的是东北方言，"翻把"就是东北话"复辟"的意思。当土地改革获得初步胜利，人民的民主政权尚未巩固的时候，地主阶级是时时想乘机"复辟"的；但在党的领导下，群众提高警惕，团结起来，那力量是必定能够粉碎反动势力的任何破坏企图，获得最后胜利的。在一个独幕剧中，作者紧凑地处理了全面发动群众这样一个复杂的题材，写出了各阶层的代表人物，是十分简洁凝练的。对于正在土地改革过程中的农民，这剧有很大的教育意义。

　　人民的部队是一贯重视文艺的教育作用的，好些部队中都设有为兵服务的文工团。这些文艺组织都是从战斗中成长起来的,他们为了配合部队的政治教育和战斗任务,也产生了许多表现部队生活的作品。如鲁易等作的《团结立功》就是表现连队日常生活的。它写了一个原来很勇敢的战士裴振刚,因为受了他本族哥哥恶霸的欺骗、挑拨,有了很沉重的思想负担,处处闹情绪;同时班长的领导方法也不好,遂使这个班整天闹别扭。后来经过党内小组长的劝说,特别是连指导员的耐心教育,他们都积极起来了,练兵生产样样占先,班里出现了蓬勃的新气象。在最后一次战斗中,裴振刚勇敢地冲向敌人碉堡,夺取了机枪,全班胜利地完成了歼敌任务,班里的战斗力量从此增加了好几倍。这剧在进行部队教育、鼓励战士立功、发扬部队的新英雄主义精神等各方面,都有良好的作用。杜烽的五幕剧《李国瑞》是写真人真事的。李国瑞是部队中落后分子转变的典型人物,他原有浓厚的离队思想,加以班长用的是军阀残余的管理方式,经常用打击、处罚等办法来对待他,于是他越感不安了。混进部队的敌人特务李小敦就迎合这种情况,想组织他逃跑。这时指导员正在用力帮助他转变,他把李小敦事件汇报以后,指导员立刻把这一除奸任务交给了他,这使他大受感动,觉得一定要对得起指导员。以后他不但完成了除奸任务,而且经过"坦白运动",当了"分区坦白模范",部队中也展开了"李国瑞运动",大大提高了战士们的政治觉悟。后来在战斗中李国瑞勇往直前,立下了大功。这戏写出了一个落后战士的转变过程,也写出了领导上改造落后战士的一套系统的教育方法,对部队是有很大教育意义的。作者说:

演出后观众有的反映说,这个剧教育意义很大,顶受了半个月训,又整干部风,又整战士风。部队英雄模范们说:"这戏里面每一个人,我们连上可不少哪!"一个战斗英雄连长说:"早看了这个戏,我们连上那些落后分子早改造了,回去以后,一定学习这种领导方法,突击改造落后分子。"[22]

胡可的独幕剧《喜相逢》是教育战士执行"不搜俘虏腰包"纪律的一个小喜剧。战士刘喜在战场上没收了一个俘虏的五千块钱,以后他就一直为这件违反纪律的事情在心里斗争,恰好那个俘虏经过教育后又被分配到刘喜班里,班长让他给新战士介绍解放军纪律严明的光荣传统,他难过极了,终于坦白出了自己的错误,作了诚恳的自我批评。内容轻松活泼,人物又少,很适合于部队中的"兵演兵"运动。林扬等作的五幕剧《九股山的英雄》是表现人民解放军的英勇顽强的战斗作风的。1947年3月,国民党匪帮向我民主圣地延安大举进犯,西北人民解放军为了保卫党中央、保卫毛主席,在延安外围九股山进行了英勇顽强的阻击战。剧中的这个班以少抗多地打垮了敌人的四次冲锋,战士们在战场宣誓,坚守阵地,掩护部队,使延安首脑机关安全转移。任务完成后,他们已处于被四面包围状态,一天一夜没有吃饭;但仍互相照顾,遵守群众纪律,机智巧妙地通过敌人哨位,胜利突围了。他们回到部队后,在庆功大会上,取得了全旅第一功,被称誉为"九股山的英雄"。这是一个真实故事,充分地说明了人民解放军的英勇无敌的战斗作风。胡丹沸、白艾等作的三幕剧《胜利渡长江》则反映出了解放军横渡长江这一富有历史意义的事件。这是国民党反动统治总崩溃的关键，为了夺取全国胜利，解放军有着无限的信心和勇气。在渡江准备中，剧中通过两个具体人物，批判了部队中的两种不正确思想：一种是"血染长江"的单纯勇敢观点，一种是依赖性的"军舰思想"；而把胜利建筑在日夜辛勤的准备工作上。在剧中江南江北敌我情势的对比上，鲜明地反映出敌人就要总崩溃了，而我军则显示了冲破千里江防的勇敢气魄。像这种有历史意义的伟大战役，是应该在文艺上有所反映的。

由于大城市解放较晚，以工厂生产和工人生活为题材的话剧是成长得稍迟一些的。但由于工人的思想觉悟与文化水平都较高，而且他们生活在都市，对话剧这一形式并不隔膜，因此虽然成长得稍迟，作品的质量却是相当高的。陈其通的五幕剧《炮弹是怎样造成的》是反对企业管理上的经验主义、事务主义和本位主义的作风的。何厂长是一个对革命有无限忠诚、自信心很强的老干部，但因为刚由军队调至工厂，缺乏管理企业的经验，思想方法和工作作风还没有及时地转变过来，因此在工厂恢复生产的过程中就走了许多的弯路；最后实行了正确的民主化、企业化的领导，团结了工人与技术人员，实行科学管理，才发挥了全体人员的积极性与创造性，真正达到"成本低、质量高、产量高"的要求，完成了上级给予的任务。孙泱在《序》中说：

> 从农村转入城市，从战争转入和平建设的过程中，正如毛主席指示的，我们熟悉的东西有许多已经闲起来，我们不熟悉的东西正在强迫我们去做。过去在农村

和在部队中的工作方法与工作作风,在今天的农村和部队中已经不完全适合了,拿来搞工业建设,就更不合适。这是转变过程中的一个主要问题,也是经济建设运动中的本质的矛盾。陈其通同志所写的《炮弹是怎样造成的》这个剧本,就是充分地暴露了这个本质的矛盾,并且根据运动的要求,批判和解决了这个矛盾。因此,这个剧本从它的思想性、政策性以及与当前的任务的结合来说,是很成功的。处理这种题材比较困难,但作者的处理是成功的,从它的艺术性来说,也达到了相当的水平。

剧中的人物写得很生动。像何厂长,他的毛病虽然很多,但读者或观众仍然深深地感觉到他的大公无私、对党的事业的忠诚,而且纪律性极强,认识到缺点后马上就检讨,马上就改,使人觉得这个人物非常现实,也非常可爱。像这样的比较有思想性的作品,是很可宝贵的。

鲁煤等作的四幕剧《红旗歌》,通过一个纱厂的红旗竞赛运动,反映了在生产竞赛中工人的两种不同的劳动态度及工厂管理人员两种不同的工作作风,落后的工人终于在代表正确作风的管理人员的耐心教育与关心之下,改变了自己的旧的劳动态度,而成为生产中的积极分子。作者以马芬姐这样一个"顽固堡垒"的转变作为主要线索,来说明党对落后工人的耐心教育的意义。作者介绍人物性格时说,马芬姐"是一个被旧世界的剥削、压榨、凌辱所歪曲了的性格,一个痛苦、孤僻、倔强,甚至有些无赖的性格,在不觉悟时她破坏、捣蛋、仇恨而反抗,既觉悟后则奋勇生产,深刻地谴责自己，成了一个杰出的积极分子"。但作者把这个人物的孤僻倔强的性格写得有点过分夸张，曾经因此引起过一些争论；不过就整个剧本说来，主题与现实政治密切结合，主要方面还是成功的。周扬说：

> 必须肯定，《红旗歌》是一个好剧本。它之所以好就在于：它是第一个描写工人生产的剧本；它用艺术的力量，表扬了工人在生产竞赛中的高度劳动热情，批评了工人中的落后分子，也批评了某些积极分子对待落后工人不去耐心团结教育而只是讥讽打击的那种不正确的态度；表扬了行政管理上的民主作风，批评了官僚主义、命令主义的作风。这一切都通过了活生生的个性的描写。作者在人物性格的雕塑与语言的运用上显示了优秀的才能。这就是为什么这个剧本具有教育人、感动人的力量；不管它还有某些缺点甚至比较严重的缺点，我们要给予这剧本以较高的评价。
>
> 要启发和提高工人的自觉性、积极性，主要关键就在管理民主化；工厂管理人员在工作中要走群众路线，要有民主作风。《红旗歌》表现了工人在生产战线上新的劳动态度（包括团结互助）与旧的劳动态度之间的斗争，同时也表现了工厂管理上两种不同的作风，即彭管理员所代表的民主作风与万助理员所代表的官僚主义、命令主义的作风之间的斗争，这两种斗争交错着，就构成了《红旗歌》的全部主题。[23]

《红旗歌》中所表现的竞赛还只是生产竞赛运动初期的情形，

因此主要是依靠工人的单纯生产热情与提高劳动强度，还没有发展到像后来的"找窍门""合理化建议"等发挥集体智慧与创造性的程度。工厂中的民主改革那时也还没有大力进行，只是建立起了工会，初步做了些管理民主化的工作。剧中对党的领导和工会活动在工厂中的作用也写得不够，这里所反映的只是工厂竞赛运动的初期的情况，也提出了当时工厂中存在着的一些问题。

逯斐、乔羽作的四幕剧《胜利列车》写的是解放了半年后的某铁路工厂中客车场的工人，为了给党的生日献礼，制造了一辆漂亮的新车；但因为行政与工会配合得不够，大家光顾生产，没有提高警惕及组织纠察队，遂使潜伏的特务将车烧坏了。以后肃清了特务，工人们更加积极，终于又赶着完成了新的胜利列车，如期地开出去了。这说明如果工厂的群众工作没有做好，政治警惕性不够，是会给人民带来很大损失的。陈北鸥等作的三幕剧《保卫工厂》也是写潜伏在工厂中的特务活动的，他们表面上伪装积极，暗地里却阴谋破坏机器、阻碍生产，到事件发生后，才提高了全厂的警惕性。陈波儿的五幕剧《劳动的光辉》是写东北某发电厂在机械残破的情形下，依靠工人们的积极性与创造性，克服了重重困难，最后恢复生产的过程的。最后有一次工匠周明英在七十几度的温度中修理锅炉，出来时湿棉衣都烤焦了，脸像紫茄子；就是通过这样的努力，把伪满遗留下来的汽机完全修好了，全市大放光明，支援了工商业的发展，也间接支援了解放战争。周明英当了特等劳动英雄，成了东北工人中的旗帜。这剧本说明党在恢复生产中依靠工人的政策是完全正确的，它坚定了劳动创造一切的信心，也克服了某些人的畏难情绪。这故事后来改编拍摄为电影片《光芒万丈》，在放映时感动了无数的观众。

石家庄铁路检车段工人魏连珍所写的三幕剧《不是蝉》，是写在生产运动中，怎样以劳动模范为核心，争取和改造了落后工人的。《不是蝉》的出现，说明了新中国的工人阶级在党的领导下，已在文艺事业上取得了重大的成绩。作者根据自己的丰富生活，用轻松活泼的笔调、喜剧的手法、生动的工人语言，写出了改造落后分子、团结生产的政治意义，鼓舞了工人的劳动热情。他说："我写这个剧本，只是为了提高生产，使干部们、工友们看了戏对生产有好处。"[24]写作的目的是非常明确的。落后分子马顺保虽然有各种的落后行为，但作者却写得他聪明活泼，有能力、有办法，而且转变的过程很有层次，转变以后的发展也是比较自然的，把他那原来就具有的聪明能力完全发挥到生产上了，描绘得入情入理。党员老工人白师傅对于争取落后分子的态度，完全是"与人为善、治病救人"的；他拿着铁锤狠狠地劳动时说："我这不是在干活哩！而是报仇哩！工厂就是我们的战场。"这里显示了工人们高度的阶级觉悟和作品思想的深度。最后以马顺保找出螺丝钉的事件作结，表现出了党改造落后分子的具体效果，也是很恰当的。作者"用'蝉'来比喻不爱劳动的人，说它只会说漂亮话，不做实际工作，终于被人讨厌甚至淘汰，而蚯蚓生长在泥土里，为农民捉害虫，象征着劳动与创造。剧本指出了劳动人民'不是蝉'，也不应做蝉，这种寓言式的比喻使剧本的主题表现得更为生动而鲜明"[25]。虽然剧本中也还存在着一些缺点，例如题材的结构处理就还不够严密和集中；但《不是蝉》的出现，证明了工人们不只在政治上是领导阶级,而且完全有才能运用文艺的武器来打击敌人,教育自己。

除上述外,也有一些写知识分子的剧本。贾克等集体写的《民主青年进行曲》是写1947年北平学生在"五二〇"前后的"反饥饿、反内战"运动的。它说明了整个运动是在党的领导下进行的;在运动中领导者如何坚持争取中间分子,团结大多数,使同学们认识到在革命与反革命之间,是没有中立的余地的。运动中并不断地与左倾盲动主义斗争,与反动特务分子斗争;运动发展到一定阶段以后,领导上又能及时结束,采取了将运动一点一滴地长期深入的策略。同学们在运动中都加强了认识,知道应该从整个革命形势来看问题,因此运动也就更加深入了。像这种民主青年斗争的题材,是应该在文艺上有所表现的。蓝光等的四幕剧《思想问题》是写华北大学对旧知识分子的改造过程的。北京解放后,有一万多的知识青年抱着各种错误的动机和目的进了华大;如何肃清他们从旧社会带来的思想毒素,是一个非常艰巨的工作。华大在执行党的知识分子政策的过程中,积累了许多宝贵的经验,产生了无数动人的事例。这剧就是根据华大改造知识分子中所发现的几种相当普遍的思想问题写出的,而且尖锐地展开了思想斗争,并胜利地解决了问题。剧中的人物有所谓"民主个人主义"思想影响下的崇美的大学生,有混到学校来专作造谣宣传的特务,有国民党的下级军官,也有虚荣寄生的都市小姐。这形形色色的人们一起涌进了革命的熔炉,经过教育改造,都初步建立了革命的人生观,批判了自己的过去,愿意到最艰苦的岗位上去经受考验,这充分说明了党的政策的胜利。这剧对于正在改造中的青年知识分子有不少的可以作为借鉴的例子,因此是会发生一定的教育作用的。

阿英的五幕剧《李闯王》和夏征农等作的五幕剧《甲申记》都是写明末李自成所领导的农民革命及其失败的原因的。当革命初起,李闯王能够爱护人民、整肃军纪的时候,就可迅速地拿下潼关,夺取西安,渡黄河,过宁武关,直捣北京。自进入北京以后,李闯王的一些大干部如丞相牛金星、大将刘宗敏等却被胜利冲昏了头脑,贪污腐化,胡作非为,以致将革命事业迅速地葬送了。这个经验教训是沉痛的。中共中央宣传部、军委会总政治部,于1945年抗战胜利之前,曾颁发郭沫若作的《甲申三百年祭》,指示全党学习,并着重地指出:

> 郭文指出李自成之败在于进北京后,忽略敌人,不讲政策,脱离群众,妄杀干部,"纷纷然,昏昏然,大家都像以为天下就已经太平了的一样",实为明末农民起义留给我们的一大教训。作品对我们的重大意义,就是要我们党,首先是高级领导干部,无论遇到何种有利形势与实际胜利,无论自己如何功在党国,德高望重,必须永远保持清醒与学习态度,万万不可冲昏头脑,忘其所以,重蹈李自成的覆辙。

这也就是《李闯王》一剧所要表现的主题。作者自己说:

> 本剧写作目的,是企图在"以历史还历史"的"历史剧"创作法则下,来演述前代失败的经验教训。在

告诉我们自己,如果你不以这些教训警惕自己——特别是在进入大城市的时候——而骄傲自得,贪污腐化,背叛大众,你将会收到怎样的后果——身败名裂,凄凉悲惨,一直危害到国家、民族。[26]

剧中的人物是写得很生动的,特别是李闯王。作者说:

> 他的主线性格,虽依旧是一个农民,然而这个农民是与众不同的。他的长期的斗争历史——他的左右如李岩、牛金星辈,给他的影响是特大的——教育他成为一个军事人才、政治人才;在文化上,也变成了一个小知识分子。他出身于农民,但后来已经不是一个纯粹的农民。他成为"流寇",成为"新顺王",成为"大顺皇帝"。
>
> 李闯王的性格很"粗犷",但有时却又"细致"。他很"豪爽",有时却又"狭隘"。他"残忍",但在某些场合又"仁慈"。他"勇猛",但在某些场合又"机智"。他的性格多样性、复杂性、矛盾性,依随着他的思想(封建的农民思想、流寇思想与帝王思想),反映到具体的事件上,就形成了他在农民暴动史上性格的独特存在,不是陈涉、吴广,不是朱元璋,也不是后来的洪秀全,而是大顺皇帝,而是李闯王。[27]

夏征农的《甲申记》则着重描述了明末的外患严重和官逼民反的情形,而崇祯却采用了联络清兵坚剿"流寇"的反动政策。李军攻抵北京城郊时,曾派人劝崇祯共抗清兵,但崇祯顽固不允。剧本说明了崇祯的结局只是由于他执行了"横征暴敛残害百姓、勇于对内惧于对外"的反动政策的结果。这剧大概是抗战后期写的，主题的重点与《李闯王》有所不同。作者说：

> 崇祯是民族的罪人，由于他的错误政策，致使蓬勃的农民革命运动遭致失败，使中华民族受了异族*二百多年的侵凌宰割，这是我们值得警惕的。但是李自成的骄傲自大，忽略敌人，不讲政策，脱离群众，又是他失败的内在原因，实足为明末农民革命留给我们的一大教训。[28]

这些剧本告诉了我们应该从历史中吸取经验教训，不要让反动思想侵蚀革命的队伍，也说明了农民革命如果得不到正确的领导，是会沦于失败的。

话剧的形式与现实生活比较接近，它能深刻而真实地反映现实，使观众看了如身历其境，分外亲切，因此也易为群众所接受。只要作者能紧密地与现实结合，真实地表现群众的生活与斗争，那就不止内容是深刻丰富的，形式也能有所创造，使之具有民族的特点。上面所举的这些作品，便充分地说明了话剧的进步情形。茅盾在《还须准备长期而坚决的斗争》一文中说：

> 从达尔文主义到马克思主义，从易卜生到高尔基，从"实验主义"到辩证法，从批判的现实主义到社会主义的现实主义，从无条件地搬演欧洲近代的文艺形式到

---

* 原文如此，未加改动——编者。

提出民族形式这一课题——三十年来，这道路是迂回曲折的，但却不是循环往复而是步步前进，步步在作两条战线的斗争。到今天，"三十年为一世"，马列主义的中国化，毛泽东思想，正如已在政治军事上取得伟大的胜利一样，在文化战线上也已得到了决定性的胜利了。

这虽然也适用于文化战线上的一般情形，但就"五四"以来话剧在中国的进展说，这话尤其扼要而恰切。

四　国统区话剧

抗战后期以至人民解放战争期间，在国统区人民民主运动的浪潮中，戏剧方面也产生了好些发生过广泛影响的以暴露国民党黑暗统治和争取人民民主为主题的作品。1945年抗日战争胜利前夕，茅盾写了揭露官僚资本摧毁民族工业的五幕剧《清明前后》，这是以那时轰动一时的"黄金案"为背景，写出了在国民党首都所在地重庆的一个民族工业家、更新机器厂厂主林永清的矛盾和挣扎的。作者在书前说：

这是大时代的小插曲。

物价在猛涨，公务员的待遇说是在调整了。物价在猛涨，钢铁厂、机器厂的烟囱冒不出黑烟来了："官价失时，成本太贵。"物价在猛涨，纱厂也有停工的危险了：原棉存底不够支持两三月之久。报上消息，官方正在想办法，从印度飞越驼峰运棉花来，但一说，与其运棉，不如运布；棉乎布乎，筹议未决云云。……

然而在大时代的这一个"清明前后",哄动了山城的上中下社会的,还有一件事呢,——这一件事,说它大吧,在某些人眼中看来不算大;说它小呢,无奈千万的人民眼巴巴地望着。这部剧本所写的,就是这一事件中几位"可敬的人"以及二三可怜的人,他们的喜怒哀乐。

他写出了到处受官僚资本压迫的民族工业家的痛苦,但也写出了这种人的软弱动摇的一面;各种曲折的经历只证明了一点,只有坚决参加广大人民的民主斗争,才是民族工业家的真正出路。只有这样工业才能发展,中国才有可能实现工业化。剧中主角林永清最后说:

我要向社会控诉!我要代表我这一个工业部门向千千万万有良心的人们控诉!我没有做过对不住国家的事。八年前,战争刚一开始,我就响应政府的号召,把工厂迁来内地,我不曾观望,更不曾两面三刀,满口爱国爱民,暗中却和敌人勾勾搭搭,我相信我对于国家、民族,对于抗战,也还尽过一点力,有过一点用处。可是现在怎样?……统制和管制,抽干了我们的血,飞涨的物价,高利贷,压得我们喘不来气,哪怕我们绞尽脑汁把效率再提高,勒紧裤带把成本再减低,难道就能起死回生不是?……事情就是这样,工业界不是没有组织的,然而还不够坚强,不够行动化;政治不民主,工业就没有出路,我们不是没有认识,我们从痛苦的经验中早就认识得明明白白了,然而我们的决心还不够,我们大部分同业还以为谈政治是狗捉耗子,多管闲事!

另外剧中还写了一些别的人物，抗战初期的救亡青年竟至被迫发疯，安分守己的小职员竟被诬栽而作了"黄金案"中的牺牲品，而那些"不官不商、亦官亦商"的吸血者却仍是能"兜得转"的。这剧在当时有非常丰富的现实意义。作者的立场是极明显的，他说："我不相信有史以来，有过第二个地方充满了这样的矛盾、无耻、卑鄙与罪恶，我们字典上还没有足量的诅咒的字汇可以供我们使用。"[29]他的愤怒是力透纸背的，因此也就有力地感染了读者和观众。

陈白尘这时期的作品有《岁寒图》和《升官图》，还有根据俄国奥斯托洛夫斯基所著《没有陪嫁的女人》改编的《悬崖之恋》。在《岁寒图》中，作者塑造了一个热忱的肺病医生黎竹荪，他不但每天忠诚地为病人看病，而且还起草了一个防痨计划，要三年之内使肺病在那个城市绝迹，十年之内消灭全国的结核菌。但这样的计划是不可能得到国民党统治下的官僚机构批准的；而且为了生活的艰苦，好些医生都挂牌营业去了，甚至走掉了他多年来唯一的合作者，而他的天真活泼的女儿也竟因贫困害上了肺病。这样不平的遭遇一经作者指出以后，生活在国统区的读者和观众是会立刻燃烧起愤怒来的，因为他们大都有类似的遭遇。"岁寒然后知松柏之后凋"，表扬"松柏"一方面可以鼓励人忠诚自守，打击市侩主义倾向的蔓滋；一方面也可以使人憎恨"岁寒"，努力追求春天的来临。最后黎竹荪终于觉醒了，他叫道："问题是整个的，今天我相信了！整个社会都在投机发财，整个社会都在腐烂，整个社会都在患肺结核症，我的计划怎么能实行呢？"这对打击黑暗势力是非常有力的。《升官图》是一个讽刺喜剧，它尖锐地讽刺了国民党官僚政治的贪污腐化，那些漫画式的故事不禁使人发出了"带泪的笑"，但这又的确是活生生的现实，这就引起了人们的极大的憎恨。这剧借两个盗贼在一所古老住宅中做的一个梦，写出了这群官僚其实都和盗贼一样，终日贪污腐化，勾心斗角，当他们还想摆弄人民群众的时候，群众已经觉悟和反抗起来了。这群丑角被捕了，要受人民的审判。作者本擅长于讽刺喜剧，又能正确地观察现实，因此剧中的表现和穿插都有深刻的现实意义，这是一部有力的作品。《悬崖之恋》写了一个在爱情中被损害的女性的悲剧。她在自杀前说："你们把我放在悬崖上，推来推去，恨不得让我摔死！可是为什么又不让我跳下去？"虽是改写，但剧情完全是中国风的，剧中的对话和人物性格也写得相当生动。

夏衍这期的剧作有《离离草》《芳草天涯》和根据托尔斯泰小说改编的剧本《复活》。《离离草》是写东北人民在日寇统治下的抗日武装活动的。在抗战后期，国民党统治者常常想和日寇妥协，有人公然主张应该以恢复"七七事变"以前状态为谈判条件，对于"九一八"以后沦陷了的东北三千万人民，好像久已遗忘了似的；但东北的人民却多少年来一直以他们坚韧的斗争激励着整个民族的信心，全国人民是深切地怀念他们的。作者把东北人民的抗日活动形象地表现出来，在当时是有现实意义的。他说：

> 我仿佛听到了千万个被作践者的无声的哭泣，"难道已经忘记我们了吗？关里的人呀，已经十多年了，'九一八'那一年出世的孩子已经进了中学，已经会讲流畅的日本话了！"……在汪精卫秉政，执行着所谓

> "不扩大方针","睦邻政策"的时候,在关外是血海尸山,在关内是遗民泪尽,一年年地过去,在今天,我们之中也许已经有人淡忘了争取到"七七"这一天的经过是如何的九曲三回、千山万水了吧!但,作为一个和东北这块土地这些人民有过爱情的人,将永远不会忘记:即使在战争的日子中,也曾有人一再而三,企图以东北三千万人民的身家性命作为少数人苟安和平的代价。我控诉这些人……[30]

剧本以农民联合义勇军抗阻日寇的武装移民为主线,写出了东北人民坚强不屈的斗争精神。剧中朝鲜少年崔大吉的勇敢行动,也证明了中朝人民在反帝斗争中的传统友谊。其中也写出了日寇的残暴和一个日本移民的反侵略情绪。虽然只是一个简单的故事,人物也不多,但主题是极鲜明的。托尔斯泰的《复活》是曾经被各国作家多次改编为戏剧或电影,夏衍选择了富于戏剧性的场面,保持了原有故事的连贯和精练,而又鲜明地写出了种种不同的人物性格。他在《我冒了一次大险》一文中说:

> 我不想把它写成一个哀婉的恋爱故事,但也得宽恕我没有把托翁那样执拗地攻击的司法制度和寿昌兄(田汉)那样多彩地描画了的土地问题放在这改编本的主位。我只写了一些出身不同、教养不同、性格不同,但是基本上却同具着善良之本性的人物,被放置在一个突出的环境里面,他们如何蹉跌,如何创伤,如何爱憎,如何悔恨,乃至如何到达了一个可能到达的结果。

托尔斯泰的原作着重在人性的复活,他让涅赫留道夫牺牲一己来挽救卡丘莎于堕落的深渊;夏衍的改编则更暗示了人类只有在正常的社会生活中,才能抑制罪恶的洪流,题意是更向前发挥了一步的。《芳草天涯》以解决知识分子间的爱情纠纷为主题,他要人注意"踏过别人的痛苦而走向自己的幸福,这是犯罪的行为"。而这样的纠纷在知识分子间实在太多了。他在《前记》中说:

> 我望着天痴想,要是普天下的每一对男女能够把消费乃至浪费在这一件事情上的精力节约到最小限度,恋爱和家庭变成工作的正号而不再是负号,那世界也许不会停留在今日这个阶段吧。

剧中写一个进步的知识分子不满意他太太的落后,和另外一个年轻的女子发生了爱情,但由于他太太很痛苦,只得停止了这种暧昧的爱情关系。女主人公孟小云因之走向了人民,男主人公最后也说:"我会坚强起来的。"作者意在表现严肃的工作是解决爱情纠纷的最正确的办法。作者曾说过:"对于私人事件的自我牺牲,克制,这种高度知性发展的表现正是我们现阶段知识分子女性的可贵的,——但也是富于悲剧性的一面。"[31]因此在《芳草天涯》中,他要求知识分子男性是首先应该自我牺牲并克制的,这才能够减少悲剧的发生。这是作者第一个以爱情为题材的剧本,出版后曾引起过一些论争;作者的确是把这问题的重要性过于夸张了一点,但这类问题常常是一些进步知识分子情绪波动的原因,也并不是完全没有意义的。他的作风一贯保持着细腻深沉的特点,焦菊隐曾说:"不能全貌地了解生活,也不能摆脱传统的剧艺观念的人们,恐怕不能更懂得柴霍甫与夏衍剧本之淡雅、简单、平凡的下边,沸腾着多么大的一个现实的伟力。"他是思想性与艺术性结合得比较密切的一位剧作家;自他写剧以来,剧本内容差不多都是与当时的政治斗争结合着的。

吴祖光这时期写过《林冲夜奔》《少年游》《捉鬼传》《嫦娥奔月》等几个剧本。《林冲夜奔》是根据《水浒传》改编的,作者所贡献的是将小说改编为剧本时所需的剪裁与技巧。他说:

> 我爱这一群人,这一百零八个大孩子,我个个都爱。他们有的是互爱,互助,坦白,天真,重义气如山斗,视生命如鸿毛,这一切一切不都是'现代人'所欠缺,所不屑为的吗?世情的浇薄使我们更倾心于《水浒》里的同情与温暖。因此我没有理由不爱这一百零八个人,我没有理由不爱这本书。……对于这本戏,我力求做到简捷、明快、沉着、有力。做到了没有我不说,所根据的理由,全是我所认识的林冲与鲁智深给我的。题目原本定作《二杰传》,但是我深爱那千里充军沧州牢城外风雪山神庙之夜的林冲出走,所以还是叫它作《夜奔》了。[32]

他所致力的地方是收到了效果的,对话干净利落,人物用得不多,但写得相当生动。《少年游》是写沦陷后北京学生的爱国活动的。一伙善良而怯弱的女同学被迫得无路可走了,其中有堕落了的,有窒息掉的;外面又有搜查逮捕的危险,于是只好向大后方出走。作者写了两个乐观、进步的人物:姚舜英和周栩。尤其是周栩,作者把他写成一个非常有办法地做领导工作的人;在他的妥善布置下,这群人才开始觉悟,决心离开那里。夏衍说:

> 在我们作者的笔下,给我们画出了一幅各种形态的现代知识分子的图像。姚舜英和周栩的前身,我们是不可究诘的,但从姚舜英的身世、周栩的性格,我们相信,他们是被一种信念鼓舞着,从涸辙里跳出来,可是在江湖中也还不能忘却他们同时代同阶层兄弟姊妹的一种心肠善良的过来人吧。姚舜英是可爱的,她身上找不出所谓"救亡作风",也找不出把工作当作夸耀,将"领导"当作愉悦的成分了,寡闻的笔者以为这还是我们剧作中最初被创造出来的典型。但,怎能不使我们慨叹,可悲的时世使我们的作者不能不把幕前的姚舜英也只写成一条要凭读者想象的"虚线"了![33]

周栩和姚舜英是这个故事的主线,他们是用坚强的姿态来推动这些善良懦弱的知识分子的改变的。作者另外又写进了一个"被鬼子拉去当兵"的劳动人民,他感到"简直受不了",于是勇敢地"杀了五个日本兵,就开小差跑了",决定要当游击队去。作者用这个人物的坚强行动来对照了这一群知识分子的犹疑和徘徊,他的用意是要给知识分子一种鞭挞,要他们勇敢向前走;作者对这些人是有感情的。讽刺喜剧《捉鬼传》是抗战胜利后写的,它以民间传说钟馗捉鬼的故事为背景，讽刺了国民党统治下的各种畸形的丑态。钟馗没有把鬼肃清就喝醉了，于是群鬼又弥漫乾坤，等他醒来的时候，已经捉不胜捉了。剧中对美军的欺凌中国人民，蒋匪帮的捉壮丁、打内仗及通货膨胀等，都寄以辛辣的嘲笑。如良心丧尽的牛魔王说："有良心的都失踪的失踪，落水的落水，做炮灰的做炮灰，我要良心做什么？我要良心做什么？"作者在《跋》中说：

> 我该感谢的是我这个宝贝国家、这个社会，和我们的可憎恶的生活。没有那样的长官、那样的将军、那样的霸者，哪里会产生出我的《捉鬼传》中的众家英雄？有一位朋友写信给我说，他最欣赏那位将军，说我该是受当年的芳邻影响太多之故，是真的。也有人说我不该太拿皇帝开玩笑。我问他，皇帝如果不是这样，该是什么样呢？
>
> 至于那穷鬼、店老板、店小二，恕我无法在这里使你们吐气扬眉；这里只是"盟友"、长官、将军、霸者们的世界。你们，我们都有待加倍地努力，加倍地反抗才有生路，此刻正不必灰心。这第三幕是活的，不是定局。自由，复仇，那是属于第四幕里的戏，这戏得我们大家来写。
>
> 上海冷起来了，东方未明，天容如墨，新鬼烦冤旧鬼哭，天阴雨湿声啾啾；瞻顾寰宇，杀气冲霄，民生濒死，干戈方兴，执笔至此，不觉毛骨悚然了。

《嫦娥奔月》是神话剧，他认为"射日"是抗暴的象征，而

"奔月"是争取自由的象征,因此他又加写了嫦娥的父母与三个姐姐以及饥饿的人们,来代表广大善良的人民。他把后羿写成一个由人民群众中起家而背叛了人民利益、变为大独裁者的专制暴戾的人物,最后是由以逢蒙为首的人民进步力量把他打倒了。作者说:

> 中国的流传于民间的神话都是美丽素朴而极富于人情味的。尽管它被讲述于农民村妇之口,表演在乡间的草台班里,庸俗而肤浅;但在你用心地解释它、发掘它的内容的时候,是常常可能在其中发现真理的,会发现这极通俗的传说里有着惊人的深度的。
>
> 自有人类以来,人民从不在强暴之下低头的,何况在"人民世纪"的今天?我只是在这里主观地,也是客观地描写现实,"多行不义的天夺其魄",什么是天?就是人民的力量。恩怨分明,睚眦必报;"射日"与"奔月"的传说并不是无稽的神话,而是几千年来从正义的人民的生活经验里留下来的历史上真实的教训。[34]

作者对于剧本结构和人物处理皆具匠心,有相当高的艺术水平,对处理神话题材尤为擅长;而且就内容说,也是一步步更坚实地走向现实主义的。在他早期的作品中,思想性一般地比较贫弱,即于1945年写的一个以远征军生活为题材的闹剧《画角春声》,也是只有噱头的作品;但以上几个剧本却都写得不错,尤其是《捉鬼传》和《嫦娥奔月》,在人民解放战争期间,是产生了对国民党反动统治的斗争作用的。

在抗日战争胜利以后的几年间,由于国民党政府对戏剧运动的严重压迫,好些进步的剧作家都转移到电影部门去了,因此剧本的产量不算很多。但也有一些在演出时收到良好效果的剧作,如写女性知识分子活动面貌的田汉的《丽人行》和写文化教育界争取民主运动的于伶等集体创作的《清流千里》,都曾在演出时吸引了和教育了不少的观众。瞿白音的《南下列车》一书中包括三个独幕剧,其中《南下列车》一剧曾在全国第一次文代大会开会期间演出,这是以"淮海战役"以后国民党向南逃难的一列头等餐车为背景的。这里有"和平"贩子、"立法委员"、被称为已经"壮烈牺牲"了的而实际是被遣还乡的"副总司令"、伪秘书拐诱的伪部长小妾等腐烂的渣滓。这些人在火车上一边吃喝跳舞骂共产党,一面又误以一个流亡地主的老头子为"左派要人",纷起"搭线",彼此互相勾心斗角。火车突然停了,便互传共产党已来,于是到处化装躲藏,狼狈不堪。到弄清楚共产党还没有来时,便又摆起原来那副面孔来了。这剧是写一群走向灭亡的人民公敌的丑态的,刻画逼真,可以看出这群丑角在人民胜利面前是怎样一副尴尬发抖的样子。此外《2+2=5》一剧揭穿了所谓自由主义者的学者的真面孔,《香港小姐》暴露了香港社会中的无聊和黑暗,对旧社会的渣滓都是很有力的讽刺。

就这一期的戏剧创作说,确乎是"百花齐放",各种面貌不同的新的歌剧和话剧都出现了;而内容上则完全表现了人民革命胜利过程中的各种丰富动人的事迹和场面。在基本精神上,国统区作品和解放区作品是完全相同的,都是以表现人民的生活及其斗争为中心。这不只是"戏",也是人民的战斗和胜利的画面。

＊　　＊　　＊

〔1〕张庚：《解放区的戏剧》。

〔2〕鲁迅：《且介亭杂文·论"旧形式的采用"》。

〔3〕周扬：《表现新的群众的时代》。

〔4〕〔8〕马健翎：《我对于地方剧的看法》。

〔5〕〔13〕贺敬之：《〈白毛女〉的创作与演出》。

〔6〕〔12〕周扬：《新的人民的文艺》。

〔7〕柯仲平：《介绍〈查路条〉并论创造新的民族歌剧》。

〔9〕〔10〕〔11〕马健翎：《写在〈穷人恨〉的前边》。

〔14〕冯乃超：《从〈白毛女〉的演出看中国新歌剧的方向》。

〔15〕刘莲池：《写在〈刘胡兰〉前面》。

〔16〕林扬：《〈九股山的英雄〉的创作过程》。

〔17〕适夷：《说〈不是蝉〉》。

〔18〕〔20〕光未然：《剧作丛书·总序》。

〔19〕蓝光：《思想问题·后记》。

〔21〕周扬：《把眼光放远一点·序言》。

〔22〕杜烽：《〈李国瑞〉写作前后》。

〔23〕周扬：《坚决贯彻毛泽东文艺路线·论〈红旗歌〉》。

〔24〕转引自任桂林《魏连珍的创作方法》。

〔25〕达之：《介绍〈不是蝉〉及其作者》。

〔26〕〔27〕阿英：《写剧杂记》。

〔28〕夏征农：《〈甲申记〉本事》。

〔29〕茅盾：《清明前后·后记》。

〔30〕夏衍：《记〈离离草〉》。

〔31〕夏衍：《从迷雾中看一面镜子》。

〔32〕吴祖光：《夜奔·序》。

〔33〕夏衍：《边鼓集·读〈少年游〉》。

〔34〕吴祖光：《嫦娥奔月·序》。

第二十章　报告·杂文·散文

一　通讯报告

随着抗日战争和人民解放战争的进展，解放区的军民在共产党的领导下，出现了无数动人的事迹；特别是在解放军部队中，那种勇敢地克服困难、打击敌人的英雄故事，是非常多的。把这些模范事迹迅速地用文艺的笔调反映出来，对于鼓舞人民的革命情绪和激励部队的战斗意志，都是非常必需的。因此在部队中，对于通讯报告的写作是有领导、有组织地当作一项重要的政治工作来进行的。这些写作者一般都是亲身参加过战斗的人，他们和所写的人物事迹间有着血肉的联系，因此那些作品也就充满了战斗的感情，读起来是非常有力量的。这种战争是中国历史上前所未有的真正的人民战争，它取得了人民的全力支援和各方面的配合，因此，在解放区的通讯报告作品中，写部队战争或人民支援战争的作品就成了压倒一切的题材；这正是为人民革命的历史实际和战争的正义性所决定的。傅钟在全国第一次文代大会的报告《关于部队的文艺工作》中说：

  部队文艺工作的有领导、有组织，可以举报纸通讯工作为例。1944年陕甘宁边区留守兵团政治部发布指示号召"全军办报"，警三旅各团的同志，他们因为打通了思想，认识了"办报通讯是推动工作，指导工作的利器",认识了"写通讯是每个共产党员和革命者的责任",首先就从团长、政委、主任起,亲自担任通讯组长,动手写稿,并且负责、组织督促写稿,一些连队的干部也是这样,结果三个月的稿件数目,就赶上了过去九个月的,最好的连队从过去一个人写稿发展到八十五个人写稿。开展工作的办法,是领导干部负责,利用行政会议,群众会议,实行思想动员,组织动员,使大家思想一致,把写通讯当成大家的事情,并且由领导者设法改稿,代笔,代替勤务,来解决不会写、写不好、没时间等困难。工作中又经常检查,表扬模范,培养骨干分子,又把大家写通讯和大家学文化,自己办墙报以及读报连为一气,好处更多,由此便发展成连队中很活跃很生动的文艺生活。

这里可以看出通讯报告的写作,在人民部队中是一种群众性的活动,而这是在党的坚强领导下有组织地进行的。它是部队教育工作的一部分,一直贯串到连队里,是和部队中的政治工作分不开的。很多通讯报告的作者就是在部队中担负实际工作的人,如冯仲云、韩希梁等,这就使他们的作品带着前所未有的震撼人心的力量。收在人民文艺丛书中的通讯报告,大部分是写部队和战争的。这是经过精选的作品,从这里我们可以清楚地认识到中国人民是在怎样困难的条件下英勇地进行了战斗,并取得了胜利的。这些光荣事迹也使我们充分地认识到中国人民的勇敢和智慧,这样的人民组成的武装力量是不怕任何强大的敌人的,它必然是英勇的和无敌的。收在人民文艺丛书中的《解救》《没有弦的炸弹》《英雄沟》诸书中的各短篇，都可以证明这一点。如周而复等集体写作的《海上的遭遇》，报道了新四军调赴延安学习的团以上干部五十一个人在海上和敌人遭遇战斗的经过，"在敌人绝对优势的火力扫射之下，一支非战斗的干部队在他们从来没有经历过的海上作战的情况下坚强抵抗了一天，没有一个屈服的，没有一个动摇的，像这样悲壮的斗争，像这样无畏的精神，在抗战史上是可歌可泣的，这是共产党人崇高的品质，凛然的气节"。这种精神的确是值得人崇敬的。又如周游的《冀中宋庄之战》，报道了1942年冀中空前激烈的反"扫荡"中的一场模范的战斗，这是平原游击战的光辉创造，"我们以两个连少数的兵力，在平原上依据一座被孤立的村落，对抗着二千五百拥有精良装备的绝对优势的敌人。就在这种兵力众寡相悬和装备优劣殊异的对比情况下，我们无比英勇、坚决、顽强、果敢的冀中子弟兵部队，杀伤敌寇坂本旅团长以下官兵至一千一百人之多，而自己只伤七十三人之少数，战斗从白天到黑夜，整整坚持了十四个钟头，而最后胜利突围而出"。这种由勇敢和智慧创造出来的伟大壮烈的事迹，是必须记录下来的，这是中国人民的真正的光荣。此外如袁潮的《李家沟反维持记》写出了邢台李家沟的农民怎样组织民兵来配合八路军打击了日寇；由于民兵的活跃与战斗，鬼子钻在炮楼里不敢动了，"李家沟的老乡过着愉快的生活。村里野外到处飘荡着歌声……如今日子大改变，民兵壮大如泰山，打得鬼子不敢动，全村群众得平安"。洪林的《一支运粮队》记载在人民解放战争中由翻身农民组织成的一支民工运输队的工作和思想变化的情形。这是一支包括六百多人和二百八十八辆小车的运输队，在艰苦劳顿的运输途中，民工们的想家和开小差的情绪完全没有了，全队充满了愉快的气氛。"他们忍饥受寒，翻山越岭，日日夜夜，推着二百多斤沉的车子，历尽辛苦，要是没有一定的觉悟，没有一个坚定的认识，他们如何能坚持啊？谁说他们落后呢？谁说他们自私呢？他们每一个人，都在消灭中国反动派这件艰巨的斗争中尽了他或多或少的力量。就是这些人，就是这些平凡的、朴素的、诚实的人们，他们参加了战争，支援了战争，同时也赢得了战争。"从这些动人的事迹中，我们可以充分地了解到我们进行的战争的确是人民群众的战争，我们的部队和人民存在着血肉的联系，这样的战争怎么会不胜利呢？这是任何敌人都无法抗拒的力量。

在人民革命战争的进行过程中也涌现出了很多的英雄人物，有许多报告文学作品就是记载这些英雄人物的光辉事迹的。收在人民文艺丛书《诺尔曼·白求恩断片》一书中的各篇，大都是以人物为中心的。这里有领导者如刘志丹、关向应、叶挺诸将军的战斗的故事，也有伟大的国际主义者加拿大白求恩大夫在中国敌后战场忘我地进行医疗工作、为中华民族的解放而献身的事迹。白朗的报告文学集《一面光荣的旗帜》注明是《抗联巾帼列传》，这是记载东北抗日联军在十四年的艰苦斗争中光荣牺牲了的一些妇女同志们的光辉事迹的。其中如以自己的血灌溉了东北抗日园地的赵一曼，英勇不屈而跳入牡丹江的冷云等八烈士，她们的事迹表现了中国人民的伟大的英雄气概，是一定会流芳百世的。冯仲云在《序》中说：

中国共产党领导下的东北抗日联军在东北十四年

的苦斗，确实创造了东北人民为祖国民族独立解放斗争的最光荣一页历史，但其中有无数女英雄女豪杰，不辞劳苦，不避艰险，在冰天雪地枪林弹雨中与男人并肩作战，驰骋疆场，在敌寇严密监视追逐搜捕下，坚持进行着抗日救国的地下秘密工作。她们在战场上是英勇杀敌，不幸被捕，在刑场上则慷慨就义，不愧东北女儿英雄的本色。她们在抗日救国战争中，其功勋不亚于男子，是与男英雄在历史上共相媲美的。

冯仲云自己是抗联的领导者之一，在东北坚持了十四年的抗日斗争；他作的《抗联的父亲——老李头》一文是记载一个老交通员掩护和领送各抗日领袖的故事的。老李头是一个不识字的农民，但他坚决抗日，加入了共产党，为抗联做了许多重要的工作，从这里也可以清楚地看出抗联和人民之间的密切联系来。通过这些光荣的、英勇的事迹，是会给读者以生动有力的教育的。

华山的《英雄的十月》中包括五篇报告文学作品。其中《窑洞阵地战》是记太行区武乡人民建筑窑洞来对抗敌人"扫荡"的斗争的。正如一位老大娘所说："鬼子不叫咱活，咱偏要活；他挑战越凶，咱仇气越大，办法越多。"《碉堡线上》一篇写敌占区的人民怎样掩护游击队的活动，使敌人根本无法安定下来；一位老百姓对八路军说："回去给总司令说：咱也是身在曹营心在汉啊！反攻时别忘了先给咱捎个信，我年纪大啦，旁的事情做不了，总可出他十来八石反攻粮。"深刻地表现了中国人民信赖自己军队的心情。其余三篇都是写东北解放战争的。《踏破辽河千里雪》一文中说："今年（1947年）辽河大雪为七八年来所未有，千里平原不露一片黄土，朔风刮起遍野积雪，把蹚开的大道埋没了，而滚滚雄师还是川流而过，用双脚踏出新的道路。靰鞡踏破了——光着脚走；脚板的血泡粘成一片，咬牙挺着；双脚肿得穿不上鞋，缠上绷带一样蹚雪行军。害眼的战士看不见路，便用绳子拴在腰里，让同志们牵着行军，宁肯在雪窝里跌来摔去，不愿离开队伍一步。"正是这种人民军队的英雄气概，才能踏破千里大雪，把东北战场由松花江畔移到辽河平原，为解放全中国打下基础。《英雄的十月》等两篇是写最后全部解放东北的战斗的，这是"从胜利奔向胜利"的大搏斗。解放大军所向无敌地解放了全东北，保证了全国解放胜利的迅速实现。这些英雄的史篇是应该真实地记录下来的。

韩希梁的《飞兵在沂蒙山上》是用日记体写的。这是记载华东野战军的一个重炮连队挺向敌人后方鲁南沂蒙山区的经历的。这个部队战胜了一切困难，终于从背后给敌人插进了一把钢刀，遂使孟良崮战役的胜利有了保证；结果这次战役胜利地歼灭了蒋匪军所谓"铁军"七十四师全部，从师长到马夫无一漏网。作者自己是部队中的炮兵指导员，有实际生活体验；文字也简练朴素，平实地表现了人民军队的英勇善战的实质。以后他又有长篇报告文学作品《六十八天》，这是从一个炮兵连队的角度来写在解放战争中规模最为巨大的淮海战役的。这次战役共历时六十五天，连行军三天共六十八天，计歼灭敌人正规军二十二个军、五十五个师及其他部队共计六十余万人，规模之大是空前的。从此敌人再没有能力作大规模的抵抗了，奠定了全国胜利解放的基础，意义是非常重大的。作者在《后记》中说：

战争的情况复杂多变，战场变化很大，也是战役的特点。它要求我们的作战方法也是多变的，时而野战，时而攻坚，时而阻击，时而追击。这种多变的战斗任务，要求我军从多方面来表现我们革命的英雄人物，于是从各方面涌现了好的指挥员、战斗员、步兵、炮兵、坦克手、电话员。……他们流出了自己的血汗，克服了极度的疲劳，甚至牺牲了自己的生命，来完成自己的任务，而战役中的英雄们的英勇行为，比我所写下的要更加英勇。敌人的狼狈也是空前的，狼狈的敌人给予人民的残暴行为，也是超过我所写下来的。

本书所写的方面很广泛，他是企图全面地记录淮海战役中各方面的情形的。党的正确领导、战士们的英勇善战、部队中政治教育的作用、军民间的融洽无间、后方人民的热烈支援前线，以及敌人的暴戾和被包围后的狼狈，等等，在书中都有比较详尽的描写。像这样重大的历史事件，在文学上是极应该有所反映的。这本书即使写得还不够理想，但仅就这一点说，也已经值得推许了。

1946年4月，刘白羽以新闻记者的身份，由那时的"军调部东北执行小组"派到东北，半年之内，在东北作了一次环行视察，归来后写了《环行东北》一书。那时内战的火焰正炽，许多人对东北的实际情形还很隔膜，而国民党的反动宣传又处处歪曲事实，淆惑听闻；《环行东北》一书对东北的情况作了一个全面的介绍，说明了东北的人民力量和人民武装从1931年以来就在中国共产党的领导下存在和苦斗，国民党反动派想要抹杀这样的事实，甚至说东北人民都是

"满洲国"的顺民,想要窃取抗战胜利的果实,这只能说明他们自己的怯弱和无耻,人民的力量是会给他一个响亮的耳光的。作者说:

> 我旅行的全部,如果在一张旧日"满洲国"地图上,画下所经路线,那正好是一个圆环。从南部沈阳而后向东进入东部山地工矿区,以后往北,斜贯吉林,经长春到战争中之四平街,再向北到哈尔滨,到黑龙江,在这开旷地域唤起我注意的:一是东北的历史,二是正在解决的广大农村经济的改革,——土地问题;到西满以后,因为准备进入兴安省,而侧重于蒙古这一个在此之前一直被置于新闻能力之外的民族问题,最后转进热河,我花了将近百日的时间,从感受海边最温和的气候到感受西部草原强烈的酷热。我觉得我如同走进一个渊博深远的世界,它处处需要你去探索。这个世界——不但在我掠过的速度中,呈现了它巨大的工矿业的雄姿以及伟大的粮库,更吸引人的是它的灵魂,一部历史。在这部历史里,充满人民的真面目,他们的英雄,他们的悲欢。[1]

这就是本书所写的大致轮廓。以后他就参加了部队工作,在东北战场上经历了多次的战役,写下了很多的小说和报告文学作品。《光明照耀着沈阳》一书中收有七篇报告文学作品,从四平街保卫战到沈阳、锦州的胜利解放,东北解放战争中的几次巨大的战役在这里都有生动真实的报道。作者说:

> 今天,我又到了沈阳,在不久前被外国记者描写

为"在摇曳烛光下举行军事会议"的"剿总"大厦里,我看到匪徒们连墙上的机密作战地图也来不及收拾,特别引我注意的是图上还标志着廖耀湘兵团在辽西全军覆没前的最后部署,据说这是蒋介石于10月15日亲自部署的。在伪政委会里,蒋介石留下了他给他的美国主人魏德迈写的卖国报告。我希望把这些东西送进胜利纪念馆,让人们知道这些罪犯是怎样来不及擦抹其罪恶的痕迹,就倒在人民脚下的。[2]

从他的这些作品中,我们是可以体会到为什么我们能胜利和究竟是怎样取得胜利的!报告文学集《为祖国而战》一书中除写东北的战役外,也记录了作者随军渡江作战的见闻,武汉解放的盛况以及新中国诞生前后的北京动人的十天。作者在《序言》里说:"现在,祖国已经获得胜利,——但是祖国的和平与建设,正是保卫祖国的英雄们光荣的任务。有敢来侵犯祖国者,他们一定会无情地粉碎它。让我以爱祖国的心情来纪念那些为了争取光明而在黎明中牺牲了的英雄,同时也纪念那些今天正站在国防岗位上的战友。"我们从这些过去艰苦斗争的记录里,自然会深刻地燃烧起对美国侵略者的憎恨和对于祖国的热爱;这是中国人民赢得胜利过程中的一些片段,他由此可以看出新中国的美好远景来。正如作者所说:"祖国是不会被谁毁坏的,胜利是为祖国而战的人们的。"

李立的《四十八天》是以日记体形式,描述南下支队的战斗生活的。书中真实地记述了王震将军率领的南征部队三千余钢铁战士于1945年8月12日至9月28日的四十八天中,在日蒋匪帮夹击下南征北返的艰苦行军和战斗生活。在抗战的反攻阶段中，王震将军奉命从陕北率师南下，准备与广东的东江纵队会师，共同抗日。行至湖南衡阳时，日本无条件投降了；为了忠实履行党中央争取"和平民主团结"的决策，他们放弃了原来的计划，北返与中原的新四军会师。在四十八天经过五省的数千里急行军中，受到了国民党匪帮五个军的沿途截击，但"不管反动派摧残得如何厉害，革命的火是不会熄灭的"。他们边打边走，四十八天中没有一个掉队的。结果南下支队不仅胜利地完成了北返的艰巨任务，而且还向广大的江南人民宣传了革命的道理和党的政策，促进了他们的觉醒和斗争，而敌人反倒遭了很大的损失。作者是当时南下支队的政治部副主任，这书中对高级干部的英明坚毅有很真实的描述，如王震将军和罗章政委，这是很可宝贵的。他的文字很朴素，时间和环境都不容许他在辞藻上用更多的工夫，但我们读来仍如荃麟在《序》中所说："由朴见真，从这日记所显示给我们的，不仅是生活的真实，而且也可以说是历史的真实。"

董彦夫的长篇报告文学《走向胜利的第一连》写了一个连队怎样在政治指导员韩守红的领导下，从散漫落后走向模范连队的彻底改造的过程。韩守红是一个贫农出身、经过八年锻炼的老战士，当过排长、营的生产大队长，他调到连部做政治工作后，采取了群众路线的领导方法，深入战士中间，以生动的事实进行活的思想教育。仅仅三个多月工夫，他就把一个军阀主义领导作风严重、上下不团结、战斗力很弱的落后连，改造成为一个领导作风很民主、战士自觉地遵守群众纪律与战场纪律、战斗力很强的模范连。作品说明了在党的领导下，一个具有高度阶级觉悟的人有着怎样的智慧和创造能力，同时也清楚地说明了我们部队的本质和制胜的原因。

丁玲的《陕北风光》中的各篇文字，都是记述陕北老解放区的一些新的人物和事迹的，她自己说这是她的新的开端。其中《田保霖》一篇发表后，毛泽东同志曾写信给她，说这是她写工农兵的开始，为她的新的文学道路庆祝。她自己说："毛主席对我这样的鼓励永远成为我的鞭策。"[3]这自然是她不断努力和进步的结果。这些文字中有记劳动英雄的如《袁广发》，有记民间艺人的如《李卜》。其中《三日杂记》一文尤为人所传诵。陕北农村在党的领导下展开了开荒生产的群众性运动，所有的人都浸沉在一种男耕女织的劳动愉悦的气氛中，这里的确使人感到"解放区的天是明朗的天，解放区的人民好喜欢"。作者说："陕北的风光是无尽的，而且是无限好。"[4]这里面也充溢着作者自己的热爱人民事业的感情。在《一二九师与晋冀鲁豫边区》一书中，作者真实生动地记述了一二九师和它的领导者刘伯承将军，怎样在艰苦的环境中，正确执行了党的政策，和敌后广大人民一道，开创并巩固了抗日根据地。这里人民革命的力量在日寇的疯狂进攻和国民党反动军队的不断摩擦下，终于在斗争中逐渐发展和壮大起来，取得了伟大的胜利。作者说：

> 《一二九师与晋冀鲁豫边区》一文是1944年为纪念抗战七周年而写的。我对于这个材料完全是生疏的，可是有很多同志帮助我，……最后，我见到了一二九师的领导人，晋冀鲁豫解放区的创始人之一的刘伯承同志，我把我所知道的，我的初步计划告诉他，立即得到了他的鼓励和赞助，并且他滔滔地同我谈了起来，我听得有

趣极了，我以为我已经掌握住他的思想，也就是一二九师的战略思想和创立根据地的政治思想与群众路线。他的了如指掌的谈话给我以大的启发，我充满了信心和感情来动手写作。……三天我写完了这篇文章，交给了刘伯承同志，刘伯承同志很快便替我修改了回来，他加了很多材料，我觉得都是应该加的，我以为他是非常仔细和照顾得周到。……这篇稿子我始终对它有感情，因为在我写它时，的确是对敌后生活一个很好的学习。尤其是刘伯承同志所留给我的，他的宽阔而精深的才智和他的认真、细腻的工作作风的印象。

这种文字是可以当作历史实录来看的。重温一下那种动人心魄的艰苦斗争，对于已经生活在新中国的读者是有极大的启示与教育的。

曾克的《挺进大别山》是作者随刘、邓大军南征时的速写记事，其中写出了"英雄们的决心，群众对胜利的热望和全力支援，军队在新区的纪律典范，蒋区人民的灾难以及要求解放的渴望，战胜困难，坚持斗争，依靠群众，建立革命根据地等"[5]。书中依时间前后分为六组，但合起来就可看到挺进大别山这一重要历史事件的轮廓。茅盾说：

> 我觉得这里所写的人物虽然还不过是一种素描，有时还只是一个剪影，可是很生动，具有强烈的吸引力。这里也时常有小段的风景描写，作为人物的衬托，也颇轻灵可爱。应当特别指出来的，是这些"涉笔偶成"的风景描写大抵是能够和人物的行动有机地联系起来，换

言之,作者并不是为了要给人物找衬托这才描写风景的,更不是为了风景而写风景——风景和人物相当地做到了"血肉相关"。可以看得出来:作者"随时记录",未尝刻意求工。用一句老调,便是"信手拈来",神韵盎然。为什么能够如此呢?因为作者是生活在部队中,在战斗中,她的脉搏是和部队和战斗相一致的。[6]

挺进大别山是解放战争中的一个重要转折点,在文学上是应该得到反映的。这些虽然还只是速写性质,但因为作者亲身经历了这一事件,读来仍然是有新鲜活泼之感的。她另有短篇集《新人》和《光荣的人们》。《新人》中包括八篇文章,有太行山根据地的对敌斗争的故事,也有农村生产劳动的剪影。这都是解放区人民在党的领导下的生活面貌和斗争面貌的记述,内容也仍是通讯报告的性质。《光荣的人们》是记她在太行区做工作时的一些见闻断片的,后面也有一部分是她在延安生活时的记录。她说:

> 我生活在延安,我又生活在晋冀鲁豫边区了。在这里,我再也见不到挨冷受饿和没有工做的人。大家都在用劳动养育自己,用手创造自己的幸福。……这儿人民走出贫穷、封建和愚昧,残废者各尽所能,组织起来互助的工作,连监狱都变成了学校。我带着一身的火力,和广大的人民一齐,参加了这自由、民主、幸福的新社会建设的行列。并且不断地向他们学习,向他们求得改造。这一本小小的报告集,是我亲眼看见的新社会新人物一部分的活动。它很单薄,但是,它还是可以用来检

阅一下新生的力量。[7]

作品记录了农村中的生产互助大队、农业和纺织的变工小组、剧团、儿童队等的有组织有纪律的活动。特别是农村妇女的生活变化，在书中有比较多的记述。以农村生活为题材的报告文学，虽然不如写部队和战争的那么多，但也是有一些的，譬如收在人民文艺丛书《英雄沟》一书中的《天水岭群众翻身记》和《赵有功保田有功》，就都是写农村的。前者是记晋城天水岭农民在减租减息运动中斗争恶霸地主的反动组织"同泰会"的，群众会上六个人诉苦，就有四个人气得晕死过去了，可见平日阶级仇恨之强烈；到翻身以后，大家都说："天水岭以后不会穷了。"后一篇是记载赵有功怎样组织和领导了曲沃高阳村的民兵，创造了真正的劳武结合，给了敌人以沉重的打击，并保护了农业生产的。这地方距离为敌人所控制的铁路线只有一里，附近就有敌人的碉堡，但在群众勇敢的斗争下，敌人再也不敢随便出来滋扰了。此外如林枫的《一架机器的诞生》，是写解放区的工人在极端艰苦的条件下，怎样克服困难并发挥了伟大的创造能力的。无线电在军用通信上是不可缺少的东西，但在解放区，由于敌人的封锁，电源是非常缺乏的。在没有工具和没有好的原料的情形下，解放区的技术战士以无比的热情和克服困难的精神，竟然完满地制造出交换手摇发电机来了！这样，就有了支援前线部队应用的无线电制造厂，胜利地粉碎了敌人的封锁。从解放区的这些记录真实事件的通讯报告中，我们是会充分地体会到中国人民的勇敢智慧的力量的；这种力量在党的领导下组织起来，不但可以打败任何强大的敌人，而且也保证了新中国的美好的将来，增加了我们的勇气和信心。

　　国统区的通讯报告作品不多，这是和没有言论出版的自由有关系的；作者们没有可能把人民的生活和斗争的真实情况报道出来，但也并不是完全没有。比如，茅盾曾写了《杂谈苏联》，将苏联在第二次大战后各方面的复兴情况，有系统地报道出来，起了很好的宣传教育作用。作者曾于1946年到苏联访问过一次，归来后又参考了些别的书籍，写成本书。内容共分四编，"凡谈苏联国家组织及十六共和国概况者为第一编，谈经济工矿农业交通者第二编，余则第三编为教育，第四编为人民生活"[8]。作者在《后记》中说：

　　　　现在还有不少人为反苏宣传所蒙蔽，一方面既觉得苏联张着"铁幕"，其真相不可得而知，又一方面却固执成见，认为苏联出版的书报纯为宣传，都不可信。结果，他们就自安于无知，就不自觉地成为最卑劣的反苏宣传的俘虏。在此次苏联卫国战争以前，怀着此种成见的人们就不信苏联的国力业已空前地强盛，也不信苏联人民生活业已空前地改善，万众一心拥护苏维埃制度；后来事实证明了他们的可怜的无知，事实证明了一向被他们用怀疑的眼光去看待的所谓"苏联的宣传"原来是实话，而一向被他们深信不疑的反苏宣传却毕竟是荒谬万分的梦呓。这教训也该够深刻了吧？……

　　　　中国和苏联接壤数千里。对于这样一位邻居，我们中国人如果不用自己的眼睛和头脑去求认识与了解，而颠倒去盲从远隔重洋的反苏第一者的谰言，那实在是不智。等到觉着上了当，那时候，吃亏怕已经太大了！

书中收罗了很多材料,叙述得条理明畅,而且附了许多插图,读来很有兴味。这书有力地粉碎了美帝国主义者与国民党反动派对苏联的诬蔑,同时也给战斗中的中国人民描绘了一幅美丽的远景。像这样的作品,读者是非常需要的。

现实生活是报告文学的基础。中国人民在长期的艰苦战斗中创造了无数的惊心动魄的事迹,这就给报告文学的写作提供了充分发展的条件;因为即使写作者的艺术修养还不很高,但只要他能把事实朴素真实地叙述出来,就已经够感动人的了。这些事实本身就极富于教育意义,那记述它们的作品也就自然有了动人的力量。这些作者们并不是在那里刻意地做文章,他自己就是这些事件的创造者或经历者,那作品怎么会不感动人呢!当然,由于战斗环境的紧张和写作时间的匆迫,文字一般地都很朴素,有时结构上还缺乏剪裁和集中,但比起他所写的那些动人的人物和事实来,这些都是次要的问题,何况尽有在艺术上也相当成功的作品呢!

二 杂 文

在国统区,由于国民党反动派的压迫,文艺工作者为了进行文化战线上的思想斗争,杂文这一文体是为许多作家所广泛应用着的。针对着反动统治下的社会现象和反动的文艺思想,在言论不自由的环境下,杂文有当头一击的讽刺和暴露的战斗作用,所发生的影响也很大。在这方面,有几位特别有成就的作家,他们的文字在读者中发生了广泛的影响,起了很好的教育作用。首先我们要提到的是冯雪峰,从1943年起,他就不断运用这种武器进行思想斗争,收成集子的有《乡风与市风》《有进无退》《跨的日子》以及《寓言三百篇》等。他认为"我们在进行反对法西斯主义的目前的战斗中，必须把战线伸展到生活和思想的所有的角落"，[9]因此这些文字所涉及的幅度是很广的。譬如关于知识分子的问题吧，雪峰着重地批评了两类知识分子：有的是"对于黑暗的攻击是猛烈的，然而看不到历史上和现实上的光明与人类的力量"；而另一类则"不远千里地去找光明"但不了解"在生长中"的光明还必须带着"血、汗、斗争"甚至"瑕疵、缺点"。[10]这两种倾向是当时国统区一般有正义感的知识分子们的相当普遍的思想情况，指出来并加以批评对于鞭策他们走向人民是很有作用的。文章中对于所论及的问题都分析得很深刻，思想性很强；虽然为了躲过国民党的检查，他多半是用比较抽象的语句来说明他的主旨，但在用心的读者看来，那含义和论断还是十分明白的。日本无条件投降后，作者就说：

　　这还不是半殖民地的奴隶的镣铐和封建的锁链之最后的粉碎！现在，我们不过击毁了镣铐的一个主要的关节罢了，而旧的锁链还并没有最后地打断，甚至新的镣铐还正在乘此加到我们的头上来，这都不能因数日的狂欢而蒙蔽得了的。……假如现在这样的胜利并不能满足我们，那就分明还要我们再付很大的代价，此外在我们是没有再便宜的路，也不应去想再便宜的路的。在我们人民，即在更坏的状况下，也事实上不可能失望和空虚，因为等着我们的是继续的工作和战斗。在现在，则更坚实，更根本，也更艰苦的新的工作和战斗，是分明比什么时候都更应为人们所认识了。[11]

这是在极敏锐地提醒浸沉在胜利狂欢中的中国人民,应该用工作和战斗来夺取更彻底的胜利。在解放战争期间,国统区文艺工作的最主要的任务自然是揭穿反动统治的那种极其凶残的面目,揭穿美帝国主义者的侵略和奴役中国人民的企图,提高人民的觉悟,并纠正他们思想意识上所受反动派熏染的不良影响。收在《跨的日子》一书中的文章,可以说就是锋锐地担当了这一工作的。他指出了帝国主义任何时候都是"对抗和压制人民力量的"[12],而"美国独占中国的政策的积极推进,更为在这次大战后形成世界帝国主义新的形势上所必需。""现在美国势力之大已超过过去任何的帝国主义,……但它还不能够控制社会主义国家和殖民地革命。""因此,中国是美国霸占世界最有关系的重大关键之一,我们将要长期地处在和美国的矛盾之中,今后我们的革命历史将是在新的形势之下,以新的方式和这新的不同方式的美国帝国主义的斗争的历史。"[13]这种文字在当时发生了尖锐的战斗作用。他自己虽然说"从不择取正式的政论题目"[14],但我们可以清楚地看到:正是他的杂文,特别是在国民党反动派濒于死亡时期所写的杂文,是真正承继了鲁迅以来的密切和政治斗争相结合的优良传统的。他采用了类似鲁迅的作战艺术:没有政论题目的政论,尖锐的诗的政论。关于语言方面,朱自清批评他的《乡风与市风》时曾说:

> 著者所用的语言,其实也只是常识的语言,但经过他的铸造,便见得曲折,深透,而且亲切。著者是个诗人,能够经济他的语言,所以差不多每句话都有分量;你读的时候不容易跳过一句两句,你引的时候也很难省

掉一两句。文中偶然用比喻，也新鲜活泼，见出诗人的本色来。……这种新作风不像小品文的轻松，幽默，可是保持着亲切；没有讽刺文的尖锐，可是保持着深刻，而加上温暖；不像长篇议论文的明快，可是不让它的广大和精确。这本书确是创作，确实充分地展开了杂文的新机能；但是一般习惯了明快的文字的人，也许需要相当大的耐心，才能够读进这本书去。[15]

就文字的风格说，这些话是适用于他的每一本杂文集的；除了思想性很强以外，文章的风格和表现也有他独到的成就。

聂绀弩的杂文集《血书》分上下两辑，上辑名《礼貌篇》，收的多是一些揭穿和打击反动论客如胡适、林语堂、向培良等的荒谬论点的文字。他说："上辑是对某些论者好像不很礼貌的批评。名之曰《礼貌篇》，表示对他们究竟太礼貌，那些论点，其实是未必值得一谈的。"[16] 作者的笔调泼辣有力，对这些反动论客的皇皇大文常常有当头一击的功效。下辑名《血书》，主要是讽刺反动统治下的社会现象的。其中《血书》一篇是读土改文件所感，文中说："世上真有用血写的书吗？有！土改文件就是。用谁的血呢？人民自己的。"作者在《序》中说："下辑主要的是对于旧世界的政治现象和执政者的一些讪笑，讽刺，挞伐。归终于'血书'者，一面表示以真诚写出，并无批评家认为玩世不恭之意；一面也用'血书'所谈的对象和那些东西作一强烈对比，以衬映出旧世界是如何丑恶。"作者在与旧世界的社会现象和文化思想的斗争上是尽了他的力量的；文章也别有风格，很适宜于表现一种嘲讽讥刺的内容。他自己曾说："我是一个战斗员。在整个战斗行列中,力量当然很小,或者简直不算战斗。但在我自己,却是时时在用各种各样的方法打击旧世界的统治者。"[17]这种精神是贯串在他的各篇文字中的,因为杂文是他战斗的主要武器。

默涵的《狮和龙》中收的是他1942年以来在重庆、香港等地所写的杂文,主要也是打击反动统治的政治与文化各方面的措施的。因为其中大部的文字是在香港发表的,所以文笔就比较开朗,可以比较直接地说明自己的论点,不必多用隐晦曲折的方式,因此文章也就显豁有力。而且文章中也明白地歌颂了人民革命的斗争和胜利,明白地表现了作者自己的严正的立场。譬如在《狮和龙》一文中他就说:"假若说龙是象征封建统治者的威严,那么,狮子便是象征人民的力量。然而,龙是缥缈的,而狮子却是实在的。以实在的力量来抗击缥缈的威严,胜利谁属,是不言可知了。"作者以《狮和龙》一篇来命名他的集子,是很有代表性的。因为其中的文章不是打击走向死亡的"龙",就是歌颂威猛实在如狮子般的人民力量的。这两者正在作着激烈的斗争,作者的文字自然也就是人民斗争时所采用的方式之一。

朱自清在抗战胜利以后的几年间,写的文字很多,主要收在《标准与尺度》和《论雅俗共赏》两书里。他自称这些文章为杂文,可以看出他自己意趣的归向。因为思想有了变化,所谈的内容也都是现实的问题。这些文章偏于说理,情致虽然不如早年的抒情散文,但思想坚定,针对现实,文字又周密妥帖,影响之大,非早年所可比拟。由于多年研究古代历史的关系,他分析现实问题也常常从历史的发展来说明,但娓娓动听,使人知道今后的发展也是"其来有自"和

"势所必至"的，一点也不学究气。他说他讲话是"现代的立场"，"所谓现代的立场，按我的了解，可以说就是'雅俗共赏'的立场，也可以说是偏重俗人或常人的立场，也可以说是近于人民的立场"。[18]这时期他了解了文章的力量，写得很快很多。他说："复员以来，事情忙了，心情也变了，我得多写些，写得快些，随便些，容易懂些。"又说："经过这一年来的训练，我的笔也许放开了些。不久以前一位青年向我说，他觉得我的文章还是简省字句，不过不难懂。训练大概是有些效验的。"[19]他不断学习，把写作当作工作任务来完成；又处处为读者着想，要求文字能更普及，多少改掉了一些向来重视文字修饰的习惯。这都是他靠近人民的结果。譬如在《文学的标准与尺度》一文中他说：

抗战起来了，"抗战"立即成了一切的标准，文学自然也在其中。胜利却带来了一个动乱时代，民主运动发展，"民主"成了广大应用的尺度，文学也在其中。这时候知识阶级渐渐走近了民众，"人道主义"那个尺度变质成为"社会主义"的尺度，"自然"又调剂着"欧化"，这样与"民主"配合起来。但是实际上做到的还只是暴露丑恶和斗争丑恶。这是向着新社会发脚的路。受教育的越来越多，这条路上的人也将越来越多，文学终于要配合上那新的"民主"的尺度向前迈进的。

又如在《论通俗化》一文中说：

然而有些地方的民众究竟大变了，他们自己先在旧瓶里装上新酒,例如赵树理先生《李有才板话》里的那些段"快板"的语句。这些快板也许多少经过赵先生的润色,但是相信他根据的原来就已经是旧瓶里的新酒。有了那种生活,才有那种农民,才有那种快板,才有快板里那种新的语言。赵先生和那些农民共同生活了很久,也才能用新的语言写出书里的那些新的故事。这里说"新的语言",因为快板和那些故事的语言或文体都尽量扬弃了民族形式的封建气氛,而采取了改变中的农民的活的口语。自己正在觉醒的人民,特别宝爱自己的语言,但是李有才这些人还不能自己写作,他们需要赵先生这样的代言人。

他在这些文字中肯定了民主运动的发展,赞美了解放区翻身农民的翻身文艺,那立场和态度显然是更加进步了。就是这种实事求是的追求真理的精神,使他终于勇敢地走向了人民的战斗行列;而在这些杂文中,正是贯串着他的这种精神和态度的。

郭沫若这时期所写的文章收为《沸羹集》和《天地玄黄》二书,前者收的是抗战后期的文字,后者是胜利以后的文字。在《沸羹集》中,收有许多关于民主运动的文献和中苏友好的文字,在当时都是发生过很大影响的。在《天地玄黄》中,更可看出人民解放战争期间的国内形势的变化。就在《天地玄黄》一文中他说:"我们无疑地是胜利了,但这胜利好像是疟疾初愈,还没有断根,有点保不定什么时候再发寒战的形势。……疗治时代疟疾的'奎宁'或'阿特布林',便是民主团结与和平建设,要用这药剂来彻底消除法西斯细菌，天地也才有澄清的希望。"这书中有追悼人民烈士闻一多、陶行知等的文字，也有推荐解放区文艺作品如《白毛女》《李有才板话》等的文字，贯串在全书中的精神是人民民主运动的推动和发扬。后面还附有一部分学术性的文字，也是他在胜利以后所写的。看他的文集，对中国文化战线上一般的面貌是可以得到一个大致的轮廓的。

由于反动统治的凶残黑暗，这时期国统区的杂文作品是产生得相当多的。我们以上所举的只是那些在写作上有显著成就并在读者中发生过比较广泛影响的作家。

三　散　文　游　记

除了《沸羹集》与《天地玄黄》以外，郭沫若另有《苏联纪行》和《南京印象》二书。《苏联纪行》是他于1945年赴苏参加苏联科学院二百二十周年纪念大会时所记的日记，由6月9日至8月16日，共两个多月。他在《前记》中说：

> 我曾经飞到列宁格勒、斯大林格勒、中央亚细亚的塔什干、撒马尔罕；又游览过托尔斯泰的故居雅斯拿雅·坡里雅拿；参观了好些研究所、博物馆、工厂、集体农场、大学校、中学校、幼稚园；欣赏了话剧、歌剧、木偶剧、音乐、跳舞、绘画；把晤过好些工人、农人、学者、作家、艺术家、工程师。在苏联足足滞留了五十天。时期虽然并不算长，但所看到的似乎比住了五十年的人还要多。

他所看到的这些在日记中都有翔实的记载,但并不只是记录材料,也抒发作者自己的感触。他说:"我羡慕苏联的人民和苏联的作家,他们的国是建成功了,战是抗胜利了,他们能够由衷地快乐。但是,我能够吗?"从这书是可以看出苏联战后和平建设的面貌和中苏人民之间的深厚友谊来的。文笔流畅,当中且不时地有一些诗的句子,是很好的散文作品。《南京印象》是作者1946年以旧政协代表的资格在南京奔走和平时所写的散文。他在南京一共住了七天,国事无可为力,因此其中也仍有一些访问游览的记载。虽然是叙事性的优美散文,但我们从他所接触的国民党反动派代表及各方爱国民主人士的语言谈吐中,仍然是可以了解到一些当时国内政治情势的。

茅盾于1946年访苏归来后,除有系统地写了一部介绍苏联情况的《杂谈苏联》以外,另有《苏联见闻录》一书,是用散文的笔调记录他的见闻感触的。书分两部分,第一部分是他在四个多月中所写的日记,特别偏重于记述苏联文化艺术方面的情形,这和苏联对外文化协会为他布置的参观游览节目是有关系的;但其中也有许多描写景物和抒写感触的部分,并不单纯是记事。文笔简洁清丽,是很优美的散文。他另外把比较长的片段的材料写成一篇篇的独立的文字,如《海参崴印象》《关于真理报》等,好像电影中的特写镜头,共有三十多篇,编为第二部分,也都是细致绵密的优美文字。他在《序》中说:

自有苏联这社会主义的国家以来,造谣家即有了事做。最近的趋势,似乎专在"自由"两字上做文章。三年前，我们就听到一种似是而非的论调："苏联有平等而无自由。"作此说者又假装公平，说英美等国"有自由而无平等"。制造这些妙论的人们极力想抹杀一个真理：自由的基础是平等。……不甘受谣言所播弄的最大多数的中国人都渴求认识苏联的真实情形，他们不放过每一个最小的机会，在每一个提问题者的眼光中，我都看到这同样的热忱。受了这样热忱的鼓励，我陆续写下了游历苏联时的见闻。这些一鳞一爪的笔记，当然不够得很；对于渴求知道苏联政治、军事、经济、科学、文艺等各方面伟大成就的人们，这些笔记是连"画饼充饥"也谈不到的。而我之所以还有勇气把这样浅陋的东西拿出来，一则是由此可以窥见苏联人民生活的剪影，二则是由此也可以知道苏联人民保卫世界和平民主的奋勇与坚决。三十年来，每当中国人民艰苦奋斗以求自由解放的时候，首先给予伟大的同情与援助的就是苏联。中苏两大民族的坚固的友谊，是从苏联建国的那一天就开始了的。去年以来，国际的战争贩子仇苏反苏，叫嚣日烈，而利用中国人民做"猫脚爪"的阴谋，也日益明显。中国人民知道谁是友，谁是敌，阴谋构煽者终必自食其果。但是我们仍当提高警惕。如果本书能够对于中苏两大民族友谊之巩固及文化交流之增进都有所裨益，那是笔者最大的光荣，同时也是最大的期待。

这些文字具有很强的思想内容，并不是客观主义的记述，在教育中国人民认识究竟谁是我们的真正友人这一点上，是发生了很好的影响的。此外他还有散文集《时间的记录》，收的是1943至1945年期间在后方所写的文字。书分四辑，第一辑是杂谈社会现象的文字，如《风景谈》《雨天杂写》等题目。第二辑是写关于一些纪念日的感触的，如《七七感言》等。第三辑是介绍一些青年作家的作品的，如《关于遥远的爱》等。第四辑是追悼怀念的文字，如纪念鲁迅、邹韬奋、罗曼·罗兰、高尔基等。他写这些文字的时候，正是抗战后期国民党反动统治压迫最严厉的时期，因此文字的表现方式便有时不得不隐晦曲折一些，但仍然是贯彻了进步的思想内容的。他在《后记》中说：

> 在此时期，应当写的实在太多，而被准许写的又少得可怜，无可写而又不得不写，待要闭目歌颂吧，良心不许，搁笔装死吧，良心又不安；于是而凡能幸见于刊物者，大抵半通不通，似可懂又若不可懂。……我写这后记，用意不在借此喊冤，我的用意只在申明这一些小文章本身倒真是这"大时代"的讽刺。沉默是伟大的讽刺，但"无物"也可以成为讽刺，这些小文章倘还有点意义的话，则最大的意义或亦即在于此。命名曰"时间的记录"者，无非说，从1943—1945年，这震撼世界的人民的世纪中，古老中国的大后方，一个在"良心上有所不许"以及"良心上又有所不安"的作家所能记录者，亦惟此而已，而抱有此感者，度亦不仅作者个人，千百同仁，心同此理。因此写了出来，以示同道，以求共鸣。

他写这些文章时的心境是沉重的，这我们由文章中也可以看出来；但无论怎样隐晦曲折，读者还是可以了解其中的主要意思，而对统治者也还是收到了战斗的效果的。

何其芳的《星火集续编》中收的是他在1944至1947年间为重庆《新华日报》副刊等写的文章，共分四辑。第一辑《自由太多屋丛话》是抨击反动派黑暗统治的一些短文，有的还被国民党检查官删改过，因此写得比较隐晦。第二辑《回忆延安》是用笔记体来写解放区的新人新事的。第三辑是纪念王若飞、闻一多等死者的文字。第四辑是专为青年读者写的，有《谈读书》《谈苦闷》《谈朋友》三篇。从这些文字中，可以看出他在反动统治下坚持战斗的全貌。这可以说是他作品中的最好的一个散文集子，立场坚定、主题明确、语句朴素，说明了他在实际锻炼中的进步。在第二辑中，作者描绘了许多人民英雄的光辉形象，如王震将军、贺龙将军、续范亭将军等，虽然还只是写出了一些最基本的轮廓，但这种关于领导干部的生动的画像是对读者特别有教育意义的。在听了朱总司令在延安文艺座谈会上的讲话以后，他说："我们到延安，在延安工作，还不过是在政治上组织上从另一个阶级到这一阶级罢了。我们还要在思想上抛弃那些非无产阶级的思想，才是真正的完全缴械。"[20]他的作品的进步是和他自己思想改造的收获分不开的。文章风格趋于单纯明朗，感情也刚健多了，作品具体地表明了一个作家使自己的工作更符合于人民要求的正确途径。

生活在解放区的作者们也有一些散文作品，但因为环境不同，接触到的都是在战斗中成长的新鲜事物，因此文章的内容也就完全不同了。譬如收在孙犁《荷花淀》一书中的一些散文，像《游击区生活一星期》一篇，记述他所见的曲阳游击区的情形，那里经常受敌人的滋扰，但人民的生活情绪却仍然是那么健康和愉快。文中说：

> 在他们，没有人谈论今天生活的得失，或是庆幸没死，他们是：死就是死了，没死就是活着，活着就是要欢乐的。假如要研究这种心理，就是他们看得很单纯，而且胜利的信心最坚定，因为接近敌人，……眼看到有些地方被敌人剥夺埋葬了，但六七年来共产党和人民又从敌人手中夺回来，努力创造了新的生活，因而就更珍爱这个新的生活，对他的长成也就寄托更大的希望。对于共产党的每个号召，领导者的每张文告，也就坚信不移，鼓舞兴奋地去工作着。……我感觉到了这脉搏，因此，当我钻在洞里的时间也好，坐在破炕上的时间也好，在菜园里夜晚散步的时间也好，我觉到在洞口外面，院外的街上，平铺的翠绿的田野里，有着伟大、尖锐、光耀、战事的震动和声音，昼夜不息。生活在这里是这样充实和有意义，生活的经线和纬线，是那样复杂坚韧。生活由战争和大生产运动结合，生活由民主建设和战斗热情结合，生活像一匹由坚强意志和明朗的智慧织造着的布，光彩照人，而且已有七个整年的历史了。

像这样的作品也只有在这样的实际生活中才会产生。艾青的《走向胜利》是1945年他从延安到张家口的一个半月间所写的日记。他说："这次行军，经过了好几种地区：老根据地，游击区，新解放区。这三种地区，对我们的态度，是有区别的。老根据地的老百姓和我们已是完全打成一片，血肉相连；游击区的老百姓对我们好，就是怕我们不能长住；

新解放区的老百姓对我们半信半疑，……在半封建半殖民地的中国，很久以来，老百姓都是受尽军阀部队压迫和欺负的，现在看见八路军又讲理又和气，有说有笑，真像是一家人，老百姓自然就拥护了。"[21]他这次经过的地区很广，文中所记述的各种见闻大概都可以用上面的一段话来概括，从这里也可看出党与人民之间的血肉关系来。萧也牧的《山村纪事》是写解放区农村生活中的一些片段的，是客观描写的近乎小说性质的文字，但很简略，只是片段的速写。严辰的《在城郊前哨》是写他在部队工作中所经历的一些事情的。其中《在城郊前哨》一篇记述了第四野战军围攻北京时的情形，最为引人注意。李又然的《国际家书》是一种抒写感触而带说理性质的文字。他在《后记》中，说他"写的时候，从来不随便，总是改了又改，改了又改，常常一两万字只留下一两千，其余的都削去了"。他是很注意于字句的锤炼的，但有时因为过于"奇警"或过于欧化了，就显得艰涩。其他作者的零星的散文作品还有很多，但一般地说，散文一向以抒写个人的经历与感触为主，这些生活在火热斗争中的作者们，他们的感触也就是群众的生活与斗争，因此散文的作品较之通讯报告来，就少得很了。

作品的形式是由它的内容决定的。有了解放区人民和人民武装斗争的发展与胜利，我们就有了大量的反映战争和部队生活的通讯报告作品。由于国统区反动统治的日益残暴与黑暗，我们就产生了许多响箭似的杂文，有力地去打击敌人的要害。而一般的以抒情叙事为特点的散文，如果作者的感情已经群众化，那他所抒的情也就是群众普遍的感触，而所叙的事也就必然是和人民的事业息息相关的。因此无论作者所采用的是哪一种文体或形式,如果他的作品能够在革命事业中发生一定的作用,尽了文学的战斗的责任,那么,那种文体或形式就是最恰当的了。

* * *

[1] 刘白羽:《环行东北·人民的道路》。
[2] 刘白羽:《光明照耀着沈阳》。
[3][4] 丁玲:《〈陕北风光〉校后记所感》。
[5] 曾克:《挺进大别山·前记》。
[6] 茅盾:《读〈挺进大别山〉》。
[7] 曾克:《光荣的人们·〈新生活的检阅〉前记》。
[8] 茅盾:《杂谈苏联·后记》。
[9] 冯雪峰:《乡风与市风·战斗的自觉》。
[10] 冯雪峰:《有进无退·对光明的拥抱力》。
[11] 冯雪峰:《有进无退·序》。
[12] 冯雪峰:《跨的日子·外力》。
[13] 冯雪峰:《跨的日子·帝国主义与殖民地》。
[14] 冯雪峰:《跨的日子·序言》。
[15] 朱自清:《历史在战斗中》。
[16] 聂绀弩:《血书·序》。
[17] 聂绀弩:《天亮了·序》。
[18] 朱自清:《论雅俗共赏·序》。
[19] 朱自清:《标准与尺度·序》。
[20] 何其芳:《星火集续编·朱总司令的话》。
[21] 艾青:《走向胜利·十一月四日》。

重 版 后 记

《中国新文学史稿》是中华人民共和国成立初期曾出版过的一部旧作，上册于1950年脱稿，下册也于1952年写竣，距今已达三十年。本书所论述的是新民主主义革命时期即从"五四"到1949年三十年间中国现代文学的发展史实；古称三十年为一世，时光荏苒，转瞬之间又过了三十年。取名"史稿"，原为应教学需要之急就章，本拟俟有较多积累之后，另行改写；但三十年来中国现代文学史这门学科的研究工作也经历了它自己坎坷的道路，后来一直发展到那骇人听闻的"史无前例"的年代，于是凡有所论述者，无不谥之以"为黑线人物树碑立传""三十年代吹鼓手"等恶名。本书出版较早，自难免"始作俑者"之嫌，于是由此而来之"自我批判"以及"检查""交代"之类，也层出不穷。今幸天晴日照，阴霾永消，拨乱反正，科学研究工作又迈新步。承各地从事本专业之同志多方敦促，又蒙上海文艺出版社予以鼓励，认为此书可以重版，以供参考。我想此书如尚有某种参考价值，其意义也不过如后人看"唐人选唐诗"而已。如《河岳英灵集》等不选杜诗，偏颇昭然，但后人之所以仍予以一定重视者，盖可从中觇见当时人之某一观点而已。人的思想和认识总是深深地刻着时代烙印的，此书撰于民主革命获得完全胜利之际，作者浸沉于当时的欢乐气氛中，写作中自然也表现了一个普通的文艺学徒在那时的观点。譬如对于解放区作品的尽情歌颂,以及对于国统区某些政治态度比较暧昧的作者的谴责,即其一例。作者目前既无力重写,而此书又非略加修订即可改观,因此此次重版,大体上仍采取了保持原貌的办法。但承北京大学孙玉石、乐黛云,华中师范学院黄曼君及鲁迅研究室王德厚四位同志热情协助,分别就第一至第四编详细校改了一次,于语句之间,略有增删,但体例框架,一仍其旧;作者在此谨向他们表示谢意。其后又经作者看过一遍,增入《"五四"新文学前进的道路》一文,作为"重版代序";又删去了初版下册附录的《新中国成立以来的文艺运动》(1949年10月—1952年5月)部分,以保持它属于中国新民主主义革命时期文学史的比较完整的体系。因此总的说来,它仍然是一部旧作。

前者本书曾被译为日文,在东京河出书屋出版;承译者日本早稻田大学实藤惠秀教授函约,作者为日译本写了一篇简短的序文。其中说:"至于我的书,那缺点是非常之多的。因此,我希望读者仅只当作一种媒介,像书目介绍之类的东西看,如果它能够使人对中国的现代文学发生兴趣,并愿意寻求原作品来阅读,那么,像过去年代的中国读者一样,能得到例如从鲁迅作品中所能汲取到的那种伟大的反对帝国主义与封建主义的力量,那对作者就是十分欣慰的了。"因为"几乎在所有的著名作品中,我们都可以看到中国人民在革命过程中的曲折的经历和坚强的战斗意志,它是表现出了中国人民在长期革命斗争中的精神面貌的。这些作品无疑地会给人以鼓舞,使人增加战斗的力量和胜利的信心。因之,从文学作品中来理解中国人民今天所已经得到的胜利和正在从事的伟大建设事业,是很容易理解其正义性及胜利的必然性的。那些作品将真实地、形象地告诉人们：中国人民蕴有无限的伟大的战斗精神和创造力量"。今值本书重版之际，我对本国读者想说的仍然是这些话。

1930年鲁迅于重印旧作《中国小说史略》时，作《题记》云："大器晚成，瓦釜以久，虽延年命，亦悲荒凉，校讫黯然，诚望杰构于来哲也。"愿录之以为本文之结。虽比拟不伦，迹近攀附，且同类新作颇多，亦至不俟，惟略有同感，斯实情耳。盖就中国现代文学史学科之研究工作而言，固"诚望杰构于来哲也"。

1980年国庆之夜于北京大学镜春园寓所